Ida

LAAGLAND

Joseph O'Neill

Laagland

Vertaling Auke Leistra

2009
DE BEZIGE BIJ
AMSTERDAM

De vertaler ontving voor deze vertaling een werkbeurs van de
Stichting Fonds voor de Letteren

Copyright © 2008 Joseph O'Neill
Copyright Nederlandse vertaling © 2009 Auke Leistra
Eerste druk januari 2009
Tweede druk maart 2009
Oorspronkelijke titel *Netherland*
Oorspronkelijke uitgever HarperCollins*Publishers*, Londen
Omslagontwerp Studio Jan de Boer
Omslagillustratie Stockbyte/Van Beek Images
Foto auteur Ryan Pfluger
Vormgeving binnenwerk Peter Verwey, Heemstede
Druk Wöhrmann, Zutphen
ISBN 978 90 234 4052 9
NUR 302

www.debezigebij.nl

Voor Sally

Ik droomde in een droom, ik zag een stad, niet te verslaan
door de aanvallen van de hele rest van de wereld;
in mijn droom was dat de nieuwe Stad van Vrienden

            Whitman

De middag voor ik vanuit Londen naar New York vertrok – Rachel was zes weken eerder gegaan – was ik op mijn werkplek bezig mijn spullen in dozen te doen, toen een *senior vice president* van de bank, een Engelsman van in de vijftig, me succes kwam wensen. Dat verraste mij; hij werkte in een ander deel van het gebouw en op een andere afdeling, en we kenden elkaar alleen van gezicht. Niettemin wilde hij heel precies weten waar ik van plan was te gaan wonen ('Watts Street? Welk blok?') en haalde hij verscheidene minuten herinneringen op aan zijn loft aan Wooster Street en zijn uitjes naar de 'originele' Dean & DeLuca. Hij deed geen enkele poging zijn afgunst te verbergen.

'We gaan niet voor lang,' relativeerde ik mijn geluk enigszins. Dat was ook eigenlijk het plan zoals mijn vrouw het had uitgebroed: een jaar of drie in New York blijven hangen en dan weer terug naar Londen.

'Dat zegt u nu,' zei hij. 'Maar het valt lang niet mee om weer weg te gaan uit New York. En als je eenmaal weg bént.' De svp glimlachte en zei: 'Ik mis het nog steeds, en voor mij is het al twaalf jaar geleden.'

Nu was het mijn beurt om te glimlachen – deels uit gêne, want hij had met een Amerikaanse openheid gesproken. 'Nou ja, we zullen zien,' zei ik.

'Ja,' zei hij. 'Vast wel.'

Zijn stelligheid irriteerde me, hoewel hij in de eerste plaats beklagenswaardig was – als een Sint-Petersburger van weleer die door verplichtingen aan de verkeerde kant van de Oeral beland is.

Maar hij blijkt toch gelijk te hebben gehad, in zekere zin. Nu ik de stad zelf ook heb verlaten, heb ik er moeite mee om los te komen van het gevoel dat het hele leven een soort naoogst is. Het gras groeit nog door, na de eerste maaiing, maar het seizoen loopt ten einde. Als je openstaat voor zulk soort waarnemingen, zou je kunnen zeggen dat New York het geheugen herhaaldelijk tot naoogsten dwingt – tot van die doelgerichte terugblikken waarmee je, zo zegt men en zo hoop je tegen beter weten in, je grazige verleden tot hanteerbare proporties kunt terugbrengen. Want dat blijft natuurlijk de kop opsteken. Een en ander wil beslist niet zeggen dat ik nu wel weer in New York zou willen zijn; en uiteraard zou ik mezelf graag vleien met de gedachte dat mijn eigen terugblik op een bepaalde manier belangrijker is dan die van de oude svp, die, toen ik ermee geconfronteerd werd, weinig meer leek in te houden dan een goedkoop verlangen. Maar er bestaat niet zoiets als een goedkoop verlangen, ben ik tegenwoordig geneigd te concluderen, zelfs niet als je treurt om een gebroken nagel. Wie weet wat die vent daar is overkomen? Wie weet wat er achter zijn verhaal over de aanschaf van aceto balsamico zat? Hij zei het alsof het een elixer was, die arme drommel.

Hoe dan ook, de eerste paar jaar dat ik terug was in Engeland deed ik mijn best niet om te kijken – in New York was ik per slot van rekening voor het eerst van mijn leven ongelukkig geweest. Ik ging er niet meer heen en vroeg me ook niet zo heel vaak af wat er geworden was van ene Chuck Ramkissoon, met wie ik in mijn laatste zomer aan de East Coast bevriend was geweest maar die nadien, zoals dat gaat, een voorbijgaande figuur was gebleken. Dan, op een avond in het voorjaar van dit jaar, 2006, zitten Rachel en ik thuis, in Highbury. Rachel is verdiept in een verhaal in de krant. Ik heb het al gelezen. Het gaat over het opduiken van een indianenstam in het Colombiaanse deel van het Amazoneregenwoud. Naar verluidt zouden ze het harde bestaan in de jungle beu zijn, hoewel erbij wordt gezegd dat ze nog steeds niets liever doen dan apenvlees eten, gegrild en dan gekookt. Een verontrustende foto van een jongen die aan een zwartgeblakerd schedeltje zit te kluiven dient als illustratie van dit feit. De indianen hebben geen idee van het bestaan van een gastheerland genaamd Colombia, en – wat riskanter is – geen idee van ziektes als de gewone verkoudheid of griep, waar ze geen natuurlijke weerstand tegen hebben.

'Ha,' zegt Rachel, 'je stam is aan het licht gekomen.'

De telefoon gaat over. Nog glimlachend neem ik op. Een verslaggeefster van de New York Times vraagt naar meneer Van den Broek.

De verslaggeefster zegt: 'Het gaat over Kham, eh, Khamraj Ramkissoon...'

'Chuck,' zeg ik, terwijl ik op de keukentafel ga zitten. 'Hij heet Chuck Ramkissoon.'

Ze vertelt me dat het 'stoffelijk overschot' van Chuck in het Gowanus Canal is gevonden. Er zaten handboeien om zijn polsen, het was duidelijk dat hij het dodelijke slachtoffer van een misdrijf was.

Ik zeg niks. Het lijkt me duidelijk dat de vrouw liegt en dat als ik maar lang genoeg nadenk, ik haar bewering wel zal weten te weerleggen.

Haar stem vraagt: 'Hebt u hem goed gekend?' Als ik geen antwoord geef, zegt ze: 'Er staat ergens dat u zijn zakenpartner was.'

'Dat klopt niet,' zeg ik.

'Maar u hebt wel samen in zaken gezeten, toch? Dat staat hier.'

'Nee,' zeg ik. 'U bent verkeerd ingelicht. Hij was gewoon een vriend van me.'

Ze zegt: 'Ah... oké.' Er volgt enig getik op een toetsenbord en een korte stilte.

'Dus... er is niets wat u me over zijn milieu kunt vertellen?'

'Zijn milieu?' zeg ik. Van verbazing corrigeer ik haar loeiende uitspraak.

'Nou ja, u weet wel – met wie hij omging, wat voor problemen hij zich op de hals zou kunnen hebben gehaald, eventuele schimmige figuren...' En met een zacht lachje voegt ze eraan toe: 'Het is toch wel enigszins ongebruikelijk, wat er gebeurd is.'

Ik besef dat ik ontdaan ben, boos zelfs.

'Ja,' zeg ik eindelijk. 'U hebt me wel een verhaal te pakken.'

De volgende dag staat er een klein stukje in het Metro-katern. Er is vastgesteld dat het lichaam van Chuck Ramkissoon meer dan twee jaar in het water bij het Home Depot heeft gelegen, omringd door krabben en autobanden en winkelwagentjes, tot een zogenaamde *urban diver* een 'macabere ontdekking' deed bij het filmen van een school gestreepte zeebaarzen. In de week die volgt sijpelen verscheidene vervolgstukjes door, geen van alle informatief. Maar kennelijk is het voor lezers interessant, en voor traditionalisten geruststellend, dat het Gowanus Canal nog een slachtoffer van moord kan opleveren. Er zit nog genoeg dood in die ouwe waterweg, zoals één verslaggever snedig verklaart.

Op de avond dat het nieuws ons bereikt vraagt Rachel, naast me in bed: 'Maar wie was dat nou?' Als ik niet meteen antwoord geef, legt ze haar boek neer.

'Ach,' zeg ik, 'ik weet zeker dat ik wel eens over hem verteld heb. Een cricketkennis. Hij kwam uit Brooklyn.'

Ze zegt het me na: 'Chuck Ramkissoon?'

Haar stem heeft een koele ondertoon die me niet bevalt. Ik

ga op mijn zij liggen, met mijn rug naar haar toe, en doe mijn ogen dicht. 'Ja,' zeg ik. 'Chuck Ramkissoon.'

Chuck en ik hebben elkaar voor het eerst ontmoet in augustus 2002. Ik was aan het cricketen in het Randolph Walker Park in Staten Island, en Chuck was daarbij aanwezig als een van de twee onafhankelijke scheidsrechters die hun diensten verleenden in ruil voor een honorarium van vijftig dollar. De atmosfeer was klef als gelei, de lucht was heet en glazig en er stond geen wind, zelfs geen briesje van de Kill of Kull, die op nog geen tweehonderd meter van Walker Park stroomt en Staten Island van New Jersey scheidt. Ver weg, in het zuiden, rommelde onweer. Het was zo'n barbaars plakkerige Amerikaanse middag die me deed verlangen naar de schaduwen van voorbijschuivende zomerwolken in noordelijk Europa, me zelfs deed verlangen naar die dagen dat je cricket speelt met twee truien aan onder een koude lucht die hier en daar is opgelapt met flarden blauw – genoeg om een zeemansbroek van te maken, zoals mijn moeder altijd zei.

Naar de maatstaven waar ik mee kwam aanzetten, was Walker Park nauwelijks geschikt voor cricket. Het speelveld was half zo groot als een officieel cricketveld – en dat zal het vast nog zijn. Het buitenveld is oneffen en altijd overgroeid, zelfs als het gemaaid is (één keer, toen ik achter een bal aan rende, struikelde ik bijna over een verborgen en, jegens cricketers, nogal dreigende eend), en terwijl het correcte cricket, zoals je het zou kunnen noemen, wordt gespeeld op een pitch van gras, is de pitch in Walker Park van klei, zonder graszoden, en moet hij bedekt worden met kokosmatten; bovendien is die klei bleke, zanderige honkbalklei, geen rode cricketklei, en kan er niet op gerekend worden dat de bal er goed op blijft stuiten; en voor zover de bal er wel enigszins betrouwbaar op stuit, zit er geen variatie en complexiteit in. (Pitches van aarde en gras bieden tal van mogelijkheden: alleen die kunnen het repertoire van de bowler aan cutters en spinners en bouncers en seamers beproeven en lonend maken, en alleen die kunnen, op hun beurt, het repertoire van de batsman aan defensieve en aanvallende slagen, om maar te zwijgen van zijn mentale kracht, uit de verf laten komen en volledig op de proef stellen.) Er is nog een ander probleem. Overal langs de rand van het park staan hoge bomen – moeraseiken, rode eiken, amberbomen, Amerikaanse linden. Elk deel van die bomen, zelfs het kleinste blaadje, moet als deel van de boundary worden beschouwd, wat een element van willekeur in het spel brengt. Vaak rolt een bal weg tussen de bomen en verdwijnt de fielder die erachteraan rent ten dele uit het zicht, zodat er, zodra hij met de bal in zijn hand weer opduikt, meteen een schreeuwpartij ontstaat over wat er precies gebeurd is.

Naar plaatselijke maatstaven is Walker Park echter een aantrekkelijke plek om te spelen. Naast het cricketveld liggen naar verluidt de oudste tennisbanen van de Verenigde Staten, en het park zelf wordt aan alle kanten omringd door victoriaanse huizen met zorgvuldig aangeplante tuinen. Al sinds mensenheugenis tolereren de omwonenden dat er zo nu en dan, als een gigantische cranberry, een cricketbal in hun bloeiende struiken inslaat. De Staten Island Cricket Club werd opgericht in 1872, al meer dan honderd jaar wordt elke zomer op dit kleine veld gecricket. Tot in de jaren twintig van de vorige eeuw was Walker Park eigendom van de club. Tegenwoordig zijn het terrein en het clubhuis – een neo-Tudor, stenen gebouwtje dat in de jaren dertig werd gebouwd, nadat een eerder clubhuis door brand was verwoest – eigendom van de New York City Department of Parks and Recreations. In mijn tijd zou een werknemer van die gemeentelijke dienst, een spookachtige figuur die niemand ooit gezien had, op de zolder van het clubhuis wonen. Het zaaltje was in gebruik als peuterspeelzaal, cricketers konden in de regel alleen beschikken over de kelder en de haveloze kleedkamer. Desondanks is er geen New Yorkse cricketclub die kan bogen op zulke voorzieningen of op zo'n glorieuze geschiedenis: Donald Bradman en Garry Sobers, de grootste cricketers aller tijden, hebben op Walker Park gespeeld. Het oude terrein is ook nog eens gezegend met rust. Andere cricketvelden, Idlewild Park, Marine Park, het Monroe Cohen Ballfield, liggen recht onder de luchtroutes naar JFK. In andere parken, zoals Seaview Park in Canarsie (dat uiteraard geen zeezicht heeft), wordt de setting niet alleen bedorven door gierende vliegtuigen maar ook door het onuitputtelijke gebrul van de Belt Parkway, de lus van asfalt die een groot deel van zuidelijk Brooklyn van het zoute water scheidt.

Wat al die recreatieve terreinen gemeen hebben, is een weelderig buitenveld dat fnuikend is voor de kunst van het batten. Die is er immers op gericht de bal langs de grond te slaan met die elegante verscheidenheid aan slagen waar een bekwame batsman jaren op getraind en aan geslepen heeft: de glance, de hook, de cut, de sweep, de cover drive, de pull en al die andere producten van een techniek die bedacht is om de cricketbal, als door tovenarij, naar de rand van het speelveld te laten doorrollen. Bij zulke orthodoxe slagen zal de bal in New York naar alle waarschijnlijkheid in het opgeschoten onkruid blijven steken. Naar ik begrepen heb gedijt gras, een geurige plant die wonderbaarlijk geschikt is voor allerlei atletisch tijdverdrijf, maar heel moeizaam; en als er al iets groens en grasachtigs groeit, wordt het nooit gemaaid zoals voor cricket zou moeten. Gevolg daarvan is dat de batsman gelijk de eerste regel van het batten al moet overtreden omdat hij zich genoodzaakt ziet de bal de lucht in te meppen (om diep te gaan, zoals we zeggen, een term uit het honkbal), waardoor batten gokken wordt. Gevolg daarvan is weer dat het veldspel ook uit balans raakt, omdat de fielders snel van hun posities op het middenveld – point, extra cover, midwicket en de andere – naar verre posities aan de boundary worden verplaatst, waar ze lusteloos blijven hangen. Het is vergelijkbaar met een soort honkbal waarbij het alleen om homeruns gaat en niet om honkslagen, en de spelers op honk allemaal naar posities diep in het veld worden verplaatst. Die ontaarde versie van de sport – rimboecricket, zoals Chuck het meer dan eens minachtend noemde – slaat een wond die vooral ook esthetisch van aard is: het ontbreekt de Amerikaanse versie aan de schoonheid van cricket zoals gespeeld op een grasveld met de vereiste proporties, waarbij de in wit gehulde ring van middenvelders, zwalkende figuren op het enorme ovaal, telkens weer naar elkaar toe trekken rond de batsman om zich evenzovele malen weer te verspreiden over hun verschillende uitgangsposities, een terugkerend, pulmonaal ritme, alsof het veld door zijn heldere bezoekers ademhaalt.

Ik wil hier niet mee zeggen dat het New Yorkse cricket van elke charme gespeend is. Jaren geleden reed ik een keer op een zomerse middag met Rachel in een taxi door de Bronx. We waren op weg naar vrienden in Riverdale en reden over Broadway, waarvan ik nooit geweten had dat die zo ver naar het noorden doorliep.

'O, schat! Moet je kijken,' zei Rachel.

Ze wees naar rechts, waar tientallen cricketers uitzwermden in een open parklandschap. Een stuk of zeven, acht wedstrijden, elf tegen elf, waren aan de gang op een terrein waar strikt genomen hooguit drie of vier wedstrijden op gespeeld konden worden, zodat de verschillende speelvelden, die waren afgezet met rode pylonen en voetpaden en vuilnisbakken en koffiebekertjes, elkaar op verwarrende wijze overlapten. Mannen in wit van de ene partij liepen door de mannen in wit van andere partijen heen, een heleboel bowlers wervelden op de bekende molenwiekenwijze simultaan met hun armen, een veelvoud aan batters zwaaide op hetzelfde moment met hun slaghout, en cricketballen, gevolgd door melkwitte sprinters, vlogen alle kanten op. Rondom zaten toeschouwers. Sommigen zaten onder de bomen die het park aan de Broadwaykant omzoomden; anderen zaten in de verte, onder hoge, dichte bomen, in groepjes rond picknicktafels. Kinderen sjouwden rond, zoals dat gaat. Vanaf ons hoge gezichtspunt deed het schouwspel – Van Cortlandt Park op zondag – zich aan ons voor als een vrolijk allegaartje, en toen we verder reden zei Rachel: 'Het lijkt wel een Brueghel,' en ik glimlachte naar haar, want ze had helemaal gelijk, en in mijn herinnering legde ik mijn hand op haar buik. Het was juli 1999. Ze was zeven maanden zwanger van onze zoon.

De dag dat ik Chuck ontmoette was drie jaar later. Wij, Staten Island, speelden tegen een stel gasten van St Kitts – Kittitianen, zoals ze genoemd worden, alsof ze een of ander esoterisch technisch beroep uitoefenen. Mijn eigen teamgenoten waren van uiteenlopende herkomst: Trinidad, Guyana, Jamaica, India, Pakistan en Sri Lanka. Die zomer van 2002, toen ik, na jaren niet gespeeld te hebben, uit eenzaamheid weer was gaan spelen, en de zomer van het jaar daarop, was ik de enige blanke die ik op de cricketvelden van New York zag.

Enige tijd terug had de gemeente in de zuidwesthoek van Walker Park een honkbalveld aangelegd, wat concurrentie betekende. Cricketers mochten pas gebruikmaken van dat veld als elk officieel softbalspel voorbij was. (Softbal, merkten mijn teamgenoten en ik enigszins snobistisch op, was een tijdverdrijf dat klaarblijkelijk draaide om het wegmeppen van boogballetjes – de makkelijkste ballen die een battende cricketer ooit zal krijgen – en het in het kussen van een handschoen opvangen van voornoemde ballen, waar nauwelijks de vaardigheid en het lef voor nodig zijn die je moet hebben om met je blote handen zo'n keiharde rode cricketbal te vangen.) De wedstrijd tegen de Kittitianen, die om één uur zou beginnen, begon pas een uur later, toen de softbalspelers – oude en dikke mannen die veel van ons weg hadden, zij het dat ze allemaal blank waren – eindelijk het veld ruimden. De problemen begonnen met dat oponthoud. De Kittitianen hadden een flink aantal supporters meegenomen, misschien wel veertig, en de vertraging maakte hen rusteloos. Ze begonnen zich uitbundiger te vermaken dan gewoon is. Er vormde zich een groep rond een Toyota die op Delafield Place geparkeerd stond, ten noorden van het park. De mannen deden geen enkele moeite om te verhullen dat ze een koelbox vol alcoholische drankjes bij zich hadden, waar ze zich vrijelijk van bedienden, ze schreeuwden en tikten met sleutels tegen hun bierflesjes op het bonkende ritme van de soca die uit de speakers van de Toyota kwam. Beducht voor klachten ging onze voorzitter, een bejaarde creool uit Barbados in blazer die naar de naam Calvin Pereira luisterde, erop af. Glimlachend trad hij op de mannen toe en zei: 'Heren, jullie zijn welkom, maar ik moet jullie wel vragen enige discretie te betrachten. Wij kunnen ons geen problemen met de gemeente veroorloven. Mag ik u uitnodigen de muziek uit te zetten en bij ons op het veld te komen?' De mannen schikten zich de een na de ander, maar later was iedereen het erover eens dat dit incident wel degelijk van invloed was geweest op de confrontatie waardoor alle aanwezigen zich die middag blijvend zullen herinneren.

Voor de wedstrijd begon riep een van de onzen, Ramesh, het hele team in een kring bijeen voor gebed. We stonden dicht op elkaar met de armen om elkaars schouders – drie hindoes, drie christenen, een sikh en vier moslims. 'Heer,' zei de eerwaarde Ramesh, zoals wij hem noemden, 'we danken U dat U ons hier vandaag bijeen hebt gebracht voor deze vriendschappelijke wedstrijd. We vragen U om ons tijdens de wedstrijd vandaag voor gevaren en ongelukken te behoeden. We vragen U om milde weersomstandigheden. We vragen Uw zegen voor deze wedstrijd, Heer.' Een applausje barstte los en we namen onze posities in het veld in.

De mannen uit St Kitts batten iets meer dan twee uur. Tijdens hun innings maakten hun supporters de gebruikelijke herrie vanaf de oostkant van het veld, waar ze in de schaduw van de bomen stonden te lachen en van alles te roepen. Ze dronken rum uit papieren bekertjes en aten red snapper en kip van een barbecue. 'Slaan die bal!' riepen ze, en: 'Die bowler!' waarbij ze als vogelverschrikkers hun armen hieven om aan te geven dat die bal wijd was: 'Wijd, scheidsrechter, wijd!' Toen was het onze beurt om te batten. De innings duurden voort, de wedstrijd werd spannender en er werd meer en meer rum gedronken. Een aantal mannen had zich weer rond de Toyota verzameld, die nu ook weer gebonk begon voort te brengen, en het geschreeuw van de toeschouwers begon emotioneler te worden. Onder deze omstandigheden, voor een cricketwedstrijd in New York geenszins uitzonderlijk, werd de sfeer op en rond het veld steeds grimmiger. Op een gegeven moment vielen de bezoekers ten prooi aan de verdenking, die bij cricketers in die stad kennelijk altijd op de loer ligt, dat er een complot gaande was om hen van de overwinning te beroven. De protesten van de fielders ('Wat was dat, scheidsrechter? Scheids!') kregen een verbitterd, ruzieachtig karakter en er brak bijna een vechtpartij uit tussen een verre fielder en een toeschouwer die iets gezegd had.

Het verbaasde me dan ook niet dat ik, toen het mijn beurt was om te batten, drie bouncers op een rij kreeg, waarvan de laatste voor mij te hard ging en tegen mijn helm aan knalde. Er klonken boze uitroepen van mijn teamgenoten – 'Wat was jij van plan, man?' – en het was op dat moment dat de scheidsrechter besefte dat het zijn plicht was tussenbeide te komen. Hij droeg een panamahoed en een witte scheidsrechtersjas die hem het air gaf van een man die een belangrijk laboratoriumexperiment uitvoert – wat hij, op zijn eigen manier, ook was. 'Gewoon spelen,' hield Chuck Ramkissoon de bowler op kalme toon voor. 'Ik waarschuw je voor de laatste keer: nog één bumper en jij bowlt niet meer.'

De bowler spuwde op de grond, maar reageerde verder niet. Hij nam zijn positie weer in, nam een aanloop en gooide weer zo'n rotbal. Van de rand van het veld klonken kreten en tegenkreten van verontwaardiging. Chuck liep naar de captain van het veldteam. 'Ik heb de bowler gewaarschuwd,' zei hij, 'maar hij heeft mijn waarschuwing in de wind geslagen. Hij bowlt niet meer.' De andere fielders kwamen aanhollen en gingen om Chuck heen staan schreeuwen. 'Welk recht heb jij om dat te doen? Je hebt hem niet gewaarschuwd.' Ik maakte aanstalten me er ook mee te bemoeien, maar Umar, mijn Pakistaanse battingpartner, hield me tegen. 'Hier blijven, jij. Het is altijd hetzelfde met die lui.'

Terwijl het geruzie op het veld en langs de lijn doorging – 'Je belazert de boel, scheids! Je belazert ons!' – werd mijn aandacht getrokken door een man die langzaam naar de geparkeerde auto's liep. Ik bleef naar hem kijken omdat het iets mysterieus had, zo iemand die op zo'n dramatisch moment zo wegliep. Hij leek geen enkele haast te hebben. Hij maakte langzaam het portier van een auto open, leunde naar binnen, tastte even in het rond, kwam weer tevoorschijn en deed het portier weer dicht. Zo te zien had hij iets in zijn hand toen hij het terrein weer op slenterde. Mensen begonnen te schreeuwen en weg te rennen. Een vrouw gilde. Mijn teamgenoten, die bij de boundary stonden, renden alle kanten op, sommigen maakten zich uit de voeten via de tennisbanen, anderen verscholen zich achter de bomen. De man kwam nu wat onzeker aanwaggelen. Het kwam mij zo voor dat hij stomdronken was. 'Nee, Tino,' riep iemand.

'O, shit,' zei Umar, en hij begon weg te lopen richting honkbalveld. 'Wegwezen.'

Maar ik werd op een bepaalde manier verlamd door die onwerkelijke, trage schutter en bleef staan waar ik stond, mijn Gunn & Moore Maestro-bat in mijn handen geklemd. De fielders deinsden achteruit, de handen paniekerig en smekend geheven. 'Doe weg dat ding, man, doe weg,' zei een van hen. 'Tino! Tino!' riep een stem. 'Kom terug, Tino!'

Wat Chuck betreft, die stond daar nu alleen. Dat wil zeggen, afgezien van mij. Ik stond een paar meter bij hem vandaan. Dat vergde geen moed van mijn kant, want ik voelde niets. Ik ervoer het incident als een soort leegte.

De man bleef drie meter voor Chuck staan. Hij hield het pistool krachteloos in zijn hand. Hij keek naar mij, en toen weer naar Chuck. Hij was sprakeloos en bezweet. Hij probeerde, zoals Chuck het later zou vertellen, de logica van de situatie te doorgronden.

Het was net alsof we daar een hele tijd zo met zijn drieën stonden. Een containerschip gleed geruisloos door de achtertuinen van de huizen aan Delafield Place.

Chuck zette een stap naar voren. 'Wilt u het speelveld verlaten,' zei hij resoluut. Hij gebaarde naar het clubhuis, als wees hij hem zijn zitplaats. 'Wilt u alstublieft onmiddellijk weggaan? U houdt de wedstrijd op. Captain,' zei Chuck op luide toon, en hij wendde zich naar de Kittitiaanse captain, die een eindje verderop stond, 'wilt u deze meneer van het speelveld begeleiden?'

De captain kwam aarzelend naar voren. 'Ik kom eraan, Tino,' riep hij. 'Achter je. Geen gekheid nu.'

'Maak je niet druk,' prevelde Tino. Hij leek overweldigd door uitputting. Hij liet het pistool vallen en liep langzaam, hoofdschuddend, het veld af. Na een korte pauze werd de wedstrijd hervat. Niemand zag een reden om de politie te bellen.

Toen de wedstrijd was afgelopen, kwamen de teams bijeen in het oude clubhuis en dronken samen Coors Lights en whisky-cola's, aten Chinese afhaalmaaltijden, en bespraken ernstig wat er was voorgevallen. Iemand vroeg om stilte, en Chuck Ramkissoon trad in de kring naar voren.

'We kennen een uitdrukking in de Engelse taal,' zei hij, terwijl het langzaam stil werd. 'Die uitdrukking luidt: geen cricket. Als wij iets afkeuren, zeggen we: dat is geen cricket. We zeggen niet: dat is geen honkbal. En ook niet: dat is geen voetbal. We zeggen: dat is geen cricket. Dat is een eerbetoon aan het spel dat wij spelen, en het is een eerbetoon aan ons.' Inmiddels werd er nergens meer gesmoesd. We stonden om de spreker heen en keken plechtig naar onze schoenen. 'Maar dat eerbetoon brengt een verantwoordelijkheid met zich mee. Kijk,' zei Chuck, en hij wees naar het clubwapen op het shirt van een Staten Island-speler. 'Daar staat: "*Lude Ludum Insignia Secundaria.*" Nou ken ik geen Latijn, maar ik heb me laten vertellen, en u zegt het wel als ik ernaast zit, meneer de voorzitter,' – Chuck knikte naar de voorzitter van onze club – 'dat dat betekent: "Winnen is niet alles. Het is maar een spel." Welnu, spelen zijn belangrijk. Ze stellen ons op de proef. Ze brengen ons kameraadschap bij. Spelen zijn gewoon leuk. Maar meer dan voor andere sporten, en dat wil ik hier benadrukken,' – en hier laste Chuck voor het effect even een pauze in – 'meer dan voor andere sporten geldt voor cricket dat het een les in beschaving is. Dat weten we allemaal; daar hoef ik niets meer over te zeggen.' Een paar hoofden knikten. 'Iets anders. Wij spelen dit spel in de Verenigde Staten. Dat is voor ons een moeilijke omgeving. We spelen waar we kunnen, waar ze ons laten spelen. Hier in Walker Park hebben we geluk; we hebben een kleedkamer, die we delen met vreemden en voorbijgangers. Bij de meeste andere clubs moet je een boom of een struik opzoeken.' Een paar luisteraars wisselden een blik.

'Vandaag,' vervolgde Chuck, 'zijn we later begonnen omdat honkbal op dit terrein voorgaat. En nu we klaar zijn moeten we stiekem drinken, uit flessen in bruine papieren zakken. Het maakt niet uit dat we al meer dan honderd jaar lang, jaar in jaar uit, hier, in Walker Park, spelen. Het maakt niet uit dat dit terrein is aangelegd als cricketveld. Is er in deze stad ook maar één goede cricketfaciliteit te vinden? Nee. Niet één. Het maakt niet uit dat de regio New York meer dan honderdvijftig cricketclubs telt. Het maakt niet uit dat cricket het grootste, snelst groeiende slagbalspel ter wereld is. Dat maakt allemaal niet uit. In dit land zijn wij nergens. Wij zijn een lachertje. Cricket? Heel grappig, ja. Dus als wij mogen spelen is dat een gunst. Maar als we over de schreef gaan, geloof me, dan is het met die gunst snel gedaan. Dat wil zeggen,' zei Chuck met stemverheffing, want er steeg onder zijn gehoor een gemompel en gegniffel op, 'dat wil zeggen dat wij een extra verantwoordelijkheid hebben om het spel op de juiste wijze te spelen. We moeten ons bewijzen. We moeten onze gastheren laten zien dat die mannen die er zo raar uitzien iets doen wat de moeite waard is. Ik zeg laten "zien". Ik weet niet waarom ik dat woord gebruik. Elke zomer worden de parken van New York overgenomen door honderden cricketers, maar op de een of andere manier valt dat niemand op. Het lijkt wel of we onzichtbaar zijn. Dat is niks nieuws, voor diegenen onder ons die zwart of bruin zijn. En wat degenen betreft die dat niet zijn' – Chuck keek speciaal naar mij en glimlachte – 'u zult me wel vergeven, hoop ik, dat ik soms tegen mensen zeg: wilt u eens aan den lijve ondervinden hoe het is om in dit land een zwarte te zijn? Trek dan de witte kleren van de cricketer aan. Trek witte kleren aan en je voelt je een zwarte.' De mensen lachten, voornamelijk uit gêne. Een van mijn teamgenoten stak mij zijn vuist toe, en ik sloeg er zacht met mijn vuist tegenaan. 'Maar dat vinden wij niet erg, zolang we maar kunnen spelen, waar of niet? Laat ons gewoon met rust, dan redden wij ons wel. Toch? Maar ik zeg: wij moeten ons zelfverzekerder opstellen. Ik zeg: wij moeten de plek die ons toekomt in dit prachtige land opeisen. Cricket heeft een lange geschiedenis in de Verenigde Staten, dat is een feit. Benjamin Franklin was zelf een cricketman, maar daar zal ik nu niet verder op ingaan,' voegde Chuck er snel aan toe, want onder de spelers was nu een onverholen concurrerend geroezemoes losgebarsten. 'Laten we gewoon dankbaar zijn dat het allemaal goed is afgelopen, en dat het cricket vandaag gewonnen heeft.'

Daar hield de scheidsrechter het bij. Een weifelend applausje klonk op. Niet veel later ging iedereen weer op huis aan – naar Hoboken en Passaic en Queens en Brooklyn en, in mijn geval, Manhattan. Ik nam de Staten Island Ferry, dat was die keer de John F. Kennedy; en het was aan boord van die enorme oranje tobbe dat ik Chuck Ramkissoon weer tegen het lijf liep. Ik zag hem op het voordek, tussen de toeristen en romantici die in beslag werden genomen door de beroemde bezienswaardigheden rond de New York Bay.

Ik haalde een biertje en ging in de bar zitten, waar een paar duiven op een richel zaten te dutten. Na enkele ondraaglijke minuten in gezelschap van mijn gedachten pakte ik mijn tas en liep ik naar het voordek om bij Chuck te gaan staan.

Ik zag hem nergens. Ik stond op het punt rechtsomkeert te maken toen tot me doordrong dat hij pal voor me stond en aan het gezicht was onttrokken door de vrouw die hij aan het zoenen was. Gegeneerd probeerde ik me terug te trekken zonder zijn aandacht te trekken, maar als je ruim een meter negentig bent, is niet elke manoeuvre even makkelijk te volbrengen.

'Hé, hallo,' zei Chuck. 'Leuk je te zien. Schat, dit is...'

'Hans,' zei ik. 'Hans van den Broek.'

'Hai,' zei de vrouw, terwijl ze zich liet wegzakken in zijn omhelzing. Ze was begin veertig en had blonde krullen en een mollige kin. Ze wriemelde met haar vingers bij wijze van groet.

'Ik zal me eens netjes aan je voorstellen,' zei Chuck. 'Chuck Ramkissoon.' We gaven elkaar een hand. 'Van den Broek,' probeerde hij mijn naam uit te spreken. 'Zuid-Afrikaan?'

'Ik kom uit Nederland,' zei ik op verontschuldigende toon.

'Nederland? Oké, waarom niet.' Uiteraard was hij teleurgesteld. Hij had liever gezien dat ik uit het land van Barry Richards en Allan Donald en Graeme Pollock kwam.

'En jij komt waar vandaan?' vroeg ik.

'Hier vandaan,' verzekerde Chuck mij. 'De Verenigde Staten.'

Zijn vriendin gaf hem een por.

'Wat wil je dat ik zeg?' zei Chuck.

'Trinidad,' zei de vrouw, met een trotse blik naar Chuck. 'Hij komt uit Trinidad.'

Ik maakte een onbeholpen gebaar met mijn bierblikje. 'Ik zal jullie verder niet lastigvallen. Ik kwam alleen even een luchtje scheppen.'

'Nee, nee, nee,' zei Chuck. 'Jij blijft hier.'

'Was jij ook bij de wedstrijd vandaag?' vroeg zijn metgezellin. 'Ik heb gehoord wat er gebeurd is. Ongelooflijk.'

'Ja,' zei ik, 'maar zoals hij dat aanpakte was mooi om te zien. Dat was een goeie speech die je daar afstak.'

'Nou ja, ik heb enige ervaring,' zei Chuck, met een glimlach naar zijn vriendin.

De vrouw duwde hem tegen zijn borst. 'Ervaring met het houden van speeches of met situaties op leven en dood?'

'Allebei,' zei Chuck. Ze lachten samen, en natuurlijk viel het mij op dat ze niet wat je noemt een doorsneestelletje waren: zij Amerikaans en blank en tenger en blond, hij een stevige immigrant, een jaar of tien ouder en heel donker – als Coca-Cola, zoals hij altijd zei. Zijn huidskleur had hij van de familie van zijn moeder, die ergens uit het zuiden van India kwam – Madras, vermoedde hij. Hij stamde af van contractarbeiders en had weinig betrouwbare informatie over dat soort dingen.

Er was in de baai net een of andere manifestatie aan de gang met antieke zeilschepen. Schoeners, de zeilen vrijwel slap omdat er geen zuchtje wind stond, lagen in groepjes rond en achter Ellis Island. 'Vind jij dit ook zo'n geweldig tochtje?' zei de vriendin van Chuck. We gleden langs een van de schepen, een wirwar van masten en touwen en zeilen, waarop zij en Chuck net als een boel andere passagiers naar de bemanning begonnen te zwaaien. 'Zie je dat zeil daar?' zei Chuck. 'Dat driehoekige zeil helemaal bovenin? Dat is het schelzeil. Tenzij het de klapmuts is. Klapmuts of schelzeil, een van tweeën.'

'O, heb je tegenwoordig ook al verstand van zeilboten?' zei zijn vriendin. 'Is er ook iets waar jij geen expert in bent? Oké, wijsneus, wat is de begijn? Of het grietje. Wijs eens aan waar het grietje zit, als je er zoveel verstand van hebt.'

'Het grietje staat hier,' zei Chuck, en hij sloeg zijn arm iets steviger om haar heen. 'Jij bent mijn grietje.'

We naderden Manhattan, de veerboot begon vaart te minderen. In de schaduw van de dicht opeengepakte wolkenkrabbers had het water de kleur van pruimen. Passagiers kwamen uit de lounge naar het dek, dat vol begon te lopen. Het schip botste tegen de houten stootrand van de terminal aan en bleef stilliggen. In een drom gingen we aan wal en werden we opgeslokt door de enorme, holle terminal. Ik sleepte mijn crickethutkoffer mee en verloor Chuck en zijn vriendin uit het oog. Pas toen ik de terminal uit kwam zag ik ze weer. Ze liepen hand in hand richting Battery Park.

Ik nam een taxi en ging regelrecht naar huis. Ik was moe. Wat Chuck betreft, die interesseerde me wel, maar hij was bijna twintig jaar ouder dan ik, en in mijn vooringenomenheid verwees ik hem, de excentrieke, orerende scheidsrechter, naar het kringetje van mijn exotische cricketvrienden, dat geen enkel raakvlak had met de omstandigheden van mijn dagelijkse leven.

Die omstandigheden waren, het moet gezegd, ondraaglijk. Bijna een jaar was verstreken sinds mijn vrouw had aangekondigd dat ze New York ging verlaten en met Jake weer terugging naar Londen. Dat was gebeurd op een nacht in oktober, toen we naast elkaar in bed lagen, op de achtste verdieping van het Chelsea Hotel. Daar bivakkeerden we al sinds half september, we waren er in een soort staat van verlamming zelfs gebleven toen de autoriteiten ons allang weer permissie hadden gegeven om naar onze loft in Tribeca terug te keren. Onze suite had twee slaapkamers, een kitchenette, en uitzicht op het topje van het Empire State Building. Hij had ook een buitengewone akoestiek: als een vrachtwagen in de relatieve rust van de kleine uurtjes over een kuil in het wegdek denderde, klonk dat als een explosie, en toen er een keer met oorverdovend geraas een motor door de straat scheurde, was Rachel zo geschrokken dat ze moest overgeven. Ambulances snelden vierentwintig uur per dag door West 23rd Street oostwaarts, met een jankend escorte van politiemotoren. Soms verwarde ik het gehuil van de sirenes met de nachtelijke kreten van mijn zoontje. Dan sprong ik uit bed en ging ik naar zijn slaapkamer, waar ik hem machteloos kuste, al werd hij soms wakker van mijn ruwe gezicht en moest ik vervolgens bij hem blijven en zijn verstijfde ruggetje masseren tot hij weer in slaap viel. Daarna glipte ik naar buiten, het balkon op, waar ik bleef staan alsof ik de wacht hield. De bleekheid van die uren van zogenaamde duisternis was opmerkelijk. Pal naar het noorden gloeiden opeenvolgende dwarsstraten alsof elk een eigen dageraad bracht. De achterlichten van auto's, de opdringerige schittering van verlaten kantoorgebouwen, de verlichte winkelpuien, de oranjeachtige gloed van de straatlantarns: al die lichtvervuiling was verfijnd tot een stralende atmosfeer die als een laaghangende zilveren wolk boven Midtown hing en bij mij de krankzinnige gedachte wekte dat New Yorks laatste uur geslagen had. Als ik dan weer naar bed ging, waar Rachel zich slapende hield, werd ik totaal geobsedeerd door gedachten aan een plotselinge vlucht uit de stad. De lijst van onmisbare bezittingen was kort – paspoorten, een doos met foto's, het speelgoedtreintje van mijn zoontje, wat sieraden, de laptop, de meest geliefde schoenen en jurken van Rachel, een grote bruine envelop met officiële documenten – en als het erop aankwam, konden we zelfs die nog achterlaten. Zelfs ik was niet onmisbaar, onderkende ik met een merkwaardig gevoel van troost; en dan duurde het niet lang of ik raakte verstrikt in een telkens weerkerende droom waarin ik in een metro zat, en ik boven op een tikkend geval dook, mijn leven gevend om mijn gezin voor een wisse dood te behoeden. Toen ik Rachel over mijn nachtmerrie vertelde – want dat was het, aangezien de gedroomde bom elke keer ontplofte, waarna ik wakker schrok – stond ze voor de spiegel in de badkamer en verschikte ze iets aan haar kapsel. Zolang ik haar kende, had ze kort haar gehad, een jongenskapsel bijna. 'Denk maar niet dat je er zo makkelijk van afkomt,' zei ze, terwijl ze langs me heen naar de slaapkamer liep.

Ze had haar eigen angsten, en werd met name gekweld door het voorgevoel dat Times Square, waar het advocatenbureau waar ze werkte gevestigd was, het doelwit van de volgende aanslag zou zijn. Vooral het metrostation van Times Square was voor haar een beproeving. Elke keer dat ik voet zette in die provisorische betonnen onderwereld – het was ook de halte voor mijn werk, waar ik meestal al om zeven uur present was, twee uur voor Rachel haar werkdag begon –, proefde ik haar angst. In die gangen en tunnels was het een klimmen en dalen van eindeloze mensenmassa's die deden denken aan de onafgebroken voortstappende figuren van Escher. Peertjes met een hoog wattage hingen aan laag liggende steunbalken, en tijdelijke afzettingen en houten perrons en handgeschreven borden duidden erop dat om ons heen, maar ongezien, een grillig proces gaande was van opbouw dan wel afbraak. De onpeilbare en noodlottige sfeer werd nog versterkt door het altijd aanwezige spektakel, in een van de grootste spelonken van dat station, van een Latijns-Amerikaans mannetje dat danste met een levensgrote buikspreekpop. De man was helemaal in het zwart en hield zijn levenloze partner vast met een groteske gretigheid. Hij zweette en huppelde en schuifelde zich een weg door een reeks van, voor zover ik er kijk op heb, foxtrots en tango's en fandango's en paso dobles, waarbij hij zijn pop op het ritme van de muziek ingespannen heen en weer rukte dan wel tegen zich aan drukte, altijd met gesloten ogen. Voorbijgangers bleven staan en zetten grote ogen op. Hier was iets ijzingwekkends gaande – iets wat verder ging dan de vertwijfeling, economisch en artistiek, die was op te maken uit 's mans mistroostige gelaatstrekken, zelfs nog verder dan de seksuele perversiteit van zijn act. Die pop stond daar niet geheel en al los van. Haar handen en voeten waren vastgebonden aan die van haar meester. Ze droeg een wulps, zwart rokje en haar warrige haardos was al even zwart, en deed denken aan een zigeunermeisje in een stripverhaal. Op haar gezicht waren wat primitieve trekken getekend die haar iets wezenloos, ja, iets bodemloos gaven. Hoewel haar lichaam wel degelijk reageerde op de bedreven aanwijzingen van haar wederhelft – als hij zijn hand op haar romp legde, sidderde ze van extase – bleef haar uitdrukking wazig. Haar wezenloosheid was onweerlegbaar, eindeloos; en toch was die man haar regelrechte slaaf... Het lijdt geen twijfel dat ik in een ongezonde gemoedstoestand verkeerde, want hoe vaker ik getuige was van hun voorstelling, hoe meer ik erdoor geplaagd werd. Uiteindelijk kwam het zover dat ik niet meer in staat was dat duo te passeren zonder een opwelling van afgrijzen, en dan versnelde ik mijn pas en wierp ik me halsoverkop op de trap naar Times Square. Daar voelde ik me meteen een stuk beter. Tegen de heersende trend in vond ik Times Square in zijn nieuwste incarnatie wel prima. Ik had geen moeite met de veiligheidstroepen van Disney en de ESPN-zone en de rondhangende toeristen en de jeugd die samendromde voor de MTV-studio's. En waar anderen zich vernederd en gekleineerd voelden door de bestorming van hun zinnen, en boosaardigheid of een prometheïsche schaamteloosheid bespeurden in het traag voorbijglijdende nieuws op allerlei beeldschermen en in de twintig meter hoge gezichten die neerkeken vanaf billboards van vinyl en in de schitterende, schreeuwerige advertenties voor drankjes en Broadwaymusicals, beschouwde ik dat geflikker en spektakel zoals je de nekveren van bepaalde stadsduiven ook kon zien – als natuurlijke, nederige bronnen van iriserende kleuren. (Het was Chuck die mij er op Broadway een keer op wees dat de grijze massa van de rotsduif, een exacte weerspiegeling van de schakeringen van het trottoir, op de rug doorregen met asfaltkleurige veren, soms zomaar overging in een groene en paarse glans.) Misschien komt het door mijn werk, maar grote ondernemingen – zelfs de heel grote, met geëlektriseerde schermen die vlammen boven Times Square – komen op mij over als kwetsbare, behoeftige wezens, die er recht op hebben hun vitaliteit te demonstreren. Maar goed, zoals Rachel een keer heeft aangevoerd, mijn gevoeligheden zijn nog wel eens misplaatst.

Rachel lag op haar zij in het donker toen ze zei: 'Mijn besluit staat vast. Ik ga met Jake terug naar Londen. Ik ga morgen met Alan Watson bespreken of ik verlof kan krijgen.'

We lagen met de rug naar elkaar toe. Ik verroerde me niet. Ik zei niets.

'Ik zie geen andere oplossing,' zei Rachel. 'Het is gewoon niet eerlijk tegenover onze kleine Jake.'

Opnieuw zei ik geen woord. Rachel zei: 'Het kwam bij me op toen ik erover nadacht dat we onze spullen weer moesten pakken om terug te gaan naar Tribeca. En wat dan? Opnieuw beginnen alsof er niks gebeurd is? Met welk doel? Om ons weer die geweldige New Yorkse lifestyle aan te meten? Om dagelijks mijn leven te riskeren voor een job die me weghoudt bij mijn zoontje? Terwijl we het geld niet eens nodig hebben? Terwijl ik het niet eens leuk meer vind? Het is waanzin, Hans.'

Ik voelde dat mijn vrouw rechtop ging zitten. Het zou maar voor een poosje zijn, zei ze zacht. Alleen om een en ander weer een beetje in proportie te krijgen. Ze zou bij haar ouders intrekken en Jake een beetje aandacht geven. Dat had hij nodig. Dit leven hier, in zo'n waardeloos hotel, in een stad die is dolgedraaid, deed hem geen goed: was het mij opgevallen hoe aanhankelijk hij geworden was? Ik kon om de week overkomen; en we konden altijd bellen. Ze stak een sigaret op. Ze was weer gaan roken, na drie jaar niet gerookt te hebben. Ze zei: 'Misschien is het zelfs wel goed voor ons.'

Er viel weer een stilte. Ik voelde me, bovenal, moe. Vermoeidheid: als er één constant symptoom was van de ziekte waar we destijds aan leden, was het vermoeidheid. Op ons werk waren we onvermoeibaar; thuis ging het geringste vertoon van levendigheid onze krachten al te boven. 's Ochtends werden we wakker met een kwaadaardige vermoeidheid die zich in de loop van de nacht alleen maar leek te hebben opgeladen. 's Avonds, als Jake in bed lag, aten we zwijgend witte waterkers en doorschijnende noedels, uit een doosje, omdat we geen van beiden de kracht konden opbrengen ze op een bord te scheppen. Een heel tv-programma uitzien zonder in slaap te vallen lukte ons niet. Rachel was moe en ik was moe. Een banale toestand, zeker – maar onze problemen waren banaal, stof voor vrouwenbladen. Elk leven, herinner ik me nog dat ik dacht, belandt uiteindelijk in de helprubriek van een vrouwenblad.

'Wat denk je? Hans, zeg iets, in godsnaam.'

Mijn rug was nog steeds naar haar toegekeerd. Ik zei: 'Londen is ook niet veilig.'

'Maar het is wel veiliger,' zei Rachel, bijna medelijdend. 'Veiliger dan hier.'

'Dan ga ik mee,' zei ik. 'Dan gaan we alle drie.'

De asbak ritselde toen ze haar sigaret uitdrukte. 'Laten we niet al te veel verstrekkende beslissingen nemen,' zei mijn vrouw. 'Daar zouden we wel eens spijt van kunnen krijgen. Over een maand of twee hebben we alles weer veel meer op een rijtje.'

Een groot deel van de dagen en nachten daarna ging heen in een maalstroom van emoties en opties en discussies. Het is werkelijk verschrikkelijk als zich geen oplossingen meer aandienen voor problemen in de liefde, problemen in het gezin, problemen thuis.

We hadden het erover dat Rachel haar baan zou kunnen opzeggen of parttime zou kunnen gaan werken, we hadden het over verhuizen naar Brooklyn of Westchester of, waarom niet, naar New Jersey. Maar dan had je weer het probleem van Indian Point. Er was kennelijk een kernreactor in een plaats die Indian Point heette, nog geen vijftig kilometer verderop in Westchester County. Als daar iets ergs gebeurde, werd ons de hele tijd meegedeeld, zouden de 'radioactieve brokstukken', wat we ons daar ook bij moesten voorstellen, op ons neerdalen. (Indian Point: in de naam alleen al roerden zich de vroegste, de hardnekkigste angsten.) Dan was er de kwestie van de vuile bommen. Iedere gek kon kennelijk een bom maken met radioactief afval en die in Manhattan tot ontploffing brengen. Hoe waarschijnlijk was dat? Niemand die het wist. Er was maar heel weinig, op wat voor gebied dan ook, wat kenbaar of zeker was, en New York zelf – ideale bron van de metropolitische verstrooiing die als repliek dient op de grootste futiliteiten –

kreeg een afschrikwekkende, monsterlijke aard waarvan de realiteit Plato nog van de wijs zou brengen. We probeerden, zoals ik het weinig relevant analyseerde, te vermijden wat je een historische vergissing zou kunnen noemen. Dat wil zeggen, we probeerden te begrijpen of we ons in een pre-apocalyptische toestand bevonden, zoals de Europese joden in de jaren dertig of de laatste ingezetenen van Pompeii, of dat onze situatie slechts bijna-apocalyptisch was, zoals die van de inwoners van New York, Londen, Washington en trouwens ook Moskou ten tijde van de Koude Oorlog. In mijn bezorgdheid belde ik de vader van Rachel, Charles Bolton, en vroeg hem hoe hij destijds was omgegaan met de dreiging van nucleaire vernietiging. Ik wenste te geloven dat die episode in de geschiedenis, net als van die oude rampen die een geologisch veelzeggende stoflaag op de zeebodem hebben achtergelaten, de overlevenden met bijzondere informatie had bezwaddrd.

Charles was, geloof ik, nogal van zijn stuk gebracht – zowel door mijn vraag op zich als door het feit dat ik besloten had die vraag juist aan hem voor te leggen. Jaren geleden was mijn schoonvader de Rolls-Royce rijdende financieel directeur van een Brits concern geweest dat onder beruchte omstandigheden onderuit was gegaan. Hij was het daaropvolgende bankroet nooit helemaal te boven gekomen en hing, in de ouderwetse overtuiging dat hij al zijn kruit verschoten had, in huis rond met een berouwvolle, enigszins gekwetste glimlach op zijn gezicht. Alle financiële en alle huiselijke macht berustte nu bij zijn vrouw, die, als begunstigde van verscheidene trusts en erfenissen, belast was met het gezinsonderhoud, en toen Rachel opgroeide ontstond er een as van vrouwelijke macht waar de enige man in huis van was uitgesloten. Vanaf dat we elkaar kenden trok Charles af en toe een beleefd informerende wenkbrauw op bij wijze van uitnodiging om even, als mannen onder elkaar, het huis uit te glippen voor een rustig pintje, zoals hij dat noemde, in de plaatselijke pub. Hij was, en blijft, een onberispelijk geklede en uiterst innemende, pijprokende Engelsman.

'Ik weet niet of ik veel voor je kan betekenen,' zei hij. 'Je ging gewoon door en hoopte er maar het beste van. We bouwden geen bunkers in de tuin en vluchtten ook niet de heuvels in, als je dat soms bedoelt.' Hij begreep wel dat ik meer wilde horen, en voegde eraan toe: 'Ik geloofde daadwerkelijk in afschrikking, dat zal ook wel geholpen hebben. Deze figuren vormen een heel ander probleem. Je weet domweg niet welke redenering ze volgen.' Ik hoorde hem gewichtig met zijn pijp kloppen. 'Het lijkt me waarschijnlijk dat ze wel enige moed zullen putten uit wat er gebeurd is, denk je ook niet?'

Kortom, het viel niet te ontkennen dat het best mogelijk was dat New York nog een ramp wachtte, en dat het in Londen waarschijnlijk veiliger was. Rachel had gelijk, of althans, ze had het gezonde verstand aan haar kant, wat voor het doel van ons dispuut – de vorm die de meeste ruzies met Rachel aannamen – van doorslaggevende aard was. Haar mythische idee van mij was dat ik, zoals ze vaak naar voren bracht met een air alsof ze de grappigste ontdekking aller tijden had gedaan, een rationalist was. Die eigenschap vond ze bij mij aantrekkelijk: ze viel op mijn onwrikbare Nederlandse manier van doen, op mijn gemeenzame gebruik van het woordje 'ergo'. 'Ergonomie,' zei ze een keer tegen iemand die haar vroeg wat ik voor de kost deed.

Feitelijk was ik *equity analyst* voor M–, een handelsbank die veel in aandelen deed. De analysebusiness was, in de tijd dat wij in het Chelsea Hotel zaten, begonnen iets van zijn glans te verliezen, zeker als bron van overdreven status voor sommigen die erin praktiseerden; niet veel later zou ons vak zelfs enigszins berucht worden. Iedereen die op de hoogte is met het financiële nieuws van de laatste paar jaar, of zelfs maar de voorpagina van de *New York Post*, herinnert zich misschien de schandalen rond handel met voorkennis, en ik stel me zo voor dat de namen Jack B. Grubman en Henry Blodget bij een aantal zogenaamd gewone beleggers nog altijd een belletje doen rinkelen. Ik was niet persoonlijk betrokken bij die controverses. Blodget en Grubman zaten in de telecommunicatie en de technologie; ik analyseerde *large-cap* olie- en gasaandelen en niemand buiten de business kende mij. In de business begon ik een zekere reputatie als goeroe te verwerven: op de vrijdag van de week dat Rachel haar plan om naar Londen terug te keren bekendmaakte, had de *Institutional Investor* mij tot nummer vier in mijn sector gepromoveerd – een gigantische zes plaatsen hoger dan het jaar daarvoor. Om dat eerbetoon niet onopgemerkt voorbij te laten gaan werd ik door een aantal mensen van mijn kantoor mee op sleeptouw genomen naar een bar in Midtown: mijn secretaresse, die na één consumptie vertrok, twee energieanalisten genaamd Appleby en Rivera, en een paar salesjongens. Mijn wapenfeit had mijn collega's zowel blij als boos gestemd; aan de ene kant was het een veer op de hoed van de bank, die zij toch óók droegen; aan de andere kant stak die veer uiteindelijk toch in mijn hoedenlint – en de voorraad veren, en de financiële voordelen die ermee gepaard gingen, waren ook weer niet onuitputtelijk. 'Ik haat champagne,' hield Rivera me voor terwijl hij de vijfde fles die ik gekocht had in zijn glas leegschonk, 'maar aangezien jij straks wel het grootste deel van mijn eindejaarsbonus zult opstrijken, put ik er vanuit nivelleringsoogpunt in elk geval nog énige voldoening uit.'

'Jij bent een socialist, Rivera,' zei Appleby, terwijl hij met een dranklustig gebaar nog een fles bestelde. 'Dat verklaart veel.'

'Hé, Rivera, hoe is het aan het e-mailfront?'

Rivera was in een obscure strijd verwikkeld om zijn e-mailadres op kantoor ongewijzigd te houden. 'Hij heeft gelijk dat hij voet bij stuk houdt,' zei Appleby. 'Godsamme, Rivera is een merk op zich. Heb je je al laten registreren als handelsmerk, Rivera?'

'Registreer jij deze maar,' zei Rivera, en hij stak zijn middelvinger naar hem op.

'Hé, Behar zegt dat hij de leukste mop gaat vertellen die hij ooit gehoord heeft.'

'Vertel op, Behar.'

'Ik zei dat ik hem níét ging vertellen,' zei Behar geniepig. 'Hij is aanstootgevend.'

Er werd gelachen. 'Je kunt de mop wel voor ons omschrijven zonder hem te vertellen,' adviseerde Appleby hem.

'Het is de mop van de negerlul,' zei Behar. 'Hij is moeilijk te omschrijven.'

'Omschrijf hem gewoon, mietje.'

'Nou ja, de koningin staat dus op "Wachtwoord",' zegt Behar. 'En het wachtwoord is "negerlul".'

'Laat iemand Hans uitleggen wat "Wachtwoord" is.'

'Laat iemand Hans uitleggen wat een negerlul is.'

'En de koningin zegt' – en hier begon Behar te kwetteren als een Engelse dame – '"O! Kun je het eten?"'

'Jezus, Hans,' zei Rivera, 'wat is er aan de hand?'

Ik was opeens panisch geworden en was al overeind gesprongen. 'Ik moet ervandoor,' zei ik. 'Blijf rustig zitten.' Ik gaf Rivera mijn creditcard.

Hij verwijderde zich even van de anderen. 'Weet je zeker dat alles goed is? Je ziet er zo…'

'Met mij is alles goed. Veel plezier nog.'

Ik zweette toen ik bij het hotel aankwam. Na een paar kwellende minuten wachten op de enige lift die het deed, haastte ik me naar onze voordeur. In onze suite was alles rustig. Ik liep meteen door naar de kamer van Jake. Hij lag schuin in een wirwar van lakens. Ik ging op de rand van zijn IKEA-kinderbed zitten, legde zijn lijfje recht en dekte hem toe. Ik was aangeschoten; ik kon de verleiding om met mijn lippen langs zijn blozende wangen te strijken niet weerstaan. Wat was zijn twee jaar oude huidje warm! Wat waren zijn oogleden mooi!

In een nieuwe staat van opwinding ging ik naar mijn slaapkamer. Een lamp brandde bij het bed, waarin Rachel languit, roerloos, met haar gezicht naar het raam lag. Ik liep om het bed heen en zag dat haar ogen open waren. Rachel, zei ik zacht, het is heel simpel: ik ga met jullie mee. Nog in mijn jas knielde ik bij haar neer. We gaan met z'n drieën, zei ik. Ik strijk mijn bonus op en dan vertrekken we samen, als gezin. Londen zou prima zijn. Alles zou prima zijn. Toscane, Teheran, het maakt niet uit. Oké? Laten we het doen. Laten we er een avontuur van maken. Laten we leven.

Ik was trots op mezelf toen ik die rede afstak. Ik had mijn neigingen bedwongen.

Ze bewoog niet. Toen zei ze zacht: 'Hans, dit is geen kwestie van geografie. Je kunt dit niet geografiseren.'

'Wat is "dit"?' zei ik bazig, terwijl ik haar hand pakte. 'Wat is dat "dit"? Er is geen "dit". Er is alleen wij. Ons gezin. De rest kan me geen reet schelen.'

Haar vingers waren koel en slap. 'O, Hans,' zei Rachel. Haar gezicht kreukelde en ze huilde eventjes. Toen veegde ze haar neus af en zwaaide ze haar benen sierlijk uit bed en liep ze snel naar de badkamer: ze kan het niet helpen maar ze is heel kordaat. Ik trok mijn jas uit en ging op de grond zitten, met mijn rug tegen de muur. Ik luisterde aandachtig: ze had de kraan opengezet, spetterde water in haar gezicht en poetste haar tanden. Ze kwam weer terug en ging in de leunstoel in de hoek zitten, de armen om haar opgetrokken benen geslagen. Zij had ook een speech. Ze sprak als iemand die getraind is in het uiteenzetten van juridische kwesties, in korte zinnen, opgebouwd uit exacte woorden. Het moet minutenlang geduurd hebben, haar woorden kwamen één voor één, in dappere wolkjes, naar buiten, de hotelkamer in, woorden die de geschiedenis en de waarheid van ons huwelijk tot uitdrukking brachten. Er was veel bitterheid tussen ons geweest de laatste maanden, maar nu voelde ik veel genegenheid voor haar. Waar ik aan dacht, terwijl zij drie meter verderop met de armen om zich heen haar monoloog afstak, was de keer dat ze was komen aanrennen en in mijn armen was gesprongen. Ze was aan komen stormen en was met armen en benen wijduit boven op me gesprongen. Ik was bijna omgevallen. Ze was een kop kleiner dan ik en was met felle, klemmende knieën en enkels op me geklauterd tot ze op mijn schouders zat. 'Hé,' had ik geprotesteerd. 'Vervoer me,' commandeerde ze. En ik gehoorzaamde. Ik waggelde de trap af en droeg haar helemaal Portobello Road af.

Haar toespraak bereikte zijn hoogtepunt: we waren het vermogen met elkaar te praten kwijtgeraakt. De aanval op New York had een einde gemaakt aan alle twijfel daaromtrent. Ze had zich nog nooit zo alleen gevoeld, zo troosteloos, zo ver van huis, als de afgelopen weken. 'En dat is erg, Hans. Dat is erg.'

Ik had hier mijn eigen woorden tegenover kunnen stellen.

'Je hebt me in de steek gelaten, Hans,' zei ze, snuivend. 'Ik weet niet waarom, maar ik mag het van jou verder zelf uitzoeken. En ik kan het niet zelf uitzoeken. Dat kan ik niet.' Ze verklaarde dat ze nu overal vraagtekens bij zette, inclusief, zoals zij het verwoordde, de narratieve aspecten van ons huwelijk.

'De narratieve aspecten?' zei ik op scherpe toon.

'Het hele verhaal,' zei ze. Het verhaal van haar en mij, in voor- en tegenspoed, tot de dood ons scheidde, het verhaal van onze verbintenis met uitsluiting van alle anderen – het verhaal. Het klopte gewoon niet meer. Het was op de een of andere manier weerlegd. Als ze vooruitdacht, zich de jaren en de jaren voorstelde... 'Het spijt me, schat,' zei ze. Haar ogen stonden vol tranen. 'Het spijt me zo.' Ze veegde haar neus af.

Ik zat op de grond, mijn schoenen wezen onnozel naar het

plafond. Het gejank van ambulances op straat zwol aan, overspoelde de kamer en ebde gil voor gil weer weg.

'Is er nog íéts wat ik zeggen kan om je op andere gedachten te brengen?' zei ik noodlottig.

We bleven zwijgend tegenover elkaar zitten. Toen gooide ik mijn jas op een stoel en ging ik naar de badkamer. Ik pakte mijn tandenborstel en voelde dat die nat was. Ze had hem gebruikt met de onbewuste intimiteit van een huwelijkspartner. Een joelende snik rees op uit mijn borst. Ik begon te slikken en naar adem te happen. Een diepe, nutteloze schaamte vervulde mij – schaamte dat ik tekort was geschoten tegenover mijn vrouw en mijn zoontje, schaamte dat het mij aan de middelen ontbrak om te blijven vechten, om haar te zeggen dat ik weigerde te aanvaarden dat ons huwelijk plotseling mislukt was, dat alle huwelijken crises kenden, dat anderen hun crisis overleefd hadden en dat wij dat ook zouden doen, om haar te zeggen dat ze wel vanuit een shocktoestand kon spreken, of een andere tijdelijke toestand, om haar te zeggen dat ze moest blijven, om haar te zeggen dat ik van haar hield, om haar te zeggen dat ik haar nodig had, dat ik minder zou gaan werken, dat ik heel huiselijk was, dat ik geen vrienden en geen hobby's had, dat mijn leven alleen bestond uit haar en onze jongen. Ik voelde schaamte – dat is me nu duidelijk – omdat ik bij mezelf intuïtief een vreselijk, uitputtend fatalisme onderkende, een gevoel dat de grote gebeurtenissen in ons leven slechts in willekeurig verband stonden met onze inspanningen, dat het leven onherstelbaar was, dat liefde verliezen was, dat niets wat het zeggen waard was zegbaar was, dat alles dof en mat was, dat de desintegratie niet te stuiten was. Ik voelde schaamte omdat het voor mij was, niet voor terreur, dat ze op de vlucht ging.

En toch zochten we elkaar die nacht in de geblindeerde slaapkamer. In de weken die volgden, onze laatste als gezin in New York, hadden we seks met een frequentie die ons eerste jaar samen, in Londen, in de herinnering riep. Deze keer gingen we echter te werk alsof we vreemden voor elkaar waren, zonder te kussen – koel pakten en likten en zogen en neukten we de reeks kutten, lullen, konten en tieten die zich als vanzelf samenvoegden in die opeenvolgende maar telkens weer akelig geïsoleerde confrontaties met elkaar. Het leven zelf was lichaamloos geworden. Mijn gezin, de ruggengraat van mijn dagen, was verbrokkeld. Ik dwaalde rond in een ongewervelde tijd.

Een afschuwelijke bedachtzaamheid nam bezit van ons. In december wisten we de wil op te brengen om naar onze loft te gaan teneinde wat spullen op te halen. Er deden verhalen de ronde over verlaten appartementen in downtown waar het krioelde van het ongedierte, dus toen ik onze deur opendeed was ik op allerlei gruwelijks voorbereid. Maar afgezien van de stoflaag die de ramen bedekte was ons oude huis nog zoals we het hadden achtergelaten. We pakten wat kleren en op aandringen van Rachel zochten we ook nog wat meubeltjes uit voor in onze suite, waar ik zou blijven wonen. Zij bekommerde zich net zo om mijn welzijn als ik om het hare. We hadden afgesproken dat wat er verder ook gebeurde, we niet meer terug zouden gaan naar Tribeca. De loft zou verkocht worden en de netto-opbrengst, het prettige sommetje van ruim een miljoen dollar, zou worden geïnvesteerd in obligaties, aandelen met een veilige spreiding, en, op grond van een tip van een econoom die ik vertrouwde, goud. We hadden nog eens twee miljoen dollar op een gezamenlijke spaarrekening staan – de markt maakte me nerveus – en tweehonderdduizend op verschillende lopende rekeningen, ook op ons beider naam. We gingen er als vanzelfsprekend van uit dat geen van beiden het eerstkomende jaar juridische stappen zou zetten. Er was een kans, daar waren we het voorzichtig over eens, dat we er heel anders voor zouden staan als Rachel enige tijd buiten New York was geweest.

We vlogen met zijn drieën naar Engeland. We logeerden bij de heer en mevrouw Bolton in hun huis in Barnes, in Zuidwest-Londen, waar we op kerstavond arriveerden. We pakten cadeautjes uit op de ochtend van eerste kerstdag, aten gevulde kalkoen en aardappelen en spruitjes, dronken sherry en rode wijn en port, babbelden, gingen naar bed, sliepen, werden wakker en brachten nog eens drie bijna ondraaglijke dagen door met kauwen, slikken, nippen, wandelen en redelijke opmerkingen uitwisselen. Toen kwam een zwarte taxi voorrijden. Rachel bood aan met me mee te rijden naar het vliegveld. Ik schudde mijn hoofd. Ik ging naar boven, waar Jake met zijn nieuwe speelgoed aan het spelen was. Ik pakte hem op en hield hem in mijn armen tot hij begon te protesteren. Ik vloog terug naar New York. Het is met geen pen te beschrijven hoe ellendig ik me voelde, en zo ben ik me eigenlijk al die tijd blijven voelen dat ik omgang had met Chuck Ramkissoon.

Zo in mijn eentje was het net alsof ik als patiënt in het Chelsea Hotel was opgenomen. Ik bleef bijna een week in bed, in leven gehouden door een opeenvolging van mannen die aan de deur kwamen met bier en pizza's en spuitwater. Toen ik langzamerhand weer de deur uit ging – ik moest wel, anders kon ik niet naar mijn werk – nam ik de dienstlift, een met metaal beklede bak waarin het niet waarschijnlijk was dat ik ooit iemand anders zou tegenkomen dan een pruttelend Panamees kamermeisje of, zoals me één keer overkwam, een heel beroemde actrice die wegglipte na een afspraak met een man op de negende verdieping over wie het gerucht ging dat hij dealer zou zijn. Na een week of twee kwam er verandering in die dagelijkse sleur. De meeste avonden, als ik eenmaal gedoucht had en makkelijke kleren had aangetrokken, ging ik naar beneden, naar de lobby, waar ik lusteloos neerzeeg in een stoel bij de niet gebruikte open haard. Ik had een boek bij me maar daar las ik niet in. Vaak kreeg ik gezelschap van een heel aardige weduwe met een honkbalpetje die eindeloos maar kennelijk vruchteloos haar handtas doorzocht en, om een of andere reden, in zichzelf over Luxemburg zat te mompelen. Het komen en gaan van mensen in de lobby had iets verdovends, en ik putte ook troost uit de mannen van de receptie, die me uit medelijden uitnodigden om achter de balie naar allerlei sportprogramma's op hun televisie te kijken en vroegen of ik mee wilde doen met hun footballpool. Ik deed inderdaad mee, al had ik geen verstand van American football. 'Je hebt het goed gedaan gister,' zei Jesus, de omroeper, dan. 'O ja?' 'Zeker,' zei Jesus, en hij pakte de papieren erbij. 'De Bronco's hebben gewonnen, hè? En de Giants. Dat zijn twee winnaars die je goed had. Oké,' zei hij, met gefronst voorhoofd en zich nu concentrerend, 'maar je hebt verloren met de Packers. En de Bills. En ik denk met de 49ers.' Hij tikte met een potlood op zijn papier alsof hij nadacht over het problematische van mijn gokjes. 'Dus ik sta nog niet voor?' 'Op het moment niet, nee,' gaf Jesus toe. 'Maar het seizoen is nog niet voorbij. Je kunt het nog inlopen, makkelijk. Gewoon mee blijven doen, wie weet heb je volgende week meer geluk. Shit, man, alles is mogelijk.'

Als je de lobby niet meetelde had het Chelsea Hotel tien verdiepingen. Op elke verdieping was een schemerige gang met aan het ene eind een luchtschacht. Op mijn verdieping was aan het andere eind een deur met vergelend matglas, waardoor je de indruk kreeg dat daarachter een detectivekantoor was, in plaats van de brandtrap. De verdiepingen stonden met elkaar in verbinding via een statige trap met een diepe, rechthoekige leegte in het midden, zodat in het hart van het gebouw een afgrond gaapte. Aan alle muren hingen vagelijk onrustbarende kunstwerken van gasten uit heden en verleden. De mooiste en meest waardevolle exemplaren waren gereserveerd voor de lobby – ik zal nooit het roze, mollige meisje vergeten dat op een schommel boven de receptie hing, vrolijk wachtend op een duw richting West 23rd Street. Af en toe hoorde je gasten die maar een nachtje bleven – passanten, zoals het management ze noemde – opmerken dat ze het allemaal zo spookachtig vonden, en het verhaal ging dat de doden in het hotel midden in de nacht heimelijk uit hun kamer werden gehaald. Maar voor mij, terugkomend van kantoor of van korte tripjes naar Omaha, Oklahoma City, Cincinnati – evenzovele Timboektoes, vanuit mijn New Yorkse gezichtspunt – hadden het gebouw en de gemeenschap die erin gevestigd was niks griezeligs. Meer dan de helft van de kamers werd bewoond door mensen die er langdurig hun intrek hadden genomen en die mij met hun steelsheid en hun decoratieve verscheidenheid deden denken aan de populatie in het aquarium dat ik als kind had gehad, een donkere tank waarin goedkope vissen aarzelend tussen de waterplanten hingen en een zeester van kunststof van het grind op de bodem een firmament maakte. Dat gezegd zijnde, was er wel een overeenkomst tussen het zich flauw aftekenende, schimmige hotelvolkje en de fantasmagorische en sinds kort weer vage wereld aan de andere kant van de zware glazen deuren van het hotel, alsof het ene beloofde het andere te verklaren. Op mijn verdieping woonde een tachtiger van onbestemd geslacht – het kostte me een maand tersluiks onderzoek voor ik mezelf ervan overtuigd had dat het een vrouw was – die mij, bij wijze van waarschuwing en geruststelling, vertelde dat ze een wapen droeg en dat ze korte metten zou maken met iedereen die op onze verdieping voor overlast zorgde. Er was ook een oude en heel zieke zwarte heer (nu dood), die een legendarische drukker en lithograaf scheen te zijn. Er was een gezin met drie zoontjes die op de gang tekeergingen met driewielers en ballen en treinen. Er was een niet nader verklaarde Fin. Er was een pitbull die nooit uitging zonder een hijgende, dreigende meubelhandelaar op sleeptouw. Er was een Kroatische vrouw, van wie beweerd werd dat ze een beroemdheid was in het nachtleven, en er was een alom vereerde toneelschrijver en librettist, die het bijna interesseerde dat ik een beetje Grieks sprak en die me in de lift aan Arthur Miller voorstelde. Er was een meisje met gothic make-up die oppaste en honden uitliet. Ze waren allemaal vriendelijk tegen mij, de zonderling in pak en das; maar in al die tijd dat ik in het hotel woonde, had ik maar één buurman die op bezoek kwam.

Op een avond in februari werd er bij me aangeklopt. Toen ik opendeed, stond ik oog in oog met een man die verkleed was als engel. Een paar haveloze witte vleugels, misschien iets meer dan een halve meter lang en bevestigd aan een soort tuigje, staken boven zijn hoofd uit. Hij had een lange trouwjurk aan waarvan het lijfje met parels was versierd en droeg witte muiltjes met vuile strikken erop. Vlekkerig foundationpoeder, over zijn hele gezicht aangebracht, verhulde niet dat hij stoppels rond zijn mond had. Zijn haar viel in verwarde lokken op zijn schouders. Een tiara stond scheef op zijn hoofd en hij wekte een verwarde indruk.

'Het spijt me,' zei hij. 'Ik zoek mijn kat.'

Ik zei: 'Wat voor kat?'

'Een birmaan,' zei de engel, en opeens hoorde ik een buitenlands accent. 'Zwarte snuit en witte, tamelijk lange vacht. Hij heet Salvator… Salvy.'

Ik schudde mijn hoofd. 'Sorry, ik zou het zo niet weten,' zei ik. 'Ik zal naar hem uitkijken.' Ik wilde de deur weer dichtdoen, maar zijn wanhopige uitdrukking deed mij aarzelen.

'Hij is al twee dagen en twee nachten weg,' zei de engel. 'Ik ben bang dat hij ontvoerd is. Het zijn hele mooie katten. Ze zijn veel geld waard. Er komen allerlei mensen in dit hotel.'

'Hebt u al een briefje opgehangen?' vroeg ik. 'In de lift?'

'Ja, maar dat is er weer afgescheurd. Dat is verdacht, vindt u ook niet?' Hij toverde een sigaret tevoorschijn uit een plooi in zijn outfit. 'Hebt u een vuurtje?'

Hij kwam achter me aan naar binnen en ging zitten om zijn sigaret te roken. Ik deed een raam open. De vlossige randen van zijn vleugels trilden in de luchtstroom.

'Dit is een mooi appartement,' merkte hij op. 'Hoeveel betaalt u?'

'Genoeg,' zei ik. Mijn huur was zesduizend in de maand – geen beroerde deal voor een suite met twee slaapkamers, dacht ik eerst, tot ik erachter kwam dat het veel meer was dan welke andere gast ook betaalde.

De engel had een kamer op de vijfde verdieping. Hij was er twee weken eerder ingetrokken. Zijn naam was Mehmet Taspinar. Het was een Turk, uit Istanbul. Hij woonde alweer een aantal jaren in New York, nu eens hier, dan weer daar. New York, liet hij mij weten, was de enige plaats ter wereld waar hij zichzelf kon zijn – althans, tot voor kort. Terwijl hij zo sprak, zat Taspinar roerloos op de rand van zijn stoel, zijn voeten en knieën netjes tegen elkaar. Hij verklaarde dat zijn laatste huisbaas hem gevraagd had zijn appartement te verlaten omdat hij de andere huurders bang zou maken. 'Ik denk dat hij dacht dat ik misschien wel een terrorist was,' zei de engel goedaardig. 'In zekere zin kan ik hem nog wel begrijpen ook. Een engel is een boodschapper van God. In het christendom, het jodendom, de islam, zijn engelen altijd angstaanjagend – altijd soldaten, moordenaars, beulen.'

Ik liet in het midden of ik dit allemaal gehoord had. Ik verdiepte me demonstratief in een aantal documenten van mijn werk die ik uit mijn koffertje had gehaald.

Taspinar keek in de richting van de kitchenette. 'U drinkt wijn?'

'Wilt u misschien een glas?' zei ik zonder enthousiasme.

Taspinar nam het aan en legde bij wijze van vergoeding uit

dat hij zich nu twee jaar als engel verkleedde. Hij kocht zijn vleugels bij Religious Sex, aan St Mark's Place. Hij had drie paar. Die hadden hem negenenzestig dollar per paar gekost, zei hij. Hij liet me zijn rechterhand zien, waar hij aan elke vinger een grote gele steen droeg. 'Die waren twee dollar.'

'Hebt u al op het dak gekeken?' zei ik.

De engel trok zijn slordig geëpileerde wenkbrauwen op. 'Denkt u dat hij daar misschien is?'

'Nou ja, de deur boven aan de trap blijft wel eens openstaan. Uw kat zou daar naar buiten kunnen zijn geglipt.'

'Kunt u me dat laten zien?' Zijn vleugels beefden toen hij opstond.

'Je moet gewoon de trap op lopen tot je bij die deur komt. Het is heel makkelijk.'

'Ik ben een beetje bang,' zei Taspinar, en hij trok deerniswekkend zijn schouders op. Hij was minstens dertig, maar hij had het tengere, weerloze postuur van een ballenjongen.

Ik pakte mijn jas. 'Ik heb maar tien minuten,' zei ik. 'Daarna heb ik nog werk te doen.'

We beklommen de trap naar de negende verdieping en liepen door naar het trapportaaltje bij de opgang naar het dak. Zoals ik al had gedacht, stond de deur inderdaad open. We gingen naar buiten. Ik was één keer eerder op het dak geweest. Het dak was verdeeld in percelen die bij de mansardeappartementen hoorden. De mensen die er woonden hadden er tuinen van gemaakt met terrassen, stenen muurtjes, planten in potten en zelfs boompjes. In de zomer was het er heerlijk; nu was het winter, en afgrijselijk koud. Ik stapte voorzichtig over de bevroren sneeuw. Taspinar, die alleen zijn engelenkostuum aanhad en die op blote voeten in muiltjes liep, huppelde een andere kant op. Hij begon in het Turks zijn kat te roepen. Ik liep door in de richting van een boom die vol lichtjes hing en vond een plekje in de luwte. De verlichte piek van het Empire State Building doemde grijs en subliem voor me op. Ik had spijt dat ik geen hoed had opgezet. Toen ik me omdraaide zag ik de engel achter een torentje verdwijnen en vervolgens in krankzinnig vederen profiel opduiken tegen de rode gloed van het YMCA-bord aan de overkant. Hij riep de naam van zijn kat: Salvy! Salvy!

Ik ging naar binnen.

Als ik dacht dat ik hem had afgeschud, had ik het mis. Taspinar was een nachtvogel. Voortaan voegde hij zich 's avonds laat bij me in de lobby, waar hij altijd keurig rechtop naast me in een enorme houten leunstoel ging zitten. Het hoeft geen betoog dat zijn verschijning bij de passanten tot verbaasde en lacherige reacties leidde. Taspinar genoot van de aandacht maar reageerde zelden. Toen een dronken Japanner een keer vroeg of hij kon vliegen, schonk hij de man zijn gebruikelijke verbouwereerde glimlach. 'Natuurlijk zou ik wel wíllen vliegen,' vertrouwde Taspinar me later toe, 'maar ik weet dat ik dat niet kan. Ik ben niet kierewiet.'

Eigenlijk was die laatste bewering twijfelachtig. Ik hoorde dat Taspinar, voor hij bezeten was geraakt van zijn angelieke dwangneurose, enige tijd in een psychiatrische inrichting in New Hampshire had gezeten. Zijn vader, een rijke fabrikant, had de kosten voor zijn rekening genomen, net zoals hij nu de toelage uitkeerde die zijn zoon in staat stelde zijn dagen wel niet in luxe, maar dan toch in ledigheid te slijten. Het fabeltje waarop deze regeling was gebaseerd, was dat Taspinar een postdoctorale studie volgde aan de Columbia University, waar hij zich jaren geleden had ingeschreven. Toen ik me eenmaal over de gedachte heen had gezet dat het enige gezelschap waar ik halverwege mijn leven op kon rekenen, dat van iemand was die, zoals hij het formuleerde, de masculiene details van zijn leven niet langer kon verdragen, begon ik het onverwacht serene gezelschap van de engel enigszins te waarderen. Hij en ik en de mompelende weduwe met het honkbalpetje zaten op een rijtje als drie gekke oude zusters die al sinds jaar en dag door hun gespreksstof heen zijn. Taspinar bleek een tamelijk ongekunstelde man te zijn die, ondanks zijn ziekelijke verwarring, de kleine vreugdegaven die het dagelijks leven te bieden had moeiteloos aanvaardde. Hij savoureerde zijn koffie, las gretig kranten en vond allerlei onbeduidende gebeurtenissen heel vermakelijk. Wat betreft mijn situatie, waar hij af en toe naar informeerde maar verder weinig over zei, was hij attent. Terwijl mijn genegenheid voor hem toenam, gebeurde hetzelfde met mijn bezorgdheid. Als zijn barokke leed, te afschuwelijk en vreemd voor mij om bij stil te staan, acuut werd, verwaarloosde hij zichzelf. Dan droeg hij dagen achtereen dezelfde jurk (hij had er drie of vier), zijn zilverkleurige nagellak sleet af tot een visachtige glinstering, en zijn met was onthaarde rug viel ten prooi aan harde haartjes die her en der in bosjes de kop opstaken. Het meest verontrustend was echter de toestand van zijn vleugels. Zijn favoriete witte paar, waarin hij die eerste keer bij mij voor de deur had gestaan, maakte op de een of andere manier slagzij, waarop hij zwarte, verfomfaaide vleugels ging dragen waarmee hij op een kraai leek. Op een zaterdag nam ik het op me om naar de East Village te gaan en nieuw gevederte voor hem aan te schaffen. Ik koos een prachtig wit paar uit met glanzende lange vleugels. 'Hier,' zei ik, toen ik hem die avond in de lobby het pak wat stijfjes aanbood. 'Ik dacht dat die misschien wel van pas zouden komen.' Taspinar leek er erg mee ingenomen, maar ik had me vergist. Mijn geschenk is nooit meer gezien. Evenmin, overigens, als die kat.

Intussen deed ik pogingen mijn eigen welzijn te bevorderen. Op transoceanisch aandringen van Rachel ging ik naar een psychiater, een aardige man die me elke twintig minuten een pepermuntje aanbood en aanhanger was van het mooie, progressieve idee dat elke dag dat we geleefd hebben een soort bezit is dat ons, mits we er een waakzaam beheer over voeren, steeds dichter bij kennis van de meest glibberige soort brengt. Ik hield het drie sessies vol. Ik nam yogales in de YMCA tegenover het hotel. Dat ging beter, en toen ik voor het eerst in jaren mijn tenen aanraakte werd ik in mijn vingertoppen een sterkere impuls van leven gewaar. Ik was vastbesloten me open te stellen voor nieuwe richtingen, een project dat ik koppelde aan mijn ontsnapping uit het wazige landje waar ik mij, op een moment dat ik niet met zekerheid kon achterhalen, gevestigd had. Dat land, speculeerde ik, stond misschien wel in veelzeggend verband met het land waar ik fysiek woonde, dus om het weekend, telkens als ik naar Londen afreisde, naar mijn vrouw en zoontje, hoopte ik dat hoog de atmosfeer in vliegen, over grenzeloze massieven van mist of wolkjes die verspreid lagen als de uitwerpselen van Pegasus op een onzichtbaar platform van lucht, mij misschien ook uit mijn persoonlijke nevel zou opheffen. Dat wil zeggen, ik blikte terug op onze vriendschappelijke intercontinentale betrekkingen en bouwde uit die terugblikken de hoop op, en de theorie, dat het fundament van mijn gezin misschien toch wel betrouwbaar was, en dat onze oude eenheid nog altijd binnen bereik lag. Maar elke keer dat Rachel de deur van haar ouderlijk huis voor me opendeed, had ze een preventieve uitdrukking van vermoeidheid op haar gezicht en begreep ik dat de nevelsluier helemaal was meegereisd naar dit huis in West-Londen.

'Hoe was de vlucht?'

'Goed.' Ik friemelde aan mijn koffer. 'Ik heb nog een paar uur kunnen slapen.' Een aarzeling, en toen een Engels kusje voor elke wang – waar het ooit onze liefdevolle tic was geweest elkaar drie keer te zoenen, links, rechts en weer links, op de Hollandse wijze die Rachel zo vermakelijk vond.

Vroeger zou ze nooit nieuwsgierig zijn geweest naar zoiets prozaïsch als een vlucht. Haar diepste zelf verzette zich tegen clichés, zelfs van de inventieve, romantische soort – in haar ogen waren dat leugens. Toen wij voor elkaar gevallen waren was dat geen project geweest van boeketten en halssnoeren en geniale invallen mijnerzijds: geen hinderlagen met strijkkwartetten, noch verrassingstripjes naar koraaleilandjes in de Stille Oceaan. Wij hadden elkaar het hof gemaakt in de trant waar de Engelsen de voorkeur aan geven: alcoholisch. Onze liefde begon in beschonken toestand op een feest in South Kensington, waar we een uur hadden liggen vrijen op een berg donkere wollen jassen, en kreeg een week later in beschonken toestand een vervolg in een pub in Notting Hill. Zodra we de pub verlieten kuste ze mij. We gingen naar mijn flat, dronken nog meer en worstelden wat op een bank die piepend bewoog op vier wieltjes. 'Wat is dat vreselijke geluid?' riep Rachel uit met een belachelijke ruk van haar hoofd. 'De zwenkwieltjes,' zei ik, technisch. 'Nee, het is een muis,' zei ze. Ze maakte van ons samenzijn een doldwaze komedie, met haarzelf als Hepburn, wier benige schoonheid ik in haar herkende, en ik als de professor met stront in zijn ogen. Ik was geknipt voor die rol, uitzonderlijk lang als ik was, brildragend, en voortdurend knikkend en glimlachend. Ik heb de stuntligheid van die eerste rol nooit helemaal afgelegd. 'Is er niet iets minder muizerigs waar we heen kunnen?' vroeg ze. Later die nacht zei ze: 'Praat eens Nederlands tegen me,' en dat deed ik. *Lekker stuk van me,* gromde ik. 'O, nee, wacht, ik heb er nog eens over nagedacht,' zei ze, 'praat toch maar geen Nederlands tegen me.' Toen we maanden later wat nuchterder werden en als stel naar buiten traden, was ik gefascineerd door haar welsprekendheid in gezelschap. Ze sprak in complete zinnen en gave alinea's en bijna altijd in de stijlfiguur van het beknopte, goed opgebouwde betoog. Het was duidelijk dat ze een briljant advocate was. Mijn eigen omgang met de Engelse taal vond ze ontroerend vanwege mijn weinig elegante, lexicale precisie; ze vond het vooral geweldig als ik wat Latijn spuide dat was blijven hangen, hoe onzinniger hoe beter. O *fortunatos nimium, sua si bona novint, agricolas.*

Op een winderige zondagmiddag in maart 2002, toen ik een lang weekend in Londen was, gingen wij, Van den Broeks, een wandeling maken op Putney Common. Het was zo'n ongecompliceerd gezinsuitje dat mij sterkte in de overtuiging dat het nog altijd mogelijk was dat onze fysieke scheiding achteraf een mislukte grap zou blijken te zijn. Terwijl we allebei naar Jake keken, die op zijn driewieler voor ons uit reed, opperde ik dat het allemaal nog best aardig ging. Ze bleef strak voor zich uit kijken en reageerde niet. Ik zei: 'Wat ik bedoel is...'

'Ik weet wat je bedoelt,' onderbrak ze mij.

Jake stapte van zijn driewieler en holde naar een schommel. Ik tilde hem erop en begon hem te duwen. 'Hoger,' spoorde hij me opgewekt aan.

Rachel stond naast me, de handen in de zakken. 'Hoger,' herhaalde Jake elke keer dat hij weer mijn kant op zwaaide, en een poosje was zijn stem de enige die tussen ons opklonk. Zijn blijheid op de schommel had vooral te maken met de troost van het communiceren. Hij gaf onomwonden uiting aan zijn wens en die werd onomwonden ingewilligd. Onze zoon, was ons onlangs meegedeeld, had een te korte tongriem: de komst van bepaalde medeklinkers joeg zijn tong op de vlucht naar helemaal achter in zijn mond, waar hij pas weer uit tevoorschijn kwam in het veilige gezelschap van een klinker. Er was een operatie overwogen om het euvel te verhelpen, maar daarvan was uiteindelijk afgezien; voor mijn eigen spraakgebrek bestond echter niet zo'n facultatieve snelle oplossing. Van meet af aan was het Rachels rol geweest vrijuit en luchthartig te praten, en de mijne om nauwlettend te luisteren en alleen degelijke dingen te berde te brengen. Die stilzwijgende afspraak fungeerde als een soort waarborg voor onze emotionele kostbaarheden en was, in onze ogen, het verschil tussen ons en dollende stelletjes wier prietpraat aanvoelde als een soort sentimentele frivoliteit. Nu, naar woorden zoekend terwijl ik Jake hemelwaarts duwde, voelde ik me in het nadeel.

'We hadden gezegd dat we een en ander zouden evalueren,' zei ik uiteindelijk.

'Dat is ook zo.'

'Je moet alleen weten…'

'Dat weet ik al, schat,' zei Rachel snel, en ze liet haar kin zakken en wiebelde er even mee om enige verlichting te brengen in de massieve spanning die zich rotsvast genesteld had op de plek waar haar nek overging in haar rechterschouder. Er lag een zweem van uitputting rond haar hals die ik nooit eerder had gezien. 'Laten we niet gaan evalueren,' zei ze. 'Alsjeblieft. Er valt niets te evalueren.'

Een ander jongetje dook tussen ons op, even later gevolgd door zijn moeder. Het jongetje trok ongeduldig aan de schommel. 'Wacht even, wacht even,' zei zijn moeder. Ze was al belast met een baby in een draagzak, van wie een glimp te zien was. Fragmentarische glimlachjes werden uitgewisseld tussen de volwassenen. Het was bijna tien uur. Nog even en de speeltuin krioelde van de kinderen.

'Hoger,' zei mijn zoontje trots.

Er bleef nog het probleem wat te doen met mijn tussenliggende weekenden in New York. Rivera was van mening dat ik moest gaan golfen. 'Je lijkt op Ernie Els,' zei hij. 'Misschien heb je ook wel zijn swing.' Hij liep een eindje bij mijn bureau vandaan en maakte een driehoek van zijn armen en schouders. Hij was klein, compact en links. 'Ritme is waar het allemaal om draait,' legde hij uit. 'Ernie' – en bij dit woord vloog zijn backswing de lucht in – 'Els', en precies even lang als die lettergreep aanhield duurde zijn downswing. 'Zie je wel? Gewoon relaxed.' Rivera, die op zoek was naar een lob wedge, nam me mee naar een golfcentrum bij Union Square. In de oefenfaciliteit stond een rij glimmende irons in slagorde in een rek. 'Sla eens een bal,' zei Rivera, en hij duwde me een spelonk van metaalgaas in. Bruut die ik was, zwaaide en miste ik twee keer.

Maar ik was weer aan het bestaan van sporten herinnerd, en op een dag, ergens achter in april, toen ik een doos papieren in de kofferbak van een taxi liet zakken, zag ik een cricketbat tegen het omhulsel van de reserveband aan liggen. Het leek wel een begoocheling en ik vroeg onnozel aan de chauffeur: 'Is dat een cricketbat?' Toen we reden zei de chauffeur – mijn toekomstige teamgenoot Umar – dat hij elke week speelde voor een club in Staten Island. Zijn blik verscheen in het achteruitkijkspiegeltje. 'Lijkt het u wat?' 'Misschien,' zei ik. 'Ik denk het wel.' 'Ga zaterdag maar eens mee,' zei Umar. 'Misschien kunnen we een partijtje regelen.'

Ik knoopte tijd en plaats in mijn oren zonder één moment het plan op te vatten daadwerkelijk te gaan. Toen brak de eerste ochtend van het weekend aan. Het was een heldere, warme dag, van een Europese zachtheid, en toen ik langs de bloeiende perenbomen aan 19th Street liep werd ik bevangen door een heimwee naar soortgelijke zomerdagen in mijn jeugd, die, als het maar enigszins kon, aan cricket gewijd waren.

Want er wordt gecricket in Nederland. Er zijn een paar duizend Nederlandse cricketers en ze bedrijven hun sport met de ernst en georganiseerdheid die alle Nederlandse sportbeoefening kenmerkt. Vooral in het conservatieve, ietwat bekakte volksdeel waarin ik opgroeide houden ze van cricket, de spelers zijn een soort geesten uit een anglofiel verleden: ik kom uit Den Haag, waar burgerlijk snobisme en cricket, niet zonder onderling verband, in de grootste concentraties voorhanden zijn. We – dat wil zeggen: mijn moeder en ik – woonden in een twee-onder-een-kaphuis aan de Tortellaan, een rustige straat vlak bij de Sportlaan. Vanaf Houtrust, waar de overdekte ijsbaan was en waar ik voor het eerst in romantische ernst de hand van een meisje heb vastgehouden (niet op het ijs, maar in de cafetaria, waar jongeren bijeenkwamen om hun geld uit te geven aan puntzakken patat met mayonaise), liep de Sportlaan zuidwaarts naar de duinen en strandhotels van Kijkduin. Als je je fantasie gebruikte liep hij zelfs nog verder, naar Parijs: één keer zijn de voorovergebogen, in felle kleuren gehulde wielrenners van de Tour de France inderdaad als merkwaardigerwijs fietsende ara's langs komen suizen. Aan de andere kant van de Sportlaan was een bos dat de Bosjes van Pex werd genoemd, en in dat bos was de eerbiedwaardige voetbal- en cricketclub Houdt Braef Stand, oftewel HBS, gevestigd. Ik werd lid van HBS toen ik zeven was. Het gesprek over mijn eventuele lidmaatschap met mijn moeder woonde ik in gespannen afwachting bij. Ik weet niet wat ze met zulke gesprekken beoogden, maar ik had sowieso geen reden me zorgen te maken. Toen ze waren uitgepraat gaven de leden van de toelatingscommissie me plechtig een hand en zeiden: welkom bij HBS. Ik was dolblij. Ik was te jong om te beseffen dat ze allemaal mijn vader hadden gekend, die bijna veertig jaar lid van de club was geweest, en dat het voor hen een groot genoegen moet zijn geweest zijn zoon onder hun vleugels te nemen. Want zo functioneerden die sportverenigingen: ze namen tientallen jongens aan die nog nauwelijks droog achter de oren waren, waakten over hen alsof het hun eigen kinderen waren en hielden zich jaren met hen bezig, zelfs als er in sportief opzicht geen eer aan te behalen viel. Van september tot in april voetbalde ik, apetrots in het zwarte shirt en de zwarte broek van de vereniging die ik in de sportwinkel aan de Fahrenheitstraat had gekocht; en van mei tot in augustus crickette ik. Beide sporten waren me even lief, maar toen ik een jaar of vijftien was, had cricket de eerste plaats opgeëist. We speelden op pitches van kokosmatten en onze buitenvelden, die ook voor wintersporten werden gebruikt, waren traag, maar daar hield elke gelijkenis met het Amerikaanse cricket ook op.

Wat schrijnde, toen ik twee decennia later in 19th Street bleef stilstaan, was de herinnering aan zonnige en rustige ochtenden als deze in Chelsea, dat ik heerlijk in mijn eentje door de gefragmenteerde schittering van het bos rond het HBS-terrein fietste, met mijn rode Gray-Nicholls-tas op het stuur en een lamswollen trui over mijn schouders. Lacoste-poloshirts, helgekleurde truien met een V-hals, gaatjesschoenen, Burlingtonsokken met een ruitjespatroon, corduroy broeken: ik en mannen die ik kende kleedden zich zo, als jongen al. Toen kwam een tweede herinnering bovendrijven, aan mijn moeder die bij een wedstrijd van mij zat te kijken. Het was haar gewoonte ergens bij het zichtscherm aan de westkant een vouwstoel uit te klappen en daar uren te blijven zitten. Dan keek ze schriftelijke overhoringen na en keek af en toe op om de wedstrijd te volgen. Hoewel ze altijd vriendelijk was, praatte ze zelden met de andere toeschouwers die her en der langs de boundary stonden: witgeschilderde planken die een ruime kring vormden rond de batsman en zo de tijdelijke hemel van zijn innings begrensden. Je innings konden in een mum van tijd weer voorbij zijn, als een leven in de eeuwigheid. Was je uit, dan sjokte je mismoedig weg, onherroepelijk uit de wedstrijd verstoten: anders dan honkballers zijn amateurcricketers niet talloze malen aan slag. Je krijgt maar één kans, in het vuur van de strijd. Als ik niet aan slag was en ook niet in het veld stond, maakte ik meestal met een of twee teamgenoten een rondje – een wandeling rond het veld. Intussen rookten we een sigaretje en maakten we een babbeltje met een paar ouders of andere belangstellenden. Veel jongens kenden mijn moeder niet alleen van de vereniging, maar ook omdat ze les van haar hadden, of hadden gehad.

'Dag, mevrouw Van den Broek. Alles goed?'

'Ja, dank je, Willem.'

We waren hartelijke, ietwat arrogante jongelui – zo werden we grootgebracht.

Tijdens mijn studie klassieke talen in Leiden schoot mijn cricketcarrière bij HBS er steeds meer bij in. Toen mijn eerste volwassen betrekking, bij Shell, mij weer terugbracht naar Den Haag, was ik mijn club ontgroeid. Ik zou pas jaren later weer cricket gaan spelen, toen ik naar Londen verhuisde en analist werd bij de D–Bank. In Londen werd ik lid van de South Bank Cricket Club, aan de Turney Road, vlak bij Herne Hill, in het zuiden van de stad. Op verbazingwekkend gladgeschoren velden midden in allerlei dorpen in Surrey – de geur van in mei gemaaid gras maakt emoties bij me los waar ik nog altijd niet bij durf stil te staan – streden we zachtmoedig om de overwinning en dronken we warm bier op de terrassen van oude houten clubhuizen. Eén keer, na een zwak begin van het seizoen, boekte ik een training in de netkooi van Lord's. Een begeleider op leeftijd met het voorkomen van een butler deed de ballen in de werpmachine en zei telkens als mijn bat contact maakte met de lange huppelballen en halfvolleys die de machine gemoedelijk uitspuwde: 'Good shot, sir'. Het was allemaal even aangenaam, Engels en betoverend; maar na een paar seizoenen gaf ik er de brui aan. Nu mijn moeder niet meer keek, was cricket niet meer wat het geweest was.

Rachel kwam één keer naar de Turney Road. Te voet kwam ze aanzetten over de groene leegte van het sportveld. Mijn team stond in het veld en Rachel zat een uur in haar eentje in het gras. Ik kon op honderd meter afstand voelen dat ze zich verveelde. Tussen de innings, toen de teams thee dronken en cakejes en sandwiches aten, zaten we even bij elkaar. Ik nam een kop thee voor haar mee en voegde me bij haar, mij er terdege van bewust dat ik me afscheidde van de rijen spelers die aan de grote tafel zaten. 'Sandwich?' zei ik, terwijl ik haar een van mijn sandwiches aanbood, een lijmerig, kazig geval waar alleen een uitgehongerde speler zijn tanden in kon zetten. Ze schudde haar hoofd. 'Hoe hou je het uit hier?' liet ze zich ontvallen. 'Al dat gelanterfanter.' Ik glimlachte berouwvol. Maar omdat ze de middag niet wilde verpesten voegde ze eraan toe: 'Al staat die pet je wel leuk.' Het was haar enige poging tot toeschouwen.

Tot mijn verbazing bleef mijn moeder naar wedstrijden van HBS gaan, ook al speelde ik niet meer. Het was niet bij haar zoon opgekomen dat het volgen van zijn vorderingen misschien wel niet haar voornaamste doel was geweest. Hoewel ze zich op haar gemak voelde op de vereniging, heeft mijn moeder nooit blijk gegeven van dat talent voor vrolijkheid dat veel van de oudere mannen bezielde voor wie de club een soort tweede thuis was. Het clubhuis, met zijn borrels en biljarttafels, was niet aan haar besteed. Na de wedstrijd klapte ze haar stoel weer in en liep ze rechtstreeks naar de parkeerplaats, glimlachend naar de vele bekende gezichten die ze zag. Pas nu begrijp ik dat het ook voor haar iets kalmerends moet hebben gehad, het schouwspel, de klanken en het ritme van zo'n hele dag cricket, waarop de seconden vertragen en worden weggetikt door ballen die tegen bats aan kaatsen, en pas nu vraag ik me af wat er allemaal door haar hoofd heen ging terwijl ze daar zat met een rode deken over haar knieën, soms van elf uur 's morgens tot zes of zeven uur 's avonds. Ze was weinig mededeelzaam als het om zulk soort dingen ging. Als ze het over mijn vader had, was dat alleen om wat feitjes te vermelden – dat hij zijn werk op het ministerie van Defensie maar saai had gevonden; dat hij in Scheveningen graag haring met veel uitjes at die hij rechtstandig in zijn mond liet zakken; dat hij dol was op Cassius Clay. Mijn vader, Marcel van den Broek, was aanmerkelijk ouder geweest dan mijn moeder. Zij was drieëndertig toen ze in 1966 met elkaar trouwden, hij drieënveertig. In januari 1970 zat mijn vader op de passagiersstoel in een auto die vlak bij Breda reed, in het zuiden van het land. Er gebeurde een ongeluk en hij vloog door de voorruit. Hij overleefde het niet. Ik was toen nog geen twee.

Ik liep regelrecht van 19th Street naar de opslag bij de Chelsea Piers waar het meubilair uit onze loft was gedumpt en ging op zoek naar de cricketuitrusting die ik had meegenomen uit Europa. Het was nooit bij me opgekomen die spullen weg te doen, noch om ze weer te gebruiken. Mijn Duncan Fearnley-koffer stond achter in een hoek. De veersloten sprongen open, waarop de bittere marmeladegeur opsteeg van verwaarloosde cricketspullen. Het was er allemaal nog, de hele rotzooi: de Slazenger Viv Richards-pads waarvan het vulsel uit de naden lekte; handschoenen met dikke vingers, donker van het zweet; ongewassen witte sokken; een anti-erotisch suspensoir; en mijn HBS-trui, gekrompen en door de motten aangevreten, met bij de hals een rode V tussen twee zwarte V's, en op de borst twee zwarte teken die kraaien moesten voorstellen. Ik trok mijn oude bat tevoorschijn. Er zaten meer scheurtjes in dan ik mij herinnerde. Sporen van cricketballen uit een ver verleden kleurden de platte kant nog rood. Ik nam het versleten, met rubber omwikkelde handvat in mijn blote handen, liet me door de knieën zakken en nam een slaghouding aan. Ik zag een snelle halfvolley bij een paar dozen met boeken terechtkomen, stapte met mijn ene voet naar voren en sloeg de bal dromerig weg.

Ik keek op mijn horloge. Het was nog niet te laat om een taxi naar Staten Island te nemen.

Toen ik bij Walker Park aankwam, dacht ik even dat ik verkeerd zat. De met gras begroeide open plek die vanaf Bard Avenue te zien was, leek mij niet groot genoeg voor een cricketwedstrijd. Toen zag ik de oranjeroze pitch en besefte ik, tot mijn ontsteltenis, dat dit het was.

Ik had de fout gemaakt stipt op tijd te komen. Afgezien van twee figuren midden op het veld, die met een metalen handroller op de track bezig waren – door de week werd de klei door de mensen uit de buurt achteloos vertrapt –, was er niemand te zien. In een staat van moedeloosheid bleef ik bij het clubhuis staan wachten. Een heel uur na de afgesproken tijd kwamen nog een paar spelers van Staten Island opdagen. Umar, mijn enige connectie, was er niet bij. Het metalen luik van de kelder werd opengemaakt en er werden plastic stoelen uit gehaald, een paar tafeltjes en, heel theatraal, de acht meter lange kokosmat, opgerold tot een gigantische, opbollende cilinder die aan een sigaar deed denken. Zes man droegen de mat op drie wicketpaaltjes naar het midden van het veld. Het bezoekende team kwam opeens ook aanzetten en bleef wat rondhangen in dat onheilspellende waas dat tegenstanders voor een wedstrijd altijd omgeeft. Ik besloot op de thuisspelers af te stappen die bezig waren pennen te slaan in de lussen waar de mat mee omzoomd was. 'Umar zei dat ik maar eens langs moest komen,' deelde ik mee. Tussen de oudere mannen ontstond enige discussie. 'Ga maar met de captain praten,' zei een van hen, en hij verwees me weer naar het clubhuis.

De captain, van zijn stuk gebracht door mijn aanwezigheid, zei dat ik maar even moest wachten. Een paar spelers hadden hun witte kleren inmiddels aangetrokken en wierpen elkaar wat oefenballen toe. De thuisspelende ploeg leek mij voornamelijk uit Indiërs te bestaan. Ze spraken een rauw soort Engels, voor mij nauwelijks verstaanbaar, waarvan ik veronderstelde dat het niet hun moedertaal was. Pas later begreep ik dat het West-Indiërs waren, geen Aziaten, en dat ze met elkaar spraken in hun eerste en enige taal, een stekelig dialect vol grammaticale binnenbochten en juwelen van uitdrukkingen die ik nooit eerder had gehoord.

Na enig beraad tussen de captain en een paar anderen stelden ze voor dat ik een andere keer maar eens moest terugkomen, als ze een vriendschappelijke wedstrijd hadden. Dat deed ik. Ik bleef de rest van de zomer spelen. Omdat mijn beschikbaarheid samenviel met de cyclus van uitwedstrijden, nam ik elke veertien dagen een taxi naar Queens of Brooklyn, of liftte ik met teamgenoten mee naar verdere bestemmingen. We spraken altijd af in Canal Street of in Jersey City. Daar kwam de minibus voorrijden, een hand al uit het raampje aan de passagierskant zodat ik er een klap tegenaan kon geven. 'Hé, Hans, jongen, alles kits?' 'Hé, Joey, hoe gaat-ie? Hoi, Salim, hartstikke mooi dat ik mee kan rijden.' 'Altijd, jongen, ruimte zat.' Ik kroop bij mijn teamgenoten. Niemand die klaagde: ik had al dat plekje ingenomen dat bij groepjes mannen altijd beschikbaar is voor zwijgzame, niet al te beroerde gasten. Er stond chutneymuziek op, meedogenloos snerpende, vrolijke smeekbeden die ons begeleidden naar New Jersey, Philadelphia, Long Island. We zaten meestal zwijgend in het busje, in beslag genomen door de humeurigheid waar sporters door bevangen raken als ze nadenken over het drama dat hun wacht – of dat juist even van zich af proberen te zetten. Waar we over praatten, als we praatten, was cricket. Er was niks anders om over te praten. De rest van ons leven – werk, kinderen, vrouwen, zorgen – viel van ons af, alleen die sport, onze kern en bestemming, bleef over. Vrouwen waren er zelden bij. Hun moment kwam op de jaarlijkse familiedag, een zaterdag in augustus in Walker Park. Met die familiedag compenseerden de mannen – en daar kwamen ze heel goed mee weg – wat hun vrouwen en kinderen in de loop van het seizoen te kort waren gekomen. De mannen bereidden het eten – met veel misbaar, op enorme verrijdbare barbecues – en de vrouwen speelden intussen, met hartverscheurende blijmoedigheid, een chaotisch potje cricket met de kinderen. Er werden hardloopwedstrijdjes gehouden, er waren hotdogs en papieren borden vol curry chicken en dal puri, en iedereen ging met een aandenken naar huis.

In het wereldje van mannencricket stond ik van mezelf te kijken. Ik was vierendertig, ik had steeds meer last van rugklachten, maar ik merkte dat ik de bal van vijfendertig meter afstand nog steeds met een strakke worp in de handschoenen van de wicketkeeper kon gooien, dat ik nog steeds hoge ballen kon vangen, dat ik nog steeds outswingers kon werpen in een gematigd tempo. Ik kon ook nog steeds een cricketbal slaan; maar de vlam van rollend leer werd bijna altijd gesmoord in hoog opgeschoten onkruid. De verrukking van het batten werd mij ontzegd.

Uiteraard stond het mij vrij een en ander aan te passen. Er was in principe niets wat mij ervan weerhield het spelletje anders te gaan spelen, en te gaan hakken en meppen zoals veel van mijn teamgenoten vol overgave deden. Maar ik had het idee dat het voor hen gewoon anders lag. Zij hadden van kindsbeen af gecricket op in het licht badende parkeerplaatsen in Lahore of op ruige open plekken, ergens op het West-Indische platteland. Zij konden hun slagen aanpassen zonder mentale ontreddering, en dat deden ze ook. Ik kon dat niet. Of preciezer gezegd, ik wilde het niet – wat in mijn geval uitzonderlijk was. Toen ik naar Amerika kwam (ik was daar graag toe bereid geweest, al was het niet in de eerste plaats om mij dat we gingen: het was Rachel die gesolliciteerd had toen er een vacature kwam bij de New Yorkse vestiging van het kantoor waar ze werkte, en ik die naar een andere baan had moeten omzien), had ik enthousiast nieuwe gewoontes en hebbelijkheden aangenomen ten koste van oude. In mijn soepele, plooibare nieuwe thuisland miste ik het oude, gestolde continent geen moment. Maar zelftransformatie kent haar grenzen; mijn grens werd bereikt in de typische kwestie van het batten. Ik bleef koppig batten zoals ik dat altijd gedaan had, al betekende dat dat ik geen runs meer maakte.

Sommige mensen hebben er geen moeite mee zich met hun jongere incarnaties te identificeren. Rachel, bijvoorbeeld, praat over episodes uit haar kinderjaren of haar studietijd alsof het haar diezelfde ochtend nog overkomen is. Ik daarentegen ben schijnbaar nogal vatbaar voor zelfvervreemding. Ik vind het moeilijk mij een te voelen met die voormalige zelven wier ongelukken en inspanningen mij mede gevormd hebben. De schooljongen aan het Gymnasium Haganum; de student in Leiden; de onnozele trainee executive bij Shell, de analist in Londen; zelfs de dertigjarige die met zijn opgewonden jonge vrouw naar New York vloog: mijn gevoel is dat die allemaal zijn vervaagd, in de loop der jaren, en uiteindelijk verdwenen. Maar ik denk nog steeds aan mezelf, en ik vrees dat ik dat altijd zal blijven doen, als de jongeman die in Amstelveen met een hausse aan cuts honderd runs scoorde, die in Rotterdam, in de tweede slip, met een snoekduik die ene bal ving, die met veel geluk een hattrick scoorde bij de Haagsche Cricket Club. Deze en andere cricketmomenten zijn in mijn geheugen geëtst als seksuele herinneringen, altijd oproepbaar, en in die lange eenzame nachten in het hotel, als ik me wilde afschermen van de droefste gevoelens, waren ze in staat me wakker te houden terwijl ik ze opnieuw doorleefde en liggend in bed machteloos treurde om de mysterieuze belofte die ze ooit hadden ingehouden. Mezelf opnieuw uitvinden teneinde als een Amerikaan te gaan batten, en de bal voortaan op honkbalachtige wijze de lucht in te meppen, vereiste meer dan gewoon een met veel moeite aangeleerde stijl achter me laten. Het zou betekenen dat ik een fijn, wit draadje zou moeten doorknippen dat, door de jaren heen, terugliep naar mijn bemoederde zelf.

Ik kwam Chuck bij toeval weer tegen. In de nazomer opperde een vriend van me van een pokerclubje waar ik kortstondig deel van uitmaakte, een restaurantcriticus genaamd Vinay, dat ik het misschien wel aardig zou vinden hem te vergezellen op zijn culinaire strooptochten. Vinay schreef voor een of ander magazine een column over New Yorkse restaurants, met name goedkope, weinig bekende restaurants: een enerverende taak die hem in een tredmolen zette van eten en schrijven en eten en schrijven die hij alleen niet aankon. Het maakte Vinay niet uit dat ik geen verstand van eten had. *'Fuck that, dude,'* zei hij. Vinay kwam uit Bangalore. 'Ga gewoon mee en zorg dat ik niet gek word. Als we een stuk Hollandse kaas voorgeschoteld krijgen, vraag ik jou wel naar je mening. Verder is het gewoon bikken geblazen. Het wordt allemaal betaald.' Zodoende vergezelde ik hem zo nu en dan naar tenten in Chinatown of Harlem of Alphabet City of Hell's Kitchen, of, als hij echt radeloos was en hij zich over zijn afkeer van verderaf gelegen wijken heen kon zetten, Astoria of Fort Greene of Cobble Hill. Vinay was er allemaal niet zo blij mee. Hij vond dat hij over chef-koks met grote namen en dito restaurants zou moeten schrijven, of dat hij zijn lezerspubliek zou moeten voorlichten over kwaliteitswijnen of – zijn obsessie – single malt whisky's. 'Ik had altijd de pest aan whisky,' vertelde hij. 'Mijn vader en zijn vrienden dronken niks anders. Tot ik erachter kwam dat ze geen echte whisky dronken. Ze dronken Indiase whisky – nepwhisky. McDowell's, Peter Scot, van die drank die bijna naar rum smaakt. Toen ik scotch ging drinken – toen begon ik te begrijpen waar het bij whisky allemaal om gaat.' Vinay vond het onaangenaam zich te moeten inlaten met de eigenaars en koks van die goedkope tentjes, immigranten die in het algemeen nauwelijks Engels spraken en geen bijzondere reden zagen om tijd aan hem te besteden. Wat hem ook dwarszat was de gigantische verscheidenheid aan cuisines waar hij zijn licht over moest laten schijnen. 'De ene avond is het Kantonees, dan is het Georgisch, dan is het Indonesisch, dan Syrisch. Ik bedoel, volgens mij zijn dit goede baklava's, maar wat weet ik daar godverdomme van? Hoe kan ik dat nou met zekerheid zeggen?' Toch, als hij schreef, legde Vinay een opgewekt soort stelligheid en deskundigheid aan den dag. Ik ging geregeld met hem op stap en begon meer en meer besef te krijgen van de onwetendheid, de tegenstrijdigheden en de taalproblemen waar hij mee te kampen had, en van de twijfelachtige bronnen waar hij zijn informatie uit haalde, de schijnbaar peilloze geschiedenis en duisternis waar al die New Yorkse gerechten uit voortkwamen. En naarmate ik vaker met hem op stap ging werd ik steeds argwanender, en groeide bij mij het vermoeden dat hij uiteindelijk niet veel meer deed dan misvattingen ophoesten en verspreiden, dat zijn stukjes niet veel meer waren dan evenzovele bijdragen aan de eindeloze complexiteit van de wereld.

Mijn inspanningen op de werkvloer, het moet gezegd, werden door soortgelijke twijfels besmet. Die inspanningen bestonden erin dat ik, van achter mijn bureau op de eenentwintigste verdieping van een glazen toren, betrouwbare meningen ten beste gaf over de huidige en toekomstige waarde van bepaalde gas- en olievoorraden. Als ik een belangrijk nieuw inzicht had verworven, liet ik dat 's ochtends, vlak voor de markten om acht uur opengingen, aan de salesmensen weten. Dan ging ik achter een microfoon aan de rand van de handelsvloer staan en stak ik een korte, goddeloze preek af voor twijfelende broeders en zusters die over de computerschermen verdeeld waren. Na die preek liep ik nog eens een halfuur over de handelsvloer om de bijzonderheden door te nemen en uit te leggen.

'Hans, die joint venture met Gabon, is die waterdicht?'
'Misschien.'
Gegrinnik alom. 'Wie is daar de CEO? Johnson?'
'Johnson zit tegenwoordig bij Apache. Frank Tomlinson is de nieuwe man. Die komt van Total. Maar ze hebben nog dezelfde FD, Sanchez.'

'Hm. En over wat voor ontwikkelingskosten hebben we het hier?'

'Vijf dollar per vat, maximaal.'

'Hoe dachten ze dat te gaan doen?'

'De belastingconstructie is goed. En ze betalen maar twee dollar royalty.'

'O, nou ja. Ik moet wel een beter verhaal hebben.'

'Je zou Fidelity eens kunnen proberen. Daar ben ik maandag geweest. Wat verteld over innovatieve horizontale boortechnologie. Dat is trouwens een verhaal op zich... Delta Geoservices. Karen weet er meer van.'

Iemand anders: 'Karen mag mij altijd voorlichten over horizontale boortechnieken, daar mag ze me 's nachts voor wakker maken.'

'Nou, wat zeg je, Hans. Dutch of Double Dutch?'

Ik glimlachte. 'Ik zeg Double Dutch.' Het was wel onevenredig veel eer, maar die informele frase van mij – 'Dutch' betekende een gewone aanbeveling, 'Double Dutch' was een sterke aanbeveling – was de taal van de bank binnen geslopen, en vandaar ook die van bepaalde sectoren in de industrie.

Ik mocht mijn collega's en ik respecteerde hen: alleen al hun aanblik kon mij met vreugde vervullen – de mannen gladgeschoren en uitdijend rond hun middel, waar ze allerlei badges en gadgets hadden hangen, de vrouwen in stemmige pakjes, allen zo goed mogelijk hun last dragend. Maar in het najaar van 2002 was zelfs mijn werk, de grootste van de potten en pannen die ik onder het lekkende plafond van mijn leven had gezet, te klein geworden om mijn ellende te bevatten. Ik had het sterke gevoel dat het een maskerade was, dat eindeloze ophoesten van researchverslagen, dat vol blaffen van antwoordapparaten van cliënten met mijn nieuwste gedachten over Exxon Mobil of ConocoPhillips, dat luisteren naar oliebonzen die hun prestaties probeerden te verpakken in moeizaam jargon, dat voor zonsopgang naar lullige stadjes in het middenwesten vliegen voor ontmoetingen met investeerders, dat gekibbel over de pikorde onder de analisten, dat gestres om mijn populariteit en vermeende competentie vooral niet te verwaarlozen. Ik voelde me net als Vinay: uit brokjes en schilletjes feitenmateriaal kookte ik allerlei verzinsels op. Toen ik in oktober voor het tweede achtereenvolgende jaar op de vierde plaats in de pikorde bleek te staan, was mijn heimelijke reactie er bijna een van verbittering.

Op een vrijdag in die maand trof ik Vinay in een slecht humeur. Ze hadden hem gevraagd zijn licht te laten schijnen over tenten waar taxichauffeurs aten. De achterliggende theorie scheen te zijn dat taxichauffeurs bij uitstek vertrouwd waren met allerlei keukens en van daaruit hun keuzes maakten uit het gigantische aanbod, terwijl ze zelf geen belang hadden in het burgerlijke restaurantwezen: het waren mannen die zogenaamd gedreven werden door een oprechte, primitieve begeerte, een hunkering naar een stukje moederland en moeders kookkunst, mannen die je, kortom, regelrecht naar het zogenaamde betere werk leidden. Uiteraard kon ik die theorie niet anders zien dan als een oefening in simplisme. Vinay had bezwaren van minder algemene aard. 'Taxichauffeurs?' zei hij. 'Heb jij ooit een taxichauffeur iets horen verkondigen wat geen totale bullshit was? Ik zeg tegen mijn redacteur, ik zeg, man, ik kom godverdomme uit India. Denk je dat wij ons in India door taxichauffeurs laten vertellen waar we eten moeten? Ik zeg' – Vinay lachte grimmig – 'Vinay is de naam, hoor, niet Vinnie, oké? Vinay.' Vinay was om gegaan, want zo gaan die dingen, en we vonden een taxi met een chauffeur uit Dhaka die wel bereid was ons naar een restaurant te brengen waar hij graag kwam. Dit procedé herhaalden we met verscheidene taxichauffeurs. We bekeken het menu, aten een hapje en gingen weer naar buiten, op zoek naar de volgende taxi. Het duurde niet lang of de avond had de gedaante aangenomen van een akelige zwarte soep, ergens onderweg gekeurd, waarvan de petieterige, vettige bestanddelen misselijkmakend kwamen bovendrijven alvorens weg te zinken in een lepeldiepe duisternis. Vlak voor middernacht bracht een taxichauffeur ons naar de kruising van Lexington en de zoveel-en-twintigste straat en sloot zwijgend aan bij de zoveelste rij dubbel geparkeerde gele auto's.

'Dit is de laatste, Vinay,' waarschuwde ik.

We gingen naar binnen. Er was een buffet. Stoelen, tafeltjes en koelkasten waren opzettelijk lukraak door elkaar gezet, en aan de muren hingen ingelijste foto's in schreeuwende kleuren: schoolkinderen, onder een boom, en hun onderwijzer die met een stok naar een bord wees; een idylle waarin een meisje met lange haren op een schommel zat; een Pakistaanse stad bij nacht. Achterin was nog een ruimte waar mannen zwijgend zaten te eten, een en al oog voor een televisie. Bijna alle gasten waren Zuid-Aziatisch. 'Moet je zien wat ze eten,' zei Vinay vertwijfeld. 'Naan met groenten. Het is zwaar lowbudget hier.' Terwijl Vinay het menu bestudeerde, liep ik even naar achteren om naar de televisie te kijken. Tot mijn verbazing – ik had dat nog nooit eerder gezien in Amerika – was er een cricketwedstrijd op: Pakistan tegen Nieuw-Zeeland, live vanuit Lahore. Shoaib Akhtar, ook wel de Rawalpindi Express genoemd, was op volle snelheid aan het bowlen naar de captain van Nieuw-Zeeland, Stephen Fleming. Verrukt liet ik me op een stoel zakken.

Even later voelde ik een klopje op mijn schouder. Het duurde een paar tellen voor ik Chuck Ramkissoon had herkend.

'Hé, vriend,' zei hij. 'Kom bij ons zitten.' Hij wees naar een tafeltje waaraan een zwarte man zat in een conciërgeoverhemd waarop het adres van zijn gebouw geborduurd was, alsmede zijn eigen naam, Roy McGarrell. Ik aanvaardde zijn uitnodiging en even later kwam Vinay ook aanzetten met een blad met gajrala en kip karahi.

Ik moedigde Chuck en Roy aan er ook van te nemen. 'Vinay wordt ervoor betaald om dat te eten. Jullie zouden hem er een plezier mee doen.'

Roy bleek, net als Chuck, van Trinidad te komen. 'Callaloo,' zei Vinay afwezig, en Roy en Chuck begonnen zich hoorbaar te verkneukelen. 'Ken je dat?' vroeg Roy. En tegen mij: 'Callaloo, dat zijn de blaadjes van de taro. Taro is niet zo makkelijk te krijgen hier.'

'Wat dacht je van de markt op Flatbush en Church?' zei Chuck. 'Daar hebben ze het wel.'

'Zou kunnen,' gaf Roy toe. 'Maar als je het niet kunt krijgen, maak je het met spinazie. Je doet er kokosmelk bij: je raspt het vruchtvlees van de kokosnoot en perst het vocht eruit. Je doet er ook een hele groene peper in – die is niet heet tenzij je hem openbreekt – tijm, bieslook, knoflook, ui. Normaal gesproken doe je er blauwe krab bij; anderen doen er ingemaakte varkensstaart bij. Je kookt en je pakt een roerstok en je roert tot die hele rimboe indikt tot de dikte van een tomatensaus. Dat is de ouderwetse bereidingswijze; tegenwoordig gaat het in de mixer. Schenk maar over gestoofde vis – koningsvis, Spaanse makreel: mmm-hmm. Je eet het ook wel met yam, zoete aardappel. Noedel.'

'Hij heeft het niet over Chinese noedels, hoor,' zei Chuck tegen Vinay.

'Onze noedel is anders,' zei Roy. 'Chinese noedel is zacht. Wij maken onze noedel stijf.'

'Callaloo,' zei Chuck smachtend.

'We aten het altijd aan Maracas Bay,' zei Roy. 'Of Las Cuevas. Maracas, het water is daar ruwer maar het strand is populairder. In Las Cuevas is het water kalm. Pasen? O, mijn god, dan is het volle bak. Soms lopen ze kilometers door de bergen om er te komen. Je brengt paaszondag en paasmaandag op het strand door. Je pakt je tas met ingrediënten apart in. Je pakt je sweet drink – wij noemen sodawater sweet drink –, je pakt je auto en iedereen neemt een badpak mee, en je gaat naar het strand en brengt de hele dag door met eten, baden. O jee.' Hij huiverde van genot.

'Ik ben een keer bijna verdronken in Maracas,' zei Chuck.

'De stromingen zijn daar levensgevaarlijk,' zei Roy.

Chuck overhandigde Vinay een kaartje. 'Misschien kun je ook een keer in mijn restaurant komen.'

Vinay bekeek het kaartje. 'Koosjere sushi?'

'Dat is wat wij serveren, ja,' zei Chuck trots. Hij boog zich naar hem toe om op het kaartje te wijzen. 'En daar zitten we – Avenue Q en Coney Island.'

'Loopt het een beetje?' vroeg ik.

'Uitstekend,' zei hij. 'We mikken op de joden in de buurt. Er wonen er duizenden, en allemaal belijdend.' Chuck gaf mij ook een kaartje. 'Ik heb een joodse zakenpartner die het vertrouwen geniet van de rabbijn. Dat maakt het een stuk makkelijker. Een koosjer-certificaat krijgen is verdomd lastig, hoor. Lastiger dan de farmaceutische industrie, zeg ik altijd. Het is niet te geloven tegen wat voor problemen je aan loopt. Eerder dit jaar hebben we nog last gehad met zeepaardjes.'

'Zeepaardjes?' zei ik.

'Weet je hoe je nori controleert,' vroeg Chuck, 'het zeewier waar je sushi in wikkelt? Dat doe je boven een lichtbox, het is net een soort röntgenonderzoek. En nou vonden ze in het zeewier van onze leverancier sporen van zeepaardjes. En zeepaardjes zijn niet koosjer. Net zomin als garnalen en palingen en octopus en pijlinktvis. Alleen vissen met schubben en vinnen zijn koosjer. Maar niet alle vissen met vinnen hebben schubben,' voegde Chuck eraan toe. 'En soms zijn wat jij voor schubben aanziet beenachtige uitsteeksels. En beenachtige uitsteeksels gelden niet als schubben. Nee, meneertje.' Daar moesten Roy en hij hard om lachen. 'Wat houden we dan nog over? Heilbot, zalm, rode snapper, makreel, goudmakreel, tonijn – maar alleen bepaalde soorten tonijn. Welke? Witte tonijn, skipjack, geelvintonijn.'

Chuck was niet van plan het daarbij te laten. Hij geloofde in feiten, in hun gewichtigheid en charme. Hij had natuurlijk ook geen keus: wie zou nou luisteren als hij alleen maar zijn mening verkondigde?

'En visseneitjes, kuit?' vroeg hij opschepperig. 'De eitjes van koosjere vis hebben in het algemeen een andere vorm dan die van niet-koosjere vis. Bovendien zijn ze meestal rood, terwijl niet-koosjere zwart zijn. Dan heb je toestanden met rijst, toestanden met azijn. Sushi-azijn bevat vaak niet-koosjere ingrediënten, of wordt gemaakt met behulp van een niet-koosjer proces. Je hebt toestanden met wormen in het vlees van de vis, met keukengereedschap, met opslag, met fileren, met invriezen, met sauzen, met het vocht en de olie waar je de vis in bewaart. Ieder stukje van het proces heeft zijn moeilijke punten. Het moet allemaal heel nauwkeurig gebeuren, neem dat maar van mij aan. Maar dat is juist gunstig voor mij, snap je wel? Ik vind het niet erg dat het zo gecompliceerd is. Voor mij betekent dat juist dat er van alles mogelijk is. Hoe gecompliceerder iets is, des te meer potentiële concurrenten zich laten afschrikken.'

'Dus je bent restauranthouder,' zei ik, terwijl ik mijn stoel wat naar voren schoof om twee dramatisch bebaarde en betulbande mannen door te laten die waren opgestaan om wat voor nachtelijk geploeter hun dan ook maar wachtte tegemoet te treden.

'Ik ben zakenman,' preciseerde Chuck op milde toon. 'Ik heb verscheidene zaken. En wat doe jij?'

'Ik werk bij een bank. Als aandelenanalist.'

'Welke bank?' vroeg Chuck, waarna hij weer een hap nam van de kip van Vinay. Toen ik het hem vertelde, verklaarde hij onwaarschijnlijk genoeg: 'Ik heb wel zaken gedaan met M–. Welke aandelen analyseer je?'

Ik vertelde het hem met een half oog op de televisie: Fleming had Akhtar net voor vier runs door de covers geslagen, en een gekreun van afkeer, vermengd met waardering, klonk op van de tafeltjes.

'Denk je dat fuseren voorlopig nog de trend zal zijn?'

Ik schonk hem even al mijn aandacht. Mijn sector had de laatste jaren een hausse aan fusies en aankopen te zien gegeven. Het was een bekend fenomeen; niettemin was de kritische ondertoon van Chuck precies wat ik ook altijd beluisterde bij fund managers die me uithoorden. 'Ik denk dat de fusietrend wel op zijn plaats is, ja,' diende ik hem met enige professionele geslepenheid van repliek.

'En waar heb je vóór M– gewerkt?' vroeg Chuck. Hij was onbekommerd nieuwsgierig.

Ik vertelde hem onwillekeurig over mijn jaren in Den Haag en Londen.

'Geef me je e-mailadres,' zei Chuck Ramkissoon. 'Ik heb een business opportunity die je misschien zal interesseren.'

Hij gaf me een tweede kaartje. Daar stond op:

CHUCK CRICKET, INC.
Chuck Ramkissoon, directeur

Terwijl ik mijn eigen gegevens opschreef legde hij uit: 'Ik ben een cricketbusiness begonnen. Hier in de stad.'

Kennelijk was aan mijn gelaatsuitdrukking een en ander te zien, want Chuck zei opgewekt: 'Zie je wel? Je gelooft me niet. Je houdt het niet voor mogelijk.'

'Wat voor business?'

'Ik kan verder niks zeggen.' Hij liet zijn blik over de mensen om ons heen gaan. 'We zitten in een heel delicate fase. Mijn investeerders zouden het niet leuk vinden. Maar als je geïnteresseerd bent, zou ik misschien van je expertise gebruik kunnen maken. We moeten flink wat geld bij elkaar zien te krijgen. Mezzanine finance? Weet je daar het fijne van, mezzanine finance?' Bij die exotische frase bleef hij even hangen.

Vinay was opgestaan om te vertrekken, en ik stond ook op.

'Tot kijk,' zei ik, een hand opstekend naar Roy, die ook een hand had opgestoken.

'We houden contact,' zei Chuck.

We gingen naar buiten, de nacht in. 'Wat een mafketel,' zei Vinay.

Ongeveer een week later ontving ik op mijn werk een stevige envelop. Toen ik hem openmaakte viel er een briefkaart uit.

> Beste Hans,
>   Je weet dat je tot de eerste New Yorkse stam behoort, afgezien natuurlijk van de indianen. Hier is iets wat je misschien zal bevallen.
>   Beste wensen,
>   Chuck Ramkissoon

Overdonderd door zoveel attentheid deed ik de envelop in mijn koffertje zonder er verder naar te kijken.

Een paar dagen later nam ik de Maple Leaf Express, met eindbestemming Toronto. Ik moest zelf naar Albany, waar een groep investeerders op me zat te wachten. Het was een bruine novemberochtend. Toen we de tunnels en kloven in reden waardoor de treinen uit Penn Station stilletjes de West Side op reden, spetterde er regen tegen mijn raam. Bij Harlem kwam de Hudson in beeld, evenwijdig aan het spoor. Ik had deze reis eerder gemaakt, en toch schrok ik weer van het bestaan van dit uitzicht over het water, dat op een nevelige ochtend als deze, eenmaal voorbij de George Washington Bridge, de eeuwen deed wegvallen. De oever die aan de overkant uit het water oprees was ruig bebost. Wolken die dampend boven de toppen van de kliffen hingen maakten het perspectief wazig, het was net of ik in de verte geweldig hoge bergen zag. Ik viel in slaap. Toen ik wakker werd, was de rivier veranderd in een onbestemd grijs meer. Drie zwanen staken er wit als fosfor tegen af. Toen doemde de Tappan Zee Bridge onbeholpen uit de mist op. Niet veel later kwam de overkant weer tevoorschijn en was de Hudson weer zichzelf. Tarrytown, een verzameling parkeerplaatsen en sportvelden, zoefde voorbij. De vallei gleed weer terug in tijdloosheid. Toen de ochtend opklaarde, tekenden de schaduwen van de paarse en bronzen bomen zich duidelijk af op het watervlak. De bruine rivier, nu heel rustig, glom zo hier en daar, het waren net slipsporen van immense zilveren banden. Spoedig waren we landinwaarts gereden, de bossen in. Wat week vanbinnen staarde ik in de diepte tussen de bomen. Misschien omdat ik in de Lage Landen ben opgegroeid, waar bomen ofwel uit de stoep opschieten of in tamme kreupelbosjes groeien, hoef ik maar naar New Yorkse bossen te kijken of ik begin me al verloren te voelen. Ik ben talloze malen met Rachel die kant op gereden, en ik associeer die tripjes heel sterk met de fauna waarvan de karkassen in grote aantallen langs de weg lagen: stinkdieren, herten en enorme, onduidelijke knaagdieren die je in Europa nooit aantrof. ('s Avonds, als we op een veranda zaten, klonterden gigantische motten en andere weerzinwekkende nachtvliegers samen op de horren en zochten mijn Engelse vrouw en ik, verbijsterd en bang, binnenshuis een veilig heenkomen...) In gedachten ging ik terug naar een treinreis die ik vaak gemaakt had, in mijn studententijd, tussen Leiden en Den Haag. De gele forensentrein reed door velden die door kanalen doorsneden werden, saai als ruitjespapier. Altijd zag je wel tekenen van de stenen huisjes die de incontinente gemeenten in de omgeving, Voorschoten en Leidschendam en Rijswijk en Zoetermeer, over de landelijke gebieden rond Den Haag uitpoepten. Hier, in de eerste Amerikaanse vallei, zag je het tegenovergestelde: hier kon je kilometers rijden zonder één huis te zien. Het bos, vol slanke en dikke stammen die in stilte streden om licht en grond, ging in alle leegte door en door. Terwijl ik zo uit het raam staarde, viel mijn oog op iets rozigs. Ik schoot overeind en tuurde.

Ik had een glimp opgevangen van een bijna naakte blanke man. Hij was alleen. Hij liep door de bomen met niet meer aan zijn lijf dan een onderbroek. Maar waarom? Wat deed hij daar? Waarom had hij geen kleren aan? Ontzetting maakte zich van mij meester, en even was ik bang dat het een hallucinatie was geweest. Ik keek om me heen naar mijn medepassagiers, op zoek naar een aanwijzing die kon bevestigen wat ik gezien had. Ik zag echter niets in die richting.

Ik was opgelucht toen niet veel later Poughkeepsie in zicht kwam. Die stad, met zijn vrolijke naam die klinkt als een kreet uit een kinderspel – 'Pau Kiepsie!' –, had ik die zomer voor het eerst bezocht. Aan de dorpse rand van de stad, op een weelderig begroeide heuvel, onderhield een Jamaicaanse kolonie een cricketveld. Het was het enige sportveld in privébezit waar we op speelden, en voor ons ook meteen het noordelijkste waar we überhaupt kwamen. Maar het was de moeite waard. Er was een harde maar wel betrouwbare batting track van cement, er waren tribunes met vier rijen bankjes, vol schreeuwende toeschouwers, en een doodeenvoudige houten keet deed dienst als kleedkamer. Als je de bal de heuvel af sloeg, kwam hij terecht tussen de koeien, geiten, paarden, kippen. Na de wedstrijd – met zijn onvermijdelijke arbitrale crisis – ging elke speler naar het clubhuis in de binnenstad van Poughkeepsie. Het clubhuis was een houten optrek met een barretje. Grote borden waarschuwden tegen het gebruik van marihuana. Weldra verschenen er vrouwen met schalen kip en rijst. We aten en dronken in stilte, met een half oog een dominospelletje volgend dat gespeeld werd met de ernst die de West-Indische cricketteams in onze competitie wel vaker in al hun sociale bezigheden legden. Onze gastheren waren er trots op ons deze ontvangst te bereiden, om ons zo ver van huis een eigen plek te bieden, en wij waren hun dankbaar. Het fraaie, hellende cricketveld, het keurige clubhuis – wat een pionierswerk was daar niet in gaan zitten!

Ergens voorbij Poughkeepsie deed ik mijn koffertje open om wat documenten door te nemen. Uit een vakje stak de envelop die ik van Chuck had gekregen. Ik maakte hem open en haalde er een boekje uit. De titel luidde *Dutch Nursery Rhymes in Colonial Times*, en het boekje was uitgegeven door de Holland Society of New York. Het was een herdruk van de oorspronkelijke uitgave uit 1889, die bezorgd was door ene Mrs. E.P. Ferris. Nieuwsgierig bladerde ik het door, want ik wist vrijwel niets van die eerste Nederlanders in Amerika. Er stond een liedje in over Molly Grietje, de vrouw van Santa Claus, die nieuwjaarskoekjes bakte, en een liedje over Fort Orange, zoals Albany eerst genoemd werd. Er was een gedicht (in het Engels) getiteld 'The Christmas Race, A True Incident of Rensselaerwyck'. Rensselaerwyck was, schatte ik, precies het gebied waar de trein nu doorheen reed. Geprikkeld door dat toeval las ik het gedicht iets aandachtiger. Het herdacht een paardenrace onder 'de kerstmaan' in Wolvenhoeck. De eigenaars van de paarden waren een zekere Phil Schuyler en een heer die slechts werd aangeduid als Mijnheer: 'Daar daalden ze af naar de oever, Mijnheer, zijn gasten en zijn slaven, / Terwijl indiaanse dapperen hun oorlogskreet ten beste gaven... / Slaven met hun olielampen krioelden door elkaar / Hun schaduw grillig op de sneeuw, nu eens hier en dan weer daar.' Naast die gedichtjes waren er lofzangen, wiegeliedjes, en liedjes die bij het spinnewiel werden gezongen, of bij het karnen, of met je kind op de knie: liedjes die kennelijk overal in New Netherland gezongen werden, van Albany tot Long Island tot de Delaware River. Eén zo'n liedje trok mijn aandacht:

> *Trip a trop a troontjes*
> *De varkens in de boontjes,*
> *De koetjes in de klaver,*
> *De paarden in de haver,*
> *De eendjes in de waterplas,*
> *De kalf in het lange gras;*
> *Zo groot mijn kleine ... was!*

En waar de puntjes stonden zong je dan de naam van je kind. Op de aangepaste melodie van een sinterklaasliedje dat elk Nederlands kind gretig leert zingen (*Sinterklaas kapoentje / Gooi wat in mijn schoentje...*), zong ik zachtjes die flauwekul over varkens en boontjes en koetjes en klaver voor mijn zoontje in het verre Engeland, met mijn knie tegen de onderkant van het neergeklapte tafeltje tikkend terwijl ik me zijn verrukte gewicht op mijn been voorstelde.

De week daarvoor hadden Jake en ik in de tuin van zijn opa en oma gespeeld. Ik harkte bladeren op hopen en hij hielp mee ze in zakken te doen. De bladeren waren droog en verbazend licht. Ik kon telkens hele ladingen toevoegen aan het rood en bruin en goud dat al in de plastic zak gepropt was; Jake raapte één enkel blaadje op en deponeerde dat voorzichtig maar opgewonden op de hoop. Op een gegeven moment zette hij zijn superheldengezicht op en stormde hij op een heuveltje bladeren af. Hij stortte zich in de onschadelijke vlammen en spreidde armen en benen. 'Kijk! Kijk!' riep hij al rollend in de bladeren. Ik keek, en keek, en keek. De bladeren van zijn blonde haar groeiden onder zijn capuchon uit en krulden over zijn wangen. Hij had zijn paarse, gewatteerde jack aan, zijn thermische broek met de geruite omslag, zijn blauwe enkellaarsjes met rits, de blauwe trui met het witte bootje en – dat wist ik omdat ik hem had aangekleed – zijn van treintjes krioelende onderbroek, en het rode T-shirt dat hij graag als Spidermanshirt zag, en groene Old Navy-sokken met rubberen letters op de zolen. We tuinierden samen. Ik liet zien hoe je moest spitten. Toen ik de eerste schop omdraaide, was ik stomverbaasd: talloze wriemelende beestjes aten en roerden en vermenigvuldigden zich onder de grond. De aarde waar wij op stonden werd ontmaskerd als een soort oceaan, vol en onmetelijk en zonder licht.

Een volle minuut denderden allerlei kleuren in blokken langs mijn raam. Toen de goederentrein voorbij was, was de lucht boven de Hudsonvallei nog verder opgeklaard en was de eerst bruine en zilveren Hudson blauwachtig wit.

Ongezien op deze aarde stapte ik uit in Albany-Rensselaer, met tranen in de ogen, en ging ik naar mijn afspraak.

Soms is het in de beschaduwde delen van Manhattan net of je in een Magritte loopt: de straat is nacht terwijl de lucht dag is. Het was op zo'n bedrieglijke, droomachtige avond in januari 2003, op Herald Square, dat ik het gebouw uit strompelde waar het New Yorkse Department of Motor Vehicles gevestigd was. Na jaren rijden in huurauto's met een uit elkaar vallend en juridisch gezien dubieus internationaal rijbewijs dat was uitgegeven in het Verenigd Koninkrijk, had ik eindelijk besloten een eigen auto te kopen en die te verzekeren – en daar had ik een Amerikaans rijbewijs voor nodig. Maar ik kon mijn Britse rijbewijs (op zijn beurt gebaseerd op een Nederlands rijbewijs) niet inruilen voor een Amerikaans; om een of andere onverklaarbare reden was een dergelijke ruil alleen mogelijk in de eerste dertig dagen nadat je je met verblijfsvergunning en al in de Verenigde Staten gevestigd had. Ik moest eerst een voorlopig rijbewijs halen en me weer opnieuw aan een rijexamen onderwerpen. De eerste stap daartoe was een theoretisch examen over de geldende verkeersregels in de Empire State.

Toentertijd zette ik zelf geen vraagtekens bij die merkwaardige ambitie, noch bij de koppigheid waarmee ik een en ander nastreefde. Ik kan heel onschuldig zeggen dat ik alleen een poging deed de grote aftreksom te pareren die mijn leven zoveel minder had gemaakt, en dat het vooruitzicht van iets wat er weer eens bij kwam in plaats van dat het eraf ging, al was het maar een nieuw rijbewijs en een nieuwe auto, mij toen belangrijk leek; en ongetwijfeld voelde ik me aangetrokken tot een vals syllogisme betreffende de nietsheid van mijn leven en de ietsheid van handelend optreden. Ondertussen liet ik Rachel niet weten wat ik van plan was. Ze zou mijn pogingen in die richting voor een intentieverklaring hebben gehouden, en misschien had ze er niet eens helemaal naast gezeten. Het zou niet veel geholpen hebben als ik haar erop wees dat als ik inderdaad een Amerikaans lot omhelsde, ik zulks wel onpragmatisch deed, onbewust zelfs. Misschien is de waarheid in dezen – en dat was een waarheid waarvan het bestaan mijn vrouw, en vast en zeker een groot deel van de wereld, al duidelijk was voor ze tot mij begon door te dringen – dat we allemaal in allerlei stromingen terechtkomen en dat je er, als je niet oplet, vaak te laat achter komt dat een onderstroom van weken of jaren je diep in de penarie heeft gezogen.

Meegesleept door de duistere vloed van die tijden ging ik dus naar het Department of Motor Vehicles. Het DMV was ondergebracht in een gebouw dat met een zwarte glaslaag bedekt was en dat voornamelijk te herkennen was aan een groot bord waar Daffy's op stond, een entiteit waarvan ik veronderstelde dat ze op een of andere manier verband hield met Daffy Duck maar die een warenhuis bleek te zijn. Ik ontweek Daffy's – en

Modell's Sporting Goods en Mrs Fields Cookies en Hat & Cap en Payless ShoeSource, eveneens gevestigd in het griezelig rustige winkelcentrum dat bekendstond als het Herald Centre – door de snellift naar de zevende verdieping te nemen. Op weg naar boven liet een bel op gezette tijden een boertje horen ten bate van de blinden. Toen gingen de liftdeuren uiteen, ze gleden open en ik stond oog in oog met de vestiging van het DMV. Er was een statische tourniquet die aan het opgegraven skelet van een monster deed denken, en er waren een paar glazen deuren die onafgebroken in gebruik waren. Toen ik daarop afliep, botste een vrouw van middelbare leeftijd die naar buiten wilde frontaal tegen me aan.

'Laat me erdoor,' snikte ze.

Ik sloot achter aan in de rij voor de receptie, waar twee zwetende mannen furieus aanwijzingen zaten te geven. 'Ik kom voor het theoretisch examen,' zei ik. 'Hebt u een verzekeringsbewijs? Identiteitsbewijs?' 'Ja,' zei ik, en ik stak mijn hand in mijn zak. 'Dat hoef ik niet te zien,' snauwde de man, terwijl hij me met een driftig gebaar wat formulieren toeschoof.

Ik ging naar de grote hal. Het lage plafond werd gedragen door een ongelooflijke doolhof aan pilaren; het waren er zelfs zoveel dat ik me niet aan de perverse indruk kon onttrekken dat de zaal op instorten stond. Een enorme balie liep als een vestingwerk driekwart van de ruimte rond, en daarachter, zichtbaar tussen kantelen gevormd door afscheidingen en computerterminals, zaten de DMV-medewerkers. Twee van hen, vrouwen van in de dertig, stonden gillend van het lachen bij een kopieerapparaat; maar zodra ze hun positie achter de balie hadden ingenomen keken ze kil en nors. Dat was ook wel te begrijpen, want tegenover hen dromde een vijandelijke macht samen die voortdurend versterking kreeg, de ene meedogenloze rij na de andere, opverend van harde kerkbankachtige bankjes. Velen van hen zaten voorovergebogen, de handen ineengeslagen, en keken alleen af en toe op om de kolossale getallen te volgen – E923, A062, C568 – die willekeurig op beeldschermen verschenen met het doel de ondraaglijke spanning waar de wachtenden aan werden overgeleverd enigszins te temperen – een doel dat overigens nooit bereikt werd.

Ik vulde mijn aanvraagformulier in en ging in de rij staan voor een pasfoto. Toen die gemaakt was, werd mij te verstaan gegeven dat ik op een bankje moest gaan zitten wachten: mijn verblijfsvergunning, die ik als identiteitsbewijs had afgegeven, moest worden gecheckt door binnenlandse veiligheid. Ongeveer een uur later kwam de bekrachtiging. Ik wachtte nog eens twintig minuten en schuifelde toen met een stuk of twintig anderen naar een zaaltje dat was ingericht met die ontmoedigende rijen stoelen en tafeltjes die iedereen die ooit een examen heeft moeten afleggen bekend voorkomt. Er werd om examens gevraagd in het Chinees, Frans, Spaans. Ik beantwoordde de meerkeuzevragen in rap tempo en overhandigde mijn formulier aan de surveillante. Het gaf mij een kinderlijke voldoening dat ik als eerste klaar was. Ik liep weer terug naar mijn tafeltje en wachtte tot de examentijd erop zat. De surveillante, een zwaarlijvige Latijns-Amerikaanse vrouw, gaf elk fout antwoord aan met een statige streep van haar potlood. Toen ze mijn werk nakeek, bleef haar potlood boven het papier zweven; vervolgens krabbelde ze er 'twintig' onder (van de twintig) en overhandigde ze mij het formulier met een strenge blik. Een geluksgevoel doortrok mij. Nu kon ik eindelijk mijn voorlopige rijbewijs ophalen.

Ik kreeg een nummertje – zeg, D499 – en nogmaals instructies dat ik moest wachten. En dat deed ik. Overal liepen onthutste en afgescheepte Chinezen. Ik luisterde naar 106.7 Lite FM en keek naar een televisie waarop 'Entertainment News' werd gebracht, in plaats van daadwerkelijk entertainment. Ik bestudeerde posters waarop automobilisten werden aangespoord veilig te rijden: als je in slaap valt word je nooit meer wakker, stond er. Eindelijk was mijn nummer aan de beurt. Een kalende vijftiger inspecteerde mijn papieren weer van voren af aan. Het was aan de aanvrager om voor zes punten zijn identiteit te bewijzen: een verblijfsvergunning was drie punten waard, een origineel sociale-verzekeringsbewijs twee punten en een creditcard, een verklaring van de bank of een energierekening één punt. De man schudde zijn hoofd. 'Sorry,' zei hij, maar hij schoof me mijn documenten niet bepaald verontschuldigend weer toe.

'Is er iets niet goed?' vroeg ik.

'De creditcard kan ik niet accepteren. Daar staat een andere naam op.'

Ik keek. Mijn naam, die op mijn verzekeringspasje door een typografisch wonder voluit geschreven stond, is Johannus Franciscus Hendrikus van den Broek. Op mijn creditcard heette ik, om voor de hand liggende redenen, slechts Johannus F.H. van den Broek – net als op mijn verblijfsvergunning.

'Dat is mijn naam,' zei ik. 'Als u –'

'Ik wil er niet over praten. Ga maar naar mijn chef. Loket nummer tien. Volgende.'

Ik ging naar loket nummer tien. Daar stond al een rijtje van drie man. Eén voor één hadden ze een woordenwisseling met de chef, en één voor één dropen ze woedend weer af. Toen was ik aan de beurt. De chef was achter in de dertig, met een streng geschoren hoofd, een sikje en een oorring. Hij stak zonder iets te zeggen zijn hand uit en ik overhandigde hem mijn identiteitspapieren. In ruil schoof hij me een briefje toe: ALLE IDENTITEITSBEWIJZEN MOETEN DEZELFDE NAAM BEVATTEN.

Snel vergeleek hij mijn papieren met elkaar. 'Wij moeten hier documenten hebben waar dezelfde naam op staat,' zei hij. 'Deze rekening van Con Ed voldoet niet aan de eisen.'

'Wacht even,' zei ik. Ik haalde een bankafschrift tevoorschijn dat ik had meegenomen voor het geval dat er problemen rezen. Ook dat stond op naam van Johannus F.H. van den Broek, maar het bevatte tevens kopieën van cheques die ik had uitgeschreven. 'Ziet u wel?' zei ik. 'De handtekening op deze cheques is precies dezelfde als de handtekening op mijn sociale-verzekeringspasje en mijn verblijfsvergunning. Dus het is duidelijk dat ik het ben, in beide gevallen.'

Hij schudde zijn hoofd. 'Ik ben geen handschriftdeskundige,' zei hij. 'Ik moet dezelfde naam zien.'

'Oké,' zei ik rustig. 'Staat u me dan toe een vraag te stellen. Deze verblijfsvergunning is goed, oké? En de naam op de rekening van Con Ed en het bankafschrift is dezelfde naam als op de verblijfsvergunning.'

De chef bestudeerde mijn verblijfsvergunning nog eens. 'Sterker nog, u hebt nog een ander probleem,' zei hij glimlachend. 'Ziet u dat? De naam op de verblijfsvergunning is niet dezelfde als de naam op het verzekeringspasje.'

Ik keek: op de verblijfsvergunning stond getypt 'Johanus'. Dat was me nooit eerder opgevallen.

'Ja, nou ja,' zei ik, 'dat is alleen maar een overduidelijke typefout die ze bij de immigratiedienst hebben gemaakt. Die foto op de verblijfsvergunning, het is toch duidelijk dat ik dat ben?' De chef keek onverstoorbaar, waarop ik eraan toevoegde: 'Tenzij er natuurlijk iemand is die precies op mij lijkt en precies dezelfde naam heeft, en dat ik stomtoevallig zijn verblijfsvergunning in handen heb gekregen.'

'Niet precies dezelfde naam,' zei de chef. 'En daar zit hem het probleem. Moet ik u een voorlopig rijbewijs geven? Prima, maar wie bent u? Bent u Johanus' – hij sprak de laatste twee lettergrepen uit als een obsceniteit – 'of bent u Johannus?'

'Kom op zeg, laten we nou wel serieus blijven,' zei ik.

'U denkt dat ik niet serieus ben?' Hij liet daadwerkelijk zijn tanden zien. 'Laat me u helpen herinneren, meneer, u bent in het bezit, ofwel van andermans verblijfsvergunning, ofwel van andermans verzekeringsbewijs. Daar zou ik wel eens argwanend van kunnen worden. Daar zou ik wel eens het fijne van kunnen willen weten.'

Die man was gevaarlijk, besefte ik. 'Wilt u echt dat ik naar de immigratiedienst ga en een nieuwe verblijfsvergunning haal?' vroeg ik. 'Is dat wat u wilt?'

'Dat wil ik niet,' zei de chef. Hij wees nu naar mijn borst. 'Dat eis ik.'

'En mijn theoretisch examen dan?' vroeg ik, terwijl ik hem jammerlijk mijn score van twintig van de twintig liet zien.

Hij glimlachte. 'Dat zult u opnieuw moeten afleggen.'

Zodoende kookte ik van machteloze woede toen ik naar buiten ging, het omgekeerde duister van de middag in. Toen ik daar zo stond op Herald Square, van mijn stuk gebracht door de stromen voetgangers en de krankzinnige diagonalen van het verkeer en de grijze, schijnbaar bodemloze plassen in de goot, was ik voor het eerst in de greep van het misselijkmakende gevoel dat Amerika, mijn glanzende aangenomen vaderland, heimelijk in de greep was van onrechtvaardige, onverschillige machten. De afgespoelde taxi's die sissend over de verse sneeuwbrij reden, glommen als grapefruits; maar als je je bukte en in de ruimte tussen de weg en het chassis keek, waar half bevroren modder aan de pijpen was vastgekoekt en water van de spatlappen droop, zag je een smerig, mechanisch donker.

Ingebed door de zwarte sneeuw die langs de stoeprand was opgehoopt, haastte ik mij, bij gebrek aan een duidelijk alternatief, zonder vooropgezette bedoeling naar het driehoekige eiland op Broadway en 32nd Street dat bekendstond als Greeley Square Park. Overal in de bomen gloeiden oranje kerstlichtjes. Ik kwam bij een standbeeld van ene Horace Greeley, een krantenman en politicus uit de negentiende eeuw en, zo verklaarde de plaquette op de sokkel, tevens degene aan wie de uitspraak 'Go West, young man, go West' moest worden toegeschreven. Greeley, bij leven en welzijn kennelijk een heerschap met een enorm, eivormig hoofd, zat in een luie stoel. Hij staarde in de leegte voor zijn voeten zonder iets te zien, met een uitdrukking van ontsteltenis, alsof de krant die hij in zijn ene vuist hield vreselijk nieuws bevatte. Ik besloot over Broadway naar huis te lopen, een route die mij niet bekend was en die me dwars door het oude Tin Pan Alley-buurtje voerde, straten die nu waren overgeleverd aan groothandels en venters en transportbedrijven en importeurs/exporteurs – Undefeated Wear Corp, Sportique, Da Jump Off, verkondigden enkele borden – die handelden in knuffels, petten, modesnufjes, mensenhaar, riemen voor twee dollar, dassen voor één dollar, zilver, parfums, lederwaren, nepdiamanten, hippe kleren, horloges. Arabieren, West-Afrikanen, Afro-Amerikanen hingen op de trottoirs rond tussen bakken op wieltjes, plateaus op wieltjes, steekkarretjes, supermarktwagentjes, hopen troep en eindeloos veel dozen met allerlei koopwaar. Het leek wel een soort koud Senegal. Zwarte consumenten met vuilniszakken liepen de winkels in en uit terwijl voormannen en klantenlokkers en straathandelaars, gehuld in leren jasjes, bontjassen, Afrikaanse gewaden en trainingspakken, met sleutels rammelden en in mobieltjes praatten en terloops vrouwen van alles toesisten en riepen om klandizie. Op 27th Street liep ik de kant op van Fifth Avenue: ik begon het koud te krijgen en ik had besloten verder een taxi te nemen. Toen ik bijna bij Fifth Avenue was, werd mijn blik getrokken door een vlag die uit een raam op de eerste verdieping hing. CHUCK CRICKET INC. stond erop.

Op een bord naast de deur waren de namen getapet van verscheidene ondernemingen: Vrienden van Peru, Apparitions International, Elvis Tookey Boxing en, in Suite 203, Chuck Cricket, Inc., Chuck Import-Export, Inc. en Chuck Industries,

Inc. Waarom niet, dacht ik, en ik ging naar binnen. Op de eerste verdieping betrad ik een halletje met een receptionist die achter veiligheidsglas zat, met naast zich een videomonitor waarop zonder kleur en in schokkerige fragmenten die telkens vier seconden aanhielden, troosteloze beelden werden uitgezonden van trappen, liften en gangen. De receptionist drukte zonder een woord te zeggen op een knop en liet me erin. Ik liep een smalle gang in met blauwgroene vloerbedekking en klopte op de deur van Suite 203.

Chuck deed zelf open, met een telefoon aan zijn oor. Hij gaf een klopje op de rugleuning van een stoel en gebaarde dat ik moest gaan zitten. Hij leek in het geheel niet verbaasd mij te zien.

Het kantoor bood ruimte aan een tweetal bureaus en enkele archiefkasten. De wanden waren behangen met posters van Sachin Tendulkar en Brian Lara, de beste batters ter wereld. Getokkel van een gitaarleraar in het belendende kantoor drong door de muur heen. Chuck knipoogde naar me terwijl hij zijn telefoontje afhandelde. 'Mijn vrouw,' liet hij me met geluidloos bewegende lippen weten. Hij had een shirt aan met een open kraag en een broek met een keurige vouw erin die ruim over zijn sportschoenen viel. Voor het eerst viel me op dat hij een paar grote gouden ringen aan zijn vingers droeg, en in het donkere haar onder zijn keel glinsterden de slierten van een gouden ketting.

Verzonken in deze observaties, schrok ik op van een vreemd, fluitend geluid. Het gefluit werd, na een stilte van enkele seconden, gevolgd door een nieuwe reeks tjilpgeluiden, en toen door een getik dat klonk als het stuiten van een tafeltennisballetje.

Chuck reikte me een cd-doosje aan. We luisterden naar Disc 2 van *Zangvogels uit Californië: bonte lijster tot geelgroene vliegenvanger.*

Terwijl ik wachtte tot Chuck zijn telefoongesprek beëindigd

had, kregen het gedempte gitaarspel en de vogelzang gezelschap van het gerinkel van een telefoon in het andere belendende kantoor. Een mannenstem zei luid: 'Hallo?' Even later klonk hij weer: 'Ik kan geen gedachten lezen, hoor. Ik kan jouw gedachten echt niet lezen.' Stilte. 'Kappen. Gewoon kappen. Zou je alsjeblieft willen kappen?' Nog een stilte. 'Sodemieter op, oké? Sodemieter een eind op.' Ik sloeg mijn ogen neer. Papieren muizenvallen met lijm en met pindakaas als lokaas en de gedrukte mededeling ZEKER VAN UW LEEFWERELD stonden her en der onder de radiatoren.

Chuck hing op en ik zei: 'Ik kom net van het DMV, ik was lopend op weg naar huis toen ik die vlag zag hangen.'

'Woon je hier dichtbij?'

Ik noemde het straatnummer.

'Nou, geweldig je hier te zien,' zei Chuck. Hij leunde achterover in zijn stoel en dacht, mijn verklaring ten spijt, na over de vraag waarom ik, een belangrijk man die wel wat beters te doen had, besloten had bij hem aan te wippen. Chuck was te geslepen om niet in de gaten te hebben dat ergens achter dit spontane bezoekje een behoefte schuilging – en behoeftigheid, zowel in zaken als in de liefde, betekent nieuwe kansen. Maar hoe, nu ik daar voor hem zat terwijl op de achtergrond een klarinetvogel of een zwartstaartmuggenvanger zijn getjilp liet horen, zou hij te werk gaan? Hij wist dat een kille babbel over verkoopcijfers, cashflowramingen en marketingstudies niet zou werken. Bovendien zou het hem vreemd zijn geweest zich op zulke ongecompliceerde methodes te verlaten. Chuck wist raffinement en indirectheid naar waarde te schatten. Hij vond de gewone gang van zaken in het handelsverkeer saai, en niet lucratief genoeg op het hoge strategische niveau waar hij graag op opereerde. Hij vond het belangrijk degene te zijn die de vaart erin hield, situaties naar zijn hand te zetten, de ander met allerlei schijnbewegingen voortdurend op het verkeerde been te zetten. Als hij kans zag plotseling tot actie over te gaan of je te overrompelen of je in het diepe te duwen, dan deed hij dat, bijna uit principe. Hij was een eigenzinnige man die heimelijkheid hoog in het vaandel had staan, een man die zijn eigen intuïtie volgde en zijn eigen analyses maakte, en die zich zelden liet beïnvloeden door enig advies – althans niet door enig advies van mij. De waarheid is dat ik niets, of heel weinig, had kunnen doen om een ander eind voor Chuck Ramkissoon te bewerkstelligen.

Maar het zou nog een tijdje duren voor dat ook maar enigszins tot mij doordrong. Omdat zijn sluwheid zo doorzichtig was en omdat die sluwheid voortdurend stuivertje wisselde met de goedgelovigheid van de immigrant – twee kanten van zijn persoonlijkheid die nooit bij elkaar leken te komen – ervoer ik al die schijnbewegingen, al die afleidingsmanoeuvres en verrassingsaanvallen, op een of andere merkwaardige wijze als bemoedigend. Maar goed, het was ook een tijd dat ik troost putte uit het geleuter van Jehova's getuigen die me staande hielden op straat, een tijd dat ik in de verleiding kwam de dikke, wenkende, helderziende dame te raadplegen die als een Amsterdamse hoer achter een raam in een souterrain aan West 23rd Street zat. Ik was blij met alles waar zorgzaamheid uit sprak, al berustte mijn inschatting van die zorgzaamheid op nog zo'n grove misvatting. Mijn leven was teruggebracht tot minieme proporties – te miniem, in elk geval, voor kieskeuriger en geloofwaardiger makelaars in medeleven. Of om het anders te zeggen: in de ogen van eenieder die de moeite zou weten op te brengen enige aandacht aan mij te besteden, was ik duidelijk de weg kwijt. Chuck besteedde die aandacht aan mij en hem viel het dus op. In plaats van mij meteen om de oren te slaan met allerlei zakelijke details, bedacht hij derhalve een ander plan. Hij besloot me te fascineren.

Hij nam nog een telefoontje aan. Toen dat was afgewikkeld

zei hij: 'Dat was mijn partner, Mike Abelsky. Hij heeft net een maagverkleining gehad. Je weet wel, dan wordt je maag operatief verkleind tot het formaat van een walnoot. Hij doet het heel goed. Het is twee weken geleden, en hij is al vijftien kilo afgevallen.'

Er klonk tumult op van straat. We keken naar buiten. Drie mannen – twee Arabieren en een Afrikaan, zo te zien – deden vruchteloze pogingen een zwarte af te rossen. Hun klappen en trappen ketsten af op de koffer die de man ophield. Ze trokken terug, waarop ze spontaan en hard schreeuwend opnieuw tot de aanval overgingen. Een vierde man kwam aanrennen en begon met een klapstoel op de man met de koffer in te slaan, waarop hij tegen de grond ging. Ergens klonk een politiesirene. De belagers van de man met de koffer verdwenen in een gebouw, de man zelf krabbelde overeind en maakte zich uit de voeten.

Chuck Ramkissoon grinnikte. 'Ik vind het geweldig hier. Het is hier een jungle. Alles kan, en alles mag.'

De buurman verhief zijn stem weer. 'Nee, luister eens een keer naar mij. Laat me gewoon zeggen wat ik te zeggen heb. Zou je dat kunnen opbrengen? Zou je voor één keer in je leven gewoon je bek kunnen houden en godverdomme gewoon luisteren?'

Chuck klopte op zijn zakken op zoek naar zijn sleutels. 'Meestal is mijn bedrijfsleider er ook wel, een aardige gozer, je zou hem vast mogen.' Alsof ik misschien aan zijn woorden zou twijfelen, liep Chuck naar het lege bureau en pakte een visitekaartje met de tekst MO CADRE, BEDRIJFSLEIDER. Bij de gitaarleraar werd weer driftig aan de snaren geplukt. Chuck zette een Yankees-pet op.

'Sodemieter op!' klonk de buurman. 'Ach, val toch dood, teringwijf!'

Chuck pakte zijn jas. 'Als ik je nou eens thuis afzette? Ik kom er toch langs.'

We vluchtten naar de lift. De deur van een ander kantoor stond open, en in de deuropening stond de vrouw die ik met Chuck op de veerboot had gezien – zijn minnares, begreep ik nu.

Ze keek op en zei: 'Schat, heb jij –' en toen herkende ze mij. We wisselden beleefde glimlachen uit. 'Hans,' zei Chuck, 'volgens mij heb je Eliza al eens ontmoet. We wilden net naar buiten gaan, liefje.'

'Okidoki,' zei Eliza, nog altijd met dezelfde glimlach. 'Veel plezier.'

Toen we naar buiten stapten, de kou in, zei Chuck in volle ernst: 'Eliza is buitengewoon begaafd. Ze stelt fotoalbums samen. Daar is een hele markt voor. De mensen maken maar foto's en ze weten niet wat ze ermee aan moeten.'

We baanden ons een weg door geanimeerde hordes mannen. Op een gegeven moment greep Chuck me bij een arm en zei: 'Laten we oversteken,' waarna hij snel naar de overkant holde, terwijl een vloed van verkeer razend optrok. Ik besefte dat hij even had gewacht toen het verkeerslicht voor voetgangers het felle rode handje toonde, maar dat hij toen zijn kans had gewaagd. Kennelijk meende hij op die manier een voorsprong te krijgen – en dat was ook zo, want het kwam erop neer dat hij en ik op Sixth Avenue, bij elke straat die we kruisten, werden gemaand door te lopen door een resoluut witgloeiende voetganger wiens vastberaden tred duidelijk geconcipieerd was als een voorbeeld voor ons allen (en die ik onwillekeurig vergeleek met zijn Londense tegenhanger, een groene heer die ongetwijfeld aan de wandel was met een niet afgebeelde groene golden retriever).

Ik liep achter Chuck aan een parkeerplaats op. Hij had een Cadillac uit 1996, een patriottische wagen, beplakt en behangen met vlaggetjes en stickers van de Stars & Stripes en gele lintjes voor soldaten in den vreemde. De passagiersstoel lag bezaaid met papieren, snoeppapiertjes en koffiebekertjes. Chuck graaide alles bij elkaar en kieperde de hele boel in één keer op de al even rommelige achterbank, die bezaaid was met oude kranten waarop een verrekijker, een laptop, allerlei brochures en bruine bananenschillen lagen.

We parkeerden tegenover het Chelsea Hotel. Ik deed het portier aan mijn kant open toen Chuck zei: 'Heb je even tijd? Er is iets wat ik je wil laten zien. Maar het is wel in Brooklyn.'

Ik aarzelde. Ik was klaar voor die dag, in de Cadillac was het warm en ik zag er vreselijk tegen op om naar mijn appartement te gaan. Bovendien, zoals Rachel de eerste zou zijn om erbij te zeggen, laat ik me nogal makkelijk op sleeptouw nemen.

'Het blijft nog wel een uur licht,' zei Chuck. 'Kom op. Je zult het vast interessant vinden, dat verzeker ik je.'

'Ach, waarom ook niet,' zei ik, en ik trok het portier met een klap weer dicht.

Chuck trok giechelend op. 'Ik wist het wel. Achter die façade hou jij ook best van een verzetje.'

'Waar gaan we naartoe?'

'Daar kom je wel achter. Ik wil de verrassing niet bederven.'

Dat was acceptabel. Wanneer was de laatste keer geweest dat mij een verrassing in het vooruitzicht was gesteld?

Op de West Side Highway, een paar straten ten noorden van Houston, zat het verkeer even vast. Chuck keek uit het raam, boog zich naar voren en riep: 'Mijn god! Moet je dat zien. Zie je dat, Hans? Dat ijs?'

Ik zag het. Over de hele breedte van de Hudson lag ijs, het deed denken aan een wolkendek. De witste en grootste stukken waren vlak en veelhoekig, maar daaromheen deinde een massa vies en waterig ijs, alsof de restjes van miljoenen cocktails daar gedumpt waren. Langs de oever, waar de rottende stompjes van een oude steiger als een soort mangrove uit het water staken, was het ijs net doorweekt karton en onbeweeglijk; verder naar het midden dreven schotsen met enige snelheid naar de baai.

Een groot deel van wat we daar zagen, vertelde Chuck terwijl we tergend langzaam verder reden, waren de brokstukken van uit elkaar vallende ijsschotsen die langs de Hudson waren afgezakt. Zulke drijvende velden kreunend en knarsend ijs, zoals Chuck het dramatisch formuleerde, waren mooie plekken voor het spotten van Amerikaanse zeearenden, die op zoek naar open water stroomafwaarts vlogen en nog geen tachtig kilometer verder naar het noorden bij elkaar kwamen om vis te eten. Het was een fenomeen dat Chuck fascineerde – zijn belangstelling voor de natuur, met name voor vogels, ging terug tot zijn jeugd in Trinidad – en die gefascineerdheid, zo zou later tot mij doordringen, was nog intenser geworden door de kennis die hij verworven had bij zijn enthousiaste en succesvolle studie voor de Amerikaanse inburgeringsexamens. Hij vertelde me dat het Congres in 1782, na jaren van onenigheid en besluiteloosheid, tot de conclusie was gekomen dat de Amerikaanse zeearend een passend symbool zou zijn van nationale macht en gezag, en zo werd dan besloten dat de vogel, afgebeeld met gespreide vleugels, met in zijn klauwen een olijftak, et cetera, zou moeten worden aangenomen als zinnebeeld voor het Grote Zegel van de Verenigde Staten. Chuck groef in zijn zak en gooide me een kwart dollar toe om te laten zien hoe die adelaar er ook alweer uitzag. Niet iedereen was het met de beslissing eens geweest, wist Chuck. Hij nam het muntstuk weer van me terug. Benjamin Franklin vond de kalkoen een betere keus en beschouwde de Amerikaanse zeearend – een plunderaar en dooievissenvreter, en dus niet zozeer een jager, die bovendien nogal bangig was als hij werd aangevallen door een zwerm kleinere vogels – als een dier met een twijfelachtig moreel gehalte en eigenlijk gewoon een lafaard. 'Ik hou van de nationale vogel,' lichtte Chuck toe. 'De edele zeearend vertegenwoordigt de vrijheid zelf, levend zoals hij doet in de onbegrensde ruimte van het uitspansel.'

Ik keek even opzij om te zien of hij soms een grapje maakte. Dat was niet het geval. Af en toe praatte Chuck echt zo.

Terwijl hij zijn betoog hield, dwaalden mijn gedachten van het ijs op de Hudson, dat in mijn ogen meer een vorm van vervuiling was, af naar het zuivere grachtenijs van Den Haag. Tenzij ik het me inbeeld, vroren de staande waters van Den Haag in de jaren zeventig in de winter meestal dicht en vormden ze enkele dagen of weken per jaar het toneel van de speelse, gemeenschappelijke activiteiten die zo bekend zijn van schilderijen van het dagelijks leven in de Nederlanden door de eeuwen heen. Terwijl ik half naar Chuck zat te luisteren, was wat mij het sterkste trof aan die ijzige capriolen – het ijshockey, het pirouettes maken van een verdwaasde solodanser, de manoeuvres van geliefden die hand in hand over het ijs zwierden, de tederheid van koppels ouders en kinderen, het weelderige residu aan stilte waar het geschreeuw en gelach en geklets van ijshockeysticks op af leek te ketsen – hun buitengewone Hollandsheid. Ik werd gegrepen door een zeldzaam heimwee. Terwijl we langs de Hudson reden, kreeg ik wat ik alleen kan omschrijven als een flashback. Wat ik voor me zag was een sloot in de buurt van het huis van mijn jeugd waar nieuw ijs op lag, van dat donkere ijs. De sloot was een paar straten bij ons huis vandaan en liep tussen het witte gras van voetbalvelden en, op de tegenoverliggende oever, de beboste duinen die de altijd razende Noordzee op afstand hielden. Ik was aan het schaatsen. Ik had op school moeten zitten, en Grieks moeten leren, maar als talloze schooljongens van dertien voor mij was ik door de vorst tot spijbelen verleid. Er was verder niemand. Afgezien van het krassen van mijn ijzers heerste er een volkomen stilte. Steeds verder schaatste ik, langs wegzinkende elzen, langs de netloze doelpalen op de voetbalvelden, langs wat de wereld verder maar inhield. Zo bracht ik een uur of twee door. Toen mijn enkels pijn begonnen te doen en ik in gedachten al bezig was een excuus te verzinnen voor mijn absentie van school, kwam over het ijs een figuurtje dichterbij. Even was ik als de dood. Toen zag ik dat de naderende schaatser een vrouw was, een vrouw die, toen ze nog dichterbij kwam, mijn moeder werd. Hoe ze geraden had dat ze mij op die afgelegen plek zou vinden, is me nog altijd een raadsel. Maar ze had me gevonden, en daar kwam ze aan, methodisch naar links en naar rechts glijdend en zo voorwaarts gaand met die heerlijke overdaad aan fysieke efficiëntie die de verrukking uitmaakt van het schaatsen op ijs. Ik schrok me rot; even overwoog ik om ervandoor te sprinten. Toen mijn moeder bij mij kwam zei ze echter alleen: 'Zou je het heel erg vinden als ik met je mee schaats?' Zij aan zij gleden we verder langs velden met wit gras, de handen op de rug. We schaatsten eendrachtig. Af en toe, als er takken over de sloot hingen of gekraak dun ijs verried, liet de een zich achter de ander zakken. Mijn moeder, die nogal fors was en op schoenen een beetje voort sjokte, was op schaatsen heel gracieus. Zij was degene die de supervisie had gehad bij mijn eerste wankele pogingen op bevroren water, nadat ze eerst schoenen met ijzers eronder aan mijn voeten had gedaan en de witte veters met zachte rukjes kruiselings had aangetrokken.

'Oké,' zei Chuck. 'Zie je dat? Daar heb ik mijn cricketidee opgedaan.'

We waren aangekomen bij Pier 40, een kolossale, oude, stenen scheepsterminal die als een grote doos de rivier in stak.

'Na de aanslag,' zei Chuck, 'heeft de New Yorkse reddingsmaatschappij hier vrijwel onmiddellijk een triage opgezet.' We reden snel verder. 'Mijn god, die taferelen daar. Katten, honden, cavia's, konijnen, varkens, hagedissen, noem maar op, die had je hier allemaal. Kaketoes. Apen. Ik heb nog een maki gezien met een ontstoken hoornvlies.' Chuck had zijn diensten aangeboden en de taak gekregen die huisdieren zoveel mogelijk terug te brengen naar waar ze vandaan kwamen. 'Het was een fantastische ervaring,' zei Chuck. 'Ik raakte bevriend met mensen uit Idaho, Wisconsin, New Jersey, New Hampshire, North Carolina, Ierland, Portugal, Zuid-Afrika. Mensen uit andere staten kwamen hier voor een paar dagen en bleven uiteindelijk weken. Dierenartsen die hier als toerist waren, en ook andere toeristen, offerden hun vakantie op om ons te helpen. En wij hadden niet alleen de zorg over die dieren. Er was ook een grote kantine voor de reddingswerkers, met eten, maar ook kleren. Die mannen werkten dagen zonder onderbreken, en dan werden hun jassen en laarzen vernietigd.' Chuck stelde het eenvoudig vast: 'Ik denk dat het voor velen een van de gelukkigste tijden van hun leven was.'

Ik geloofde hem. De ramp had velen – hoewel mij niet – vervuld van gevoelens van opgetogenheid. Van het begin af had ik bijvoorbeeld vermoed dat het vertrek van Rachel, alle tranen en misère ten spijt, in wezen toch een euforische aangelegenheid was geweest.

We reden inmiddels langs de gapende leegte in Lower Manhattan, die als een stadion verlicht werd door het zwakke schijnsel van bouwlampen, en het gedoemde Deutsche-Bankgebouw aan Liberty Street dat, met zijn treurige, poëtische draperie van zwart gaas, aller ogen zonder pardon naar zich toe trok.

'Hoe dan ook,' vervolgde Chuck, 'in die terminal heb je een gigantische binnenplaats met twee voetbalvelden met kunstgras. Toen ik hoorde dat die hele terminal op de nominatie stond voor grootscheepse renovatie, kreeg ik een idee. Als we nou eens, dacht ik, als we nou eens –'

Hij zweeg en trok zijn Yankees-pet recht. 'Ik heb een vraag.'

'Vraag maar,' zei ik.

'Hoeveel West-Indiërs zou je zeggen dat er in de metropool New York woonden? Engelssprekende West-Indiërs dan, hè –

ik heb het niet over Haïtianen en Dominicanen en wat dies meer zij.'

Ik zei dat ik geen idee had.

'Goed, dan zal ik je dat haarfijn vertellen,' zei Chuck, zwaaiend naar de bevroren agent die de afslag naar de Battery Tunnel bewaakte. 'Volgens de volkstelling van 2000 een half miljoen. Daar kun je gerust vijftig procent bij optellen, dus dan heb je het over zevenhonderdvijftigduizend, misschien zelfs een miljoen, en het worden er steeds meer. Alleen al in de jaren negentig hadden we een groei van zestig procent. En West-Indiërs staan er in sociaaleconomisch opzicht beter voor dan latino's, en veel beter dan Afro-Amerikanen. Maar dat is nog niet het mooiste. De Indiase' – hij gaf een klap op het stuur – 'bevolking in New York is in de afgelopen tien jaar met eenentachtig procent gegroeid. Voor de Pakistani' – nog een klap – 'zijn de bevolkingsaantallen met honderdvijftig procent gestegen, en voor de Bengalen, hou je vast, met vijfhonderd procent. New Jersey wordt onder de voet gelopen door Zuid-Aziaten. Fort Lee, Jersey City, Hoboken, Secaucus, Hackensack, Englewood: Navarati-vieringen in die steden kunnen zo twintigduizend man op de been brengen. Hetzelfde geldt voor New Brunswick, Edison, Metuchen. Echt, ik heb het allemaal nageplozen. Ik heb alle cijfers. En als jij denkt dat ze hier komen om vloeren te dweilen en taxi's te besturen, dan heb je het mis. Ze komen om grof geld te verdienen – in de hightech, de farmaceutische industrie, de elektronische industrie, de gezondheidszorg. Alleen al in New York wonen bijna een half miljoen Zuid-Aziaten. Ben je ooit op de nieuwkomersschool in Astoria geweest? Die kinderen komen allemaal uit Pakistan. En weet je wat ze in hun vrije tijd doen, die kinderen? Cricketen. Ze spelen op de Dutch Kills Playground, bij basisschool 112, ze spelen op braakliggende percelen, ze spelen op schoolpleinen over heel Queens en Brooklyn. Vlak bij waar ik woon, bij basisschool

139, zie je jongens en meisjes met cricketbats in de weer, zelfs als het sneeuwt. Als ik je daar nu mee naartoe nam, zou ik je het wicket kunnen laten zien dat ze op de muur hebben getekend.' Hij grinnikte. 'Je begrijpt wel waar dit heen gaat.'

'Jij wilt een cricketstadion bouwen,' zei ik. Ik deed geen moeite te verhullen dat ik het vermakelijk vond.

'Precies,' zei Chuck. 'Maar niet in Pier 40. Dat was mijn eerste besluit. Ze zullen nooit toestaan dat een stelletje zwarten eersteklas onroerend goed op Manhattan overnemen. Ik heb trouwens de pest aan het woord stadion,' zei Chuck gewichtig. We reden het gele halfduister van de Battery Tunnel uit, waarvan de oude tegelwanden mij onveranderlijk aan een openbare waterplaats deden denken. 'Een stadion betekent stront. Vraag maar aan Mike Bloomberg. Waar ik het over heb is een arena. Een sportarena voor de beste cricketteams ter wereld. Elke zomer twaalf demonstratiewedstrijden, met achtduizend toeschouwers die elk vijftig dollar hebben betaald. Waar ik het over heb is publiciteit, waar ik het over heb is het hele jaar door laten draaien van de bar en het restaurant. En er komt een clubhuis. Tweeduizend leden voor duizend dollar per jaar, plus inschrijfgeld. Tennis, squash, bowlen, indoorfaciliteiten, een sportschool, een zwembad, een kantine: voor elk wat wils. Maar het moet allemaal draaien om cricket. De enige echte cricketclub in het land. De New York Cricket Club.'

'Geweldig,' zei ik.

Chuck barstte in lachen uit. 'Ik weet wel wat jij denkt: jij denkt dat ik gek ben. Maar je hebt de clou nog niet gehoord.' Hij keek me aan. 'Ben je er klaar voor? Wereldwijde televisierechten. Een wedstrijd tussen India en Pakistan in New York? In een hypermoderne arena met de Liberty Tower op de achtergrond? Zie je de panoramische shots al voor je?' Bijna boos voegde hij eraan toe: 'We denken aan kijkcijfers via televisie en internet van zeventig miljoen alleen al voor India. Zeventig miljoen. Kun je je enigszins voorstellen hoeveel geld dat in het laatje brengt? Coca-Cola, Nike, die staan allemaal te springen, te popelen, om tot de Zuid-Aziatische markt door te dringen. We schatten dat we in drie, hooguit vier jaar het break-evenpoint kunnen bereiken. En daarna…' Hoog op de Gowanus Expressway maakte hij een weids gebaar naar de koude, heldere baai en het vasteland erachter. Er fonkelden inmiddels lichtjes in Elizabeth en in de Bayonne Heights. 'Het is een onmogelijk idee, hè? Maar ik ben ervan overtuigd dat het zal werken. Helemaal van overtuigd. Weet je wat mijn motto is?'

'Ik wist niet dat mensen nog motto's hadden,' zei ik.

'Durf te dromen,' zei Chuck. 'Mijn motto is: durf te dromen.'

We voegden in op de Belt Parkway en volgden tien minuten lang een halve cirkel langs Bensonhurst en Coney Island en Sheepshead Bay. De avond daalde neer over de Rockaways en een knipperend vliegtuig vloog laag over de troosteloze moeraslanden van Jamaica Bay.

'Waar neem je me mee naartoe?' vroeg ik. 'Queens?'

'We zijn er bijna,' zei hij.

We sloegen af in zuidelijke richting en reden verder over het zuidelijkste, quasi-landelijke stuk van Flatbush Avenue, waar de weg slechts omzoomd was met kale bomen. Na nog geen kilometer sloeg Chuck links af, door een brede inrit, een betonnen privéweggetje op. Dat voerde naar een niemandsland dat begroeid was met bevroren struiken. De volgende bocht, naar links, leidde naar een immense witte leegte. Op dit stuk weg was de sneeuw niet geruimd, en Chuck stuurde de hobbelende auto als een voerman over de keiharde sporen van het oude weggetje. Links was nu een verlaten gebouwencomplex te zien van enkele pakhuizen en een toren. De lucht, waarin donkere wolken voortjoegen en over elkaar heen buitelden, was extra hoog boven de vlakke, kale steppe die zich naar het oosten uitstrekte. Als in de verte een troep Mongoolse ruiters was komen aanrijden, zou ik niet raar hebben opgekeken.

'Jezus,' zei ik, 'waar zijn we?'

Chuck spurtte verder, beide handen aan het stuur. 'Floyd Bennett Field, Brooklyn,' zei hij.

Met dat hij het zei, nam de toren een bekende vorm aan. Dit was ooit een vliegveldje geweest, realiseerde ik mij. We reden over een oude taxibaan.

Chuck reed langs de stenen verkeerstoren en een paar hangars. Er waren geen bandensporen. We bleven staan. Een onbestemde sneeuwvlakte, slechts onderbroken door groepjes dwergachtige bomen, vulde driekwart van het uitzicht. We stapten uit in de wind en een ongewone kou.

'Dit is het,' zei Chuck. 'Hier gaat het gebeuren.' Hij gebaarde naar de leegte voor ons. De vlakte werd aan één kant begrensd door wat vaag struikgewas met, glinsterend achter een rijtje bomen, de strepen licht van Flatbush Avenue. De overige drie kanten werden begrensd door niets. Ik dacht aan een Hollandse polder, en toen aan het Westland, de vlakke, met kassen gevulde streek tussen Den Haag en Hoek van Holland waar ik bij stormachtig weer op kale, open velden voetbalde tegen harde jongens uit Naaldwijk en Poeldijk, die om de een of andere reden gespecialiseerd waren in de buitenspelval. In het Westland lag ook het dorp Monster. In mijn incarnatie van zeventienjarige die geld nodig had, ben ik zes weken lang om vijf uur 's morgens op de fiets gestapt om naar Monster te rijden en daar acht uur te werken in een palletfabriek. Om een of andere reden vond ik het heel verwarrend om aan hem terug te denken, die jongen op de Monsterseweg die langs de duinen fietste.

'Ik heb de grond, ik heb een pachtcontract, ik heb financiële dekking,' zei Chuck.

Ik kreeg het verhaal van de aankoop van het terrein later te horen. Het was een verhaal over de toezegging, in de jaren tachtig, door de National Park Service, dat dit terrein gepacht mocht worden voor sportdoeleinden; over de mislukking van de ontwikkeling zoals hem die voor ogen had gestaan; en over een nieuwe toezegging, in 2002, aan Chuck zelf, dat hij het terrein, tegen een prijs die hij als 'minimaal' omschreef, mocht inrichten en gebruiken als cricketveld. Chuck had geen toestemming er permanente bebouwing neer te zetten. Maar hij dacht dat als hij het eerste echte cricketveld in New York aanlegde, en er wat demonteerbare tribunes neerzette, de grote teams uit India en West-Indië in de rij zouden staan om er te spelen; en als dat één keer gebeurde, luidde zijn redenering, zou zijn verzoek aan de Park Service om (1) de hangars te mogen verbouwen tot clubhuis en een sportschool, en (2) tribunes te bouwen voor achtduizend toeschouwers, alle kans van slagen hebben; en als dat eenmaal gebeurde, zouden de televisiezenders toestromen; en als dat eenmaal gebeurde...

Maar dat kwam allemaal een andere keer. Deze keer vertelde hij me een ander verhaal.

Zijn eerste gedachte was geweest om het veld Corrigan Field te noemen. 'Naar "Wrong Way" Corrigan,' zei Chuck vrolijk. Corrigan, verhaalde hij, was een 'legendarische vliegenier' die in 1938, in een vliegtuig van eigen makelij, van dit vliegveld was opgestegen en naar Ierland was gevlogen. Toestemming om de oversteek te wagen was hem botweg geweigerd, maar hij deed het toch. Na afloop verklaarde hij dat hij door de mist en een verkeerde lezing van zijn kompas in de war was geraakt en dat hij abusievelijk had gemeend dat hij op weg was naar Californië. 'Toen hij terugkwam, werd hij met een feestelijke optocht en de nodige serpentines binnengehaald op Broadway,' zei Chuck. Maar Chuck had uiteindelijk besloten het veld

– 'Raad eens. We hebben het er net nog over gehad' – Bald Eagle Field te noemen, het zeearendterrein. 'Bald Eagle Field is perfect,' zei Chuck. 'Dat heeft precies de goeie reikwijdte. Die naam maakt het Amerikaans.' Bovendien, zei hij, wilde hij hulde brengen aan de adelaars en andere vogels – kolibries, reigers – die regelmatig te gast waren in het natuurreservaat dat in dit merkwaardige parklandschap gesticht was, en ook aan de honderden soorten trekvogels die op de Atlantische vliegroute hierlangs kwamen.

Even was hij er stil van en kwamen er slechts ademwolkjes over zijn lippen. 'Kijk eens hoe vlak het is,' zei Chuck. Hij haalde een hand uit zijn zak en streek ermee over het besneeuwde uitzicht. 'Het eerste wat we in de zomer gedaan hebben was alles doden met Roundup. Toen hebben we met een zodensnijder al het gras er met wortel en al uit gehaald, de grond omgespit en een diepe laag losse teelaarde aangebracht. Daarna hebben we de grond genivelleerd – zie je hoe het terrein naar beneden helt, als een omgekeerde schotel? – en belucht, en vervolgens hebben we nieuw gras gezaaid. Allemaal voor 1 september. En toen zijn we gaan maaien.'

Het behoeft geen betoog dat ik er moeite mee had zijn visie op deze besneeuwde woestenij te delen. Ik was het liefst meteen weer in zijn warme Cadillac gestapt. Maar er kwam nog meer. 'En moet je daar zien,' zei Chuck, en hij wees. 'Zie je die paaltjes?' Enkele houten paaltjes vormden midden op het veld een rechthoek.

Onder de sneeuw, werd mij verzocht te geloven, lag het fijnste, kwetsbaarste lapje grasgrond dat de sportwereld kende: een pitch.

'Je wou echt een pitch van gras hebben?' vroeg ik.

'De eerste en de beste in het land,' zei Chuck.

Ik nam hem geen seconde serieus. 'Wauw,' zei ik.

De dag, een roze veeg boven Amerika, was nagenoeg verdwenen. Mijn voeten waren bevroren. Ik gaf mijn vriend een schouderklopje. 'Nou, succes ermee,' zei ik, in gedachten bij de lange metroreis terug naar het hotel.

In mijn tienerjaren fietste ik vaak naar het centrum van Den Haag, een halfuur op de pedalen, een inspanning die zowel werd bemoeilijkt als veraangenaamd door een vriendin die, in overeenstemming met de plaatselijke romantische traditie, in amazonezit op de bagagedrager plaatsnam en die bescheiden wijze van vervoer accepteerde met een onverzettelijkheid die haar, in haar latere leven, vast goed van pas is gekomen. Ze klaagde nooit, zelfs niet als de fiets een knal kreeg van de in het wegdek verzonken rails waar de gele trams overheen reden. Onze bestemming was een café bij de Denneweg waar we een paar van die goudgele brouwsels dronken met een witte schuimkraag, het zogenaamde bier. Later, als we naar huis fietsten langs paardenkastanjes en villa's met donkere ramen, hadden we de stad praktisch voor onszelf: elke nacht kwam er een nauwelijks te bevatten verlatenheid over Den Haag, alsof de nachtbussen, die als reusachtige bullebakken door de lege straten raasden en donderden, de bevolking naar binnen hadden gejaagd. Die fietstochten waren altijd lastig, vooral als het donker was en je door de wrijving van de dynamo op de voorband – bron van een wit licht dat vlamde en doofde, vlamde en doofde – nog moeizamer voortgang maakte. Of je nu naar de stad reed of weer naar huis, het vervelendste stuk was de President Kennedylaan, een brede, eentonige verkeersweg waarvan gezegd werd dat de Nederlandse geheime dienst er zat en waar je bijna altijd tegen de zeewind moest opboksen, als tegen een onzichtbare meute. De President Kennedylaan was, volgens een politieman die mij belde, de weg waar mijn moeder, alleen aan de wandel, de beroerte had gekregen die haar bijna onmiddellijk van het leven had beroofd.

Dat was in mei 2000. Jake, acht maanden oud, was herstellende van een longontsteking, en Rachel bleef bij hem in New York terwijl ik naar Nederland vloog. De contacten met het crematorium waren mijn verantwoordelijkheid, maar de kleine vriendenkring van mijn moeder verzorgde de receptie die, zoals dat heet, gehouden werd ter nagedachtenis van de overledene; en het was wel degelijk een opluchting dat de last van de herdenking niet alleen op mij neerkwam. Een advocaat kwam uit het niets tevoorschijn en regelde, samen met een betraande, mij totaal vreemde vrouw die zich voorstelde als een voormalige collega van mijn moeder, de verkoop van haar huis en de overmaking van de hele opbrengst naar mijn bankrekening. Er werd geregeld dat de rest van haar vermogen een liefdadige bestemming kreeg. Er werd berekend wat ik aan belasting zou moeten betalen. Binnen tien dagen was ik weer terug in New York.

In de maanden die volgden werd mijn verdriet ontregeld door een schuldgevoel dat er eigenlijk maar heel weinig veranderd was: met het verstrijken van de tijd bleek mama nauwelijks minder aanwezig dan in de vele jaren dat we elkaar, gescheiden door een vliegreis, een of twee keer per maand hadden gebeld, en we elkaar een week of twee per jaar zagen. Aanvankelijk had ik mijn onbehagen opgevat als product van zelfbeschuldiging: ik verweet mezelf, misschien onvermijdelijk, contactverzuim. Maar spoedig werden mijn gedachten in beslag genomen door een nog verontrustender idee, namelijk dat mijn moeder al jaren eerder een denkbeeldig wezen was geworden.

Rachel en ik praatten er zo goed mogelijk over. Misschien

omdat ze me niet helemaal begreep, zei ze: 'Het zou een grote troost moeten zijn dat je je haar zo goed herinnert.' Ik voelde me niet getroost. Ik bleef in gedachten teruggaan naar het bezoek dat ik mijn moeder een maand voor haar dood gebracht had, toen ze als een soort vreemde op me was overgekomen. Haar lijfelijke aanwezigheid had op zijn minst iets onbevredigends gehad, zoals ze heen en weer liep tussen de keuken en de door de jaren gekrompen eetkamer, of zoals ze de kaasschaaf over een stuk kaas had gehaald, of zoals ze, wat ze de eerste avond inderdaad deed, televisie ging zitten kijken tot tien uur, waarna ze naar bed ging. En het is heel wel mogelijk dat mijn eigen persoon op zijn beurt korte metten heeft gemaakt met allerlei verwachtingen die zij misschien gekoesterd had. Wat voor verwachtingen dat waren, kan ik niet zeggen, maar het is moeilijk om niet althans te vermoeden dat ze opendeed in de hoop iemand anders aan te treffen dan de zakenman die voor de deur stond. Tegen middernacht beklom ik als Gargantua de smalle trap naar mijn kamer. Ik poetste mijn tanden boven de wasbak in de slaapkamer, kleedde me uit tot op mijn onderbroek, deed de lichten uit. Ik liep naar het raam – dat wil zeggen, de twee koekoekvensters die waren samengevoegd tot één glazen rechthoek. Die omlijstte een tafereel waarvan ik in mijn jeugd besloten had dat het mij, en mij alleen, toebehoorde.

Het oude visuele domein was ongewijzigd: een lange reeks onverlichte achtertuinen die naar het vrijwel niet te onderscheiden silhouet van de duinen leidde. In het noorden, aan mijn rechterhand, schitterde even de vuurtoren van Scheveningen, waarna hij donker werd, om plotseling weer op te lichten, een krachtige stralenbundel van kilometers lengte die ergens in het blauw en het zwart boven de duinen oploste. Die zandheuvels waren altijd mijn idee van een wildernis geweest. Daar leefden en stierven fazanten, konijnen en kleine roofvogels. Als ik met een paar vrienden op avontuur uitging, wurmden we onze twaalfjarige lijven soms onder het prikkeldraad door dat langs de paden was gespannen en holden we door het helmgras de beboste diepten van de duinen in. Daar maakten we hutten en klommen we in bomen en dolden we bij de oude Duitse bunkers. We zagen onszelf als bandieten, op de vlucht voor de boswachters – die groene wollen jasjes droegen en, als ik me niet vergis, groene Tiroler hoedjes met veertjes in de hoedenband. Die boswachters lieten ons altijd met rust, maar een woedend oud vrouwtje greep een keer een vriend van me in zijn nekvel en wurgde hem bijna. Maanden later herkende ik haar op straat: een statig stappende, heksachtige, grijze vrouw met een sinistere zonnebril.

Dat is haar, zei ik opgewonden tegen mijn moeder. Dat is die vrouw die Bart bijna gewurgd heeft.

Ik had verwacht dat ze de politie zou bellen, een proces, gerechtigheid.

Mijn moeder keek naar het mens. 'Ach, laat maar,' zei ze, terwijl ze me meetrok. 'Het is een oude vrouw.'

Ik stond bij het raam en wachtte op de volgende veeg van de vuurtoren. Als jongen was ik altijd gebiologeerd geweest door het licht van de vuurtoren. De ik van toen was enig kind en het moet zo geweest zijn dat hij 's avonds geregeld alleen voor zijn slaapkamerraam stond, maar in mijn herinnering stond mijn moeder altijd naast me als ik naar het licht keek dat uit Scheveningen oprees, en hielp ze me in het donker door te dringen. Zij beantwoordde mijn vragen. De zee was de Noordzee. Die lag vol schepen die wachtten tot ze de haven van Rotterdam in konden. Rotterdam was de grootste haven ter wereld. De golfbrekers stonden loodrecht op het strand en voorkwamen dat het strand werd weggespoeld. De kwallen in het water konden je prikken. Het blauw van de kwal was de kleur indigo. Zeven sterren vormden samen een ploeg. Als je doodging, ging je voorgoed slapen.

Opnieuw maakte het licht van de vuurtoren een zwieper en verdween. De kalmte van de nacht was in tegenspraak met een indruk die ik al heel lang had, namelijk dat de nachten van mijn kinderjaren onveranderlijk stormachtig waren geweest. Als het luide gejammer van de lucht het huis vulde, luisterde ik naar de stevige en gestage voetstappen van mijn moeder op de trap, op weg naar de tweede verdieping, die ik voor mezelf had. En in mijn geheugen bracht elke storm haar bij mij. (Kun je me zien, mama? fluisterde ik dan vanuit mijn bed. Ja hoor, schat, zei ze dan. En dan zei ik dat ik niet bang was: 'Ik ben niet bang, hoor,' en streelde zij over mijn haar, en zei, alsof ze me niet helemaal geloofde: er is niks om bang voor te zijn.) Nu bleef het natuurlijk stil op de trap. Mijn moeder lag te slapen. Ik verliet mijn uitkijkpost. De duinen, de grijze stroom nachtelijke wolken, de telkens weer opduikende lichtbundel, de exclusiviteit van de uitkijkpost op mijn slaapkamer, zelfs de kleine eigenaar van dat uitzicht, en zijn verwondering: niets van dat alles was meer in mijn bezit. Maar als ik dat alles niet meer bezat – de vraag diende zich aan als een emotie –, wat bezat ik dan nog wel?

De volgende dag bracht mijn rusteloosheid me ertoe even naar buiten te gaan voor een wandelingetje in het wegstervende licht. Het was april en fris, en ik had een corduroy broek en een trui met ruitjespatroon aan, beide uit de garderobe geplukt die nog voortleefde in de grenen kast op mijn jongenskamer. Gekleed als Rip Van Winkle liep ik met de bocht mee om het blok heen. De huizen van rode baksteen, daterend van de jaren veertig, waren in viertallen neergezet, van telkens twee hoekhuizen met twee andere huizen ertussen. Elk huis had een weinig indrukwekkend voortuintje, van de stoep gescheiden door een muurtje van misschien een meter hoog – voorbijgangers konden moeiteloos naar binnen kijken door gordijnloze ramen, al bleef je blik meestal hangen in het dichte oerwoud aan planten in de vensterbank. Mensen woonden vaak tientallen jaren in die huizen: je trok erin met kleine kinderen en bleef zitten tot je oude dag. Ik sloeg links af de Kruisbeslaan in. Elke doordeweekse middag trokken balspelen als een aardschok door onze wijk en deze straat was het epicentrum. Ik liep langs het huis waar vroeger mijn vriend Marc had gewoond, die volgens mijn moeder zijn vroegere ambitie om apotheker te worden daadwerkelijk had verwezenlijkt: ze was een apotheek binnengelopen en had, in de trekken van de grijzende man achter de balie, de welgemanierde pianospelende jongen herkend die twintig of meer jaar geleden af en toe bij ons op de stoep had gestaan. Ze hadden een kort, vriendelijk gesprekje gevoerd, rapporteerde mijn moeder, waarna ze elk weer hun eigen gang waren gegaan. Iets verderop in de straat was het huis waar vier broers hadden gewoond, voortreffelijke sportlui die jarenlang de ruggengraat van onze club hadden gevormd. Ze woonden daar in een heksenketel van bats en vechtpartijen en ballen en voetbalschoenen. Andere huizen identificeerde ik anachronistisch als de huizen van Michael, en van Leon, en van Bas, en van Jeffrey, en van Wim en Ronald die broers waren, en van alle anderen in onze bende. Ik vond het idioot bedroevend dat een schril fluitje op de vingers hen niet meer naar buiten kon krijgen, een speelse schemering in. Een oeroude ontdekking werd nu ook door mij gedaan: vertrekken is niet minder dan dodelijk. Voor het eerst bekroop mij het vermoeden dat het figuren uit mijn dromen waren, zoals beminde doden: mijn moeder en al die verdwenen jongens. En na de crematie van mijn moeder kon ik me niet aan de indruk onttrekken dat ze nog in leven in de oven van het geheugen was geschoven en, in het verlengde daarvan, dat je omgang met andere mensen, ogenschijnlijk levenskrachtig, op een zeker moment een omgaan met de doden wordt.

Het moet ook ongeveer in die tijd zijn geweest dat ik in de

greep kwam van een verwarring die mij, en natuurlijk ook mijn gezin, nog meer schade zou berokkenen. Het is verleidelijk hier een verband te leggen – te zeggen dat van het een het ander kwam. Ik heb altijd moeite gehad met dergelijke verbanden. (Bij mijn werk heb ik daar geen last van, daar trek ik vrolijk verbindingsstreepjes van het ene punt naar het andere; maar daar heb ik ook een veel eenvoudiger taak, en gelden bovendien allerlei regels.) In alle eerlijkheid tegenover mijn aan de dijk gezette, pepermuntjes offrerende psychiater moet gezegd dat het best mogelijk is dat die laatste kwaal teruggaat op mijn opvoeding. Het aangename van mijn Nederland was gerelateerd aan het feit dat elk eventueel mysterie er van onbeduidende proporties was. In Nederland heerste een nationale transparantie, bevorderd door een burgerij die verenigd leek te zijn in een innige, en kennelijk tot tevredenheid stemmende, toewijding aan voorspelbare en gematigde uitkomsten in het leven. Tegenwoordig, begrijp ik uit de kranten, zijn er problemen met en voor vreemde elementen, en is een en ander niet meer wat het geweest is; maar in mijn tijd – mijn leeftijd geeft me het recht me van die zinsnede te bedienen – was Nederland een land van voorzienigheid. Het leek weinig zinvol je al te vreselijk in te spannen voor of tegen de uitkomsten die voor je geregeld waren, die met zorgzaamheid waren uitgedokterd om je tot voordeel te strekken vanaf de dag van je geboorte tot de dag van je dood, en die nauwelijks uitleg behoefden. Bijgevolg was er voor een dromerige jonge ondergetekende ook weinig aanleiding om over verbanden na te denken. Eén gevolg, bij een temperament als het mijne, was het gevoel dat mysterie gekoesterd moet worden, ja, zelfs iets noodzakelijks is: in zo'n vol doorkijklandje is mysterie, onder meer, ruimte. Het is niet onaannemelijk dat het daarom was dat ik uiteindelijk ging ronddwalen in een duisternis van eigen makelij, dat ik afdreef van het land waar ik geboren was en er uiteindelijk op zou vertrouwen dat Rachel mij zou bijlichten. Zij wierp licht op dingen waarvan ik gedacht had dat ze al uitstekend belicht waren. Om een voorbeeld te geven: zij was degene, jaren geleden, die film en eten onder mijn aandacht bracht. Ongetwijfeld had ik al eerder films gezien en geluncht, maar films en lunches hadden toen zogezegd nog geen plek gekregen in mijn wereldbeeld.

In mijn New Yorkse verwarring vroeg ik me soms af of het anders gelopen zou zijn als een ouder iemand, of in elk geval iemand met meer oog voor hoe de zaken in elkaar zaten, iemand met relevante kennis, mijn jeugdige ik apart had genomen om hem op bepaalde feiten te wijzen; maar zo iemand trad niet naar voren. Mijn moeder, hoewel waakzaam, en hoewel lerares, was niet iemand die expliciet raad gaf – het is misschien zelfs wel aan haar te danken dat ik liefde als vanzelfsprekend associeer met een huis dat tot stilte is vervallen. Het was ook mogelijk, speculeerde ik verder, dat een vader het voor elkaar gekregen had – dat wil zeggen, een actieve, waarneembare voorganger in ervaring, die zich bovendien bewust was van de plicht bepaalde aanmoedigingen en waarschuwingen aan de volgende generatie door te geven – ofwel door zelf het goede voorbeeld te geven, of door een en ander met zoveel woorden uit te leggen. Zelfs nu, nu tot mij begint door te dringen dat er grenzen zijn aan de persoonlijke adviesbusiness, denk ik, vooral als ik met Jake, tegenwoordig een jochie van zes op een skateboard, rondstruin in Highbury Fields, onwillekeurig na over wat ik op een goede dag misschien zal overdragen op mijn zoon om te voorkomen dat hij opgroeit als zijn vader, dat wil zeggen, zonder waarschuwing. Ik weet dat nog steeds niet, niet in de laatste plaats omdat ik nog steeds niet weet of mijn eigen afdalen in de wanorde toe te schrijven was aan een achilleshiel of dat een mens gewoonlijk moet boeten voor de dwaasheid het leven met vertrouwen tegemoet te treden – gedachteloos, zouden sommigen misschien zeggen. Het enige wat ik weet is dat mijn ongelukkigheid me overrompelde.

    Er was geen sprake van malaise toen ik erin toestemde naar Londen te verhuizen, in 1998 – op de Amerikaanse kalender het jaar van Monica Lewinsky. Ik kwam aan in november, iets meer dan een maand nadat Rachel in het kantoor aan Times Square begonnen was. We woonden tijdelijk aan de Upper West Side en ik had nog een paar weken te gaan voor ik in mijn betrekking bij M– begon. Ik was nooit eerder in New York geweest en ik kon me zelfs verwonderen over de stoplichten op Amsterdam Avenue, een rode warboel die, als je de straat overstak, vanzelf overging in een reeks eindeloos kleiner wordende smaragdgroene duo's. Als ik niet aan het experimenteren was met de rol van flaneur, keek ik naar de C-SPAN-verslagen van het impeachmentproces. Het spektakel, dat uiteindelijk draaide rond de merkwaardige figuur genaamd Kenneth Starr, werd steeds verlammender en onverklaarbaarder. Ik heb nooit begrepen waar de haat vandaan kwam die de president leek te wekken, een president wiens regering, voor zover ik dat kon uitmaken, weinig meer gedaan had dan toezicht houden in een periode dat het land een ongelooflijke voorspoed ten deel viel. Wat dat laatste betreft kreeg ik snel de indruk dat een miljoen verdienen in New York voornamelijk een kwestie was van over straat lopen – met je handen in de zakken over straat slenteren, in de blijde verwachting dat je vroeg of laat door de pecuniaire bliksem getroffen zou worden. Eén op de drie mensen leek zo'n gelukstreffer te hebben gehad: een succesje in de effectenhandel, een meevaller in de internetrage of de verkoop van de filmrechten op een artikel van vijfhonderd woorden over, zeg, een raadselachtige, verwilderde kip die ergens in Queens, in een achtertuin, kakelend op een stok was aangetroffen. Ik profiteerde ook van dat fenomeen, want de plotseling gedaalde prijs van een vat olie – die zakte dat jaar tot tien dollar – droeg bij tot het ontstaan van een ongekende vraag naar helderzienden in mijn branche. Geld had zich bij de bekendere vormen van neerslag gevoegd; alleen kwam het, in mijn immigrantenverbeelding, uit de alternatieve hemels vallen die gevestigd waren in de hoog oprijzende silhouetten van het fortuinlijke Manhattan, waar ik niets anders over hoef te zeggen dan dat ze een adembenemend panorama vormden, dat op zijn mooist was op de avonden dat mijn taxi vanaf JFK hoog over de snelweg boven Long Island City reed en de skyline van Manhattan opdoemde en ik, geflankeerd door kolossale, lachende billboards, afdaalde richting huis, dat zich ergens in die stortvloed van lichtjes bevond.

Rachel en ik zagen Monica Lewinsky een keer lopen, in een straat in het Meatpacking District. Ze droeg een soort trainingspak en een enorme zonnebril, en baande zich met doodgewone kleine stapjes een weg over de keien van Gansevoort Street. Ze was kleiner dan ik me had voorgesteld.

'Ze is aangekomen,' zei Rachel belangstellend. We keken Monica na tot ze om de hoek van Washington Street verdwenen was. 'Arm kind,' zei Rachel, waarna we verder liepen en even later al door iets anders werden afgeleid. Maar de waarneming had volstaan als luxe voorbeeld van de onophoudelijke bevestiging van New York als wijkplaats en troost – de stad leek zelfs te voorzien in de bizarre soort verlossing waar arme Monica behoefte aan had. En als dat zo was, kon je intuïtief wel concluderen, zouden je eigen behoeften, welke dat ook waren, evenzeer vervuld worden. Niet dat we daar nu zo aan twijfelden. Onze banen pakten gunstig uit – veel beter dan verwacht, in mijn geval – en we hadden ons tevreden in onze loft aan Watts Street gevestigd. Die had een gepast gruizig uitzicht op een parkeerplaats en was groot genoeg om, in een hoek van onze witte bakstenen slaapkamer, een mechanisch kledingrek te bevatten met zo'n rail die ronddraaide als een achtbaan, en die we hadden overgenomen van een stomerij: als je op een knop drukte, kwamen de jasjes en blouses en rokken van Rachel in polonaise naar beneden en zwierden door de kamer. We hadden meer dan genoeg om ons heel zelfvoldaan over te voelen, als we daartoe de neiging hadden gehad. Zelfvoldaanheid vereist echter een zekere bedachtzaamheid, en dat vereist overzicht, en dat vereist afstand; en wij keken niet, of in elk geval ik keek niet, naar onze omstandigheden vanaf het gezichtspunt dat je hebt als je ontvankelijk bent voor de meer ruimtelijke emoties – die gevoelens, van spijt of dankbaarheid of opluchting, die verband houden met situaties die ver van je eigen situatie afstaan. Ik had bijvoorbeeld niet de indruk dat ik een kogel had ontweken, misschien omdat ik geen werkelijk idee had van wat een kogel was. Ik was jong. Ik was niet ver verwijderd van de onschuld die door een complot van de welwillende maar bedrieglijke wereld ons deel is als we nog klein zijn.

   Na de dood van mijn moeder begon ik lange wandelingen te maken naar Chinatown en Seward Park en de oude Seaportbuurt. Jake ging mee in de buggy. In een zomerse Pearl of Ludlow of Mott Street was ik even weg uit de sfeer van ons appartement, dat veranderd was in een ouderlijke koolmijn, en liep ik en liep ik tot ik een soort ingebeelde gemoedstoestand bereikte, een staat van vaag hoopvolle ontvankelijkheid, die mij een doel op zich leek, en ook het hoogst haalbare. Die wandelingen waren, denk ik, een milde vorm van slaapwandelen – product van de uitputting en de automatismen van een mijnwerker. Of dat een juiste diagnose is of niet, er zat duidelijk iets van een vlucht in, en ook van een capitulatie, alsof ik degene was die in die buggy zat en mijn moeder degene die hem door de straten duwde. Want mijn uitstapjes met de baby maakte ik ook in haar gezelschap. Ik riep haar niet op in mijn herinnering, maar meer in mijn fantasie. De fantasie bestond er niet in dat ik haar fysiek aan mijn zijde voorstelde, het was meer zo dat ik me haar op grote afstand voorstelde, net als voorheen, en mezelf nog, op afstand, gezwacheld in haar consideratie; daarin werd ik bijgestaan door de straten van New York, die verlangens zelfs in hun raarste vorm bijstaan.

Dat alles brengt mij op de tweede en laatste winter die ik in mijn eentje in New York heb doorgemaakt, en waarin ik mij afvroeg wat er precies geworden was van de onbetwistbare, samenzweerderige stad die ik jaren eerder had aangetroffen, en van de man die vol verlangens door haar straten had gedwaald.

Het was een zeer witte winter. Een sneeuwstorm op President's Day 2003 blies een sneeuwdek over de stad dat een van de dikste uit zijn geschiedenis was. Een dag of twee hadden alle activiteiten buiten de deur iets van een pantomime en de kranten onderbraken hun verhalen over Irak met foto's van kinderen die aan het sleetje rijden waren op Sheep's Meadow. Ik bracht de ochtend van die vrije dag door in een leunstoel in mijn hotelappartement, gebiologeerd door een sneeuwbank op het smeedijzeren balkon die aanzwol en dieper werd en zich wanstaltig tegen de glazen deuren nestelde, en die pas half maart helemaal gesmolten zou zijn. Het zegt wel iets over mijn leeghoofdigheid dat ik die maandenlange dooi met een zekere spanning volgde. Ten minste twee keer per dag tuurde ik door de balkondeuren naar buiten en inspecteerde ik de vuile, vaag glimmende opeenhoping van ijs. Ik werd verscheurd tussen een belachelijke afkeer van dat onverzettelijke, winterse ectoplasma en een even belachelijke vertedering die werd gewekt door de strijd van een vaste stof tegen de krachten die alles vloeibaar maakten. Dergelijk volstrekt willekeurig mentaal tumult speelde mij voortdurend parten in die periode, waarin ik de gewoonte had – een van mijn vreemde gewoontes uit die tijd – languit in de kamer op de grond te liggen en in het donker onder mijn bruine leunstoel te staren, een brievenbusvormige gleuf waardoor mij, zo hoopte ik misschien, een belangrijk bericht zou bereiken. Ik maakte me niet speciaal ongerust om de uren die ik languit op de grond doorbracht. Ik ging ervan uit dat overal om mij heen, in de schitterende rechthoeken waar het donker mee bezaaid was, talloze New Yorkers languit op de grond lagen, door vergelijkbare emoties geveld; of, als ze niet gevloerd waren, dat ze voor hun ramen stonden, zoals ik ook vaak deed, en toekeken hoe de winterwolken – zo leek het vanwaar ik stond – de wolkenkrabbers op de middellange afstand uitveegden. De omvang van de verdwijning was opzienbarend, zelfs voor iemand met mijn karakter, misschien omdat de verdwijning de voorbode was van het schijnbaar wonderlijke weer tevoorschijn komen vanuit de wolken van torens die van binnenuit met licht waren besprenkeld. Op President's Day ontlokte de mistige, op grote schaal verdwijnende stad echter een andere reactie. Mijn winterse wake beu, hees ik me overeind uit mijn leunstoel en ging ik naar de slaapkamer, waar ik, op zoek naar een nieuw gezichtspunt, naar het raam liep. Sneeuwvlokken als gemalen koffie verduisterden de hor. Verpulverd ijs, opgeblazen vanuit de goot onder het raam, had zich op de vensterbank opgehoopt en kroop langs het glas omhoog. Het moge duidelijk zijn dat ik geteisterd werd door de gevoeligheid van de kluizenaar voor inzichten: toen ik naar buiten tuurde, door de sneeuwvlagen heen, en ik geen glimp zag van het Empire State Building, werd ik overrompeld door de gedachte, die tot mij kwam in de vorm van een angstaanjagende aanval van helderheid, dat substantie – alles van zogenaamde tastbaarheid – niet te onderscheiden was van zijn onnoembare tegenovergestelde.

Tegen een steentje trappen of een hond aaien is voor de meeste mensen waarschijnlijk genoeg om af te rekenen met een dergelijke verbijstering, die vast net zo oud is als onze soort.

Maar ik had geen steentje of hond bij de hand. Ik had niks bij de hand – niks dan een vensterglas dat belaagd werd door een sneeuwstorm. Het was een verademing om opeens het gekmakende gepiep van mijn telefoon te horen.

Het was Rachel. Ze vertelde me eerst over de enorme antioorlogsdemonstratie die twee dagen eerder in Londen was gehouden en dat Jake een bord had gedragen met de tekst NIET IN MIJN NAAM. Vervolgens liet ze me, op de toon van iemand die een boodschappenlijstje bespreekt, weten dat ze definitief besloten had niet terug te keren naar de Verenigde Staten, althans niet voor het eind van de periode-Bush of van welke volgende regering dan ook die uit was op militaire en economische heerschappij over de wereld. Het was niet langer een kwestie van fysieke veiligheid, zei ze, al bleef dat natuurlijk een factor. De kwestie was veeleer dat ze Jake niet wilde blootstellen aan een opvoeding in een 'ideologisch verziekt' land, zoals zij het formuleerde, een 'geesteszieк, kwalijk, onwaarachtig' land waarvan volk en leiders leden aan ongelooflijke en zelfingenomen waanideeën over de Verenigde Staten, de wereld, en zelfs, onder invloed van de fanatieke evangelische beweging, het universum, waanideeën die als gevolg hadden dat de Verenigde Staten werden vrijgesteld van de regels van beschaafd en wettig en redelijk gedrag die ze anderen zo genadeloos probeerden op te leggen. Met toenemende ontsteltenis verklaarde ze dat we ons op een keerpunt bevonden, dat een wereldmacht 'geleidelijk tot wangedrag was vervallen', dat haar geweten geen andere conclusie toestond.

Normaal gesproken zou ik niets gezegd hebben, maar ik had de indruk dat mijn omgang met mijn zoontje op het spel stond. Dus ik zei: 'Rach, laten we alsjeblieft proberen de zaken in perspectief te blijven zien.'

'In perspectief? Aan welk perspectief had je dan gedacht? Het perspectief van de vrije pers in Amerika? Is dat waar jij je perspectief vandaan haalt, Hans?' Ze lachte hardvochtig. 'Van tv-zenders die gefinancierd worden door conservatieve adverteerders? Van de *Wall Street Journal*? Van de *Times*, spreekbuis van het establishment? Wat dacht je van Ari Fleischer, als je toch bezig bent?'

Niet voor het eerst had ik er moeite mee te geloven dat dit de vrouw was met wie ik getrouwd was – een bedrijfsadvocaat, laten we dat niet vergeten, die slechts radicaliseerde in dienst van haar cliënt en die op financieel gebied helemaal niets te klagen of aan te merken had.

'Jij wilt dat Jake met een Amerikaans perspectief opgroeit? Is dat het? Jij wilt dat hij niet op een kaart kan aanwijzen waar Groot-Brittannië ligt? Jij wilt dat hij gelooft dat Saddam Hoessein die vliegtuigen in die torens heeft laten vliegen?'

Spikkeltjes sneeuw, klein en donker als vliegen, krioelden voor mijn ogen. Ik zei: 'Natuurlijk zou hij niet in onwetendheid opgroeien. Dat zouden wij niet toestaan.'

Rachel zei: 'Bush wil Irak aanvallen als onderdeel van een conservatief plan om het internationaal recht zoals wij dat kennen te vernietigen en te vervangen door de Amerikaanse wereldheerschappij. En dan mag jij zeggen wat er aan die zin niet klopt, en waarom niet.'

Zoals gewoonlijk ging ze te snel voor me. Ik zei: 'Ik wil hier geen ruzie over maken. Je schrijft mij denkbeelden toe die ik niet heb.'

Het leek of Rachel lachte. 'Zie je wel? Het is een zinloze discussie. Het is net zoiets als tennissen met iemand die per se gin rummy wil spelen.'

'Waar heb je het over?'

'Wat jij doet, is constant om je heen slaan en van onderwerp veranderen en op het gemoed werken. Dat is de klassieke conservatieve tactiek. In plaats van op het punt te reageren, saboteer je de discussie.'

'Prima,' zei ik. 'Zeg dan nog eens wat het punt is. En hou op mij conservatief te noemen.'

'Jij bent conservatief,' zei Rachel. 'Het treurige is dat je het zelf niet eens weet.'

'Als jouw punt is dat de vs Irak niet zou moeten aanvallen,' wist ik uit te brengen, 'ben ik niet van plan dat tegen te spreken. Maar als jouw punt is...' Ik viel stil, het spoor bijster. En ik was ook afgeleid – door een herinnering aan Rachel en mij, op onze huwelijksreis in het vliegtuig naar Hongkong. Ik had in de schemerdonkere cabine uit mijn raampje gekeken en lichtjes gezien, glinsterende netwerken in de donkere leegte die onder ons gaapte. Ik had Rachel erop gewezen. Ik wilde iets zeggen over die kosmische glimlichtjes die aan wezens deden denken en die mij het gevoel gaven, wilde ik zeggen, dat we naar een andere wereld waren vertaald. Rachel boog zich over me heen en keek naar beneden. 'Dat is Irak,' zei ze.

Ze zei: 'Ik zeg dat de Verenigde Staten niet het morele of het wettige recht hebben om deze oorlog te voeren. Het feit dat Saddam vreselijk is en vandaag nog overhoop zou moeten worden geschoten is niet waar het om gaat. Het slechte karakter van de vijand maakt de oorlog nog niet goed. Denk eens een keer politiek. Stalin was een monster. Hij heeft miljoenen mensen vermoord. Miljoenen. Wil dat zeggen dat we Hitler hadden moeten steunen bij zijn invasie van Rusland? Dat we zij aan zij hadden moeten strijden met Hitler omdat hij de wereld wilde ontdoen van een massamoordenaar?'

Ik had haar moeten bijvallen. Ik wist maar al te goed dat ik niet met Rachel over zulke dingen in debat moest gaan. Maar ik schaamde me en ik wilde mezelf eruit praten. 'Wat jij zegt is dat Bush een soort Hitler is,' zei ik. 'Dat is belachelijk.'

'Ik vergelijk Bush helemaal niet met Hitler!' riep Rachel bijna smekend uit. 'Hitler is alleen maar een extreem voorbeeld. Je gebruikt extreme voorbeelden om een bewering te toetsen.

Dat heet redeneren. Zo redeneren mensen. Je komt met een bewering en die leidt je tot haar logische conclusie. Hans, jij bent toch de grote rationalist?'

Zoals ik al zei, heb ik op die kwalificatie nooit aanspraak gemaakt. Ik zag mezelf alleen als voorzichtig in mijn uitspraken. Het idee dat ik een rationalist zou zijn kwam uit de koker van Rachel – al moet ik toegeven dat ik in dezen wel medeplichtig was. Wie kan de moed opbrengen om misvattingen recht te zetten die ons liefde brengen?

'Dat is geen redeneren,' zei ik. 'Dat is alleen agressie.'

'Agressie? Hans, begrijp je het dan niet? Zie je dan niet dat dit niks met persoonlijke verhoudingen te maken heeft? Beleefdheid, aardigheid, jij, ik – dat is allemaal niet relevant. Het gaat om een strijd op leven en dood om de toekomst van de wereld. Onze persoonlijke gevoelens komen in het hele verhaal niet voor. Er zijn krachten aan het werk. De Verenigde Staten zijn momenteel de grootste militaire macht ter wereld. Ze kunnen alles doen wat ze willen, en dat doen ze ook. Ze moeten worden tegengehouden. Jouw gevoelens en mijn gevoelens' – ze snikte nu – 'staan niet op de agenda.'

Opnieuw staarde ik uit het raam. Het was opgehouden met sneeuwen. Een koude toga lag over de stad gedrapeerd.

'Het heeft hier gesneeuwd,' zei ik. 'Jake zou een sneeuwpop kunnen maken op 23rd Street.'

Rachel snotterde wat. 'Ik ben anders niet van plan hem daarheen te brengen om een sneeuwpop te maken. Als je zo redeneert zouden we met zijn allen naar de Noordpool moeten. Wat ervan over is tenminste.'

Ik lachte, maar ik kende Rachel goed genoeg om alles serieus te nemen wat ze gezegd had. Ik had echter geen idee wat de meest effectieve reactie zou zijn. De moeilijkheid was niet alleen dat ik geen alternatief kon bedenken voor het een of twee keer per maand naar Londen vliegen. Nee, mijn probleem was dat ik geen enkel weerwoord had op de grenzeloze, ijzingwekkende wanhoop die alles onderuithaalde wat ik probeerde. Het was net alsof ik, in mijn onvermogen enige beweging in mijn leven te krijgen, ten prooi was gevallen aan de verlamming die acteurs ervaren in verwarrende dromen waarin ze vergeefs proberen te lopen of te praten of de liefde te bedrijven.

Uiteraard maakte ik mezelf de nodige verwijten. Ik had nooit moeten toestaan dat deze transatlantische impasse, die nu al meer dan een jaar duurde, in stand werd gehouden. Ik had naar Londen moeten verhuizen en me niets moeten aantrekken van Rachels duidelijke maar nauwelijks toegelichte voorkeur voor de huidige constellatie. En meer in het bijzonder, ik had de telefonische uitbarsting van mijn vrouw moeten zien aankomen, niet in de laatste plaats omdat vrijwel iedereen die ik kende zich door de dreigende invasie van Irak geroepen voelde er een indrukwekkende en gloedvolle mening op na te houden. Voor iedereen onder de vijfenveertig leek het erop dat het wereldgebeuren eindelijk kans had gezien hun talent voor gewetensvol politiek denken serieus op de proef te stellen. Veel van mijn kennissen, realiseerde ik mij, hadden zich de afgelopen twintig jaar of daaromtrent intellectueel en psychisch voorbereid op zo'n moment – of waren, als ze dat niet hadden gedaan, in elk geval in staat snel een arsenaal op te bouwen, een deskundig debater waardig, van stekeligheden, statistieken, gevatte opmerkingen, tactische zetten, voorbeelden, saillante feiten en oratorische manoeuvres. Terwijl ik bijna niks wist in te brengen. Ik kon wel ongeveer inschatten wat de olieproductiecapaciteit van een door Amerika bezet Irak zou zijn, sterker nog, op mijn werk werd ik daar dagelijks over aangesproken, en niet altijd even slim. ('Wat zeg je, tweeënhalf, drie miljoen vaten? Wat is het nou?') Maar ik merkte dat ik niet bij machte was een bijdrage te leveren aan gesprekken over de waarde van het internationale recht of de haalbaarheid van het produceren van een vuile bom of de constitutionele rechten van gevangengenomen vijanden of de doeltreffendheid van *duct tape* om ramen luchtdicht af te sluiten of de argumenten voor het vaccineren van de Amerikaanse bevolking tegen pokken of de complexiteit van het als wapen inzetten van dodelijke bacteriën of de dreiging van de neoconservatieve kliek in de regering-Bush, of aan welk debat dan ook, debatten die allemaal van even groot belang leken en die overal woedden – woedden, omdat de deelnemers aan al die debatten snel driftig werden en vaak minachtend uit de hoek kwamen. In die telkens weer andere, allesomvattende discussie wist ik nauwelijks waar ik stond. Ik kon mijn positie niet bepalen. Als ik daartoe werd aangezet, kwam ik er eerlijk voor uit: ik was er niet in geslaagd mijn positie te bepalen. Het ontbrak mij aan het nodige observatievermogen, aan stelligheid, en bovenal aan een vooruitziende blik. De toekomst behield het ondoordringbare karakter dat ik er altijd aan had toegeschreven. Zou de Amerikaanse veiligheid verbeteren of verslechteren als Irak werd overgenomen? Ik wist het niet – ik had immers geen informatie over toekomstige doelen en vaardigheden van terroristen, of van Amerikaanse regeringen. En ook al zou ik wel over die informatie beschikken, dan nog mocht ik er niet op hopen dat ik zeker zou weten hoe een en ander zou uitpakken. Wist ik of het leed en de vernietiging van een oorlog in Irak erger zouden zijn dan de ellende die het waarschijnlijk zou geven als Saddam Hoessein aan de macht bleef? Nee. Kon ik zeggen of het recht op autonomie van het Iraakse volk – een problematische nationale entiteit, daar was iedereen het over eens – al dan niet geholpen zou zijn met een regimewisseling onder Amerikaanse regie? Nee, dat kon ik niet. Had Irak de beschikking over massavernietigingswapens die een werkelijke bedreiging vormden? Ik had geen idee; en om eerlijk te zijn, en om aan te geven waar het echte probleem zat, het deed me ook weinig. Ik kon me er niet druk om maken.

In politieke en ethische zin was ik, kortom, een onbenul. Normaal gesproken zou een dergelijk gebrek onbeduidend zijn geweest, maar het waren abnormale tijden. Als New Yorkers niet al schichtig genoeg waren doordat ze er voortdurend aan herinnerd werden dat het alarmfase oranje was wegens terroristische dreiging, was er wel een ander gevaar om ons met zorg te vervullen: de branden onder de grond. De ongewone hoeveelheden sneeuw en strooizout schenen een reactie aan te gaan en samen het gemeentelijke elektriciteitssysteem aan te vreten, met als gevolg dat, de hele winter en tot ver in het voorjaar, ondergrondse kabels vlam vatten en door de branden die onder de straten woedden duizenden mangaten in trottoirs van Long Island City tot Jamaica en de East Village explodeerden, explosies waarbij de gietijzeren putdeksels zo vijftien, twintig meter de lucht in werden geslingerd. Het was Chuck Ramkissoon die me op dat gevaar wees. Na ons uitstapje in januari had hij me op zijn elektronische mailinglist gezet, en twee of drie keer per week was ik een van een stuk of twaalf personen – 'Beste vrienden' noemde hij ons – die berichten ontvingen over wat hij maar op zijn lever had: cricket, Amerikaanse geschiedenis, vogelarij, de vastgoedhandel in Brooklyn, meteorologische fenomenen, interessante economische informatie, klinkende zakenverhalen (er was een stukje, misschien speciaal voor mij, over Arctisch gas) en opvallende berichten over van alles en nog wat, zoals de kwestie van het elektrische inferno. Hij ondertekende ze allemaal met

Chuck Ramkissoon
President van de New York Cricket Club

Chuck Cricket Corp. had plaatsgemaakt voor een grootsere entiteit.

Vaak bevatten de e-mails van Chuck niet meer dan links

naar websites die hij interessant vond, maar als het bericht te maken had met zijn cricketonderneming genoten wij soms het voorrecht dat hij ons deelgenoot maakte van zijn eigen overpeinzingen. Eén zo'n memorandum had als kopje meegekregen 'GEEN IMMIGRANTENSPORT'. De tekst – bewaard gebleven in mijn elektronisch archief – luidde als volgt:

> Cricket was de eerste moderne teamsport in Amerika. Cricket was er voor honkbal en football. Al sinds de jaren zeventig van de achttiende eeuw wordt er in New York gecricket. De eerste internationale teamsportwedstrijden ter wereld waren cricketwedstrijden tussen de Verenigde Staten en Canada, in de jaren veertig en vijftig van de negentiende eeuw. In die tijd kwamen op cricketwedstrijden in New York duizenden mensen af. Het was een professionele sport waar in alle kranten verslag van werd gedaan. Er waren clubs in het hele land, in Newark, Schenectady, Troy, Albany, San Francisco, Boston, Ohio, Illinois, Iowa, Kentucky, Baltimore en Philadelphia. Alleen al in Philadelphia had je tientallen clubs en de prachtige faciliteiten van de Philadelphia Cricket Club, de Merion Cricket Club en de Germantown Cricket Club bestaan tot op de huidige dag. (De velden worden meestal gebruikt voor tennis.) Pas na de Eerste Wereldoorlog begon de sport om ingewikkelde redenen snel aan populariteit in te boeten.
>
> Het is dus verkeerd om cricket in Amerika te zien zoals de meeste mensen het zien, d.w.z. als een immigrantensport. Het is een authentiek Amerikaans tijdverdrijf en zou als zodanig moeten worden beschouwd. Al diegenen die geprobeerd hebben cricket bij het Amerikaanse publiek te 'introduceren' hebben dit niet begrepen. Cricket zit al in het Amerikaanse DNA. Met de juiste promotie, marketing, over-

heidssteun etc. zou het makkelijk weer onder de aandacht van het publiek kunnen worden gebracht. Amerikaanse kinderen zouden weer de oudste teamsport van hun land kunnen spelen!

Eén ontvanger van dit epistel verzond zijn reactie cc naar alle anderen die deze mailtjes van Chuck ontvingen:

> Wie dan ook
> Zou je mij die krankzinnige junkmail alsjeblieft niet meer willen toesturen?!

Ik nam de missives van Chuck wel door, maar reageerde er niet op. Intuïtief hield ik afstand, in elk geval zoveel afstand als wij houden tussen onszelf en hen van wie we vermoeden dat ze behoeftig zijn. Zo vroeg ik me bijvoorbeeld af wanneer hij me om geld zou gaan vragen voor zijn cricketplan. Ik voelde me echter ook aangetrokken tot Chuck. In mijn ogen was hij een liefhebber van hypothesen en eventualiteiten, een man die vrolijk opereerde in de aanvoegende wijs. De marges van de zakenwereld zijn dicht bevolkt met dromers, bijna altijd mannen, wier verlangende persoon zich bereidwillig onderwerpt aan de betovering van ramingen en cirkeldiagrammen en netjes opgetelde cijfers, die net als schrijvers jarenlang met dezelfde stapel documenten goochelen, die midden in de nacht uit bed glippen om te bowlen naar een in pyjama gestoken spiegelbeeld in een ruit. Ik heb nooit opengestaan voor de bizarre kant van het zakenleven. Ik ben analist – een toeschouwer. Het ontbreekt mij aan de smachtende blik van de zakenman. In andere opzichten ben ik natuurlijk zo dromerig als het maar kan. Die winter, bijvoorbeeld, toen er in Zuid-Afrika werd gestreden om de Cricket World Cup en verschillende van mijn voormalige teamgenoten voor Nederland tegen de grote Indiërs en

Australiërs speelden, stelde ik me voor dat de gebeurtenissen lang geleden een ander beloop hadden gehad en dat ik in mijn jeugd het geheim van het batten had ontdekt – iets met de houding van het hoofd, misschien, of het inleidende voetenwerk, of een bijzondere toewijding van het geheugen – met als gevolg (zo beeldde ik mij verder in op die pikdonkere ochtenden dat ik vroeg opstond om de Nederlandse wedstrijden te volgen op het live scorebord van cricinfo.com) dat ik nu een van die in oranje gehulde Hollanders was die gestationeerd waren op de fletse velden van Paarl en Potchefstroom, en dat als, zeg, Brett Lee, twintig snelle passen in mijn richting deed, en hij sprong, en de witte eendaagsbal naar mijn tenen wierp, die vage vlek van honderdveertig kilometer per uur opeens scherp in beeld kwam en voor me hing als een kerstbal, waarop ik de bal met een eenvoudige klap van mijn bat in glijvlucht naar het witte touw van de boundary sloeg. Hoeveel van ons zijn helemaal vrij van dergelijke scenario's? Wie van ons heeft niet, een beetje beschaamd, de vreugden gekend die ze ons brengen? Ik heb het vermoeden dat hun onschuld gegarandeerd is, niet, zoals velen schijnen te denken, door het in stand houden van een nauwkeurig getrokken grens tussen het koninkrijk van de verbeelding en dat van de werkelijkheid, maar door het tegendeel: het toestaan van een welwillende annexatie van het laatste door het eerste, zodat onze alledaagse bezigheden altijd een secundaire, bovennatuurlijke schaduw werpen en we ons, op die momenten dat we er behoefte aan hebben ons van de meer geloofwaardige en pijnlijke inhoud van dingen af te wenden, troostrijk verbonden weten met een begeleidende, onwaarschijnlijke kijk op de wereld en onze plaats daarin. Het is de onvolledigheid van dromen die ons problemen bezorgt – die, zou je kunnen aanvoeren, Chuck Ramkissoon het grootste probleem van allemaal heeft bezorgd. Hij liep niet genoeg met het hoofd in de wolken. Hij had een voldoende heldere kijk op de kloof die gaapte tussen waar hij stond en waar hij naartoe wilde, en hij was vastbesloten een manier te vinden die kloof te overbruggen.

Dat, ik herhaal het nog maar eens, was niet waar ik toen over piekerde – ik piekerde niet over Chuck. Wel over andere mensen, onder wie Rivera. Die kwam een keer 's ochtends mijn kantoor binnen, deed de deur achter zich dicht en zei dat hij ontslagen zou worden.

Ik dacht na over die mededeling. Rivera, dat wist ik, had onlangs een teleurstellende beoordeling gekregen van de salesafdeling, en meteen daarna was een *research paper* van hem over Nigeria ook al slecht ontvangen; maar hij analyseerde *mid-cap stocks*, een ander terrein dan het mijne, en ik was lang niet close genoeg met Heavey, zijn baas, om met enige zekerheid te kunnen zeggen wat dat voor gevolgen zou kunnen hebben. Ondertussen had Rivera natuurlijk reden genoeg om zich zorgen te maken. Dat deden we allemaal. De waarde van analisten is een kwestie van opvatting, en opvattingen aan Wall Street zijn niet minder onbestendig dan waar ook ter wereld.

'Ze gaan mijn baan aan Pallot geven,' zei Rivera.

Hij stond voor het raam naar de natte sneeuw te kijken, een kleine man in een helderwit overhemd. Zijn magere, harige handen zaten in zijn broekzakken en grepen voortdurend ergens naar. Niet wetende wat ik zeggen moest, stond ik op en ging ik naast hem staan, en enige tijd keken we allebei naar de zwarte bloemen van goedkope paraplu's die eenentwintig verdiepingen lager door de straat zweefden.

'Rustig blijven zitten,' zei ik. 'Dat waait wel weer over.'

Maar begin maart kwam ik terug van twee dagen Houston en zag ik dat Rivera er inderdaad niet meer was; Pallot had zijn werkplek overgenomen. Toen ik Rivera belde en hem vroeg of hij ergens iets met me wou drinken, verzon hij een smoes. Hij schaamde zich, was mijn indruk. 'Niks aan de hand, hoor,' zei hij. 'Ik heb nog wel wat ijzers in het vuur.'

Het zat me allemaal vreselijk dwars. Op een avond ging ik met Appleby naar een kroeg in de Lower East Side. Ik wilde dolgraag het lot van Rivera aan de orde stellen en plannen maken om hem te rehabiliteren. Appleby had echter met vrienden afgesproken. Hij bracht de avond door met het vertellen van moppen die ik niet goed kon verstaan of waarvan de clou mij ontging, en af en toe gingen ze naar buiten om sigaretten te roken en te bellen met feestneuzen elders in de stad, waarna ze weer binnenkwamen met verslagen van feesten in Williamsburg en SoHo. De avond verstreek en ik bleef er zo'n beetje bij hangen. Uiteindelijk dronk ik mijn glas leeg en liet hen verder alleen.

Nee, Rivera was mijn enige echte werkmaatje, misschien sowieso wel mijn enige maatje – zelfs Vinay, mijn whiskyminnende eetvriend, had zijn biezen gepakt en was naar Los Angeles vertrokken. In al die tijd dat ik in Amerika zat, had ik niet één bezoekje ontvangen van hen die ik als mijn Londense vrienden beschouwde; en het is waar, ik had hen ook niet gebeld. Met Rivera probeerde ik het wel. Ik belde en mailde hem herhaaldelijk, maar wat betreft het regelen van een daadwerkelijke ontmoeting bleven mijn pogingen vruchteloos. Al vrij snel reageerde hij niet eens meer. Toen hoorde ik dat hij was teruggegaan naar Californië, waar hij was opgegroeid, en vervolgens was Appleby, niet gauw te beroerd een gerucht te verspreiden, er vrij zeker van dat hij naar San Antonio was gegaan om voor een oliemaatschappij te werken. Maar niemand wist iets met zekerheid, en het moment kwam dat tot mij doordrong dat ook Rivera zich bij diegenen gevoegd had die uit mijn leven verdwenen waren.

Ik neem aan dat het dat soort ellende was, samen met de meer geregelde misère van die winter, die mij, op dagen dat ik wat meer tijd had, tot de troostrijke sleur bracht van uitgebreide ontbijten in de Malibu Diner, een restaurant vlak bij het hotel. De Malibu werd gedreven door Korfioten – of om precies te zijn door mensen van een eilandje bij Korfoe – en soms kwam een van de eigenaars een praatje met me maken, een man met een hartkwaal die Griekse kranten las omdat hij, zo vertelde hij mij, na bijna dertig jaar in Amerika nog altijd geen wijs kon uit het Latijnse alfabet. De schoonzoon van de eigenaar had een ex-zwager, en het was die man, een man van achter in de vijftig die George heette, die mij geregeld bediende. Hij had een snorretje, een zwart vest en een rood, schoon ogend gezicht. Mijn omgang met George bleef beperkt door de geweldige diepgang van ons wederzijdse begrip: hij bracht me automatisch roerei met geroosterd volkorenbrood en vulde rijkelijk mijn koffie bij, en ik gaf hem zonder verder commentaar flinke fooien. Het enige wat hij me over zijn leven vertelde was dat hij niet lang geleden gescheiden was en dat hij dientengevolge gelukkiger was dan ooit. 'Ik kan nu roken,' legde hij uit. 'Ik rook vijf pakjes per dag.' Het opmerkelijkste aan de Malibu was de spiegel die de hele wand van de achterkamer besloeg en die in zijn glas het hele interieur van het restaurant verdubbelde, met het vreemde gevolg dat nieuwkomers kortstondig maar onmiskenbaar in de illusie verkeerden dat de achterkamer niet echt bestond, maar slechts een zinsbegoochelend spiegeleffect was. Die verwarrende misvatting droeg misschien bij tot het relatieve gebrek aan klandizie achter in het restaurant, waar ik een bepaald tafeltje als mijn eigen ging beschouwen. Er waren een paar andere geregelde verschijningen. Elke zaterdag kwamen mensen die behept waren met extreme creditcardschulden en andere vormen van verkwisting helemaal achter in het restaurant bijeen om over hun spilzucht te praten en elkaar moed in te spreken. Mijn meest constante medegasten waren echter de blinden die in een speciale woning verderop in de straat woonden ('Een visionaire gemeenschap' stond er op de gevel) en die zich dapper buiten de deur waagden met witte stokken waarmee ze voor zich over de stoep krasten, reden dat ik mijn buurt als blindenkwartier ging beschouwen. De meeste dagen vonden twee of drie mensen met beperkt zicht – bijna zonder uitzondering vrouwen – hun weg naar een van de tafeltjes bij het mijne en bestelden enorme, ingewikkelde ontbijten. Ze aten onbehoorlijk, staken hun vingers in spiegeleieren en brachten hun gezicht naar het eten. Mijn favorieten onder hen waren twee onafscheidelijke vriendinnen, een zwarte vrouw en een blanke vrouw, die allebei wollen mutsen met pompons droegen en bij het lopen slingerden en schommelden als zeelui. De blanke vrouw, die in de zestig was en minstens tien jaar ouder dan haar vriendin, had nog een fractie van haar gezichtsvermogen behouden: zij bracht het menu tot vlak voor haar linkeroog en bestudeerde het als was het een diamant. De zwarte vrouw, die de elleboog van haar metgezellin bij het lopen met één hand vasthield, liep rond in volslagen blindheid. Als ze haar oogleden met haar duimen opentrok, draaiden gelige oogballen in de kassen. Samen voerden ze steevast een opgewekt, intelligent gesprek waar ik in die weekenden dat ik niks te doen had heel tevreden een uur of langer naar kon luisteren. Het was tijdens zo'n sessie dat ik weer voor luistervink speelde, dat een vrouw die ik niet herkende bij mijn tafeltje bleef staan en me, met een Engels accent, vroeg of ik ooit in Londen had gewoond.

Het was een vrouw van ongeveer mijn leeftijd, met een lichtbruine huid en grote ogen die door de vorm van haar voorhoofd en wenkbrauwen iets treurigs kregen.

'Ja, ik heb in Londen gewoond,' zei ik.

'In Maida Vale?' vroeg ze.

Ik wilde net nee zeggen, maar toen schoot het me te binnen. Ongeveer acht jaar terug, vlak voor ik Rachel leerde kennen, had ik tijdelijk in het appartement van een vriend in Little Venice gewoond omdat mijn nieuwe appartement in Notting Hill geschilderd werd.

'Een week of twee,' zei ik, onwillekeurig glimlachend.

Ze glimlachte terug, en die glimlach maakte haar onmiskenbaar aantrekkelijk. 'Dat dacht ik wel,' zei ze, terwijl ze haar jas iets strakker om zich heen trok. Op beleefde toon vervolgde ze: 'We hebben een keer samen een taxi genomen. Vanaf…' Ze noemde een nachtclub in Soho. 'Jij gaf me toen een lift naar huis.'

Ik herinnerde mij die club heel goed – ik kwam er destijds vrij geregeld – maar ik herinnerde me die vrouw niet, noch dat ik ooit een taxi met iemand als zij gedeeld had. 'Weet je het zeker?' vroeg ik.

Ze lachte. Niet zonder gêne zei ze: 'Jij heet toch Hans, of niet? Dat was een ongewone naam. Daarom heb ik het onthouden.'

Nu was het mijn beurt om me te generen, maar voor alles was ik verbaasd.

Hoewel ze niet ging zitten, praatten de vrouw en ik nog een paar minuten met elkaar, en we spraken heel ongedwongen af dat ze een keer op een avond bij me langs zou komen. Ze was, zei ze, altijd al nieuwsgierig geweest naar het Chelsea Hotel.

Als ik mij in staat acht te verklaren dat ik er verder niet bij stilstond – dat ik niks van plan was – is dat omdat ik een paar dagen later, toen op een avond in mijn appartement de huistelefoon ging en Jesus van de receptie meldde dat ik bezoek had van ene Danielle, geen idee had waar hij het over had. Pas op het allerlaatst, toen ik opstond om na een kuchje van mijn deurbel open te doen, kwam het bij me op wie dat misschien wel was – en schoot door me heen dat ik er niet aan toegekomen was haar te vragen hoe ze heette.

Ik deed de deur open. 'Ik kwam toevallig langs,' zei ze, en ze mompelde nog wat. 'Als ik ongelegen kom…'

'Natuurlijk niet,' zei ik. 'Kom binnen.'

Ze had een jas aan die misschien wel niet dezelfde was als de jas waar ik haar voor het eerst in gezien had, maar die hetzelfde effect had, namelijk dat het leek of ze net uit een rivier was gered en in een deken gewikkeld. Mijn eigen uitrusting was sjofel – blote voeten, T-shirt, versleten trainingsbroek – en terwijl ik me omkleedde, liep Danielle door mijn appartement, wat ook haar privilege was: mensen zijn in New York door de gewoonte gemachtigd in elk stuk onroerend goed waar ze binnen worden genodigd rond te snuffelen, het mentaal langs de meetlat te leggen en er commentaar op te geven. Afgezien van de royale hoogte van de plafonds, de houten vloeren en de inbouwkasten, nam ze ongetwijfeld nota van de familiefoto's en de vrijgezellenrotzooi en de tweede slaapkamer met zijn strijkplank en zijn kinderbedje, dat bedolven lag onder een lading gekreukelde overhemden. Ik stel me zo voor dat een en ander wel antwoord gaf op vragen die ze over mijn situatie had, en niet echt een ontmoedigend antwoord. Net als een oude deur brengt een man boven een zekere leeftijd allerlei in de loop der tijd ontstane afwijkingen en knarsgeluiden met zich mee, en moet een vrouw die serieuze plannen met hem heeft ervan uitgaan dat er enig schaaf- en schuurwerk aan te pas zal moeten komen. Maar natuurlijk is niet elke vrouw voor een dergelijk renovatieproject te porren, net zomin als elke man maar aan één ding kan denken. Wat Danielle betreft, herinner ik mij, gingen mijn gevoelens niet verder dan een aangename spanning. Het moge duidelijk zijn dat ze me niet op een heel erotisch moment in mijn leven getroffen had. Ik was nooit een groot versierder geweest – daar hadden een paar afgrijselijke ontmoetingen toen ik in de twintig was wel voor gezorgd – en het alternatieve vooruitzicht van een euforische romance putte me niet alleen uit, maar leek me zelfs onmogelijk. Dat was geen kwestie van trouw aan mijn afwezige vrouw, noch van een afkeer van seks, waar ik, zo houd ik mezelf graag voor, net zo door gegrepen word als welke man dan ook. Nee, het kwam er eenvoudig op neer dat ik er geen zin in had een oude gemoedstoestand klakkeloos te kopiëren. Ik was halverwege de dertig, met een huwelijk min of meer achter me. Ik was niet echt gevoelig meer voor de stuwende kracht van de nieuwsgierigheid. Ik had over mezelf niets nieuws meer te lispelen en verlangde er ook niet in het minst naar te worden gebrieft over het vermeend unieke traject dat Danielle tot dusver had afgelegd – een curve beschreven onder invloed, daar kon je gerust van uitgaan, van de gebruikelijke materiële, moederlijke en andere gevoelvolle hunkeringen, een paar frustrerende tics, en wat pech alsmede geluk. Een mensenleven was net een oud verhaal.

Ik kwam, helemaal aangekleed, de slaapkamer uit. 'Ik zal je een rondleiding door het gebouw geven,' zei ik.

Samen daalden we, ons de ogen uitkijkend als toeristen, de grijs dooraderde marmeren trappen af. Terwijl Danielle al die heftige doeken vol woeste uitdrukkingskracht bekeek, merkte ik dat ik naar de pijpen en draden en alarmkastjes en elektrische apparaten en plattegronden van vluchtroutes en blusinstallaties waar de muren van boven tot beneden mee vol hingen liep te kijken, alsof ik ze voor het eerst zag. Al die verwijzingen naar rampen en branden, in combinatie met die vurige en rampzalige kunst, gaven iets hels, iets onderaards aan onze neerwaartse reis, die ik slechts één of twee keer eerder te voet had ondernomen, en ik was bijna verbaasd toen we onder aan de laatste trap geen gniffelende oude Lucifer tegen het lijf liepen, maar dat ik me gewoon op het aardoppervlak bevond en zo naar buiten kon lopen, de kille, heldere avond in. Even bleven we onder de luifel van het hotel staan stampen met onze voeten. Ik kon niks beters verzinnen dan voor te stellen ergens een hapje te gaan eten.

Zonder helder besef van enige bestemming liepen we richting Ninth Avenue. In 22nd Street gingen we bij een Italiaans restaurant naar binnen. Danielle trok haar jas uit en ik zag dat ze een korte rok aanhad, een zwarte wollen maillot en leren laarzen die tot de knie kwamen. In de plooi boven haar ene neusgat zat een klein metalen sterretje.

Een ober bracht pasta en een fles rode wijn. De akoestiek, die het geklets aan tafeltjes rondom tot een gebrul deed aanzwellen, dwong ons naar elkaar te schreeuwen, zodat onze conversatie naar de vorm veel van de kenmerken had van een bittere ruzie. Tegen het eind van de maaltijd zag Danielle, die zich ondanks alles best leek te vermaken, mij staren naar een eerstehulpaffiche dat achter haar aan de muur hing. 'Vind je dat ook niet enigszins bizar?' vroeg ik. Danielle draaide zich om, keek en schoot in de lach, want de foto's op het affiche deden het voorkomen alsof het naar adem snakkende slachtoffer zichzelf aan het wurgen was terwijl een grote vrouw haar in de rug aanviel. Danielle zei iets wat ik niet verstond.

'Sorry,' zei ik, 'wat zei je?'

Ze schreeuwde terug: 'Iemand zou eens een boek moeten uitbrengen met de titel *The Heimlich Diet*. Hè? Dat je zoveel eet als je wilt, en dat dan iemand...' Ze demonstreerde de manoeuvre met een ruk van haar armen.

'Da's een goeie,' zei ik, knikkend en grinnikend. '*The Heimlich Diet.*'

Na afloop liep ik min of meer doelloos terug naar de stortkoker van witte neonletters die HOT L spelden. Danielle liep naast me en rookte een sigaret. Ik zou er een zware dobber aan hebben om het rare van die wandeling te overdrijven, en het werd er nauwelijks minder raar op toen we het tafereel aanschouwden dat ons in het hotel wachtte. In de hal was een feest aan de gang. Aanleiding was de derde verjaardag van een terriër genaamd Missie die op de eerste verdieping woonde. Het baasje van Missie, een vriendelijke zestiger die ik alleen van de lift kende, drukte ons elk een glas champagne in de handen met de woorden: 'Missie stáát erop.' De hal was vol met in het hotel woonachtige mensen en honden. De engel was er, evenals de eminente librettist, en ik herkende ook een kunstenaar die dag en nacht een zonnebril droeg, twee tienerzusjes die ooit een keer op Jake hadden gepast, een concertpianist uit Delaware, een man met een bedrijf dat aan de beurs genoteerd stond, de Iraanse echtelieden wier joints een zekere verdieping haar geur gaven, de filmster die onlangs gescheiden was van zijn vrouw, eveneens filmster, een stel dat barokke behangpatronen ontwierp en de mompelende weduwe. Iedereen die een hond had, had die hond meegenomen. Een enorme, zachtmoedige barzoi banjerde rond, en ik meen me nog een straathond te herinneren met kaneelkleurige vlekken, een paar kortharige mopshondjes met fonkelende oogjes, een dwergpincher, een paar spaniëls, een oude, gehavende, pootjes likkende chowchow en, staand bij de open haard, een exemplaar van die in miniatuur gefokte hondjes die geprogrammeerd lijken te zijn om hulpeloos te beven. Af en toe begonnen de honden in koor te blaffen, waarop hun baasjes naar beneden keken en eveneens in koor reprimandes begonnen te blaffen. Ik had de neiging dat ene glaasje snel achterover te slaan en dan weg te wezen. Danielle raakte echter in een discussie verwikkeld met iemand die poppen van papier-maché maakte en toen met een fotograaf van Afrikaanse taferelen, en ik had opeens een langdurig onderhoud, eerst met een tandarts die een praktijk in een suite in het hotel had, en toen met een man met een rossige baard die ik wel meer in het Chelsea gezien had en die verklaarde dat hij een 'hondendate' had met een kruising tussen een beagle en een rottweiler.

'Hoe gaat het?' vroeg ik hem.

'Heel aardig, tot nu toe,' zei de man met de rossige baard.

'Het is pas onze tweede date.' Hij haalde zijn schouders op. 'We hebben een hele week samenwonen voor de boeg. Dat wordt de echte test.'

We keken allebei naar de hond. Hij leek heel vriendelijk. Zijn bibberende staart stond permanent rechtovereind, zodat een zachtroze poepgat te zien was.

'Ik vraag me alleen af of ik niet een meer mannelijke hond moet hebben,' zei de man bedachtzaam.

We stonden bij een schilderij van een paardenkop, en alleen de herinnering al maakt dat ik zo zou willen teruggaan om het nog eens te bestuderen, want het gezicht van dat paard, met zijn treurige, bleke neus, afgezet tegen het donker, leek degene die het lang genoeg bestudeerde een mystieke openbaring te beloven. 'Heb je ooit een paard verzorgd?' vroeg de man met de rossige baard, waarna hij zich geroepen voelde herinneringen op te halen aan zijn jongensjaren in Colorado, waar hij menige zomer op een vakantieboerderij had gewerkt. Hij vertelde dat je paarden roskamde met een heel assortiment rosborstels, en dat de vacht van een paard wolkjes vuil loslaat, en dat hij een speciale manenkam gebruikte om de manen te kammen, maar heel voorzichtig, omdat de haren van manen snel afbreken. Mijn blik bleef al die tijd op het geschilderde paard gericht, pas toen mijn vriend ophield met praten keek ik naar hem en zag ik dat hij een traan uit zijn oog wreef.

Tegen de tijd dat Danielle en ik weer herenigd waren – naar ik veronderstelde om afscheid te nemen – had ik vier of vijf plastic bekertjes champagne gedronken. Of het nu door de alcohol kwam of door het ongebruikelijke karakter van de avond, weet ik niet (ze zei quasi-verbitterd: 'Ik heb eindelijk het idee dat ik echt in New York ben. En dat al na vier jaar'), maar Danielle was vrolijk en opgewonden, en het leek niet meer dan normaal dat ze meeging in de lift en naar mijn suite en dat we gingen zoenen en al heel snel daarna neuken.

Strikt genomen gedroegen we ons aanvankelijk alleen ongewoon in die zin dat mijn partner aan de ene kant graag stevig leek te willen worden vastgehouden, maar aan de andere kant kennelijk gespecialiseerd was in een kronkelende manoeuvre die me dwong telkens opnieuw naar haar te grijpen en haar zelfs tot op de vloer te volgen, omdat ze zich opeens van me wegdraaide en over de rand van het bed verdween. Al die tijd wekte ze een vreselijk versufte indruk, alsof ze in beslag werd genomen door een heimelijke reeks gedachten, en die dubbele glibberigheid van lichaam en geest maakte het een complete verrassing dat ze in alle rust naast me kwam liggen om een sigaret op te steken.

Ze zei: 'Je herinnert je dat ritje met de taxi echt niet?'

Ik schudde mijn hoofd.

'Waarom zou je ook?' zei ze, terwijl ze een wolkje naar het plafond blies. 'Ik weet niet eens waarom ik het me wel herinner.'

Er viel een stilte waarin ze, zo besloot ik, overwoog wat achteraf het belang was van een taxirit van jaren geleden over Edgware Road. Haar hand zocht mijn dijbeen en oefende daar een zachte druk uit. 'Hoe dan ook, ik denk dat het daarom is dat ik je vertrouw,' zei ze. Haar dichtstbijzijnde oog keek even naar mij en toen weer naar het plafond. 'Omdat je op-en-top een heer was.' Ze moest er zelf om lachen, en ze begon een ontspannen, sensuele beweging met haar hand te maken. Ik bracht mijn hand naar haar borsten, en het verbaasde me hoe heerlijk ik het vond om ze aan te raken. Plotseling, alle ideeën waarmee ik die mogelijkheid verworpen had ten spijt, had deze vrouw mijn aandacht. Ik was opeens heel alert en mij volledig bewust van haar bijzonderheid. De vloed van zilverkleurig haar die onverschrokken opwelde uit een bron op haar hoofd, de schaamlippen als geheime, gekreukelde stokjes zoethout, de details van haar Engels-Jamaicaanse afkomst, de paar bijzonderheden die mij verteld waren over haar bestaan in New York (haar appartement aan Eldridge Street; haar baan als *visual creative* bij een reclamebureau; haar gewoonte om lingerie te kopen bij een klein, eerbiedwaardig joods zaakje aan Orchard Street) leken mij nu iets wat gekoesterd moest worden. Onze aanrakingen ontwikkelden zich tot een doelgerichter, opwindender contact, en het was tijdens die gevoelsmatig opmerkelijke ontwikkeling – ik werd gezoend! gezoend door een mooie vrouw die mij wilde zoenen! – dat ik mij bewust werd van een soort desoriëntatie die voortkwam uit de volkomenheid van mijn blijdschap, een blijdschap die niet alleen mijn droefheid uitwiste, maar ook alles wat met die droefheid verband hield, wat zo ongeveer alles was wat ik van belang achtte voor de persoon waar ik mezelf voor hield. Ooit, lang geleden, had een oude studievriend, een opgewekte figuur, me toevertrouwd dat hij maar ternauwernood een rampzalige depressie had overleefd die het gevolg was geweest van een verhouding met een vrouw. Die liefde had de identiteit die hij tegen zoveel offers van zichzelf en zijn ouders had opgebouwd helemaal onderuitgehaald. Ik liep nu het risico in hetzelfde schuitje te klimmen. Ik had het duizelingwekkende gevoel dat mijn leven tot dusver werd teruggebracht tot niets – of op zijn kop gezet, aangezien de laatste tien jaar van mijn leven opeens op hun kop werden gezet, een decennium dat ik mogelijkerwijs helemaal verkeerd geïnterpreteerd had, en waarvan de werkelijke spanningsboog, drong nu tot mij door, van een vergeten nacht in het Londen van 1995 naar een onthullende winterochtend in het New York van 2003 liep. Dat was misschien wel een extreme reactie op mijn situatie, maar het was niettemin zoals ik reageerde, wat mij wel in het romantische kamp zal plaatsen.

We lagen weer te vrijen toen Danielle iets fluisterde wat ik niet begreep. 'Ik wil dat je weer een heer bent,' fluisterde ze. 'Wil je dat voor me doen?'

Ik moet op een of andere manier blijk hebben gegeven van instemming met dat onbegrijpelijke verzoek, want ze liet zich van het bed glijden en ging op haar hurken zitten graaien in de kleren die in een hoop op de grond lagen – ik keek niet wat ze precies deed –, waarna ze zich met hernieuwde bezieling weer bij me voegde. Toen verklaarde ze op fluistertoon: 'Bedenk dat ik je vertrouw,' en liet ze me met een licht gerinkel de riem zien die ze uit mijn broek had gehaald. Ik nam de riem van haar over, een eind zwart leer dat me zowel vreemd als vertrouwd voorkwam, zag Danielle zich op haar buik draaien, met haar gezicht in het kussen, en begon de handeling te verrichten waaraan ze naar ik begreep behoefte had. Elke klap van de riem werd beantwoord met een zacht gekreun. Als me dat een ongewone bevrediging schonk, kan ik me dat nu niet meer herinneren. Wel herinner ik mij de angst die ook tunnelgravers kennen, de beklemmende vraag waar en wanneer dit allemaal zou eindigen, en ook dat mijn arm moe begon te worden, en dat ik uiteindelijk, die vrouw haar rug ranselend, en haar billen, en haar trillende dijen, naar het raam keek, op zoek naar verlichting, en dat ik dwars door de weerspiegeling van de kamer heen de lichten van appartementen in de verte zag. Ik was niet geschokt door wat ik zag – een fletse blanke die op een fletse zwarte insloeg – maar ik vroeg me natuurlijk wel af wat er gebeurd was, hoe het kon dat ik in een hotel was komen te wonen in een land waar niemand was die zich mij later zou herinneren, een vrouw afranselend die als een boemerang was teruggekomen uit een tijd die ik niet eens de mijne kon noemen. Ik herinner me ook dat ik een acute, nieuwe treurigheid van me af probeerde te zetten die ik pas nu zonder aarzeling weet te duiden: de treurigheid die ontstaat wanneer de spiegel geen beeld meer geeft waarin je je ware evenbeeld kunt herkennen.

Maar zoals ik al zei, ik was niet geschokt. De schok kwam

later, toen Danielle niet reageerde op de twee boodschappen die ik op haar voicemail had ingesproken.

O p een dag besefte ik opeens dat de lente was gekomen. Ik reed de oude Buick van mijn rij-instructeur door de West Village toen ik bloemen zag, hun kleur als spetters verf rond de voet van een boom. Ik kreeg een idee. Ik vroeg aan Carl, mijn instructeur – het was aan het begin van een rijles van twee uur, de eerste van drie die ik geboekt had om me op mijn rijexamen voor te bereiden –, of we misschien naar Staten Island konden rijden.

'Ik vind het best,' zei Carl zonder veel overtuiging.

Carl was een pietluttige Guyanees met glanzend gepoetste leren schoenen en een grijs tweed jasje dat hij nooit aanhad en dat altijd aan een haakje boven de achterbank hing. 'Rijden hier tricky,' waarschuwde hij me meteen in het begin. Afgezien daarvan bleek hij weinig genegen specifieke informatie prijs te geven met betrekking tot het autorijden in New York. Waar hij wel graag uitgebreid over praatte was zijn aanhoudende poging een afspraak te maken met het bureau naturalisatie en immigratie, om zijn vingerafdrukken te laten afnemen. Dat, hielp hij me herinneren, moest iedereen die een permanente verblijfsvergunning aanvroeg. Terwijl we met een geoorloofde snelheid over de BQE reden, vertelde Carl dat hij al twee jaar op die afspraak wachtte. 'Ze zijn het dossier kwijt,' zei Carl. 'Ene dag zeggen ze het is in Texas, de volgende dag zeggen ze het is in Misery.'

'Misery?' zei ik.

'Misery,' herhaalde Carl. Hij liet een sissend geluid horen. 'Ik vind het daar niet fijn. Ik vind het daar helemaal niet fijn.'

Ik begreep dat hij het niet over Missouri had, maar over het miserabele hoofdkwartier van het bureau aan Federal Plaza. Ik was daar zelf eerder die maand geweest om de typografische fout op mijn verblijfsvergunning te herstellen. Vroeg op een winderige, schemerige ochtend had ik in het cementen bassin aan de voet van de toren achter aangesloten in de rij vreemdelingen. Het was koud om daar zo te staan wachten. Wolken schuifelden als ratten door de lucht. Eindelijk kwam er een man in uniform naar buiten en krabbelde heel onnozel een lichtgevoelig tekentje op de hand die we hem om de beurt voorhielden, alsof we een goedkope nachtclub binnen gingen – en het was waar, het federale recht dat in het gebouw gold schreef een soort negatieve dans voor, die elke onschuldige instinctieve beweging verbood: in de loop van die morgen zag ik één persoon verwijderd worden omdat hij uit het raam had gekeken, een ander omdat hij tegen een radiator had geleund, en een derde omdat hij een telefoontje had aangenomen. Ik kreeg mijn gecorrigeerde verblijfsvergunning, waarmee ik terug kon naar het DMV om mijn voorlopige rijbewijs te halen, waarna mij op weg naar het rijexamen nog één laatste officiële horde wachtte, en dat was een verplichte presentatie over verkeersveiligheid. Die bleek neer te komen op vier uur opsluiting in een kelder aan 14th Street met belachelijk kleine tafeltjes, waar de kandidaten – bijna allemaal buitenlanders die al lang en breed volwassen waren – als imbeciele reuzen achter zaten. Onze instructeur, een zestiger die een geknakte indruk wekte, verscheen schuldbewust voor ons, en ik weet zeker dat de kandidaten meteen, zonder het uit te spreken, met hem meeleefden, en dat we eensgezind beseften dat we er alles aan moesten doen om deze man bij te staan, een prettige en ongetwijfeld intelligente man wiens leven op de een of andere manier duidelijk op een fiasco was uitgedraaid. Bijgevolg betoonden we ons een oppassende en redelijk geïnteresseerde klas en beloofden we een uur later, op zijn verzoek, dat we ons best zouden doen om niet in slaap te vallen tijdens de vertoning van twee films, de eerste over de onmogelijkheid van het veilig rijden onder invloed van drank of drugs, de tweede over de vreselijke gevaren van het rijden bij nacht. De lichten werden uitgedaan, een scherm kwam naar beneden en de kelder veranderde in een derderangs bioscoop. In tegenstelling tot veel anderen slaagde ik erin om wakker te blijven; en terwijl ik een omineuze dramatisering over me heen liet komen van het beperkte zicht als gevolg van drank en duisternis en de desastreuze gevolgen daarvan, dacht ik onwillekeurig aan het levenseinde van mijn vader door een ongeluk dat zich waarschijnlijk net zo voltrokken had als wat me op dat scherm werd voorgeschoteld, en aan het feit, iets waar ik nog niet eerder bij had stilgestaan, dat afgezien van al het andere, zijn vroege dood zijn huwelijk op onbillijke wijze iets morganatisch had gegeven: hij was, in de ogen van zijn zoon, postuum beroofd van eenzelfde klassering als zijn vrouw. *It's our lucky day*, schijnt mijn voorvader vaak gezegd te hebben met die Nederlandse voorliefde voor Engelse uitdrukkingen. Ik voorzag dat er een moment zou komen dat Jake mij zou vragen naar zijn grootouders van vaderskant, en dat het aan mij zou zijn om dergelijke details over mijn vader aan hem door te geven, en hem te vertellen over zijn grootmoeder en misschien zelfs over haar enige, overleden broer, Jakes oudoom Willem, die ik nooit gekend had, en met dergelijke flinters informatie te helpen een eind te maken aan de verrukkelijke wazigheid van zijn wereldje – verrukkelijk, althans, als je erop terugkeek. Want mijn voortdurende komen en gaan was voor mijn driejarige zoontje een beangstigend mysterie. Mijn komst, hoezeer hij er ook naar uitkeek, schokte hem; en vanaf ons eerste moment samen was hij vervuld van vrees voor mijn vertrek, dat hij niet kon bevatten of situeren in de tijd. Hij was bang dat ik elk moment weer weg kon gaan; en altijd gebeurde dat wat hij het meest vreesde.

Carl en ik namen de bovenste rijbaan van de Verrazano Bridge naar Staten Island. Er waaide een krachtige zijwind terwijl we over het bruine water van de Narrows vlogen. Ik wilde een blik naar links werpen, langs de torens van Coney Island, want als je hem vanuit New York ziet, is de oceaan wel heel bijzonder, een stuk van een andere wereld. Maar Carl, die naast me zat, bleef mijn aandacht opeisen.

'Twee jaar laten ze me wachten,' zei hij nog een keer. 'En mijn advocaat zegt misschien nog twee jaar daarna.'

'Ik denk dat je gewoon moet volhouden,' zei ik, in de hoop dat het onderwerp daarmee was afgedaan.

Hij grinnikte raadselachtig. 'Ja, dat moet ik doen, ja. Volhouden.' Zijn gegrinnik werd vrolijker. 'Ik moet volhouden.'

Op Staten Island wist ik me door de wirwar voor de tolhokjes heen te slaan, waarna ik de oprit naar Clove Road nam. Daar sloeg ik rechts af en reed verder langs de Silver Lake-golfbaan naar Bard Avenue. Staten Island is heuvelachtig, en Bard Avenue gaat over zo'n heuvel. Onder aan die heuvel ligt Walker Park. Daar parkeerde ik de wagen en stapte ik uit.

Allereerst wilde ik zien wat er geworden was van de narcissenbollen die ik in november met een paar andere vrijwilligers van de cricketclub langs een rand van het park geplant had. Voor de club zelf maakte die actie geen daadwerkelijk verschil, die bloemen zouden bloeien en verwelken voor ons seizoen goed en wel op gang was, maar we hadden het idee dat zo'n initiatief, zo'n daad van rentmeesterschap, alleen maar gunstig zou zijn voor onze aanspraken op het park, aanspraken die we, hun langjarigheid ten spijt, altijd, en in mijn ogen terecht, als bedreigd door vijandige krachten beschouwden.

Er rezen inderdaad langwerpige, groene blaadjes op uit de losse grond, en op een paar zonverlichte plekken droeg een stengel al een goed verpakte bloemknop. Ik bestudeerde ze enige tijd: ik ben een botanische onbenul en kon mijn ogen nauwelijks geloven. Toen zwichtte ik voor een andere impuls: ik liep over het vuile gras naar de kleistrook in het midden.

De klei lag er nogal haveloos bij, vol plassen en voetsporen. Stukken hout lagen in de klei begraven. Heel snel, begin april al, zou onze secretaris op een straathoek twee Mexicaanse dagloners oppikken en elk honderd dollar plus fooi betalen om houwelen en spaden ter hand te nemen en verse klei te verspreiden, en dan zou de zware roller die in kettingen bij het clubhuis had overwinterd worden losgelaten en naar het midden van het veld gerold en zacht over de klei worden geduwd, zodat het vocht eruit werd geperst en het oppervlak werd geeffend, zij het niet helemaal: het moest wel licht blijven opbollen zodat er geen regenwater op bleef staan. Gras dat in de klei groeide zou met de hand worden gewied en gruis en steentjes die naar de oppervlakte kwamen zouden lichtjes worden weg geharkt – en als de klei dan nog een paar dagen bakte in de zon, had je een prima pitch om op te batten en te bowlen. Met een beetje geluk zou de plantsoenendienst de kale stukken van het veld inzaaien, en op een droge lentedag zou een man op een gazonmaaier het hele veld in de lengte onder handen nemen en frisgroene banen trekken van klaver en gras. Tegen die tijd heeft de jaarlijkse ledenvergadering, die bijeenkomt in het clubhuis, al plaatsgevonden. De clubfunctionarissen – voorzitter, penningmeester, secretaris, eerste en tweede vicevoorzitter, wedstrijdsecretaris, captain, reserve-captain, captains voor de vriendschappelijke wedstrijden – zijn dan al gekozen door de aanwezigen en hen die bij volmacht kiezen, en de verkiezingsuitslag is meegenomen in de notulen van de vergadering, die al dan niet ook de vernietigende punten bevatten die aan de orde zijn gesteld door leden met de nodige shotjes rum achter de knopen. In de tweede week van april, na een winter lang praten en schatten en plannen; na misschien een weekendje Florida, waar ze het geluk hebben dat ze het hele jaar door kunnen cricketen; na alle telefoontjes en commissievergaderingen en de aanschaf en reiniging van bats en witte tenues; na alle spanning vooraf die ieder voor zich aan den lijve gevoeld heeft; na het ingaan van de zomertijd; na dat alles breekt dan eindelijk het seizoen aan. We zijn allemaal een jaartje ouder geworden. Een bal gooien is moeilijker dan we ons herinneren, evenals de draai met de schouder die bij een goede worp komt kijken. De bal zelf voelt heel hard aan: op de training zijn hoge ballen een beetje eng om te vangen. Bats die buiten het seizoen, in de fantasie, zo licht waren als een toverstokje, zijn nu zo zwaar als een schep. Als we even heen en weer rennen tussen de wickets zijn we al buiten adem. Achter een bal aan draven en ernaar bukken doet pijn in delen van het lichaam waarvan we gedacht hadden dat ze na maanden rust als nieuw zouden zijn. We komen tot de ontdekking dat we er met onze fantasie niet in geslaagd zijn het besef levend te houden hoe moeilijk cricket is. Geeft niet. We zijn vastbesloten weer een nieuwe poging te wagen. We staan als lichtbakens in het veld.

Ik heb begrepen dat sociale wetenschappers een dergelijk schouwspel – een stukje Amerika waar in het buitenland geboren mensen bijeen zijn gekomen om een merkwaardige sport te beoefenen – uitleggen als een behoefte aan een subgemeenschap. Dat is een waarheid als een koe: we zijn allemaal ver van het bed waarin we ter wereld kwamen, en in clubverband bij elkaar komen verzacht dat akelige feit. Maar het lijdt geen twijfel dat iedereen ook kan wijzen op een andere, minder berekenbare vorm van heimwee, een die te maken heeft met een onbehagen dat niet te plaatsen is in ruimte of tijd; derhalve ben ik ervan overtuigd dat het cricket zoals dat in New York in clubverband beoefend wordt, daar waar de lettertjes het kleinst zijn, de signatuur draagt van dezelfde verzameling onuitsprekelijke individuele verlangens als het cricket waar ook ter wereld – verlangens die te maken hebben met horizon en potentieel, gezien dan wel gedroomd, maar hoe dan ook lang geleden uit het oog verloren, tergende verlangens die verband houden met het ongedaan maken van verliezen die te persoonlijk en te vreselijk zijn om voor jezelf te erkennen, laat staan tegenover anderen. Ik zal vast niet de eerste zijn die zich afvraagt of we, als we een stel mannen in het wit een cricketveld zien betreden, geen mannen zien die zich een enclave van gerechtigheid voorstellen.

'We kunnen beter gaan,' zei Carl. Hij was opeens naast me opgedoken. 'Het wordt alleen maar drukker.'

Hij had gelijk; op de BQE onder Brooklyn Heights belandden we in een file. Het maakte niet uit. De wolken die boven de haven dreven hadden een roze deur open laten staan en stukjes Manhattan vingen het licht heel bevallig op: in de grote ogen die ik opzette was het net of een meisjesachtig eiland opsteeg naar heldere zusterelementen.

Kennelijk was ik nog ontvankelijk voor bepaalde dingen die het leven te bieden had. In mijn tweede voorjaar in het hotel begon ik op wandelingen door de buurt ook een vage belangstelling voor mijn omgeving te koesteren, waar boven het hoofdkwartier van de vrijmetselaars aan Sixth Avenue een dermate felle ochtendzon hing dat je je ogen wel moest neerslaan, om nauwgezet studie maken van het trottoir, dat zelf schitterde als zand aan het strand, en bevlekt was met tot schijfjes getrapte stukjes kauwgom. De blinden waren nu alomtegenwoordig. Gespierde homo's waren bij bosjes aan de wandel, en de vrouwen van New York, die midden op straat taxi's stonden aan te houden, hadden weer hun vertrouwde air van intelligente wulpsheid. Zwervers konden hun schuilplaats weer verlaten, en winkelwagentjes meeslepen die waren volgestouwd met rotzooi – waaronder, in het geval van één ouwe jongen met gevoel voor symboliek, een deur die zijn beste tijd had gehad – en bivakkeren op verwarmd beton. Wat mij vooral trof, nu ik erbij stilsta, was de verschijning, een of twee keer per week, van een vent van in de zeventig die op straat stond te vissen. Hij werkte in de sportviswinkel onder het hotel, en af en toe waadde hij door een afzichtelijke stroom taxi's om werphengels te proberen. Hij droeg altijd een kaki broek met bretels en rookte een sigaartje. Als hij een zwieper gaf met zo'n hengel – 'Dit is een vierdelige Redington, razendsnel mechaniek. Een geducht wapen,' legde hij mij een keer uit – kon je je, in de milde hypnose die telkens door de vliegende lijn werd opgewekt, West 23rd Street even voorstellen als een beek vol forellen. Ook de bewoners van het Chelsea Hotel roerden zich. De engel, tot dusver ingesloten door de kou, ging de deur uit met een paar nieuwe vleugels en wekte met zijn verschijning een lichtelijk christofane sensatie. De maartgekte werkte naar een climax toe; het hotelpersoneel stortte zich weer met nieuwe energie in de complexe wereld van gokken en wedden. Niet veel later, in april en mei, deed zich de merkwaardige, seizoensgebonden kwestie voor van lijken die boven kwamen drijven in de wateren van New York – volgens de *Times* had dat te maken met lentestromen en de watertemperatuur. Uit Long Island Sound kwamen de lichamen van vier jongens die verdronken waren. Er werd ook melding gemaakt van de vondst van het lijk van een Russische vrouw, in de East River, onder de pier van het Water's Edge Restaurant in Long Island City. Ze was in maart verdwenen bij het uitlaten van de cockerspaniël van haar vader. De cockerspaniël zelf was ook verdwenen, dus toen er bij de Throgs Neck Bridge een hond zonder kop aanspoelde, gingen de mensen ervan uit dat dat wel de hond van die Russische vrouw zou zijn; maar de onthoofde hond bleek geen spaniël te zijn maar een maltezerhond, of misschien een poedel. Op de televisie glinsterde een verduisterd Bagdad van de Amerikaanse bommen. De oorlog was begonnen. Het honkbalseizoen was in aantocht.

In de persoonlijke sfeer bleef alles bij het oude. Ik zakte voor mijn rijexamen. Op de ochtend in kwestie kwam Carl aanzetten in een auto die ik nooit eerder gezien had, een Oldsmobile uit 1990 met een stuurkolom waar een pook uit stak – 'De Buick moest naar de garage,' zei hij –, en vanaf dat moment ging het bergafwaarts. We reden in de regen naar Red Hook, een vervallen buurtje aan de waterkant vol vrachtauto's, gaten in de weg, verbleekte wegmarkering, roekeloze voetgangers. 'Goedemorgen,' zei ik tegen de vrouwelijke examinator die zich op de passagiersplaats wurmde. Ze reageerde niet en begon, in zichzelf neuriënd op een wijze die in mijn ogen iets psychotisch had, mijn gegevens in te toetsen op een handcomputertje. Op haar schoot zag ik een map liggen met een opengeslagen bijbel en een opengeslagen verkeersreglement. 'Voegt u maar in,' zei de vrouw. Haar instructies volgend reed ik een half blokje om. Ik keerde rustig. De examinator zuchtte en giechelde en tikte met een stift op het computerschermpje. 'Linksaf,' zei ze – en ik begreep dat ze terug wilde naar waar we vandaan kwamen. 'Hoef ik niet in te parkeren?' We bleven eindelijk staan. Het getik op het schermpje hield op en er kwam een bonnetje uit rollen. Volgens dat document had ik, in dat ene blokje om, blijk gegeven van gebrekkig inzicht bij het naderen en oversteken van kruisingen; een veel te ruime bocht genomen; bij het wisselen van rijbaan niet goed opgelet; een voetganger geen voorrang verleend; niet geanticipeerd op potentieel gevaarlijke situaties; niet voldoende controle over het voertuig gehad, d.w.z. niet goed en op de verkeerde momenten geschakeld en te abrupt geremd. Ik was, kortom, gezakt als een baksteen.

Tot downtown Manhattan zei Carl geen woord. Hij pakte een zeemlap en wiste de voorruit. 'Tja,' zei hij, 'ik denk dat je gewoon moet volhouden.' En hij proestte het uit.

Ook in mijn huwelijk zat weinig schot; maar avond aan avond vloog ik, met de satelliet van Google, stiekem naar Engeland. Ik begon met een hybride kaart van de Verenigde Staten, schoof over de Atlantische Oceaan en daalde neer uit de stratosfeer, achtereenvolgens naar een bruin en beige en groenig Europa dat begrensd werd door Wuppertal, Groningen, Leeds en Caen (Nederland is prachtig vanaf die hoogte, de rij eilanden in het noorden wekt de indruk van een land dat opstoomt naar zee); het deel van Engeland tussen Grantham en Yeovil; het deel tussen Bedford en Brighton; en dan Londen, waarvan het noorden en het zuiden, als puzzelstukjes gescheiden door de Theems, nooit helemaal in elkaar grijpen. Vanaf het centrale labyrint van mosterdgele wegen volgde ik de rivier in zuidwestelijke richting naar Putney, waarna ik inzoomde tussen Lower en Upper Richmond Road om dan, met een puur fotografisch beeld, af te dalen naar Landford Road. Het was altijd een heldere en mooie dag – en winters, als ik het mij goed herinner, met zachtbruine bomen en lange schaduwen. Vanuit mijn digitale luchtballon, een paar honderd meter boven de grond, zat er in wat ik zag geen enkele diepte. De dakkapel van mijn zoontje was zichtbaar, en het blauwe opblaasbad in de tuin, en de rode BMW; maar ik kon met geen mogelijkheid méér zien, of dichterbij komen. Ik zat vast.

Wanneer ik daadwerkelijk in Londen arriveerde, werd ik behandeld alsof ik met een raket op en neer naar Mars was geweest. 'Ik ben doodop,' gaf ik dan aan tafel toe, waarop de ouders van Rachel eendrachtig knikten en iets zeiden over het vermoeiende van mijn reis en – voor mij het sein om naar boven te gaan, naar de kamer van Jake – mijn jetlag. Iedereen was dankbaar dat er zoiets bestond als jetlag. Ik sliep bij Jake, zijn smalle ruggetje tegen mijn brede rug, tot ik kleine handjes aan mijn schouder voelde trekken en een serieuze jongensstem mij meedeelde: 'Papa, wakker worden, het is ochtend.' Aan het ontbijt betuigde ik mijn spijt dat ik zo vroeg naar bed was gegaan. 'Jetlag, hè,' merkte dan altijd wel iemand verstandig op.

Vaak ging ik niet meteen slapen. Dan lag ik met mijn arm in

de ruimte onder Jakes nekje en voelde hem warm worden en wegzakken in een snelle, gefluisterde ademhaling. Dan ging ik uit bed en liep ik naar het raam. De achterkant van huize Bolton was van de dichtstbijzijnde weg gescheiden door tuinen, maar er zat een gat in de begroeiing waardoor langsrijdende auto's, zelf onzichtbaar, glijdende trapezoïden van licht projecteerden op de hoge stenen muur van een naburig huis. Ik telde een stuk of vier, vijf van die vertoningen en kroop dan weer in bed. Daar bleef ik roerloos liggen, als een spion de gesprekken afluisterend die van beneden doorklonken, samen met gekletter van borden en vlagen televisiemuziek. Ik speurde naar aanwijzingen over het leven van Rachel. Nog geen halfjaar na haar terugkeer naar Engeland had ze een baan aangenomen als advocaat bij een non-gouvernementele organisatie die zich bekommerde om het welzijn van asielzoekers. Daar had ze beschaafde werktijden die haar zelfs de gelegenheid boden in lunchtijd wandelingen door Clerkenwell te maken, waar het volgens haar erg veranderd was. Afgezien van deze informatie, wist ik weinig over haar doen en laten. Eigenlijk was het enige waar we over praatten ons zoontje: over zijn witblonde haar, waar nu bruine en gouden tinten doorheen liepen en dat lang begon te worden, over zijn vriendjes van de peuterspeelzaal, over de spannende avonturen die hij beleefde. Nu de invasie van Irak daadwerkelijk had plaatsgevonden, praatten we niet meer over politiek, zodat ook de daarmee samenhangende wrijvingen uitbleven. We konden het heel aardig uithouden samen, maar we raakten elkaar niet aan. Ten aanzien van wat je toch zou veronderstellen dat een cruciale kwestie was – de kwestie van andere mannen –, verkeerde ik in onwetendheid en ik durfde er ook niet naar te vragen. De grootste, meest saillante vragen – wat ging er in haar om? hoe dacht ze over een en ander? – liet ik evenzeer onuitgesproken. Het idee dat je gevoelens vorm konden geven aan je leven was mij vreemd geworden.

Er kwam een moment, bij de eerste prikkels van de lente en niet lang na de Danielle-episode, dat ik gegrepen werd door een lichtzinnige hunkering naar een intermezzo met zijn tweeën, een time-out, als het ware, waarin Rachel, nog altijd mijn vrouw, en ik bijvoorbeeld in een suite in een Four Seasons Hotel bij elkaar konden kruipen, lui een bij wijze van geste neergezette fruitmand soldaat konden maken, ontspannen konden vrijen en, het belangrijkste van al, urenlange, zorgeloze, zwatelende we-zien-wel-waar-we-uitkomen-gesprekken konden voeren waarin we liefdevol en vertrouwelijk allerlei onbekende hoeken en gaten in ons leven en onze persoonlijkheid onder de loep konden nemen. Mogelijk kwam die fantasie voort uit iets wat Rachel vertelde toen we een keer met Jake boodschappen aan het doen waren bij Sainsbury's. Ze legde een hele batterij pakken sojamelk in onze kar en daar keek ik vreemd van op.

'Ik ben allergisch voor lactose,' legde Rachel uit.

'Sinds wanneer?' vroeg ik.

'Altijd al,' zei ze. 'Weet je nog dat ik altijd maagkrampen had? Dat kwam van de lactose.'

Ik was helemaal van mijn stuk. Ik had nooit stilgestaan bij het mogelijke bestaan van onontdekte factoren. Toen, op een avond, ik lag met gespitste oren bij Jake in bed, ving ik een gesprek op over de wekelijkse bezoeken van Rachel aan haar psychotherapeut, bezoeken waar, hoewel ze niet geheim waren, meestal niet over gesproken werd. Niettemin had de moeder van Rachel, die zich als Tory-raadslid veel had beziggehouden met de afvoerkanalen en overwelfde riolen van Zuidwest-Londen en die derhalve gerust als vastberaden mag worden omschreven, besloten het onderwerp aan te snijden. 'Wat zegt hij over Hans?' hoorde ik haar vragen. 'Daar hebben we het niet over,' zei Rachel. 'We hebben het over dingen die gebeurd zijn voor Hans en ik elkaar überhaupt kenden.' Er viel een stilte. Rachel zei: 'Mama, je hoeft niet zo te kijken, hoor.' De stem van mijn vrouw werd zachter toen ze van de keuken naar de woonkamer verkaste. 'Het gaat niet over jou en papa,' hoorde ik nog net. 'Er zijn andere...'

Andere? Andere wat? Ik was zo overdonderd dat ik niet kon slapen. Voor zover ik wist, lag de loop van Rachels leven, voor het met mijn leven samenvloeide, bijna helemaal vervat in de feiten zoals beschreven in haar curriculum vitae, zoals dat zo treffend heet: een middelbare meisjesschool, een jaar reizen in India, succesvol verlopen universitaire en juridische opleidingen, en een stage bij Clifford Chance die haar uiteindelijk de baan als advocaat had opgeleverd waar ze haar zinnen op gezet had. Het huwelijk van haar ouders was al die tijd intact gebleven; ze had de nodige baat gehad bij de liefde van een oudere broer, Alex, die weliswaar meer dan tien jaar in China had gewoond maar die haar altijd op afstand had aangemoedigd; ze had een paar relaties gehad en verbroken met niet al te beroerde maar uiteindelijk ook niet meer dan instructieve jongemannen; en uiteraard had ze in het oncatastrofale oude Engeland gewoond. Waar school dan het probleem? Waar kwam de onverdraaglijke lactose om de hoek kijken? In de twee weken die volgden raakte ik helemaal verlamd door het nieuws over de geheime, al veel langer bestaande kwetsuren van mijn vrouw. Ik was uitgegaan van de veronderstelling dat een unilateraal falen van mijn kant aan onze ondergang ten grondslag had gelegen; nu leek het erop dat een mankement van Rachel misschien ook wel een rol had gespeeld. In mijn ongedurigheid kwam ik tot de conclusie dat er misschien wel sprake was van een ontwikkeling – een onbekende periferie aan ons huwelijk die, als we er samen eerlijk studie van maakten, ontdekkingen zou kunnen opleveren die alles zouden veranderen; en dat vooruitzicht vervulde mij met de krankzinnige opwinding van de fantast, en met de eerdergenoemde dagdromen over roomservice en hele middagen bramen en schijfjes ananas naar binnen werken terwijl we de witte gedeelten van onze psyche in kaart probeerden te brengen.

Bij mijn volgende bezoek aan Londen lag ik derhalve wakker tot de ouders van Rachel naar bed waren en zij de deur van haar slaapkamer had dichtgedaan – twee deuren bij die van Jake vandaan, op de bovenste verdieping. Het was begin april; ik hoorde haar schuifraam rammelen toen ze het omhoog duwde.

Ik glipte naar de overloop en klopte bij haar aan.

'Ja?'

Ze lag in bed, met een roman in haar handen. Even keek ik om me heen. Het was nog steeds een meisjeskamer. De boekenkast stond vol dunne, bovenmaatse boeken over dressuur. Er stond een grammofoon en daarnaast lag een stoffige stapel elpees. De muren waren behangen met een patroon van identieke blauwe tulpen. Ze hadden ooit een geweldige indruk op ons tweeën gemaakt, die tulpen.

Ze keek naar me met een koppige blik. Haar ogen en jukbeenderen en T-shirt waren van kleur ontdaan.

Het bed kraakte toen ik bij haar kwam zitten. Ik zei: 'Hoe gaat-ie?'

'Met mij?' vroeg ze. 'Wel goed. Ik ben moe, maar het gaat verder prima.'

'Moe?'

'Ja, moe,' zei Rachel.

En weer was het gebeurd, weer een gepland gesprek dat heel snel op niks uitliep, zo'n gesprek dat je alleen liet met je razernij, een verhelderende razernij in dit geval, waarin het allemaal weer naar boven kwam, en in een meedogenloos licht werd geplaatst: ons kwijnende huwelijk, de twee jaar in New York waarin ze me elke kus op de mond had onthouden, kalm en onverstoorbaar en zonder klagen, en ze zelfs haar ogen had afgewend als de mijne ze zochten om contact te maken, de hele tijd een plichtsgetrouwe huiselijkheid en moederlijke ethiek cultiverend die haar in een pantser van onschuld hulden, zodat ik haar op geen enkele manier kon benaderen, op geen enkele manier iets op haar aan kon merken of kon weten wat ze voelde, terwijl ze wachtte tot de moed me in de schoenen zou zinken, tot ik mijn meest menselijke behoeften en verwachtingen zou wegstoppen, tot ik mijn last in stilte zou dragen: toen ik om mijn moeder rouwde, had ze haar niet één keer ook maar genoemd, zelfs niet toen ik in de keuken stond te huilen en ik uit puur verdriet een flesje bier op de grond had laten vallen. Ze had alleen de vloer schoon gedweild met keukenpapier, ze had niks gezegd en even met haar vrije hand over mijn schouderblad gestreken – mijn schouderblad! – toen ze met het doorweekte papier naar de prullenbak liep, ze had niet één keer haar armen om me heen geslagen, niet uit gebrek aan menselijkheid maar uit angst voor een verzoek om meer tederheid, een verzoek dat haar alleen maar kon confronteren met een cruciale afkeer, een afkeer van haar man of van zichzelf of van beiden, een afkeer die nergens vandaan kwam, of die uit haarzelf kwam, dan wel misschien veroorzaakt was door iets wat ik gedaan of nagelaten had, wie zou het zeggen, ze wilde het niet weten, het was een te grote teleurstelling, het was veel beter om door te gaan met de huishoudelijke karweitjes, met de baby, met haar werk, veel beter mij aan mijn lot over te laten, zoals dat heet, mij me te laten schikken in bepaalde motieven, mij schuldbewust te laten verdwijnen in een gat dat ik zelf gegraven had. Toen de tijd kwam dat ik haar ervan moest zien te weerhouden weg te gaan, wist ik niet meer wat ik vinden of wensen moest, haar man, die nu een deserteur was geworden, een holbewoner die haar in de steek had gelaten, zei ze, een man die verzuimd had haar de steun en intimiteit te geven die ze nodig had, klaagde ze, een man die een fundamenteel iets miste, die haar niet langer hoefde, die onder zijn angstvallige huwelijkse bewegingen kwaad was, van wiens gevoelens niet meer over was dan een verantwoordelijkheidsgevoel, een man die, toen zij schreeuwde: 'Ik heb geen man nodig die de kost voor me verdient! Ik ben advocaat! Ik verdien tweehonderdvijftigduizend dollar per jaar! Ik heb een man nodig die van me houdt!' zwijgend de baby had opgepakt en aan zijn zachte babyhaartjes had geroken, en hem mee naar de gang had genomen om daar wat rond te kruipen, en daarna de vieze handjes en zachte vieze knietjes van de baby gewassen had, en die had nagedacht over wat zijn vrouw had gezegd, en die begrepen had dat er veel waars stak in haar woorden, dat ze een opening boden, en die besloten had een hernieuwde poging tot vriendelijkheid te wagen, en die om negen uur, toen de baby eindelijk slaperig in zijn bedje lag, met een vol gemoed was teruggegaan naar zijn vrouw maar die haar, zoals gewoonlijk, in slaap had aangetroffen, niet wakker te krijgen.

Om kort te gaan, ik onderdrukte de impuls om tegen Rachel te zeggen dat ze de pot op kon met haar vermoeidheid. Ik kwam met een of andere opmerking over Jake waar we ons allebei aan vast konden klampen, dat deden we een paar minuutjes, en toen ging ik terug naar mijn zoon.

Ik had de gewoonte aangenomen om, op die weekenden in Londen, veel foto's van hem te maken. Op weg terug naar huis bestudeerde ik die zogenaamde Kodak-momentjes terwijl het vliegtuig op een angstaanjagende hoogte de arctische leegte doorkruiste en mij vervulde met de nervositeit van een aardbewoner, een nervositeit die nou niet bepaald gesust werd door de monitor met vluchtinformatie waarop een vliegtuigfiguurtje millimeter voor millimeter een soort bloedspoor door een soortgelijke leegte trok. Eenmaal thuis deed ik de enveloppen met foto's in een doos waar ik al mijn foto's in bewaarde, inclusief zwart-witfoto's die nog dateerden uit de mysterieuze leemte van de jaren zestig en zeventig, waarop een jongetje met blond haar klaarstond om kaarsjes uit te blazen op verjaardagsfeestjes. Ik nam de inhoud van die doos nooit echt goed door, ik had geen idee wat ik met die zogenaamde herinneringen aan moest. Ik wist dat er mensen waren die zulke dingen systematisch bewaarden in mappen en albums, mensen die honderden tekeningen en schoolwerkjes van hun kinderen overzichtelijk ordenden, en er ware catalogi van maakten. Ik benijdde die mensen – benijdde hen om hun vertrouwen dat er ooit een dag zou komen dat ze die albums tevoorschijn zouden halen en dat ze binnen het tijdsbestek van één middag hun leven weer in bezit zouden kunnen nemen. Dus toen de doos helemaal vol zat en er niks meer bij kon, ging ik ermee naar het kantoortje van de vriendin van Chuck Ramkissoon en gaf ik haar opdracht de foto's van Jake op de een of andere manier presentabel te maken. De foto's van Rachel kon ik niet onder ogen zien.

'Tuurlijk,' zei Eliza. 'Had je iets speciaals in gedachten?'

'Doe maar zoals het jou goeddunkt,' zei ik, terwijl ik opstond.

'Dat mag ik wel,' zei Eliza. 'Creatieve speelruimte. Ruimte om naar de foto's te kijken, naar de klant...' Ze wierp me een vertrouwelijke blik toe en pakte iets van een plank. 'Ik zal je laten zien wat ik bedoel.'

Ik ging weer zitten en volgde haar vingers terwijl ze de stevige bruine bladzijden omsloegen. Tussen die bladzijden zaten half transparante bladen, als een soort wazige nevel, die bij het optrekken een vroegere Eliza onthulden in een broek met wijde pijpen, met een enorme bos krullen en een hippieman (haar woord). Die man, haar eerste man, vervoerde decors voor een balletgezelschap, en ze hadden samen door het land gereisd in een truck met oplegger. Ze wees naar de truck en, onwrikbaar in de sneeuw, een hond. 'We kregen een hond in Billings, Montana, en we noemden hem Billings,' legde Eliza uit. Ze ging weg bij de gedoemde transporteur van balletdecors (die later werd doodgeschoten in Rhododendron, Oregon) en legde het aan met een nog veel minder honkvaste man – een dominee die, daar kwam ze te laat achter, ook verslaafd was aan drugs. Dat bracht ons bij het tweede album, dat begon met foto's van een huwelijksvoltrekking in Las Vegas. Eliza en de dominee, een met hoed en woeste baard uitgeruste dubbelganger van Vader Abraham van het Smurfenlied, belandden uiteindelijk in New Mexico, bij de Sangre de Cristo Mountains, waar ze de huisbewaarders werden van een ranch naast het oude landgoed van D.H. Lawrence. 'Het was heel intens,' zei Eliza. 'Ik schilderde – ik maakte een beetje een Georgia O'Keeffe-achtige periode door, zeg maar – en hij gebruikte drugs. Uiteindelijk werd dat zijn dood. Kijk, dit is 'm, net een week voor zijn dood.' De ogen van de tweede man namen me op vanuit een afgetobd gezicht. 'Ik denk dat ik ongeluk breng,' zei Eliza. Ze sloeg een derde album open. Dat was gewijd aan haar romance met Chuck: foto's van hun tweeën bij een fietstocht voor een goed doel; boven op een berg, met rugzakken; bij de Niagara Falls. Ik telde drie winters. 'Dat is mijn appartement,' zei Eliza. 'Het is net een zigeunerhuis, maar dan netjes en mooi op orde. Eigenlijk ben ik een echte bohemienne.'

'Ja, ik zie het,' zei ik.

Eliza legde de albums weg. 'Mensen willen altijd een verhaal,' zei ze. 'Ze houden van verhalen.'

Ik dacht aan het belabberde begrip dat we zelfs van die levens hebben die het meeste voor ons betekenen. Getuige zijn van een leven, zelfs met liefde – zelfs met een camera –, was getuige zijn van een schandelijk misdrijf zonder nota te nemen van de bijzonderheden die benodigd zijn om een rechtvaardig oordeel te vellen.

'Een verhaal,' zei ik opeens. 'Ja. Dat is wat ik nodig heb.'

Ik meende het.

Toen ik bij haar wegging, nam ik de tien stappen naar het

kantoor van Chuck. Een Zuid-Aziatische jongeman deed open.

'Geen Chuck?' zei ik.

'Die is er niet,' zei hij. Hij bleef in de deuropening staan. Dit zou Chucks bedrijfsleider wel zijn, veronderstelde ik. De lucht achter hem hing vol sigarettenrook.

'Zeg maar dat Hans is geweest,' zei ik, verbaasd over mijn teleurstelling. 'Ik was toevallig in de buurt.'

Ja, ik wilde Chuck Ramkissoon spreken. Wie was er verder nog?

Het is zo dat als iemand te jong overlijdt, zijn dood hem in beeld brengt. Zijn levensverhaal is plotseling ten einde gekomen en wordt in zijn geheel verstaanbaar – of, nauwkeuriger gezegd, vraagt om bijzondere aandacht. Een aantal jaren geleden kreeg ik te horen dat een voormalige teamgenoot van me bij de voetbalpoot van HBS, een jongen met wie ik van mijn achtste tot mijn vijftiende in opeenvolgende elftallen had gespeeld maar aan wie ik nadien nooit meer gedacht had, aan een hartaanval was overleden. Hij was tweeëndertig jaar oud en hij was overleden terwijl hij thuis in Dordrecht televisie zat te kijken. Hij heette Hubert en het belangrijkste wat over hem te vertellen viel, was dat hij een heel kleine, begaafde vrije verdediger was geweest – laatste man, of ausputzer – die met flitsende pasjes elke tackle wist te omzeilen. De bal van hem afpakken was onbegonnen werk. Hij had een stoere glimlach en kortgeknipt haar, en hij mocht in de douches graag een beetje klooien met handdoeken en shampoo. Hubert! Begerig naar informatie belde ik een paar keer naar Den Haag. Ik kwam het volgende te weten: hij was blijven voetballen bij HBS, in een hele reeks seniorenteams, tot zijn zevenentwintigste, en toen was hij naar Dordrecht verhuisd omdat hij daar een baan had gekregen als IT-consultant. Hij had contact gehouden met een of twee lui van de club maar was er nooit meer geweest. Hij woonde alleen. Toen hij overleed had hij geen televisie gekeken maar, om precies te zijn, een video.

Maandenlang spookte dit summiere levensverhaal door mijn hoofd. Ik denk nog altijd af en toe aan Hubert, en ik vind het nog altijd onverdraaglijk dat hij alleen is gestorven; hoewel, weet ik veel, misschien is hij wel tot het allerlaatst dezelfde vrolijke figuur gebleven die hij was toen ik hem kende. Kennis is in dit geval betrekkelijk. Ik had Hubert buiten de sport om niet één keer ontmoet. Dat gold voor bijna al mijn voetbalvrienden, al kende ik hun vaders en reed ik met hun vaders mee naar uitwedstrijden en werd ook ik door hun vaders toegejuicht, soms echt hartelijk – geroep van de zijlijn dat ik nog zo hoor.

'Goed zo, Hans! Goed zo, jongen!'

Mijn punt is, denk ik, het voor zich sprekende punt dat Hubert mij ging bezighouden op een manier en in een mate waarin hij dat niet gedaan zou hebben als hij nog geleefd had. Maar met Hubert kwam er al snel een eind aan die gedachten – niet alleen bij gebrek aan informatie, maar ook bij gebrek aan gewicht. Met Chuck ligt dat anders. Die is, in mijn herinnering, wel degelijk gewichtig. Maar wat heeft zijn gewicht te betekenen? Wat word ik geacht ermee te doen?

Ik zie hem zo voor me, op me wachtend op de houten trap naar zijn veranda. Hij draagt een pet uit zijn collectie petten, een korte broek uit zijn verzameling glimmende sportbroekjes, en een T-shirt uit zijn verzameling T-shirts. Chuck verhulde zijn extreme bedrijvigheid met een garderobe die een extreme relaxedheid suggereerde.

'En?' zegt hij. 'Vertel.'

'Er valt niks te vertellen,' zeg ik, terwijl ik naast hem ga zitten.

Hij kijkt me aan met zijn hoofd scheef, alsof ik hem een handschoen heb toegeworpen. 'Er valt altijd een verhaal te vertellen,' zegt hij. Waarna hij een zoemend mobieltje uit zijn borstzak vist.

Hij vertelde aan één stuk door zijn eigen verhaal, en zijn autobiografie zou kort, en klinkend, *Chuck Ramkissoon: Yank* hebben kunnen heten. Zijn verhaal was op doorzichtige wijze gebaseerd op de plaatselijke mythe 'van krantenjongen tot miljonair'. De luxe van gewiekstheid kon hij zich niet veroorloven. 'Bloed, zweet en tranen,' hield de Churchilliaanse Chuck me meer dan eens voor. 'Een dikke koelie uit de jungle. Geen baan, geen geld, geen rechten.' Hij was met zijn vrouw Anne in de Verenigde Staten aangekomen – het was 1975, ze waren vijfentwintig en net getrouwd – en hij was op de eerste dag van zijn zogenaamde huwelijksreis aan de slag gegaan. 'Ik had een neef – of eigenlijk de vriend van een neef – die mij onder zijn hoede nam. Schilderen, pleisteren, slopen, metselen, dakdekken, noem maar op, ik deed het allemaal. Ik kwam altijd thuis, in Brownsville, met een wit gezicht en gruis aan mijn handen. Ik kon het er niet af krijgen, weet je dat? Jarenlang waren mijn handen altijd smerig. Toen kreeg ik mijn kans. Of eigenlijk kreeg ik hem via mijn vrouw.' Dan knikte ik, ter aanmoediging, al ontspannen bij het vooruitzicht van een van zijn kalmerende monologen. 'Zij paste op bij een of ander rijk stel in Manhattan en die hadden een zomerhuisje op Long Island waar iets aan moest gebeuren. Ik won hun vertrouwen en nam de opdracht aan. Het was mijn eerste klus als aannemer. Daarna deed ik hun appartement aan Beach Street. Al snel wilden alle andere bewoners in hun flat mij ook. Ze mochten me. Het is een mensenbedrijf, Hans. Ik had een ploegje metselaars uit Bangladesh. Ik had Ierse schilders – of de baas was in elk geval een Ier, geweldige vent, zijn mensen waren Guatemalteken. Ik had Russische stukadoors, ik had Italiaanse dakdekkers, ik had Grenadaanse timmerlui. Allemaal uit Brooklyn. Iedereen was tevreden. Voor het eerst van mijn leven kwam er serieus geld binnen. Het was ongeveer in die tijd dat ik ook mijn paspoort kreeg en dat ik eindelijk met opgeheven hoofd over straat kon. Laat me je dit vertellen: zelfs toen de huizenmarkt in elkaar stortte had ik het druk. Toen heb ik het besluit genomen zelf huizen te kopen en op te knappen – in '92. Ik wist dat de prijzen wel weer zouden stijgen. Ik wist dat er geld te verdienen viel. Ik voorzag dat Brooklyn zou gaan boomen, Hans. Ik zag het zo duidelijk voor me als jij mij nu ziet. Ik concentreerde me op Williamsburg, daar barstte het van de verwaarloosde bedrijfsgebouwen waar ik het op voorzien had, gebouwen met een enorme commerciële potentie. Maar die waren allemaal in het bezit van joden. Ik kwam er niet tussen. Niemand wil een zwarte huisbaas in zijn buurt. Daarom ben ik met Abelsky in zee gegaan. Ik kende hem van het Russische badhuis, zo'n grote vetzak die aan één stuk door zat te klagen.' Chuck begon te lachen. 'Weet je hoe we zo iemand in Trinidad noemen? Een arme-ik. Zo'n klaagzanger, zo een die overloopt van zelfmedelijden. Hij was onuitstaanbaar. Echt een ramp. Niemand in de sauna wilde met hem praten. Niemand wilde hem met de berkentakken slaan. "Toe nou, jongens, doe me een lol. Dimitri, ik smeek het je. Boris – toe nou, Boris. Alsjeblieft. Een paar klappen maar." Maar nee. Ze bleven uit zijn buurt.' Chuck gierde van het lachen. 'Echt, die Russen gaven nog de voorkeur aan mijn gezelschap. En geloof mij maar als ik zeg dat ze niet blij met me waren. Hoe dan ook, ik kijk naar die gast, naar die paria, en ik zeg bij mezelf: dat is er nou 's een die zo radeloos is dat hij nog met een koelie zou samenwerken. Dus ik ontferm me zo'n beetje over hem. Daarom ging ik ook naar die baden, om joden te ontmoeten. Waar zou ik ze anders moeten ontmoeten? Je weet het, hè – durf te dromen.' Inmiddels waren we dan al aan het rijden, en zat hij al stijf van trots rechtovereind op de passagiersstoel. 'Ik begon een onroerendgoedbedrijf met Abelsky en liet hem voor een aandeel van vijfentwintig procent als zetbaas optreden. Uiteraard was ik degene die alles regelde. Abelsky moest op de achtergrond blijven en zich voordoen als de grote baas die het te druk had om zich met allerlei details in te laten. Maar moet je hem tegenwoordig horen: hij denkt echt dat hij wat voorstelt! Terwijl het enige wat hij ooit gedaan heeft, is dat hij mij zijn joodse naam heeft geleend! Die niet eens zo heel joods is!' Chuck vond het niet leuk: 'Ons sushibedrijf? Abelsky & Co. Het vastgoedbedrijf? Abelsky Vastgoed. We hebben wel het nodige verdiend natuurlijk. We hebben nog steeds drie gebouwen, op toplocaties. We hebben zes mensen aan Avenue K en waarschijnlijk komen daar binnenkort nog twee krachten bij.' Chuck zwaaide met zijn wijsvinger. 'Maar dat cricketverhaal, dat is een andere zaak. Dat is het betere werk. Daar heb ik Abelsky niet bij nodig. Daar wil ik hem buiten houden. Wat weet Abelsky van de cricketmarkt? Nee, dat is mijn project, dat gaat onder mijn naam.'

Ik kreeg er een ongemakkelijk gevoel bij, bij dat soort verhalen, en ik voelde bijna als vanzelf een Samaritaanse drang om hem te redden. Het was wel een drang van voorbijgaande aard. Ik had mijn eigen problemen, het gezelschap van Chuck fungeerde meer als een soort wijkplaats. En als er één avond was waarop ik bij hem mijn toevlucht zocht, dan was het wel de avond van het jaarlijkse Gala van de Bond van New Yorkse Cricketverenigingen, in 2003, een gala dat gehouden werd in de Elegant Antun's, aan Springfield Boulevard in Queens.

Ik reed, die vrijdagavond achter in mei, mee met een onnozele maar niet onwillige Kirgizische limousinechauffeur. Op de Long Island Expressway gidste ik hem langs de rode neonlichten van Lefrak City en een zeker Eden Hotel, en langs de Utopia Parkway, waarna we, de instructies volgend die ik gekregen had, bij afslag 27 de weg verlieten. Daar raakten we meteen de kluts kwijt dankzij een opeenvolging van wegwijzers die waren neergezet in overeenstemming met een bizarre

New Yorkse gewoonte die mij bleef verbazen, namelijk dat alle aanwijzingen aan automobilisten zodanig werden neergezet en verwoord dat iedereen gedesoriënteerd raakte behalve degenen die de weg sowieso al wisten. We werden een soort niemandsland in Nassau County in gedreven, gingen weer terug naar Queens en kwamen uiteindelijk op Hillside Avenue uit, vanwaar de route min of meer duidelijk was. Ik werd afgezet voor een vrijstaand huisachtig bouwwerk. Rondom langs de contouren, feitelijk een wirwar van wijkende façades en gevelspitsen, hing kerstverlichting, en de muren waren bedekt met een bleke substantie die deed denken aan suikerglazuur waar Hans en Grietje zo hun vinger in zouden steken. Het was tien uur. Tussen twee in lange jassen gehulde uitsmijters door ging ik de Elegant Antun's binnen.

Recht voor me kwam een stel pubers lachend door dubbele deuren naar buiten en heel even ving ik een glimp op van een wervelende bruid. Mijn feest was op de eerste verdieping. Voor me op de trap liep een gigantische vent op crèmewitte schoenen, in een crèmewit pak en met een crèmewitte bolhoed op zijn hoofd. Hij werd vergezeld door een paar vrouwen van zeker één meter tachtig in felgekleurde, fonkelende lange jurken en op hoge hakken. De blote schouders van de vrouwen waren breed en sterk en de veters die kruiselings over hun rug liepen werden strakgetrokken door zeer zwarte spieren die rolden bij elke tree die ze beklommen. 'Die Jamaicaanse vrouwen,' zou mij later iemand toevertrouwen, 'die zien eruit alsof ze zo uit Belmont zijn komen rennen.'

Het was, zoals dat heet, een gewichtig gebeuren. Er was een aparte tafel voor de leden van het scheidsrechtersgilde, die in witte smokingjasjes waren gekomen en die bijeen zaten als een conclaaf van scheepsstewards. Er was een vrouw die in de gemeenteraad van Brooklyn zat, er waren vertegenwoordigers van de plantsoenendienst en ook was er, zo werd ons verzekerd, iemand namens de burgemeester zelf, een jongeman met een donzen snorretje die de tienerjaren nauwelijks ontwassen leek en van wie mij achteraf verteld werd dat hij later die avond nog had staan overgeven op het herentoilet. Air Jamaica was van de partij, evenals Red Stripe, en andere sponsors. Maar de gasten waren voornamelijk cricketmensen en hun echtgenotes – spelers en functionarissen van de American Cricket League, de Bangladeshi Cricket League, de Brooklyn Cricket League, de Commonwealth Cricket League, de Eastern America Cricket Association, en de Nassau New York Cricket League; van de New York Cricket League, de STAR Cricket League, de New Jersey Cricket League, de Garden State Cricket League en de Washington Cricket League; van de Connecticut Cricket League en de Massachusetts State Cricket League; van mijn eigen New York Metropolitan and District Cricket Association; en, op speciale uitnodiging, de heer Chuck Ramkissoon, wiens gast ik was.

Ik kwam net op tijd binnen om iemand te horen roepen: 'Zou u alstublieft willen gaan staan voor het volkslied?' Alle aanwezigen stonden op voor een opname van *The Star-Spangled Banner*. Meteen daarna stelde de ceremoniemeester plechtig voor om te bidden voor 'onze troepen in het buitenland, die vanavond hun leven op het spel zetten voor onze vrijheid'. De mensen waren een paar seconden stil alvorens te gaan zitten voor het diner.

Ik bleef echter staan, ik kon mijn tafel niet vinden. Toen zag ik, vanuit een ooghoek, de zwaaiende arm van Chuck.

Net toen ik me bij mijn clubje voegde kwam een serveerster met een badge waarop stond VRAAG ME GERUST NAAR OUDEJAARSAVOND bestellingen opnemen voor kip of gebakken zalm, waarbij ze, afhankelijk van je bestelling, een rode of blauwe fiche naast je bord legde. Chuck, die een zwart strikje droeg, stelde me – 'Hans van den Broek, van de M– Bank' – voor aan een glimlachende Indiase zakenman genaamd Prashanth Ramachandran, en aan dr. Flavian Seem, een gepensioneerde Sri Lankaanse patholoog die, liet Chuck mij weten toen we cocktails bestelden aan de bar, de beheerder was van het fonds dat zo goed was zijn gewaagde onderneming te steunen. Er waren twee Guyanese broers (importeurs van gebrande suiker, amandelessence, zuringsiroop en, het deed hun genoegen het aan mij te vertellen, kleine Edammer kaasjes) met hun vrouwen, maar de boeiendste verschijning aan onze tafel was een elegante jonge vrouw in een zilverkleurige jurk die, als ik me niet vergis, Avalon heette. Ze was met Chuck meegekomen, en hoewel ze een stuk groter was dan hij en minstens twintig jaar jonger, gaf ze blijk van een onverklaarbaar plezier in het gezelschap van Chuck en zijn gasten. Het kwartje viel pas toen Chuck uitlegde dat Avalon, zoals hij het formuleerde, 'het beste meisje was van Mahogany Classic Escorts. Maak jij daar ook wel eens gebruik van?'

'Misschien moest ik daar maar eens mee beginnen,' zei ik.

'Moet je zeker doen,' zei Chuck. 'Het zijn meisjes met verfijning, van de eilanden. Academisch geschoold, verpleegsters. Niet het gebruikelijke Amerikaanse uitschot.'

Tegen die tijd was het middernacht en zaten we halfdronken aan onze tafel naar Avalon te kijken die aan het dansen was met een extatisch roerloze dr. Seem. Het was druk op de dansvloer. Iedereen was verlost van een heel uur presentaties waarin kolossale trofeeën, uitgerust met gouden bowlende en battende cricketers, die in een goddelijk gedrang op een tafel stonden, één voor één verspreid werden over centurions en hattrickers en kampioenen en andere grootheden die aanzaten aan het diner, zodat op een gegeven moment overal waar je keek, terwijl je je kip of zalm wegwerkte, gouden mannetjes brutaalweg uithaalden naar een onzichtbare bal dan wel precair op één voet balanceerden, klaar om te bowlen. Hoe meer ik dronk, hoe meer ik werd meegesleept door de parallelle wereld van die beeldjes, wier glimmende toewijding aan hun sport met de minuut aangrijpender werd. Ik moet een verloren indruk hebben gewekt, want een mij vreemd persoon die beweerde mij te herkennen was zo vriendelijk naast me te komen zitten, vergewiste zich ervan dat ik in Londen had gewoond en begon uitvoerig herinneringen op te halen aan zijn tijd in Tooting.

Avalon was nu met Chuck aan het dansen. Dr. Seem, die naast me zat, vroeg: 'Bent u wetenschapper?'

Hij scheen tevreden toen ik zei van niet. 'Ik heb mijn leven aan wetenschappelijke studie gewijd,' meldde hij. Hij spreidde een hand op het tafelkleed, hij was slank en hij had elegante vingers, zoals zoveel Sri Lankanen. 'Ik ben opgeleid om de dingen te zien zoals ze zijn. Om de biologische realiteit te doorgronden. Als ik daarnaar kijk' – hij wees mij op de dansers – 'zie ik de biologische realiteit.'

'En dat is?' vroeg ik, terwijl ik bedacht dat ik misschien wel de enige persoon in de zichtbare wereld was die niet bij machte was erdoorheen te kijken.

'Misleiding,' zei Seem. 'Misleiding, ons opgelegd door de natuur. Onze dansende vriendin daar, bijvoorbeeld,' zei Seem, doelend op Avalon. 'Vals!' riep hij dwaas. 'Vals!'

Hij stond op en ging nog een drankje halen. Ik staarde naar de dansende meute en herinnerde mij de klacht van Rachel dat ik nooit danste. Dat was lang geleden. We waren thuisgekomen van een of ander feestje. Jake, die toen misschien zes maanden was, lag in zijn ledikant naast ons bed te slapen.

'Ik ben nou eenmaal geen danser,' zei ik. 'Dat weet je al zo lang.'

'Op onze bruiloft heb je wel gedanst,' zei ze meteen. 'En dat ging prima. Toen maakte je nog van die schuifelpasjes.'

Ze keek treurig; en ik denk, aangezien ik mij er nu, dankzij onze in overdrachtelijke zin sprekende relatietherapeut, volledig van bewust ben dat de stoomboot van het huwelijk onophoudelijk gevoed moet worden met de kolen van de communicatie, dat ik mijn vrouw had moeten uitleggen dat ik afkomstig was uit Nederland, waar ik zelden mensen heb zien dansen, ja, dat ik verbaasd had opgekeken toen ik Engelse jongemannen zich ongeremd aan muziek had zien overgeven en zelfs met andere mannen had zien dansen, en dat die overgave mij vreemd was en dat ze, om die reden, misschien wel wat geduld met me zou willen hebben. Maar ik zei niets, het leek mij een onbeduidende kwestie. Het zou me zonder meer versteld hebben doen staan als mij verteld was dat ik jaren later op die episode zou terugkijken en me zou afvragen, zoals ik in de Elegant Antun's deed, of dat nou een zogenaamde tweesprong was geweest – wat mij er op zijn beurt toe bracht me in mijn beschonkenheid af te vragen of de loop van een liefdesverhouding wel echt te verklaren was in termen van tweesprongen waar je al dan niet de verkeerde kant op kon gaan, en zo ja, of het dan mogelijk was terug te keren naar de tweesprong waar het allemaal fout was gegaan, of dat het eigenlijk zo was dat we allemaal gedoemd waren te wandelen in een bos waar de paden dwaalsporen waren, een bos waar ook geen eind aan kwam, een bespiegeling waarvan de zinloosheid tot een hernieuwde uitbarsting van grillige overpeinzingen leidde waar pas een eind aan kwam toen ik Chuck een mank lopende dr. Seem op de stoel naast me zag afleveren.

'Hamstring,' zei dr. Seem. Hij strekte zijn been en liet het mismoedig zakken. 'Die geeft al tien jaar problemen. Tien jaar.'

'Slechte zaak,' zei Chuck.

Seem maakte een verbitterde beweging met zijn hand. 'Ik kan de dansvloer voortaan wel op mijn buik schrijven.'

'Onzin,' zei Chuck. 'Ga zitten, rust even uit, neem eventueel wat te drinken en je zult zien, na vijf minuten sta je daar weer.' Chuck wierp mij een strenge blik toe. 'Hans... jouw beurt. Kijk eens naar Avalon. Ze heeft het gehad met die ouwe kerels. Kom op.'

Ik reageerde automatisch – biologisch, zou dr. Seem misschien gezegd hebben. Ik danste met Avalon.

Dat wil zeggen, ik stuntelde wat rond in haar nabijheid, terwijl ik in de grijnzen van de mensen om mij heen vluchtige vermoedens las van het soort aanmoediging die gewoonlijk alleen voor kinderen is weggelegd. Ik was de enige blanke daar, en ik bevestigde een stereotype. Avalon zelf lachte beleefd en gaf er geen blijk van dat mijn onbeholpenheid haar opviel. Opeens, uit medelijden dan wel professionaliteit, draaide ze me de rug toe en begon ze haar billen lichtjes tegen mijn heupen aan te draaien op het ritme van de snelle, schelle soca die volgde op de tot dan toe gedraaide Amerikaanse popmuziek, terwijl de dj riep: 'Oké, shaken! Allemaal shaken met die boom-boom. Shake!' en alle middelbare vrouwen met een air van geweldige ernst hun pronte achterwerk tegen hun middelbare mannen aan drukten, alsof nu een uitgesproken serieuze fase van de avond was ingegaan. Misschien was dat ook wel zo. Chuck kwam in vervoering de dansvloer op, zijn zwarte gezicht nog zwarter door zijn getuite zwarte lippen en zijn half geloken zwarte oogleden. Zonder te aarzelen trad hij op een vrouw van in de vijftig toe en meteen begonnen ze in tandem naast Avalon en mij de shimmy te dansen. De soca schalde en schetterde. Een gevoel van saamhorigheid met mijn kleine, ronde Trinidadse tegenhanger golfde door me heen. Gesterkt gaf ik me over aan het vreugdevolle van de situatie – bezweek ik voor de muziek, voor de rum en de cola, voor de soepele, ervaren kont van Avalon, voor de hilarische opmerkingen van dr. Flavian Seem en Prashanth Ramachandran, voor het voorstel om, na het gala, nog ergens anders heen te gaan; en voor het gedrang van heupen en benen in de limousine van Chuck; en voor het idee dat we, omdat we er toch allemaal op gekleed waren, net zo goed even naar de kaartclub aan Utica konden gaan, aan de andere kant van de Great Eastern Parkway, waar de sprakeloze Trinidadse kaarters de hele dag gespeeld hadden en hun partners seintjes hadden gegeven door aan hun oor te plukken of over hun neus te wrijven, terwijl hun vrouwen rondhingen, aten, dronken, en er zeer naar uitkeken om weer naar huis te gaan; en voor het overhalen van een paar leden van de kaartclub om met ons mee te gaan feesten bij de limousinechauffeur aan Remsen en Avenue A; en voor het onderweg daarheen aanleggen bij Ali's Roti Shop voor roti's en doubles, en bij Thrifty Beverages om bier en vier flessen rum in te slaan en verder, omdat onze honger geen grenzen kende, nog bij Kshaunté Restaurant & Bakery om worst en bonen te bestellen, en pasteitjes en curry's van geitenvlees; en voor de uitnodiging, ten huize van de limousinechauffeur, die Proverbs heette, om mee te doen aan een kaartspel dat wapi heette; en voor het verlies bij dat spel van bijna tweehonderd dollar; en voor de waarheid van de opmerkingen 'Boy, het een goeie wapi hebben daar' en 'De mensheid maakt ernst met de wapi game, boy'; en voor een vluchtige mond van een meisje met een diploma reddend zwemmen; en voor zes paar lachende handen die mijn gebroken lichaam optilden en op een bank lieten vallen; en voor water dat 's morgens om zes uur in mijn gezicht werd gespetterd; en uiteindelijk voor het voorstel, gedaan door Chuck toen we in de eerste warmte van het weekend achter een luidruchtig stel chassidische jongens aan liepen, om het er met zijn allen uit te gaan zweten in een *banya* een paar straten bij hem vandaan.

'Een halfuur in de sauna,' voerde Chuck aan, 'en je bent weer mens.'

Bizar genoeg dook er net een gele taxi op.

Het Russische badhuis was gevestigd in een blokkendoosachtig, cementen gebouw naast een pompstation aan Coney Island Avenue. Om in de kleedkamer te komen moest je eerst door een grote ruimte met twee baden – één een jacuzzi die sidderde van de warme stromen, het andere een koud bad waar een personeelslid juist ijs in stond te gooien. Steunpilaren waren gedecoreerd met ovale, gipsen afgietsels van Helleense figuren, en op de grootste muur prijkte een schildering waarop Griekse maagden uit de oudheid bevallige houdingen aannamen bij een immense waterval die in een groene vallei uitkwam. Niets van dit alles stond, voor zover ik dat kon uitmaken, ook maar in enig verband met de bezoekers van het bad, een handjevol bleke mannen die kennelijk uitgeput onderuit hingen in plastic stoelen.

We kwamen uit de kleedkamer met gehuurde handdoeken om ons middel. 'Waar zullen we heen gaan?' vroeg Chuck. Je kon kiezen tussen Russisch, Turks en Amerikaans. Chuck liet me het Turkse bad eerst zien. Afgezien van een beroerd uitziende man die bij een emmer water zat, was het leeg. Ernaast was de Russische sauna, waar een man door een andere man werd afgerost met een bos eikenbladeren. 'Het is nog vroeg,' zei Chuck.

Het Amerikaanse stoombad was de *place to be*. Daar zaten ten minste nog zes anderen. Ze hadden kegelvormige hoeden op en goten water in de ovens, in weerwil van een bord dat zulks uitdrukkelijk verbood. Ik ging naast een man in een doorweekte onderbroek zitten.

De hitte was extreem. Ik zweette hevig en zonder er plezier aan te beleven. Ik wilde net aan Chuck voorstellen om weer te gaan toen een ongewoon uitziende man binnenkwam. Hij was dik, maar toch hingen aan zijn buik en rug en ledematen enorme plooien slappe, overtollige huid. Hij zag eruit alsof iemand hem had willen opzetten maar er halverwege de brui aan had gegeven.

'Mikhail!' zei Chuck. 'Kom d'r bij.'

Mike Abelsky voegde zich met een enorme zucht bij ons. Met een sterk accent, deels Brooklyn, deels Moldavië, zei hij tegen mij: 'Jij bent de Nederlander. Ik heb van je gehoord. Jij,' zei hij, wijzend naar Chuck, 'ik moet jou spreken.'

'We zitten hier te baden,' zei Chuck. 'Relax.'

'Relax? De familie van mijn vrouw bivakkeert bij mij en jij wilt dat ik relax?' Abelsky zette een kegel op zijn hoofd. 'Ik wil niet in de huizen van andere mensen slapen en ik wil niet dat andere mensen in mijn huis slapen. Ik wil in mijn eigen huis in mijn onderbroek kunnen lopen. Nou moet ik een pyjama aan: ik wil helemaal geen pyjama aan. En ik heb geen zin om een T-shirt aan te trekken. Als ik naar de wc ga, wil ik een krantje meenemen. En wat krijg ik? Iemand die op de deur bonst. "Ik wil douchen." Waarom willen ze in godsnaam douchen? Laat ze in hun eigen huis douchen!' Abelsky keek me aan zonder belangstelling te veinzen. 'Ik begrijp in de hele wereld maar één familieband,' verkondigde hij. 'Die met je ouders. De rest, die is er alleen op uit om je te gebruiken.'

'Je ziet er goed uit,' zei Chuck.

'Ik zie er klote uit,' zei Abelsky. 'Maar als ik wil blijven leven, moet ik die maagverkleining wel ondergaan. Alleen, nou kan ik geen fuck meer eten. Moet je dit zien,' zei hij. Hij kneep vol walging in zijn slappe borstweefsel. 'Ik lijk wel een oud wijf.' Hij keek weer naar mij. 'Ik ben ooit worstelaar geweest.'

'O?'

'Ja, in het Russische leger. En thuis ook, met mijn broers. Ik sloeg ze helemaal verrot.' Dit alles werd in volle ernst opgedist. 'De enige die ik niet verrot sloeg was mijn vader, uit respect. Voor geld liet ik mij door hém verrot slaan.'

Mijn kater begon me parten te spelen. Ik begreep niet waar hij het over had.

'Ik nam altijd de straffen van mijn broers over,' legde Abelsky uit. Hij wreef over zijn nek en bestudeerde het zweet op zijn hand. 'Als mijn grote broer een kras op de auto maakte, betaalde hij mij om het pak rammel in ontvangst te nemen. Mijn vader wist wat er aan de hand was, maar toch gaf hij mij een pak rammel. Hij sloeg me altijd helemaal verrot. Maar ik lachte hem in zijn gezicht uit. Hij had mij er niet mee. Hij kon me afranselen zoveel hij wilde, maar ik bleef lachen. Wat kon het mij schelen? Ik was rijk.' Op bittere toon voegde hij eraan toe: 'Dat was in Moldavië. Daar ben je met een dubbeltje al een hele meneer. Als je hier rijk wilt zijn, moet je de Mega winnen.'

'Vertel hem wat de Mega is,' zei Chuck. Ik begreep waar hij op uit was: hij wilde dat ik zag met wat voor iemand hij van doen had. Het is ook mogelijk dat hij indruk wilde maken op Abelsky – ja, dat de hele ontmoeting georkestreerd was. Chuck had het idee dat ik een goeie vangst was.

'Weet je niet wat de Mega is? Meen je dat? Die begint met tien miljoen. De jackpot – mijn god, de Mega-jackpot is tweehonderdtien miljoen. Ik doe ook mee, zeker weten, waarom niet? Mijn opa zei altijd: een dollar en een droom, meer heb je niet nodig. Ik won gelijk al twee mille. Nadien is mijn nummer nooit meer getrokken. Ik zet in op mijn kenteken, en de datum van mijn geboorte. Ze maken het steeds moeilijker. Vroeger was er maar één trekking per dag. Nu zijn het er twee. De winnaars komen meestal uit Idaho, Kentucky. De aardappelsteden winnen. Zeker, wij winnen hier in New York ook wel eens. Een gast uit Honduras heeft een keer honderdvijf miljoen gewonnen met een lot dat hij in 5th Street in Brighton Beach had gekocht. Ik hoef maar vijf miljoen, meer niet. Mijn vrouw vroeg: wat zou je dan doen? Ik zei: dat zal ik je vertellen. Ten eerste koop ik voor elk van mijn dochters een huis. Dan geef ik ze vijfhonderdduizend elk, contant. Dat kunnen ze voor de studie van hun kinderen gebruiken. Dan zou ik een appartement in Miami kopen. Ik schat dat ik dan nog een miljoen over zou hebben om van te leven. Bij wat ik al heb. Dat is redelijk. Ik zou geen gekke dingen gaan doen.'

Dit ging tien kokendhete minuten zo door. Toen Chuck zich even excuseerde, maakte een van de andere mannen in het Russisch een opmerking tegen Abelsky.

Abelsky keek de man aan en zei iets waarvan de portee zelfs voor mij te volgen was. Er vond een uittocht plaats, en opeens zaten Abelsky en ik alleen in de Amerikaanse stoomkamer.

'Wat is er aan de hand?' vroeg ik.

Abelsky mompelde door de stoom heen. Met een zachte van-blanke-tot-blanke-stem zei hij: 'Ze hebben hier een probleem met de Pakistani. Die komen hier en verpesten het voor iedereen. Dat is een probleem, zeker weten. Dit is goddomme een Russisch bad. Ze zouden hun eigen baden moeten maken. Maar toen ik naar het ziekenhuis moest' – hij zat nu naar me toe gebogen en wees met een duim naar de deur – 'was het wel een Paki van de eilanden die mij elke dag kwam opzoeken. Díe regelde het met de verzekering, die zei tegen mijn vrouw dat het allemaal goed zou komen. Als ik vijftig word, is hij degene die me een krat wijn uit Moldavië geeft. Het is niet te zuipen, zeker niet, maar het is de smaak van mijn vaderland. Terwijl deze gasten' – hij gebaarde weer naar de deur, deze keer met een afwijzend gebaar –, 'die zie ik nooit. Deze gasten hier? Tweehonderd procent klootzakken. Ik zeg: laat ze doodvallen. Laat ze doodvallen en mooi laten liggen.'

Chuck kwam weer terug en met zijn drieën stoofden en dampten we nog een poosje door.

'Zo kan die wel weer,' zei Chuck. 'Laten we maar eens opstappen.'

Na een douche gingen we weer naar buiten. We liepen naar Coney Island Avenue. Ik wilde wel weer naar huis.

'Luister,' zei Chuck, 'dit is wat we gaan doen. Jij gaat je op je rijexamen voorbereiden in mijn auto, en daar ga je ook in afrijden.'

Op zijn Ramkissooniaans was deze verklaring volledig uit de lucht komen vallen, of althans bijna: een flard van een herinnering kwam bovendrijven. We hadden het de vorige avond over mijn mislukte poging in Red Hook gehad.

'Chuck, dat is waanzin,' zei ik. 'En trouwens, voor rijlessen heb je een gekwalificeerde chauffeur nodig.'

'Ik ben een gekwalificeerde chauffeur,' zei Chuck. 'Ik ga mee. Hoor eens,' zei hij, 'we regelen wel iets. Hans, geen discussie meer. Dit is wat er gaat gebeuren. En wel nu.'

'Nu?' Ik denk dat dat het moment was waarop ik zijn modus operandi begreep: de wereld op het verkeerde been zetten. De hele boel de loef afsteken.

'Je moet het ijzer smeden als het heet is,' adviseerde Chuck. 'Tenzij je iets beters te doen hebt.'

Terwijl Chuck naar huis liep om zijn auto te halen, dook ik een diner in en bestelde een kop koffie. Ik had hem nog niet op toen hij binnenkwam. Hij rammelde met zijn sleutelbos en wierp hem mij toe. 'Laten we gaan,' zei hij.

De Cadillac stond fout geparkeerd aan de overkant. Ik liet me op het gebarsten leer van de chauffeursstoel glijden, stelde de stoel en het spiegeltje af en startte de motor.

'Waar gaan we heen?' vroeg ik.

'Bald Eagle Field,' zei Chuck, in zijn handen wrijvend. 'Er is werk aan de winkel.'

We reden heel Coney Island Avenue af, die laag bebouwde verkeersader vol sjofele commercie die in bijna surrealistisch contrast staat met de rustige woonwijken waar hij doorheen loopt, één lange, chaotische rij auto's van minder allooi die dubbel geparkeerd staan voor pompstations, synagogen, moskeeën, schoonheidssalons, bankfilialen, restaurants, begrafenisondernemingen, auto-onderdelenhandelaars, supermarkten en een heel assortiment kleine winkeltjes met waren uit Pakistan, Tadzjikistan, Ethiopië, Turkije, Saoedi-Arabië, Rusland, Armenië, Ghana, het jodendom, het christendom, de islam: het was op Coney Island Avenue, bij een volgende gelegenheid, dat Chuck en ik een stel Zuid-Afrikaanse joden zagen, in vol sektarisch ornaat, die in het kantoor van een Pakistaanse houthandel met een stel rastafari's naar een cricketwedstrijd op tv zaten te kijken. Die mengeling ontging mij aanvankelijk. Het was Chuck die mij, in de loop van een aantal instructieve ritjes, op van alles en nog wat wees en mij de ogen opende voor het echte Brooklyn, zoals hij het noemde.

Na Coney Island Avenue kwam Belt Parkway, en toen kwam Flatbush Avenue, en toen kwam Floyd Bennett Field – aan het begin van de zomer een Sahara-achtige vlakte met struikgewas, hier en daar een boom en hete, door onkruid overwoekerde landingsbanen. Afgezien van een vliegeraar en zijn zoontje waren Chuck en ik de enige mensen daar. We reden over het tarmac, voorbij de laatste hangar. We stopten bij borden met PRIVÉTERREIN en VERBODEN IN TE RIJDEN en GEEN TOEGANG.

Ik kon mijn ogen niet geloven. Voor ons strekte zich een frisgroen grasveld uit.

'Jezus,' zei ik, 'je hebt het hem gelapt.'

Een man op een kleine wals reed tergend langzaam over het midden van het veld. 'Kom,' zei Chuck. 'Even met Tony praten.'

We trokken onze schoenen en sokken uit. We hadden onze feestkleding van de vorige avond nog aan.

Het gras was zacht onder onze voeten. 'Hij zegt dat hij terreinknecht is geweest op Sabina Park,' zei Chuck, met een knikje in de richting van Tony. 'Maar Jamaica en wat je hier hebt, dat is natuurlijk een wereld van verschil.'

We kwamen bij de pitch. Chuck liet zich op zijn knieën zakken en spreidde zijn handen op het kort gemaaide gras alsof hij het zegende.

Tony, een schriel mannetje van achter in de vijftig, stapte van de wals en kwam langzaam onze kant op lopen. Hij had een smerig T-shirt en een smerige spijkerbroek aan en droeg, zoals mij later zou blijken, net als Pigpen overal een walm om zich heen van benzine, rum en allerlei machineonderdelen. Hij sliep en at ook hier, in de omgebouwde scheepscontainer die aan de rand van het terrein stond en waarin Chuck alle benodigdheden had opgeslagen. Hij had een pistool in die container, zodat hij kon waken over wat Chuck 'de veiligheid van alle betrokkenen' noemde.

'God, zo'n hitte,' zei Tony tegen Chuck. Hij nam zijn pet af, wiste het zweet van zijn gezicht en keek mij uitdrukkingsloos aan. 'Wie dat?'

Ik werd voorgesteld. Tony zei iets tegen Chuck wat ik domweg niet verstond. Uit het antwoord van Chuck maakte ik op dat ze het over de gazonmaaier hadden, die twintig meter verderop stond. 'Niks is mee gebeurd, baas, hij prima in orde,' zei Tony. Hij maakte nog een opmerking waar ik geen chocola van kon maken en begon toen geanimeerd uit te weiden over een of ander 'idioot ding' dat gebeurd was in verband met een stel kinderen die op het veld hadden lopen 'rondlummelen'.

We keken alle drie naar de square. 'We rollen hem en rollen hem,' zei Chuck, 'kruiselings, als een ster. Op die manier wordt hij volkomen vlak. Ziet er goed uit, hè, Tony?'

Tony spuwde bevestigend op de grond, liep weer terug naar zijn wals en liet de motor even brullen.

'Nou komt het leukste werkje,' zei Chuck.

We maaiden het buitenveld. Om de beurt reden we op een

lichtgewicht fairwaymaaier met een maaibreedte van twee meter en flitsende messen. Chuck vond het mooi als het gras in donkergroene en lichtgroene ringen gemaaid was. Dan begon je met de omtrek te maaien, daarna een ring binnen die omtrek, enzovoort, elke cirkel kleiner dan de vorige en allemaal rond hetzelfde middelpunt. Ze zouden spoedig weer verdwenen zijn, maar dat maakte niet uit. Wat belangrijk was, was de ritmiek van het maaien, de geur van het gemaaide gras, de voldoening van welbestede tijd op het veld met een gorgelende dieselmotor, de glorie en de spanning van de hele onderneming. Er mocht die en zelfs de volgende zomer niet gecricket worden op dit veld. En hoe dan ook, je weet nooit echt hoe een grasmat zal uitvallen, al is het vlak voor de wedstrijd. Je weet niet of een strook grond, vaak zo kort gemaaid dat het lijkt of er geen gras op groeit, een snelle of langzame, een hoge of een lage bounce geeft, of een bal met spin bij het opstuiten gaat afwijken en zo ja, hoeveel en hoe snel. Je weet niet of het een donzen matras wordt, een misbaksel, een laag en traag kaatsende pitch die batsman en bowler gelijkelijk de moed ontneemt. Al ben je er al op aan het spelen, dan nog weet je niet wat hij voor je in petto heeft. Aarde is, net als de lucht, aan verandering onderhevig: pitches kennen hun eigen weer en hebben de neiging in de loop van een wedstrijd al te veranderen, en niet ten goede. De grond gaat scheuren vertonen, het grondvocht stijgt en daalt, het oppervlak wordt stuk getrapt of opeen geperst. Worpen waar je je de ene dag gerust aan kunt wagen, kun je de andere dag beter achterwege laten. Bij honkbal, dat zich hoofdzakelijk in de lucht afspeelt, zijn de omstandigheden van wedstrijd tot wedstrijd, van station tot stadion grotendeels hetzelfde: als andere dingen ook vergelijkbaar zijn (de hoogte, bijvoorbeeld), is een slider werpen in stadion A weinig anders dan een slider werpen in stadion B. Bij het aardse cricket daarentegen kunnen de omstandigheden verschillen van dag tot dag en van veld tot veld. De Sydney Cricket Ground is een mooi veld voor ballen met spin, terwijl Headingley, in Leeds, ideaal is voor seamers. Dat verschil is niet alleen een kwestie van verschillende grasmatten en grondsoorten. Je hebt ook nog de atmosferische omstandigheden – luchtvochtigheid en bewolking in het bijzonder – die van tijd tot tijd en van plaats tot plaats verschillen en die van enorme invloed zijn op wat er onderweg van bowler naar batsman met een cricketbal gebeurt. Zo ook maakt een zacht buitenveld de bal handelbaar, terwijl een hard buitenveld hem grillig maakt. Hoe gekunsteld cricket er op het eerste gezicht ook uit mag zien, het is een sport waarin de natuur een belangrijke rol speelt.

Dat is misschien ook wel de reden dat cricket bijna om de aandacht en oplettendheid van een natuurvorser vraagt: het vermogen om, in een vrijwel roerloze horde in het wit gehulde mannen, de actie te zien waar het om draait. Het is een kwestie van kijken. Eén tegenstrijdigheid van cricket is dat je gelijktijdig oog moet hebben voor dat enorme veld en voor het lapje grond waarop de batsman opereert. Bij honkbal moet het oog ook voortdurend inzoomen en weer uitzoomen, maar daar wordt het eenvoudiger gemaakt door het binnenveld, dat als een soort visuele trechter fungeert, en door de ene slagman, wiens positie ons in staat stelt ons vlot een beeld te vormen van het minieme kader van de slagzone. De niet ingewijde toeschouwer bij een cricketwedstrijd daarentegen wordt voor een raadsel geplaatst door de afwisseling van twee batters en twee bowlers en twee stumps – een dubbelduel – en de vreemde activiteit na afloop van elke zes ballen, als de fielders, enkele chaotische seconden lang, naar posities wandelen die de zojuist verlaten posities op gebrekkige wijze weerspiegelen. Het kan een poosje duren voor de puzzel naar tevredenheid is opgelost, vooral voor de Amerikaanse toeschouwer. Ik kan het aantal keren niet tellen dat ik, in New York, vruchteloos geprobeerd heb aan verbijsterde voorbijgangers de grondbeginselen uit te leggen van de sport die voor hun ogen bedreven werd – een vruchteloosheid die voortkomt uit een onvermogen tot opheldering mijnerzijds en een tekortschietend bevattingsvermogen hunnerzijds, een fnuikende combinatie die mij snel ging irriteren en me er uiteindelijk toe bracht het maar helemaal niet meer te proberen.

Na een uur of zo eiste Tony de maaier weer op. Chuck haalde een paar blikjes cola uit de koelkast in de container. We lieten ons op het gras zakken. Het was die eerste middag op Bald Eagle Field, terwijl Tony door de afstand werd getransformeerd tot een soort die half mens, half maaier was, en mijn huid in de hitte en de wind langzaam rood werd, dat Chuck vertelde dat hij uit het dorp Las Lomas #2 kwam, op het platteland van Trinidad, niet ver van de internationale luchthaven, en dat hij was opgegroeid – daarom haalde hij deze herinnering ook op – in een hut naast het gemeenschappelijke speelterrein van het dorp. Dat was een sjofel, stoffig, typisch Caribisch veld. Aan twee kanten grensde het aan tuinen, met kippen en hanen en kettinghonden en latrines, de overige kanten waren omzoomd met cashewvelden en cassavetuinen. Aan alle kanten stonden bomen: kokospalmen, een duivelsoorboom, een tamarinde.

Chuck onderbrak zijn verhaal: 'Ze zeiden altijd dat de tak van de tamarinde dé remedie was tegen menselijke onnozelheid. Waarom? Omdat de meester je ermee afroste.'

Ik nam een flinke slok cola. 'Ah. Dus dat is waar het bij mij fout is gegaan.'

Toen Chuck nog klein was, besloot de Las Lomas Cricket Club het oude terrein om te ploegen en een echt cricketveld aan te leggen. Hij wist nog dat het vier jaar ploegen en graven en rollen en slepen en zaaien had gekost om het veld echt vlak en met gras begroeid te krijgen; daarna kwam de strijd om het te draineren en onderhouden, met beperkt succes: de pitch, van zwarte aarde, was heel traag, ballen die erop neerkwamen hadden de neiging op te wippen. Trinidad is een jungle-eiland, zei hij. Het regent er gigantisch en alles groeit er onstuitbaar. Grazende dieren – ezels, het vee – moeten van het gras worden gehouden. Er was werk en geld voor nodig geweest om die krachten te bedwingen, en sommige dorpelingen hadden zich daaraan gestoord. 'Dat is nou typisch Trinidad,' verklaarde Chuck somber. 'Het barst er van de mensen die tegen dit en tegen dat zijn. Negativisme is een nationale kwaal. Ik zal je iets zeggen: ze noemen een glas nooit ofte nimmer halfvol. Echt niet! Ze noemen het áltijd halfleeg.'

De vader van Chuck, vertelde hij, was fel tegen de cricketclub – hij was er zo fel op tegen dat zijn twee zoontjes geen voet op dat veld mochten zetten. Zo kwam het dat Chuck nooit echt crickette. Chuck wist nog goed hoe hij met zijn broer tegen de afrastering achter het huis aan gedrukt stond, kijkend naar de terreinknecht die op zaterdagochtend met een zeis het buitenveld maaide, en naar de vlinders en loopvogels in het afgemaaide gras, en naar de heldere lijnen die op de zwarte pitch geschilderd werden, en naar de stumps die in de aarde van de pitch werden gezet, en naar de spelers die het veld op liepen, en naar de schittering van al die spelers op het veld, tot beide jongens door hun vader bij het hek werden weggesleurd. Dan kregen ze elk een kapmes in hun handen gedrukt en moesten ze aan het werk in het suikerriet – het was daar, bij die plantage, vertelde Chuck, in de keet die erbij stond, dat hij voor het eerst naar de BBC had geluisterd: een bal-voor-balverslag van de tournee die het Indiase team door West-Indië maakte. Toen de West-Indiërs in 1960-'61, onder de grote Frank Worrell, naar Australië gingen, glipte Chuck 's nachts voor het eerst het huis uit om bij de buurman naar de radioverslagen van de daar gespeelde wedstrijden te luisteren. Dan zaten dat jochie van elf en de stokoude buurman naast elkaar in het schemerdonker van hun koffie te nippen terwijl de stemmen van de commentatoren, die in golven over de Grote Oceaan reisden, nu eens opklonken en dan weer bijna wegstierven in een rode Philips-radio. Zo kreeg je een besef van de wijdere wereld. Je hoorde van Sydney en Calcutta en Birmingham. Het was van cricketcommentatoren als John Arlott, hield Chuck Ramkissoon me voor, dat hij 'grammaticaal Engels' leerde nabootsen en uiteindelijk perfectioneren, dat hij woorden leerde als 'onoordeelkundig' en 'grandioos' en 'omzichtig'. Altijd als hij aan zijn vader wist te ontkomen en hij naar een cricketwedstrijd kon kijken, zei hij, fluisterde hij zijn eigen live commentaar.

Het gesprek (of liever de verhandeling van Chuck) besloot met het onderwerp gras: het pure raaigras in het verre veld, en de speciale mix – zeven delen zwenkgras en drie delen struisgras – van de square. Hij vertelde over gazonvilt, en beluchting en bewatering. Hij vertelde over de pH van het leem, over de grond die je onder de rollers voelde inklinken, en over de laag korrelige aarde onder het toplaagje van de square. Hij vertelde over de grondmonsters die hij naar een stel deskundigen van de SUNY had gestuurd en over het advies dat ze hem gegeven hadden. Hij vestigde mijn aandacht op de gevaren van een al te compacte bodem, van aardwormen en schimmels, op de noodzaak van het dauwvrij maken van de square om te voorkomen dat er zwammen gingen groeien, op de heel vage lipstickvlek die een cricketbal achterlaat op een perfect geprepareerd veld. Ook in de overwegingen meegenomen werden de dikte en diepte van graswortels, en de cruciale onevenredigheid van een sprietje pitchgras van enkele millimeters dat vijftien centimeter onder de grond groeide, en uiteraard bespraken we de constante strijd tegen mos en beemdgras en klaver en ander onkruid. Gras onderhouden is een heidens karwei, en als het niet onderhouden wordt, wordt het een zootje, dan verwildert de boel.

Eens per weekend werd Chuck dus mijn rij-mentor, zoals hij het noemde – waarmee hij mij de rol toebedacht van arme Telemachus. In ruil daarvoor werd ik zijn assistent-terreinknecht, want onze gemotoriseerde promenades werden onveranderlijk besloten met een bezoek aan zijn cricketveld om te maaien, rollen of besproeien. Het draaide erop uit dat we vele uren samen in die auto doorbrachten, veel meer dan nodig waren om mij op te warmen voor een rijexamen. Het was wel aangenaam om, na de werkweek, op Union Square de metro te pakken en op kilometers van Manhattan uit te stappen op station Cortelyou Road, met zijn paviljoen dat boven de altijd glimmende rails hing, en om over Cortelyou Road naar de weelde aan schaduwen van Rugby Road te lopen. Vanaf de hoek was het dertig passen naar huize Ramkissoon. De Cadillac stond altijd al op de oprit te wachten, Chuck zelf zat meestal op de veranda te bellen. Vervolgens vertrokken we op onze kleine odyssee. Terwijl ik hem door de buurt chauffeerde, bij elke kruising plichtsgetrouw halt houdend, raakte ik vertrouwd met de plaatselijke bezienswaardigheden: de klingelende, onophoudelijk rondzwervende ijscowagen, bestuurd door een Turk, de islamitische rouwkamer aan Albemarle Road waar waakzame Afro-Amerikanen uit kwamen met zonnebrillen op en zwarte pakken aan, de latino-hoveniers die altijd bij de winkelcentra aan het werk waren, de brandweerkazerne aan Cortelyou Road die langzaam achteruitrijdende brandweerauto's verzwolg, de devote joden die langs de Ocean Parkway flaneerden, de lichtjes die in de bomen hingen alsof ze daar groeiden. Het welige Flatbush...

De eerste keer dat ik daar op eigen houtje heen ging, verdwaalde ik. Ik was in paniek geraakt en een paar stations te vroeg uitgestapt. In plaats van de voorstedelijke aanblik die ik verwacht had, zag ik een drukke straat en scènes uit de Afrikaanse wildernis: op de muur om het metrostation prijkte een haveloze schildering van de Kilimanjaro, met sneeuw bedekt en door wolken omringd. Op de voorgrond waren enorme bladeren en struiken en veren geschilderd, en op het middenplan – het perspectief was nogal losjes gehanteerd, zodat alles, ongeacht de onderlinge afstand, ongeveer even groot was – kon je een neushoorn onderscheiden, vergezeld van haar kalf. Een wilde ezel rende over de vlakte. Een leeuw, het gezicht geschonden door gaten in het pleisterwerk, stond boven op een berg stenen. Rechts van de ingang was een nog grotere muurschildering aangebracht waarin een weelderig en fleurig regenwoud prominent aanwezig was. Ik zag een grauwende luipaard, een gier, een aap die aan zijn staart in een boom hing; wat kleine, kennelijk ver verwijderde, dravende giraffen, een kudde gnoes onder bleke luchten, een studie van een kolibrie die zijn snavel in een bloem boorde. Een met slagtanden uitgeruste olifant liep richting Prospect Park. Een zwerm flamingo's vloog naar het zuiden, naar Flatbush.

'Je bent bij de dierentuin,' wist Chuck te vertellen toen ik hem belde. 'Je moet over Flatbush Avenue naar die grote kerk lopen. Dan zie ik je daar.'

Ik was nog nooit in dit gedeelte van Flatbush Avenue geweest. Elk tweede perceel leek hier gewijd te zijn aan de verfraaiing, je zou misschien zelfs kunnen zeggen verering, van die lichaamsdelen die voortleven na de dood: er waren haarpaleizen, nagelpaleizen, herenkapperszaken, Afrikaanse vlechtspecialisten, leveranciers van pruiken en haarstukjes, schoonheidssalons, uniseks kapsalons. West-Indische bedrijven voerden de boventoon. De winkels met etenswaren – delicatessenwinkels, slagers, bakkers – waren vrijwel uitsluitend Caribisch, en de muziek die uit een duister winkeltje klonk was dance reggae. Weldra kwamen de torens van de Erasmus Hall High School majestueus in zicht, ze deden denken aan Trebizond of Tasjkent. En toen zag ik de scheve, witte, houten torenspits van de oude Reformed Protestant Dutch Church. Daar stond Chuck te wachten, met een telefoon aan zijn oor. Toen hij was uitgepraat, pakte hij mijn arm en zei: 'Kom, vriend, ik wil je iets laten zien.'

Hij nam me mee naar het kerkhof achter de kerk, een modderige begraafplaats vol verweerde grafstenen, die waren verzakt en verbrokkeld. Hier, vertelde hij, lagen de eerste kolonisten van Brooklyn en hun nazaten. 'Deze hele omgeving,' zei Chuck, 'alles tot kilometers in de omtrek, was allemaal Nederlands gebied. Tot tweehonderd jaar geleden. Jouw landgenoten.' Het woord 'Yankee' zelf, werd mij verteld, was afgeleid van de eenvoudigste Nederlandse naam – Jan.

Hij dacht dat ik verrukt zou zijn. Maar het trof me als een verbijsterend drama, deze verwaarloosde verzameling schamele resten van bleke Hollandse boeren die, zo vertelde mijn vriend, dichte noten- en eikenbossen hadden gekapt, de Canarsie- en Rockaway-indianen hadden verdreven, de weilanden van Vlackebos en Midwout en Amersfoort tot ontwikkeling hadden gebracht, en hun erediensten hadden gehouden in dit oude dorpskerkje, dat in 1796 gebouwd was op de plaats van eerdere kerkjes die teruggingen tot 1654. We liepen tussen de graven door. Een paar namen waren nog niet helemaal uitgewist: Jansen, Van Dam, De Jong... Bijna hoorde ik klepperende klompen op de tegels. Maar verder? Wat werd een mens geacht met dit soort informatie te doen? Ik had geen idee wat ik moest voelen of wat ik moest denken, geen idee, kortom, wat ik zou kunnen doen om mezelf te ontslaan van de verplichting tot herdenken die zich aan je opdrong op deze zonderlinge plek, waar zo weinig beschutting te vinden was tegen de onbegrijpelijke stralen van het verleden. Daar kwam bij dat het me onlangs nog in alle hevigheid was ingevallen dat ik er geen behoefte aan had me bij de doden van New York aan te sluiten. Ik associeerde die massa met de enorme begraafplaatsen waar je glimpen van opvangt vanaf de diverse snelwegen door Queens, en in het bijzonder met die armzalig volgestouwde begraafplaats waar zoveel monumenten en graftomben verrijzen dat je er, zoals duizenden automobilisten dagelijks overkomt, niets anders in kunt zien dan een aan de doden gewijde replica van de skyline van Manhattan, die verderop verrijst. Die wildgroei van stedelijke graven straalde iets uit van abnormale verwaarlozing en troosteloosheid, en elke keer dat ik erlangs jakkerde, steevast op weg van JFK naar de stad, werd ik herinnerd aan de traditie van vergetelheid die van kracht was in deze stad – waarin ik, jankende ambulances daargelaten, jaren heb rondgelopen zonder ooit enig teken van funeraire activiteit te zien. (Zoals iedereen weet, is daar op een gegeven moment verandering in gekomen.)

Klaarblijkelijk had Chuck soortgelijke gedachten. Toen we over Church Avenue liepen vroeg hij: 'Even in ernst, Hans, heb jij wel eens serieus over je begrafenis nagedacht?'

Bij ieder ander zou die vraag mij bizar in de oren hebben geklonken.

'Nee,' zei ik.

'Ik heb daar al plannen voor,' verzekerde Chuck mij.

We sloegen af en onmiddellijk maakte de rauwe, Caribische boulevard die Church Avenue was, met zijn 99-Cent-winkels en discountkledingzaken en soloverkopers van cacaoboter en zijn groentewinkels met hun uitstallingen van bataten en groene bananen en pisangs en cassava en zoete aardappelen, plaats voor een buurt die anders was dan enige buurt die ik in New York ooit gezien had. Enorme oude huizen – victoriaans, leerde ik ze noemen – verrezen aan weerszijden van een straat met een middenberm, en elk huis had een eigen karakter. Er was een plantagewoning met grote, neoklassieke zuilen. Er was een Duitse villa met donkergroene kozijnen die wel bewoond leek door een boosaardige arts uit een film van Alfred Hitchcock. Er was een geel, aan alle kanten uitgebouwd landhuis met talloze schoorstenen van gele baksteen, en verbazingwekkend genoeg was er zelfs een villa in Japanse stijl, met opkrullende dakranden en een kersenboom die fotogeniek in bloei stond. Maar wat nog het meest opviel was de rust. New York was hier even stil als Den Haag.

Het huis van Chuck stond aan een iets minder voorname straat. 'Dit is het,' zei hij, en even dacht ik dat hij op een met vinyl beklede tweegezinswoning doelde met een dichtgemetselde veranda en een oude Amerikaanse vlag die bijna de hele vooruit besloeg en de bewoners elk zicht op de buitenwereld ontnam. Maar het huis van Chuck was daarnaast, en was ook iets groter. Helemaal rondom liep een houten veranda, het had zes slaapkamers, de houten wanden zaten goed in de verf en er was ook een torentje.

Chuck nam me meteen mee naar de tuin, waar hij mij in een rieten leunstoel neerzette, waarna hij zelf naar binnen ging. Manhattan leek hier heel ver weg. Seringen stonden in bloei, een kardinaal flitste door de bomen en een tuinslang die tussen zijn bloembedden door kronkelde lekte water uit honderden gaatjes. De dag zelf werd doorboord door het geratel van een specht.

Ik sprong op van mijn stoel. Pal naast mijn voet zat de grootste en weerzinwekkendste kikker die ik ooit had gezien.

Chuck, die net op dat moment weer naar buiten kwam, slaakte een verheugde kreet. Hij bukte zich en pakte het monsterlijk dikke lijf met zijn lange, griezelige zwempoten. Het leek wel of hij een kleine, mollige kikvorsman te pakken had.

'Dit is een Amerikaanse brulkikker,' zei Chuck. 'Die eet zo ongeveer alles. Slangen, vogels, vissen...' Ik volgde hem naar de plastic afrastering die de grens markeerde met het perceel van het huis van vinyl. 'Daar hebben ze een vijver. Deze jongen is zeker ontsnapt.' In de afrastering zag ik de lijken hangen van andere buurtkikkers, omgekomen bij hun pogingen om in de tuin met de vijver te komen. Chuck liet de brulkikker vallen waar hij hoorde.

Ik overwoog Chuck het enige kikkerverhaal te vertellen dat ik kende – over de jaarlijkse afsluiting van de Duinlaan, die je vanuit ons huis kon zien, om te zorgen dat de kikkertjes van Den Haag veilig konden oversteken – toen Anne Ramkissoon in de achterdeur verscheen. Zij was een Afro-Caribische van rond de vijftig, opvallend lichter van huid dan Chuck, met heel kort haar. Ze droeg een vormloze, groene sweater, een spijkerbroek en witte sportschoenen. Ze glimlachte verlegen toen Chuck ons aan elkaar voorstelde.

'Schat,' zei Chuck, 'Hans en ik waren net een brulkikker aan het bewonderen.'

'Zou je daar alsjeblieft niet over willen praten?' zei Anne. 'We zijn aan het eten.'

'Het is waar,' gaf Chuck toe. 'Kikkers zijn weerzinwekkend. Zelfs in Trinidad ging kikkers eten ons net iets te ver.'

'Sommigen eten toch wel kikker,' corrigeerde Anne hem. 'Bergkip noemen ze het.'

'Dat heb ik gehoord, maar ik heb het nooit gezien,' zei Chuck. 'En in Trinidad, boy, daar eten we zo ongeveer alles wat in het wild leeft. Paca's, agoeti's, buidelratten, schildpadden, leguanen – daar jagen we op en we eten ze met curry, om die wildsmaak te verzachten. Leguaan met kerrie en kokosmelk. Mmm.'

We gingen naar binnen en namen plaats aan de keukentafel. Anne schonk koffie in.

Ik hield het gesprek gaande. 'Hoe vang je eigenlijk een leguaan?' vroeg ik.

'Een leguaan,' zei Chuck peinzend. 'Nou, sommige mensen zouden hem misschien aan een speer rijgen, of er zelfs op schieten, maar wij klommen in de boom en schudden hem gewoon van zijn tak. Want weet je, de leguaan komt tevoorschijn in de ochtendzon. Dan gaat hij hoog op een tak liggen bakken, en dan moet je je kans grijpen. De een schudt aan de tak, de ander grijpt de leguaan zodra hij eraf valt. Maar je moet wel snel zijn, neem dat maar van mij aan, een leguaan is zo vlug als water. Dat was de specialiteit van mijn broer Roop, de leguanenjacht.'

Hij was inmiddels opgestaan om sinaasappels uit te persen. 'Roop kende geen angst... en behendig dat-ie was. Mijn god, hij kon echt overal in klimmen. Die esdoorn in de tuin? Hij zou een weg naar boven hebben gevonden. Ze noemden hem altijd de aap van Las Lomas. Ik was heel trots op zijn bijnaam,' zei Chuck. 'Zo leek het net of hij beroemd was. Tot mijn vader mij hem een keer zo hoorde noemen, en toen kreeg ik me toch een dreun. "Noem je broer nooit meer bij die nikkernaam."' Chuck deelde glazen sinaasappelsap uit. 'Hij is omgekomen bij de leguanenjacht... Roop. Hij was veertien... of was het vijftien?' 'Vijftien,' zei Anne zacht. 'Vijftien,' zei Chuck. 'Inderdaad. Ik was twaalf. Op een dag zagen hij en een paar vrienden de groene hagedis in een kapokboom. De kapokboom, moet je weten, is de grootste, meest indrukwekkende boom in het woud, een echte woudreus die boven alle andere bomen uitsteekt. Je weet welke ik bedoel, hè? De meeste mensen in Trinidad geloven dat er geesten in de kapokboom huizen. Niemand die ze allemaal op een rijtje heeft zou ook maar overwegen er een om te hakken. Alleen al in een kapokboom klimmen is fout – en dat is trouwens ook bijna niet te doen: ze hebben enorme, kale stammen en de takken zijn bedekt met dikke stekels waar je je helemaal aan openhaalt. Maar Roop liet zich niet weerhouden. Hij klom in een boom die ernaast stond en sprong toen over in de kapokboom. Daar begon hij op zijn buik naar de leguaan te kruipen, over een dikke tak. Opeens klonk er een verschrikkelijke knal – alsof de wereld geëxplodeerd was. Ze hebben het lichaam van mijn broer op de grond gevonden. Hij ademde niet meer. Er kwam rook van zijn huid. Toen de oude mensen in het dorp dat hoorden, zeiden ze natuurlijk dat het aan die geesten lag die in de kapokboom wonen. Maar het was de bliksem. Mijn broer was door de bliksem getroffen.'

Ik wierp een vluchtige blik op Anne. Ze dronk van haar koffie en keek naar haar man.

'Ik bewonderde hem enorm,' zei Chuck. 'Je weet dat je als kind helden hebt, hè? Nou, hij was mijn held. Mijn broer Roop.' Hij roerde luidruchtig in zijn koffie.

Anne kwam aanzetten met een schaal die was vol geschept met een exotische, roze moes. 'Zoutevis,' zei Chuck, tamelijk verheugd. 'Dat eet je met brood. Tast toe. Heb ik vanmorgen bij Conrad's gehaald. Dat is het beste adres voor zoutevis en haaifilet.'

Terwijl Chuck en ik ontbeten, hakte Anne met rake klappen een kip fijn. Ik vroeg haar wat ze aan het maken was. 'Stoofkip,' zei ze. 'Hak ik fijn en breng ik op smaak. Knoflook en ui. Tijm. Bieslook. Bladkoriander.'

'Vertel Hans eens hoe het klinkt als je hem in de karamel doet,' zei Chuck.

Anne giechelde.

'Sjooeeewaa!' brulde Chuck. 'Sjooeeewaa doet de kip!'

Hun gelach schalde door de keuken.

'Die stoofkip, Hans?' zei Chuck. 'Die is niet voor jou, en zeker niet voor mij. Die is voor de bisschop.' De bisschop was de voorganger van de kerk in Crown Heights waar Anne naartoe ging. Die was bijna jarig en zijn aanhangers bereidden zich voor op een week feestvieren. 'Week van de waardering, noemen ze het,' zei Chuck. Hij snoof minachtend. 'Maar hij is eigenlijk degene die wel eens wat waardering zou mogen opbrengen. Vier dochters op privé-universiteiten, allemaal betaald door zijn volgelingen.'

'Het is een goeie vent,' zei Anne resoluut. 'Je kunt hem altijd bellen, dag en nacht. En hij begraaft iedereen, zelfs vreemden. Dat heb je in de Tabernacle niet. Onze bisschop zegt: het niet mijn kerk, maar is huis van God. Iedereen welkom.'

'Nou,' zei Chuck, 'daar wilde ik het net eens met je over hebben. Anne? Luister. Luister je? Ik ga je iets belangrijks vertellen. Luister nou even.' 'Ik luister,' zei Anne. Ze was een schaal rijst met kerrie aan het afdekken met plasticfolie. 'Laat dat even,' zei Chuck. Zonder zich te haasten zette Anne de schaal in de koelkast. 'Ja?' zei ze, terwijl ze nu naar de gootsteen liep. Chuck zei: 'Ik wil hier rusten. In Brooklyn. Niet in Trinidad, niet in Long Island, niet in Queens.' Anne reageerde niet. 'Heb je me gehoord? In Brooklyn. Een crematie, en dan moet de as begraven worden. Begraven, zeg ik. Geen columbarium, geen urnenveld. Ik wil een echte grafsteen, in echte grond, met een passende inscriptie. Niet alleen "Chuck Ramkissoon, geboren 1950, overleden" – nou ja, om het even – "2050."' Hij keek me aan alsof hij net een brainwave had gehad. 'Waarom niet? Waarom zou ik geen honderd worden?'

Anne was schotels aan het omspoelen.

'Zul je mijn wensen respecteren?' vroeg Chuck aan haar.

Ze bleef onverstoorbaar. Later, in de loop van een ander gesprek, vernam ik dat Anne al geregeld had dat ze in Trinidad begraven zou worden, bij haar drie ongetrouwde zusters. Er was een familiegraf aangeschaft bij San Juan, waar ze vandaan kwamen. De vier vrouwen waren zelfs overeengekomen wat ze aan zouden hebben in de kist. Waar Chuck verondersteld werd in dat ondergrondse zusterschap te passen bleef onduidelijk.

'Hoe dan ook, je hebt me mijn verklaring horen afleggen, met Hans als getuige,' zei Chuck. 'Ik zal het op papier zetten ook, zodat er geen misverstand kan ontstaan.'

'De begraafplaats in de stad mudjevol,' zei Anne provocerend. 'Mudjevol in Brooklyn, mudjevol in Queens. Wie in dit land begraven wil worden, wordt in Jersey begraven.'

'Waar heb je dat vandaan?' riep Chuck. 'Op Greenwood Cemetery hebben ze ruimte zat. Dat weet ik zeker. Ik heb er zelf naar geïnformeerd.'

Anne zei niks.

'Wat is er? Wou je dat ik tot in alle eeuwigheid in Jersey bleef liggen?'

Anne begon te lachen. 'Ik alleen denken aan die papegaai. Jij met die papegaai.'

'Papegaaien?' zei ik.

Chuck glimlachte naar zijn vrouw en schudde zijn hoofd, maar hij reageerde niet onmiddellijk. 'Er zitten papegaaien op de begraafplaats,' zei hij. 'Monniksparkieten. Die zie je hier soms in de zomer – kleine groene vogels. Of eigenlijk hoor je ze,' zei Chuck. 'Krijsend in de bomen. Onmiskenbaar.'

Ik moet bedenkelijk hebben gekeken, want Chuck hield vol: 'Je hebt hier een paar straten verderop ook een kolonie, bij Brooklyn College, en ook een in Marine Park. Al jaren zitten die daar. Waarom niet? Je hebt wilde kalkoenen in Staten Island en de Bronx. Valken en roodstaartbuizerds in de Upper East Side. Wasberen in Prospect Park. Let op wat ik zeg, er komt een dag, en lang zal dat niet meer duren, dat je beren, bevers, wolven in de stad hebt. Onthoud wat ik gezegd heb.' Chuck veegde zijn mond af en voegde eraan toe: 'Hoe dan ook, die papegaaien krijg je met eigen ogen te zien.'

'Hij wil toch niet rondsjouwen op een begraafplaats?' zei Anne.

'Het is niet zomaar een begraafplaats,' zei Chuck. 'Het is historische grond.'

We stonden op en gingen naar buiten om een ritje te maken.

Dat wil zeggen: ik reed en Chuck praatte – onophoudelijk, onvermoeibaar, en virtuoos. Als hij niet tegen mij aan praatte, praatte hij in de telefoon. Een intercontinentale stoet trok door de oude Cadillac. Uit Bangalore kwamen telefoontjes van ene Nandavanam, die, samen met Ramachandran, die ik in Antun's had ontmoet, kennelijk de laatste hand aan het leggen was aan een contract met een potentiële sponsor, een Indiaas bedrijf, dat een miljoen dollar moest gaan opleveren. Uit Hillside, Queens, belde George el-Faizy, een Alexandrijnse Kopt die vrijwel gratis de eerste bouwtekeningen had gemaakt voor de arena en de omgebouwde hangars en die nog altijd vier dagen per week op de taxi reed, en die Chuck ook inderdaad voor het eerst had ontmoet toen hij op Third Avenue in zijn taxi was gesprongen. En uit een privévliegtuig dat af en aan vloog tussen Los Angeles en Londen belde Faruk Patel, de goeroe van wiens geheime participatie en bijbehorende miljoenen de verdere ontwikkeling van Chucks cricketplannen afhing. Zelfs ik had gehoord van Faruk, schrijver van *Wandering in the Light* en ander uiterst lucratief multimediagebabbel over het op afstand houden van ziekte en dood door ons één zijn met de kosmos te aanvaarden. Het wilde er bij mij niet echt in dat Chuck een dergelijke grootheid aan de lijn had (en hij sprak ook meestal met een medewerker van Faruk), maar het was wel zo. Het was Chuck Ramkissoon geweest die ontdekt had dat achter die mystieke Californische kwakzalverij een cricketgek schuilging die vrijelijk miljoenen dollars had te besteden, en het was Chuck Ramkissoon geweest die Faruk in Beverly Hills had opgespoord en warm gemaakt voor het idee van een Cricket World Cup in New

York, en die hem een schriftelijke steunbetuiging had weten te ontfutselen, die hij vol trots aan mij liet zien. En dan had je nog de strikt lokale figuren – advocaten en makelaars en schilders en dakdekkers en visboeren en rabbijnen en secretaresses en expediteurs. En dan had je een functionaris van het Bureau voor Immigrantensporten en een mannetje van Accenture en dr. Flavian Seem van het ondersteuningsfonds. Hij, Chuck, wekte al die figuren al telefonerend tot leven – en zo nodig zweeg hij ze dood. Als Abelsky belde, wat herhaaldelijk gebeurde, gaf Chuck steevast niet thuis. 'Ik heb die man rijk gemaakt,' zei hij een keer, 'en nou moet ik me alles maar laten welgevallen. Weet je dat toen ik hem voor het eerst ontmoette, hij nog op een limousine reed? Een klaploper uit Moldavië die nog niet eens zijn eigen strontgat kon afvegen.' Als zijn telefoon, in plaats van te zoemen, een paar maten klaterde van 'Für Elise', nam hij zelden op, want dat was de ringtone van Eliza. 'Grenzen,' hield hij me voor. 'Aan zulke dingen moet je grenzen stellen. Niet aan zaken. Grenzen op zakelijk gebied zijn beperkingen.' Hij deed niets liever dan zijn blote voeten op het dashboard leggen en mij met een aforisme om de oren slaan. Of met een of ander feit. Chuck wist alles over alles, van Zuid-Afrikaanse grassoorten tot industriële verven. Zijn pedagogische trekje kon gratuit uitpakken. Zo aarzelde hij bijvoorbeeld niet om mij voor te lichten over de Nederlands geschiedenis van overstromingen, of om mijn aandacht te vestigen op het belang van een of andere pijplijn die werd aangelegd. Maar wat hij nog het allerliefste deed was speeches afsteken. Ik begon te begrijpen hoe het mogelijk was geweest dat hij die dag dat we elkaar voor het eerst hadden ontmoet, meteen voor de vuist weg een redevoering had kunnen houden: hij was voortdurend bezig zijn ideeën en herinneringen en bevindingen om te vormen tot monologen, alsof hij elk moment kon worden uitgenodigd om de verzamelde leden van het Congres toe te spreken. Al in juni vertelde hij mij over de voorbereidingen van de presentatie die hij in december voor de National Park Service zou houden ter ondersteuning van zijn aanvraag van een bouwvergunning (Fase Twee van zijn grote cricketplan – Fase Drie was de exploitatie van de te bouwen arena). De precieze inhoud was strikt geheim. 'Ik kan je er niks over vertellen,' zei hij, 'behalve dat het zal inslaan als een bom.' Als een bom? Onnozele Chuck! Het wilde er bij hem nooit echt in dat de mensen liever geen bommen onder hun wereldbeeld hadden, zelfs niet als ze geplaatst waren door Chuck Ramkissoon.

'Waar stond hij politiek?' vraagt Rachel op een dag.

Als we dit gesprekje hebben, maakt ze net een fase door van selderijstengels eten, ze zit net aan zo'n stengel te knauwen. Ik wacht tot ze is uitgeknauwd en dan denk ik zorgvuldig na, want als we het over dat soort dingen hebben, of het maakt eigenlijk niet eens zoveel uit waar we het over hebben, slaat mijn vrouw altijd de spijker op zijn kop. Dat trekje van haar is mij toch wel het liefst.

'We hadden het eigenlijk nooit over politiek,' zeg ik. Ik besloot te zwijgen over de scherpe, mogelijk opportunistische opmerkingen die hij gemaakt had bij die rampzalige eerste cricketwedstrijd, want hij had nadien nooit meer iets dergelijks gezegd – niet dat het mij iets uitmaakte. Het doorslaggevende punt, als ik eerlijk moet zijn, was dat Chuck de koe altijd weer bij de hoorns vatte. De sushi, zijn minnares, zijn huwelijk, zijn vastgoedtransacties en, bijna ongelooflijk, Bald Eagle Field: het gebeurde allemaal voor mijn ogen. Terwijl het land voortstrompelde in Irak, had Chuck de sokken erin. Dat was politiek genoeg voor mij, die al moeite had de ene voet voor de andere te krijgen.

'Waar hadden jullie het dan wel over?'

'Cricket,' zeg ik.

'En over ons dan?' vroeg Rachel. 'Had je het ook wel eens over ons?'

'Een paar keer,' zeg ik. 'Maar niet echt.'

'Wat raar,' zegt Rachel.

'Nee hoor,' zeg ik. De verleiding is groot om te benadrukken dat onze omgang, hoe ongebruikelijk en vriendschappelijk ook, een zakelijk karakter had. Dat ik mij daarbij op mijn gemak voelde, duidt ongetwijfeld op een tekortkoming mijnerzijds, maar het is diezelfde tekortkoming die mij in staat stelt het goed te doen op mijn werk, waar zoveel van die ferme en geslaagde mannen die ik ontmoet stiekem ziek zijn van hun kwartaalsalaris en met huid en haar worden opgevreten door hun chefs en cliënten en hun alziende echtgenotes en strenge kroost – al die mannen hunkeren er, kortom, naar om geaccepteerd te worden zoals ze op het oog zijn, een wellevendheid die ze maar wat graag wederzijds betrachten. Die chronische en, ik denk, typisch mannelijke trek verklaart de oppervlakkige genegenheid die zovelen van ons bindt, maar een dergelijke genegenheid is wel afhankelijk van een zekere reserve. Chuck hield zich aan de code, en dat deed ik ook; als iets bij de ander gevoelig lag, gingen we daar geen van beiden naar hengelen.

Ik liet met name na bij hem te informeren naar die ene categorie telefoontjes die ik niet begreep: binnenkomende gesprekken op een aparte telefoon (Chuck had altijd een raadselachtig tweede toestel bij zich) die de bondigste reacties aan hem ontlokten – telefoontjes die ik spoedig in verband bracht met onopgehelderde stops die we in de lagere regionen van Brooklyn maakten.

Want van begin af aan deed hij zogenaamde boodschappen. Zonder nadere verklaring dirigeerde Chuck mij, zijn chauffeur, dan naar adressen in Midwood en East Flatbush en Little Pakistan in Kensington en een paar keer zelfs helemaal naar

Brighton Beach. Bij aankomst ging het altijd hetzelfde. 'Zet hem hier maar neer,' zei Chuck dan, waarna hij ergens naar binnen ging om binnen vijf minuten weer naar buiten te komen. 'Rijden maar,' zei hij dan, terwijl hij het portier met een knal dichttrok. En dan begon hij weer te praten.

Pas eind juli besloot hij een tipje van de sluier op te lichten.

Hij beantwoordde een telefoontje op zijn tweede toestel, zei: 'Oké, duidelijk,' en wendde zich toen tot mij. 'Chinatown.'

'Chinatown?'

'In Brooklyn,' zei hij, heel voldaan dat hij mij op het verkeerde been had gezet.

Ik was mij er niet van bewust dat je in Brooklyn ook een Chinese buurt had. Maar die bestond wel degelijk, ontdekte ik, in een stadsdeel waar je, als je even opkeek, boven de daken die in westelijke richting steeds lager werden, de Verrazano Bridge kon zien. Voor een akelig ordinair Chinees restaurant bleven we staan. 'Zin in een vroege lunch?' zei Chuck.

We betraden het schamele tentje en namen een tafeltje aan het raam. We waren de enige klanten. Een hulpkelner liet de mie van de vorige avond op een schaal glijden.

'Mijn vader zou zich in een gelegenheid als deze nooit op zijn gemak hebben gevoeld,' merkte Chuck op.

'O?' Er was nergens een ober te bekennen.

'Hij ging nooit naar een café, behalve om zaken te doen, en hij deed nooit zaken tenzij hij er ook weer uit kon. Kijk.' Chuck wees over mijn schouder. 'Geen achteruitgang. Als iemand door die voordeur binnenkomt, dan hang je.'

Ik vroeg me af waar hij het over had.

'Dat zou mijn vaders eerste gedachte zijn geweest: hoe kom ik hier weer uit?'

Voor ik kon reageren kwamen twee mannen, Chinezen of misschien Koreanen, het restaurant binnen. Chuck trad op hen toe en gaf beiden een hand, waarna de drie mannen achter in het restaurant gingen zitten, buiten gehoorsafstand. Een minuut of wat spraken ze vriendelijk met elkaar, met veel gegrinnik. Chuck schreef iets op een stukje papier, scheurde dat in tweeën en overhandigde de mannen één stukje. Een van de mannen gaf hem een volle envelop.

'Nou?' zei ik in de auto. We hadden de lunch overgeslagen. 'Wat was dat allemaal?'

'Ik nam een bestelling aan,' zei hij absurd genoeg. 'Wat dacht je anders?'

'Chinese restaurants bestellen tegenwoordig ook al sushi?'

'Vis,' zei Chuck. 'Iedereen heeft vis nodig. Kom, we gaan verder.'

Op mijn eigen kordate wijze heb ik het nadien allemaal uitgevogeld. Door mij mee te nemen naar dat restaurant, door me te vertellen over zijn vader en mij getuige te laten zijn van zijn transactie met die Chinezen/Koreanen en daar een smoes aan op te hangen, waarschuwde hij me. Waarvoor? Dat er iets verdachts gaande was. Dat ik de optie had met hem te breken. Hij ging ervan uit dat ik dat toch niet zou doen. Hij ging ervan uit dat ik met hem zou blijven omgaan omdat ik dat nu eenmaal wilde, dat ik wel een oogje zou toeknijpen, zoals je dat ook deed bij de onhandige goocheltrucs van een ouwe oom.

Rachel, die ik er soms van verdenk dat ze gedachten kan lezen, heeft dat natuurlijk in de gaten. 'Jij hebt hem nooit echt willen kennen,' merkt ze op, nog steeds kauwend op haar selderij. 'Je vond het gewoon leuk met hem te spelen. Met Amerika is het hetzelfde. Je bent net een kind. Je kijkt niet verder dan de buitenkant.'

Mijn reactie op deze opmerking is een gedachte: verder kijken dan de buitenkant van Chuck? Wat zou ik dan moeten zien?

Vanuit een soort legalistische redelijkheid vervolgt Rachel: 'Hoewel je in het geval van Chuck waarschijnlijk zou zeggen: hoe zou van jou nou verwacht kunnen worden dat je hem kende? Jullie waren twee totaal verschillende mensen met een verschillende achtergrond. Jullie hadden niets wezenlijks gemeen.'

Voor ik hierover in discussie kan treden, wijst ze naar me met haar selderijstengel en zegt ze, vooral geamuseerd: 'Eigenlijk komt het erop neer dat je hem niet serieus nam.'

Ze beschuldigt me ervan dat ik Chuck Ramkissoon tot iets exotisch maakte, dat ik hem een vrijbrief gaf, en verzuimde hem een respectvolle mate van wantrouwen te gunnen. Dat ik me als blanke schuldig maakte aan de infantiliserende verheffing van een zwarte.

'Dat is niet waar,' zeg ik op felle toon. 'Hij was een goeie vriend. We hadden juist veel gemeen. Ik nam hem heel serieus.'

Zonder een spoortje van cruheid moet ze lachen. Opeens kijkt ze op: ze meent geroep te hebben gehoord van boven, ze houdt op met kauwen en spitst haar oren. Daar klinkt weer de stem van Jake – 'Mag ik water?' – en hup, daar gaat ze al. Onder aan de trap draait ze zich om voor de uitsmijter. 'Weet je waarom jullie het zo goed met elkaar konden vinden? Voetstuk.'

Daar moet ik om glimlachen, want het is een grapje van Juliet Schwarz. Dr. Schwarz is onze huwelijkstherapeute. Rachel en ik gingen het eerste jaar van onze hereniging één keer per week naar haar toe en komen nog steeds eens per maand bij haar in haar praktijk in Belsize Park, al weet ik gelukkig steeds minder goed waar we het nog over zouden moeten hebben. Dr. Schwarz hecht in haar therapie grote waarde aan het idee van wederzijdse waardering: dat gaat voor alles. 'Dit is je man!' riep ze een keer tegen Rachel. 'Voetstuk!' riep ze, een arm horizontaal voor zich uit stekend, de handpalm naar boven gekeerd. 'Voetstuk!'

Aanvankelijk had Rachel weinig op met zulke adviezen. Ze noemde Juliet Schwarz ouderwets en bazig en bevooroordeeld. Ze trok haar doctorstitel in twijfel. Maar kennelijk luisterde ze wel naar haar, want op een gegeven moment trof ik, toen ik thuiskwam, een flink blok kalksteen in de hal aan.

'Wat is dat?'

'Een sokkel,' zei Rachel.

'Een sokkel.'

'Voor jou.'

'Je hebt een sokkel voor mij gekocht?'

'Voetstuk!' riep Rachel. 'Voetstuk!'

Om op het verhaal terug te komen: het is waar dat ik geen pogingen in het werk heb gesteld om meer aan de weet te komen over de handel en wandel van Chuck Ramkissoon. Het is ook waar dat Chuck een vriend van me was, en geen antropologische curiositeit.

Hoe het ook zij, het was voor mij helemaal niet nodig op onderzoek uit te gaan. Chuck deed maar wat graag onthullingen over zichzelf.

Zo besloot hij me in vertrouwen te nemen over zijn illegale loterij.

Op een warme zondagochtend was ik het buitenveld aan het rollen toen een man naar me toe kwam. Het was een gewone man, van in de veertig, zwart, op gymschoenen en in T-shirt. Hij bleef staan, keek wat om zich heen en wekte niet de indruk zich op zijn gemak te voelen. Ik stapte van de roller af en ging naar hem toe.

'Is Chuck er ook?' vroeg hij.

Ik nam hem mee naar de hangar, waar Chuck foto's aan het maken was en maten aan het nemen. We zagen hem echter nergens en wilden net weer naar buiten gaan toen zijn stem klonk: 'Nelson!'

Ze gaven elkaar een hand. 'Ik heb het bij me,' zei Chuck, en trok een rolletje bankbiljetten uit zijn kontzak. Ik bleef staan kijken terwijl hij een stapeltje bij elkaar telde en met een brede glimlach aan Nelson overhandigde. Nelson glimlachte ook. Chuck liep met hem mee naar zijn auto. Ze praatten nog even en toen spoot de auto weg.

'Nou, die was geloof ik dik tevreden,' zei ik.

'Dat mag ook wel,' zei Chuck.

Tony was er niet. Chuck en ik waren de enigen. We bestegen de roller, een oud, afbladderend gevaarte dat werd voortbewogen op twee met water gevulde vaten. Chuck ging zitten en ik ging naast hem staan. De motor brulde en we kropen richting opslagcontainer.

'Ben jij ook een gokker, Hans?' riep Chuck. Toen ik mijn hoofd schudde, vroeg hij: 'Zelfs geen krasloten?'

'Dat heb ik misschien een paar keer gedaan,' zei ik. Ik herinnerde me dat ik wel eens met een muntstuk over een rijtje zilverkleurige rechthoekjes had staan schrapen, in de hoop dat hetzelfde bedrag aan dollars drie keer van achter het zilver tevoorschijn zou komen. Dat was niet gebeurd, maar dat kon me ook niks schelen. Het was echter pakkend genoeg geweest om me een idee te geven waarom de berooide helft van New York eraan verslingerd was – want dat was wel de indruk die ik zo ongeveer iedere keer kreeg als ik reden had bij een delicatessenwinkel naar binnen te stappen.

Weldra reed de roller behoedzaam de schuur in. We begonnen hem vast te ketenen. 'En weh-weh dan?' vroeg Chuck. 'Heb je daar ooit van gehoord?' Chuck en ik gingen op de twee stoelen zitten die hij daar altijd bij de hand had. We trokken elk een sodawater open en dronken met gretige teugen. 'Dat is een oud Trinidads spel,' zei Chuck. De weh-weh-man, ook wel de bank genoemd, legde hij uit, schreef een getal onder de zevenendertig op een papiertje, vouwde dat op en deponeerde het op een toegankelijke plek – een winkel, zeg maar, of een bar, of de hoek van een straat. 'Mijn vader was een weh-weh-man,' zei Chuck. 'Hij koos graag een plek bij de rivier uit. Die was heel geliefd, die rivier. Misschien nog steeds wel. De mensen gingen erheen om in de waterbekkens te duiken, je had daar miljoenen vissen. Wat je ving, maakte je ter plaatse klaar. Je had meerval, en rivierkreeften, maar er werd nauwelijks gevist. De mensen gingen erheen om vogels te vangen, met vogellijm. Mijn broer Roop,' weidde Chuck uit, 'ging er een keer vandoor en pikte een eend, heel laat op de avond. We namen de eend mee naar de rivier, maakten hem dood en hakten zijn kop eraf. Ik weet nog dat Roop hem aan zijn poten in de lucht hield en het bloed eruit liet lopen. Vervolgens hebben we hem geplukt en gekookt. Een witte eend,' zei Chuck. 'Niemand die dat zeggen kan, een witte eend.'

Als het winnende getal eenmaal gekozen was, hervatte Chuck, gingen de runners op pad om de inzetten op te halen – die in die tijd van vijftig cent tot vijftig Trinidadse dollars konden oplopen. Op een vastgesteld tijdstip maakte de bank het winnende getal bekend. 'Weet je nog die vent die bij me was in dat restaurant in Manhattan? Jij was toen met die journalist.'

'McGarrell,' zei ik.

'Klopt,' zei Chuck. 'Je weet zijn naam nog. Hoe dan ook, daar ken ik McGarrell van. Hij kwam altijd naar ons huis om voor zijn vader in te zetten. Iedereen speelde weh-weh, ook al was het illegaal. Ik heb het over het platteland, kilometers van Port-of-Spain of andere grote steden. Zelfs mijn vader speelde soms. Moet je horen: op een middag, het regende ontzettend en wij waren allemaal thuis, we zaten op de veranda. Een kikker met één oog komt aanzetten uit de regen en springt het trapje naar de veranda op. Mijn vader schrok.' Chuck maakte een zijwaarts sprongetje en wees naar de grond. '"Moet je die kikker zien! Dat is een aanwijzing voor de weh-weh, jongen." Hij stak een hand in zijn zak en gaf me vijfenzeventig cent. "Zet dit allemaal in op pad," zei hij. Uiteraard won pad.'

Je koos je getal, vertelde Chuck, aan de hand van wat je om je heen zag of, vooral, wat je in je dromen zag. Je kon je bekwamen in het onthouden van je dromen, sommige mensen waren daar heel fanatiek mee bezig. 'Die werden midden in de nacht wakker en schreven hem snel op, voor hij verdwenen was.' Als je een priester of een pandit zag, speelde je pastoor, nummer vijf; als je een mes of een machete of een glasscherf zag, of iets anders waar je mee kon snijden, speelde je duizendpoot, nummer een. 'Mensen gingen liggen alleen om te dromen voor de weh-weh,' zei Chuck Ramkissoon. 'Hoe meer je slaapt, hoe meer je droomt, zei mijn vader altijd.'

Waar wilde hij heen met dit verhaal?

'Na de dood van mijn broer,' zei Chuck, 'hielp ik mijn vader waar ik kon. Ik was zijn rechterhand. Hij werkte in de velden, weet je. De weh-weh was bijzaak. Maar dat was wel waar het meeste geld vandaan kwam. De mensen vertrouwden hem. Ze mochten hem. Ik heb veel geleerd, alleen door te kijken hoe hij met ze praatte, met ze omging. Deo Ramkissoon.'

Chuck ging staan en keek zoekend om zich heen. Hij zei: 'Toen ik voor het eerst wat geld begon over te houden, ging ik me afvragen: stel dat ik hier een weh-weh-loterij opzette? De mensen spelen graag, het doet ze aan het oude land denken. Dus dat deed ik. Kleine inzetten, hele kleine inzetten, gewoon voor de fun. Ik máákte er wat van,' zei Chuck. Hij vertelde dat hij een uitgebreid systeem verzon dat helemaal was toegesneden op Brooklyn, met getallen die correspondeerden met taferelen en voorvallen die de gokkers dagelijks omringden: een Haïtiaan, agenten die iemand arresteerden, een bazaar, een partijtje cricket of honkbal, een vliegtuig, een begraafplaats, een drugsdealer, een synagoge, 'alles wat je hier om je heen ziet. De mensen kwamen met hun dromen naar me toe en ik vertaalde die dromen in getallen. De mensen vinden dat geweldig. Na een poosje,' zei Chuck, 'bedacht ik dat ik het me wel kon veroorloven hogere inzetten te accepteren. Maar ik wilde niet in de problemen komen. Ik stopte met het kleine werk en beperkte me tot de serieuzere klanten. Een luxeloterij, noem ik het. Heel discreet, heel select.' Hij veegde alle aarde en gras van zijn handen. 'Het zijn niet meer alleen maar Trini's die spelen. Ik heb Jamaïcanen, Chinezen. Een heleboel Chinezen. Toen Abelsky zich bij me aansloot, kwamen de joden erbij. Die spelen met inzetten van vijf-, tien-, twintigduizend. Niet kinderachtig. En ik ben degene die ze vertrouwen, niet Abelsky,' zei Chuck. 'Het is mijn loterij. Ik ben de bank. Ik maak het winnende getal bekend.'

'Waarom zouden mensen daaraan mee willen doen?' zei ik. Het voelde vreemd hem die vraag te stellen, want er waren genoeg andere dingen die gezegd moesten worden. 'Waarom zouden ze niet gewoon met de officiële loterij meedoen? Of naar Atlantic City gaan?'

'Bij mij kunnen ze meer winnen,' zei Chuck. Hij haalde een oude cricketbat tevoorschijn en zette hem tegen zijn stoel aan. 'En ik kom aan huis. Dat maakt het speciaal. De mensen hunkeren naar dat soort service.'

Nu begreep ik waar die rijlessen van mij om draaiden. Die verschaften Chuck in zekere zin een dekmantel, en misschien zelfs prestige. Hij reed met een fatsoenlijk ogende blanke als chauffeur door heel Brooklyn om inzetten op te halen. Klaarblijkelijk had hij er niet mee gezeten dat ik door hem het risico liep van arrestatie en gevangenisstraf.

'Loterij aan huis,' zei ik. 'Mooi bekeken, Chuck. Had je me fijn te grazen.'

Hij moest lachen. 'Kom op, jij hebt nooit enig gevaar gelopen.' Hij boog zich kreunend voorover en pakte een doos oude cricketballen.

We liepen samen naar het midden van het veld. Zo besloten we elke sessie als terreinknecht: door een stuk of tien ballen naar de rand van het veld te slaan om te controleren hoe het er overal bij lag. We boekten vooruitgang. Het verre veld begon sneller en betrouwbaarder te worden. Gewoontegetrouw pakte ik de bat en verspreidde de ballen met onderhandse slagen naar alle windstreken. We liepen samen het veld rond en raapten de ballen op die in een kring rondom lagen, als de cijfers van een klok. Geen van beiden wijdden we die morgen, of ooit nadien, nog één woord aan zijn loterij.

Na afloop reed Chuck mij, zoals gebruikelijk, naar waar ik die dag moest spelen – Baisley Pond Park, misschien, of Fort Tilden Park, of Kissena Corridor Park, of Sound View Park. Ons veld en die velden vormden één continuüm van hitte en groen.

Ik liet de zomer door een vergiet lopen waar alleen cricket in bleef hangen. Al het andere drupte weg. Ik schroefde het aantal weekendjes naar Engeland terug en verzon excuses die Rachel zonder problemen aanvaardde. Wanneer het kon lunchte ik in Bryant Park, want daar kon ik in het gras liggen en de geur van cricket opsnuiven, en naar de hemel kijken en de blauwe lucht van de cricketer zien, en mijn ogen dichtdoen en op mijn huid de warmte voelen die een fielder omgeeft. Niet één keer dacht ik aan het park als de plek waar mijn vrouw en ik bijvoorbeeld een keer, op een groot doek in de openlucht, *North by Northwest* hadden gezien, gezeten op een kasjmieren deken waar ons baby'tje op lag te slapen, met wijn en eten dat we voor de vuist weg in een delicatessenzaak aan Fifth Avenue hadden gekocht, aan alle kanten omgeven door zomers gebladerte en her en der ontstoken lichtjes, met slechts de brutaalste, meest uitgelezen sterren aan de hemel toen de duisternis viel en Cary Grant het Plaza binnen wandelde.

Ook mijn werk leed eronder. Ik herinner me nog een gewichtige avond in El Paso. Mijn gastheren hadden zich de nodige moeite getroost. Niemand zei het met zoveel woorden, maar er stond een enorme deal op het spel. Toen de cliënt vroeg of ik nog een dag wilde blijven, moest ik bijna lachen. De volgende dag was een zaterdag. In de ochtend moest er een cricketveld onderhouden worden en 's middags moest er een wedstrijd worden gespeeld.

Niemand begrijpt beter dan ik dat dat een vreemde en onverantwoordelijke weg was om te bewandelen, maar ik maak slechts melding van wat er gebeurde.

Dat seizoen, 2003, speelde ik steevast beide dagen van het weekend – speelde ik misschien wel meer wedstrijden dan enig ander lid van mijn club. Mijn status nam evenredig toe met mijn zichtbaarheid. Er werd mij een plaats aangeboden, die ik aanvaardde, in de commissie fondsenwerving, en ik haalde onmiddellijk het recordbedrag van vijfduizend dollar binnen door een cheque uit te schrijven waarvan ik deed alsof ik hem, na het uitoefenen van enige gepaste druk, ontfutseld had aan een paar geschifte Indiase collega's. Nu had ik wel Indiase collega's, maar die waren niet geschift, en zelfs al waren ze geschift geweest, dan nog zou ik ze niet betrokken hebben bij dat deel van mijn leven, dat mij des te dierbaarder was omdat het losstond van de rest. Ik raakte zo verankerd in het reilen en zeilen van de club, werd zo'n toegewijde en onontkoombare verschijning, dat ik tegen het eind van de zomer – zo werd mij verteld – serieus in aanmerking kwam voor de positie van huwelijkskandidaat voor de nicht van een van onze Guyanese leden. 'Waarom niet?' zei mijn informant. 'We kennen jou.' Hij maakte een grapje, zeker, maar hij maakte me ook een compliment.

Uiteraard kende hij me niet, net zomin als ik hem kende. Het kwam zelden voor dat clubleden betrekkingen onderhielden die verder gingen dan de gezamenlijke sportbeoefening. We wilden niet eens zulke betrekkingen. Toen ik toevallig een lid van onze club achter de kassa van een pompstation aan 14th Street aantrof, kletsten we onze handen tegen elkaar, maar daaronder school toch iets van gêne.

Toch was er sprake van vriendschappelijkheid. Op een dag kwam onze leg-spinner, Shiv, dronken naar een wedstrijd. In een onderhoud met de captain onthulde hij dat zijn vrouw, met wie hij al tien jaar getrouwd was, er met een andere man vandoor was. We zorgden ervoor dat er die avond, en alle andere avonden tot de volgende zaterdag, iemand bij hem was. Die woensdag nam ik, na mijn werk, de PATH-trein naar Jersey City en vandaar een taxi (vooruitbetalen) naar het huis van Shiv. Iemand anders van de club was al ter plaatse, bezig een curry te bereiden. We aten met zijn drieën. Toen de kok weer naar huis ging, bleef ik bij Shiv. We keken televisie.

Op een gegeven moment vroeg ik aan Shiv of ik kon blijven pitten. 'Ik ben te moe om weer helemaal naar huis te gaan,' zei ik. Hij knikte, met afgewende blik. Hij wist wat ik aanbood.

Soms vraag ik me af waarom het respect van die mannen zoveel voor mij betekende – meer, in die tijd, dan het respect van wie dan ook. Na die avond bij Shiv meende ik het antwoord op die vraag te weten: deze mensen, die op zich niet beter of slechter waren dan gemiddeld, waren voor mij van belang omdat zij, mocht mij iets overkomen, toevallig de enigen waren die ik ertoe zou kunnen brengen voor mij te zorgen zoals er voor Shiv gezorgd was. Het was pas toen dat tot mij doordrong dat ze al voor me gezorgd hádden.

Chuck smolt, in mijn ogen, samen met die andere West-Indiërs en Aziaten met wie ik crickette, en ik denk dat hun onschuld en zijn onschuld door elkaar heen begonnen te lopen, en dat zijn getallenspelletje versmolt met het spel dat wij op een veld speelden. Ook in fysieke zin liep alles door elkaar. Chuck hield ervan naar cricket te kijken. Wanneer hij maar kon, kwam hij naar onze wedstrijden, die hij al telefonerend met één oog volgde. Nu hij geen scheidsrechter meer was, was hij supporter van ons team geworden, waarmee hij zich ook het recht had toegeëigend ons van advies te dienen. Op een middag, nadat ik me als gewoonlijk had uitgesloofd om de bal door het buitenveld te slaan, zei hij: 'Hans, je moet dat ding de lucht in slaan. Hoe wou je anders runs scoren? We zijn hier in Amerika, hoor. Sla die bal de lucht in, man.'

Ik rukte de klittenbandjes van mijn pads los en mikte de pads in mijn tas. 'Dat is niet mijn manier van batten,' zei ik.

De laatste competitiewedstrijd van het seizoen was op de eerste zondag van augustus. Het was heet, we speelden tegen Cosmos CC en we batten als tweede. Vier wickets vielen en ik was de volgende batsman. Ik trok een plastic stoel in de schaduw van een boom en ging daar alleen zitten, blootshoofds en zwetend. Ik verviel tot die staat van aandachtigheid die de wachtende batsman helemaal in beslag neemt wanneer hij de worpen van de tegenstander bestudeert op tekenen van vernuft en weerbarstigheid, en hij, in een poging te bedenken wat het ook alweer betekent om te batten, in een poging zijn geheugen dienstbaar te maken aan zijn spel, slagen aan zijn geestesoog voorbij laat gaan die schitterend dan wel beschamend waren. Die laatste voerden de boventoon: ondanks de vele wedstrijden die ik dat seizoen gespeeld had, had ik mezelf nooit in die goddelijke staat van efficiëntie bevonden die we aanduiden met één terloops woord: vorm. Er was een handvol slagen geweest waar ik met genoegen op kon terugkijken – een zekere draai met de heupen, een slag die door de extra cover vloog en vier runs opleverde – maar de rest, alle weinig eervolle meppen en ballen die van het randje van de bat nu eens deze, dan weer die kant op vlogen, waren het geheugen onwaardig.

Die dag, toen we bijna tweehonderdvijftig runs najoegen, een aanzienlijk aantal dat om snelle scores vroeg op een veld dat door de natte zomer wel heel traag was geworden, zag ik me weer eens geconfronteerd met het schijnbaar onverzoenlijke conflict tussen, aan de ene kant, mijn idee van een innings als een kansloze opeenvolging van orthodoxe slagen – onmogelijk onder plaatselijke omstandigheden – en, aan de andere kant, de inheemse opvatting van batten als gok door geweldige klappen uit te delen. Er zijn geilere dilemma's waar een man zich voor gesteld kan zien, maar batten hield meer in dan alleen het scoren van runs. Er was ook nog zoiets als jezelf de maat nemen. Want wat was een innings als het niet ook een unieke gelegenheid was om, door middel van inspanning en bedrevenheid en zelfbeheersing, de veranderlijke wereld af te troeven?

Er klonk geschreeuw. Een stump lag getroffen op de grond. Ik liet mijn helm over mijn hoofd zakken en liep naar de wicket.

'Ga diep, Hans! Ga diep!' riep iemand vanaf de boundary terwijl ik mijn streep op de mat krijtte. Dat was Chuck. 'Ga diep!' riep hij weer, en met een zwaai van zijn arm demonstreerde hij wat hij bedoelde.

Ik beoordeelde de situatie. Er was het gebruikelijke gesmoes tussen de bowler en zijn captain, die wat aanpassingen deed in het veld, en één man een paar passen naar rechts liet gaan, terwijl hij een andere iets naar voren haalde om de bal te kunnen vangen. Uiteindelijk waren de vallen gezet. De wicketkeeper klapte in zijn handschoenen en hurkte neer achter de stumps. Ik ging in de houding staan.

De bowler, gespecialiseerd in bruisende chinamen en derhalve een zeer zeldzaam exemplaar, kwam aanrennen en draaide met zijn arm. Ik blokte de eerste twee ballen.

'Doe het nu!' riep Chuck. 'Doe het nu, Hans!'

Toen de derde bal met een boogje op mijn benen af kwam, gebeurde er iets wat nooit eerder gebeurd was. Ik volgde de spin en gaf de bal een afzichtelijke, slingerende mep: hij vloog hoog in de bomen, goed voor zes runs. Een enorm gejuich steeg op. Bij de volgende bal herhaalde ik die slag met een nog lossere zwaai. De bal vloog nu nog hoger, ruimschoots over de amberbomen, er werd geschreeuwd, 'Uitkijken!' en 'Bukken!', en de bal stuiterde wild over de tennisbaan. Ik dacht dat ik droomde. Wat daarna gebeurde – niet veel later was ik uit, en we verloren de wedstrijd – telde uiteindelijk niet. Wat telde, toen mijn teleurstelling over de uitslag was afgenomen en de laatste biertjes gedronken waren en de extra pikante Sri Lankaanse kipcurry verorberd was en de mat weer was opgerold en in zijn kist gestopt en ik weer eens in mijn eentje de overtocht met de veerboot maakte, wat telde was dat ik het gedaan had. Ik had de bal de lucht in geslagen als een Amerikaanse cricketer, en ik had het gedaan zonder dat mijn zelfbewustzijn eronder geleden had. Integendeel, ik voelde me geweldig. En Chuck had het zien gebeuren en mij er, voor zover dat in zijn vermogen lag, zelfs toe aangezet.

Wat, alles bij elkaar, wellicht kan verklaren hoe het kon dat ik in alle ernst begon te dromen van een stadion, en zwarte en bruine en zelfs blanke gezichten, samengedromd op tribunes, en Chuck en ik lachend bij een drankje in het vak voor de leden, wuivend naar mensen die we kenden, en strakke vlaggen op het dak van het clubhuis, en frisse witte zichtschermen, en de captains in blazer, opkijkend naar een muntje dat door de lucht tolde, en een door het hele stadion gonzende verwachtingsvolle spanning als de twee scheidsrechters het grasveld en zijn omeletkleurige batting track betreden, waarna, onder wolken die vanuit het westen komen aanzeilen, een gebrul opstijgt wanneer de cricketsterren de trap van het clubhuis afdalen en dat onmogelijke grasveld in Amerika op lopen. Opeens is alles duidelijk, en eindelijk ben ik een van hen.

Ik werk nog steeds bij M–. Het was verrassend eenvoudig om een overplaatsing naar Londen te regelen en opnieuw te beginnen, deze keer in een kantoor op een hoek van waaruit ik, afhankelijk van hoe ik mijn stoel draai, St Paul's Cathedral dan wel de Gherkin kan bewonderen.

Uiteraard voelde het vreemd om weer terug te zijn. Ergens in de eerste week zat ik aan een van de lange tafels waar het zelfbedieningsrestaurant van de bank mee vol staat – we lunchen in rijen, als monniken – toen ik een gezicht in het oog kreeg dat me bekend voorkwam, een paar stoelen bij me vandaan. Ik had mijn lunch bijna op toen ik me, met een schokje, realiseerde dat dat dezelfde svp was die een half decennium eerder opeens onheilspellend bij mijn werkplek was opgedoken.

Ik kreeg sterk de neiging op hem af te stappen, iets te zeggen over ons gemeenschappelijk lot als balling. Maar wat moest ik precies zeggen? Ik zat daar nog over na te denken toen hij opstond en wegliep.

Sindsdien zie ik hem geregeld – hij hoort bij de M & A-mensen en zet zo nu en dan zijn naam onder een *fairness opinion* – maar in twee jaar tijd heb ik hem nog niet aangesproken. Ik ben er nog steeds niet uit wat we elkaar te zeggen zouden kunnen hebben.

Mijn werk is dezer dagen geconcentreerd op de activiteiten in en rond de Kaspische Zee: op de kaart aan de muur in mijn kantoor staan zwarte sterretjes voor Astrachan en Aktau en Ashgabat. Afgelopen jaar heeft de bank een veelbelovende jonge analist, Cardozo, opgedragen naar Engeland over te komen om mij te helpen de boel uit te bouwen. Cardozo, uit New York, en daarvoor Parsipanny, New Jersey, heeft het hier geweldig naar zijn zin. Hij heeft een appartement in Chelsea en een vriendin uit Worcestershire die hem zijn exotische naam heeft vergeven. Hij draagt roze overhemden met roze, zijden manchetknopen. Op zonnige dagen loopt hij met een strak opgerolde paraplu. Zijn krijtstreepjes worden steeds brutaler. Het zou me niks verbazen als ik nog eens een zegelring aan zijn pink zie verschijnen.

Ik begrijp wel enigszins wat Cardozo overkomt: toen ik als twintiger naar Londen kwam, had ik ook het gevoel dat ik als figurant was ingehuurd. Het had iets fantastisch, al die duizenden mannen in donkere pakken die dagelijks in drommen door Lombard Street liepen – ik herinner me zelfs een bolhoed –, en de resterende schittering van het aloude imperium die van Threadneedle Street via Aldwych naar Piccadilly liep en die, net als aarzelend sterrenlicht, een bedrieglijk besef van tijd gaf, had ook bepaald iets romantisch. Op Eaton Place, in een druilerige regen, verwachtte ik half-en-half Richard Bellamy, parlementslid, tegen het lijf te lopen, en als ik zeg dat ik op Berkeley Square een keer een nachtegaal gehoord heb, maak ik geen grap.

Maar niemand hier houdt heel lang vast aan dergelijke denkbeelden. De regen wordt snel een symbool. De dubbeldekkers verliezen hun olifanteske charme. Londen is wat het is. Ondanks een frisse nadruk op architectuur en een toevloed van Poolse loodgieters die van wanten weten, ondanks het New Yorks aandoende belang dat de laatste tijd gehecht wordt aan koffie en sushi en boerenmarkten, en zelfs ondanks de beroering van 7/7 – een beangstigende maar geen stuurloos makende gebeurtenis, blijkt achteraf – blijven de Londenaars rustig met de stroom mee roeien. Ongewijzigd, derhalve, is de ad-fundum-, wie-nemen-we-nou-in-de-maling-luchthartigheid die bedoeld is om het belang van onze kundigheden en ons lot te relativeren en die, heb ik bedacht, bijdraagt aan de krankzinnig vroegtijdige uitkristallisering van een mensenleven in deze stad, waar mannen en vrouwen die de veertig, in sommige gevallen zelfs de dertig, gepasseerd zijn, met het grootste gemak gezien worden als op hun retour en gerechtigd er een in wezen retrospectieve kijk op zichzelf op na te houden, terwijl je persoonlijke hoogtepunt in New York altijd in het verschiet leek te liggen en telkens weer glimpen leek te beloven van nog hogere toppen – dat je misschien geen bergschoenen bij de hand had, deed er niet toe. Wat er dan wel toe deed, daar kan ik alleen van zeggen dat er ook iets van weemoed bij kwam kijken. Een voorbeeld: een keer, we zitten te lunchen en Cardozo zit te worstelen met de vraag of hij zijn vriendin een aanzoek moet doen, wijst hij naar een mooie vrouw die over straat loopt. 'Dan kan ik niet meer op haar af stappen en vragen of ze met me uit wil,' zegt hij, en het klinkt ontsteld. De meest logische reactie zou zonder meer zijn om Cardozo te vragen wanneer de laatste keer was (a) dat hij een meisje op straat mee uit had gevraagd, (b) dat ze ja had gezegd en (c) dat hij en zij er samen iets moois van hadden gemaakt – om hem op die manier aan zijn verstand te peuteren dat hij een sufferd was. Maar ik zeg niets van dien aard. We bevinden ons niet in het rijk van de rede, maar dat van de weemoed, en ik moet zeggen dat weemoedigheid een achtenswaardige, ernstige gemoedsgesteldheid is. Hoe anders rekenschap te geven van een groot deel van je leven?

 Op een vrijdag, kort geleden, houden Cardozo en ik het bijtijds voor gezien, we gaan naar buiten en lopen de kant van de Theems op. Het is een Engelse zomeravond van het beste soort, zo'n avond dat de dag wolkeloos voorbij klokke negen glijdt en de prijs van een vat olie, schandelijk stationair in de zeventig, niet de minste invloed lijkt te hebben op de wereld. De straatjes bezuiden Ludgate Hill staan vol vrolijke groepjes drinkers, en in Blackfriars besluiten we er ook even een te nemen. Een dergelijk intermezzo is heel gewoon in deze onhandelbare stad, waar thuiszitten, in termen van gezelligheid, net zoiets is als in je eentje op zo'n onbewoond eiland zitten met niet meer dan een enkele palmboom.

Cardozo en ik nemen ons glas mee naar buiten en drinken staand in de zon en de uitlaatgassen. We kunnen het uitstekend met elkaar vinden. Hij verzint complimenteuze, zij het bespottelijke, bijnamen voor me (de Waarzegger, de Beul) en op mijn beurt doe ik hem wat trucjes aan de hand om een positie te handhaven als een soort ziener in wereldse aangelegenheden, iets waar onze branche meer dan ooit om vraagt. Ik schijn er aanleg voor te hebben: ventileer een opinie-uit-de-eerste-hand over de kebab in Bakoe, en vrijwel alles wat je verder nog te berde brengt gaat erin als koek. En als ik, bij een etentje, uitweid over West-Texaanse onafgewerkte olie of de weerzinwekkendheid van de Wolga, of als ik de naam Turkmenbashy laat vallen (de man, voeg ik er dan aan toe, die de maand januari naar zichzelf genoemd heeft), spitst zelfs mijn vrouw de oren. Maar meestal wordt vertoon van expertise mijnerzijds niet op prijs gesteld. Op voornoemd etentje – en veel in deze stad draait om dat soort eeuwige, van alcohol- en nicotinedampen vergeven bijeenkomsten van vrienden die elkaar al kennen vanaf hun studietijd, zo niet langer – draait het gesprek de hele tijd om komische situaties uit een ver verleden dan wel de handel en wandel van die-en-die, die iedereen behalve ik kent, en kan ik alleen een duit in het zakje doen als het gesprek, zeg, op het verkeer komt – iedereen is het er bitter over eens dat het erger is dan ooit en dat er geen greintje verlichting is opgetreden door de privébusjes die als vee in de straten van Londen zijn losgelaten en zelfs niet door de fileheffing, en dan is er natuurlijk nog het irritante en wonderbaarlijke feit dat een taxi naar huis duurder is dan het vliegtuig naar Italië, een vaststelling die het gesprek snel op het onderwerp vakantie brengt. Vandaag de dag besteed ik een hoop tijd aan discussies over *gîtes*, *plages* en ruïnes. Ik kan me niet herinneren dat ik in New York ooit iemand langer dan een minuut over zijn vakantie heb horen praten.

Dat wil niet zeggen dat er iets mis is met het afwegen van de zegeningen van Bretagne tegen die van Normandië. Maar in Londen, het valt niet te ontkennen, is vluchten – naar het platteland, naar warmere klimaten, naar de pub – een prominent, bitterzoet thema. Soms leidt dat tot discussies over New York, en dan luister ik maar wat graag naar enthousiaste verhalen over bezoeken aan het Chrysler Building, de wereld aan jazz die de Village te bieden heeft of de onmiskenbaar rijke ervaring die een eenvoudige wandeling door een straat in Manhattan kan zijn. Ook op dat punt wordt echter zelden naar mijn mening gevraagd. Hoewel het geen geheim is dat ik enige tijd in voornoemde stad heb gewoond, wordt mij geen bijzondere autoriteit toegekend. Dat is niet omdat ik alweer enige tijd terug ben, maar veeleer omdat mijn nationaliteit mij het recht ontzegt mijn licht te laten schijnen over enig ander land dan Nederland – een van die bekrompenheden, moet ik tot mijn woede weer ontdekken, die me eraan herinneren dat ik, als buitenlander, voor de Engelsen toch in de eerste plaats een vreemde snuiter ben en dat ik in geen geval aanspraak kan maken op het gevoel dat in New York zelfs bij de vluchtigste bezoeker nog wordt aangemoedigd, het gevoel dat je op de een of andere manier autochtoon bent, en erbij hoort. En het is waar: mijn heimelijke, bijna beschamende gevoel is dat ik inderdáád uit New York kom – dat New York zich, eens en voorgoed, genesteld heeft tussen mij en elke andere plaats van herkomst. Misschien is dat wel wat mij het meest bevalt aan Cardozo, dat hij mij de status toekent van mede-emigrant. 'Pedro,' prevelt hij als hij de honkbalverslagen in de *Herald Tribune* leest, in het terechte vertrouwen dat hij verder niets meer hoeft te zeggen.

Niet lang geleden, ook weer op zo'n bijeenkomst van bekende gezichten, maakt onze gastheer, een oude vriend van Rachel die naar de naam Matt luistert, een paar opmerkingen over Tony Blair en zijn rampzalige band met George W. Bush, die door Matt omschreven wordt als de incarnatie van een uitgesproken Amerikaanse combinatie van domheid en bangheid. Aan deze kant van de Atlantische Oceaan is dat een afgezaagde uitspraak, ja, zelfs zo'n cliché dat het niet echt interessant te noemen is. Maar dan dwaalt het gesprek af in een richting die vandaag de dag zeldzaam is, naar de gebeurtenissen die synoniem zijn met 11 september 2001. 'Ook weer niet zó schokkend,' voert Matt aan, 'als je bedenkt wat er sindsdien allemaal gebeurd is.'

Hij zinspeelt op het aantal doden in Irak, en zuiver rekenkundig begrijp ik wat hij bedoelt, moet ik zelfs toegeven dat hij gelijk heeft. Hij doelt ook op de treurige verbijstering waarmee hij en, als mijn indruk klopt, het merendeel van de wereldbevolking de daden van de Amerikaanse regering gevolgd hebben, en op dat punt voel ik niet de minste aandrang hem tegen te spreken. Niettemin neem ik het woord.

'Ik vond het anders wel schokkend,' zeg ik, de reactie van iemand anders overstemmend.

Voor het eerst die avond kijkt Matt me aan. Het is een pijnlijk moment, want ik kijk keihard terug.

Rachel komt onverwacht tussenbeide: 'Hij was erbij, Matt.'

Vanuit de beste bedoelingen en als mijn loyale vrouw en Engelse van afkomst, wil ze mij een bevoorrechte status verlenen – die van overlevende en ooggetuige. Ik zou me oneerlijk voelen als ik die aannam. Ik heb horen zeggen dat de lukrake aard van de aanslag de hele bevolking van Manhattan tot slachtoffers van poging tot moord heeft gemaakt, maar ik ben er nog niet zo zeker van of geografische nabijheid mij of wie dan ook een dergelijke status kan geven. Laten we niet vergeten dat ik toen het allemaal gebeurde in een of ander lullig tentje in Midtown zat, waar ik naar dezelfde televisiebeelden keek als waar ik op Madagaskar ook naar gekeken zou hebben. Ik kende slechts drie van de doden, en dan alleen oppervlakkig (zij het goed genoeg, in één geval, om zijn weduwe en zijn zoontje te herkennen toen ik ze in de speeltuin in Bleecker Park in de zandbak zag). En het mag dan waar zijn dat mijn gezin enige tijd geëvacueerd is geweest, maar is dat zo erg? Als ik ooit, uit een verlangen om interessanter te lijken of gewoon om gespreksstof te hebben, in de verleiding kom mezelf dichter bij die rampzalige gebeurtenissen te plaatsen – en sommige mensen hebben inderdaad verondersteld dat ik er dichterbij was, wellicht omdat ik in de financiële wereld werkzaam ben en men zich mij makkelijk in een hoge toren kan voorstellen – hoef ik alleen maar te denken aan die wuivende figuurtjes die even te zien waren en toen niet meer.

Ik zeg: 'Daar gaat het mij niet om. Ik zeg alleen dat het wel degelijk schokkend was.'

'Ja, nee, natuurlijk,' zegt Matt, en zijn toon impliceert dat ik een muggenzifter ben. 'Dat wil ik ook niet tegenspreken.'

'Goed,' zeg ik, zo abrupt als de situatie mij toestaat. 'Dan zijn we het eens.'

Matt trekt een prettig tegemoetkomend gezicht. Iemand anders begint weer te praten en het sociale verkeer komt weer op gang. Ik zie echter dat Matt zich opzij buigt voor een gefluisterd onderonsje met zijn buurman. Ze glimlachen er geheimzinnig bij.

Om een of andere reden vervult mij dat met razernij.

Ik buig me naar Rachel toe. Ik gebaar met mijn ogen: laten we gaan.

Rachel heeft niet gevolgd wat er gebeurd is. Ze kijkt verbaasd als ik opsta en mijn jasje aantrek. Het is voor iedereen een verrassing, aangezien we onze geroosterde kip nog niet op hebben.

'Kom op, Hans, ga zitten,' zegt Matt. 'Rachel, zeg jij eens wat.'

Rachel kijkt naar haar oude vriend en dan naar mij. Ze gaat ook staan. 'Sodemieter op, Matt,' zegt ze, en ze zwaait ten afscheid naar de anderen. Het is een tamelijk schokkend moment, in de gegeven omstandigheden, en uiteraard geeft het een kick. Als we hand in hand de deur uit lopen, de natte straat op, hangt er een zweem van glorie in de lucht.

Gelukkig vraagt Rachel niet wat er precies is voorgevallen. Maar in de taxi naar huis volgt een soort epiloog: mijn vrouw kijkt droefgeestig uit het raam naar het regenachtige Regent's Park en zegt: 'God, weet je die sirenes nog?' en nog altijd naar buiten kijkend pakt ze mijn hand en knijpt erin.

Vreemd, hoe zo'n moment in de loop van een huwelijk in waarde kan toenemen. Dankbaar steken we ze allemaal bij ons, als muntjes die je op straat vindt, en hollen ermee naar de bank alsof schuldeisers op de deur staan te bonzen. Wat nog zo is ook, ga je gaandeweg beseffen.

Wat mij terugbrengt naar Blackfriars: Cardozo heeft behoefte aan dat zeer Britse gesprek over reizen naar verre landen, althans daar lijkt het op, aangezien we zijn aanstaande romantische weekend in Lissabon bespreken, waar zijn voorouders vandaan komen, die, volgens de familieoverlevering, in hun hoedanigheid van mastiekimporteurs Columbus zelf nog gekend hebben. Dan, terwijl de schaduw over de straat naar ons toe kruipt, zegt Cardozo: 'Ik ga Pippa ten huwelijk vragen. In Lissabon.'

Ik hef mijn glas donker bier. 'Dat is fantastisch,' zeg ik.

We drinken op de echtelijke toekomst van Cardozo, nemen

een slok en hervatten onze wake over de voertuigen die zich grommend een weg banen richting Blackfriars Bridge. Er zijn ook voetgangers om in de gaten te houden, honderden, allemaal op weg naar de metro of de trein.

'Heb je nog adviezen?' vraagt Cardozo. Ik zie een openhartige blik in zijn ogen.

'Waarover?' zeg ik.

'Alles. Het hele huwelijksgebeuren.'

Hij is niet gek, Cardozo. Hij heeft heus wel horen fluisteren dat mijn vrouw en ik al enige ervaring hebben op dat gebied, en nou denkt hij dat ik op dat punt misschien ook wel koffiedik kan kijken – dat ik hem misschien wel haarfijn kan uitleggen wat hem zoal te wachten staat.

Ik trek een zuinig mondje en schud wat met mijn hoofd ten teken dat dat nog niet zo makkelijk is. 'Weet je zeker dat je het wilt?' weet ik uit te brengen.

'Ja, hoor, tamelijk zeker,' bekent hij.

'Nou, dat had ik ook,' zeg ik.

Cardozo kijkt me aan alsof ik iets belangrijks heb gezegd. 'Maar hoe zit het nu dan?' dringt hij aan. 'Hoe sta je er nu tegenover?'

Ik voel een grote verantwoordelijkheid jegens mijn ondervrager, die negenentwintig is maar op dit moment de indruk wekt nog een heel jonge man te zijn. Ik herinner mij het weinig hulpvaardige advies dat Socrates zijn jonge vriend gaf – 'Ja hoor, ga jij maar rustig trouwen. Want of je wordt gelukkig, of je wordt filosoof' – en vind dat ik, in tegenstelling tot Socrates, toch zeker in staat zou moeten zijn een paar praktische tips te geven van het soort waar ik zelf misschien ook baat bij zou hebben gehad, het soort inside-informatie dat je graag zou delen met een reiziger die op het punt stond te vertrekken naar een uithoek van, zeg, de Congo die je zelf hebt bezocht en waar je kostbare kennis hebt opgedaan over het drinkwater en de muskieten. Maar uiteraard ligt het allemaal wat gecompliceerder, en het idee van het huwelijksleven als gelijk aan het leven in de Congo is domweg onnozel. De reiziger in kwestie, Cardozo, gaat vertrekken vanuit Lissabon, een stad die ik, misschien omdat ik er nog nooit geweest ben, altijd geassocieerd heb met oceaanreizen, en vreselijke en prachtige buiten-Europese avonturen. Dus ik ben een en al welwillendheid jegens mijn jonge reislustige vriend, maar ik heb hem niet echt iets te vertellen – waarmee ik bedoel: niets wat niet als ontmoedigend uitgelegd zou kunnen worden. En dat is het enige waar ik zeker van ben, dat het mijn plicht is hem niet te ontmoedigen. Er trekt een huivering door me heen, want het lijkt erop of ik werkelijk ben overgegaan tot wat je in grote lijnen als de voorbeeldige fase van het leven zou kunnen kenschetsen, wat misschien wel een ietwat tragische term is voor de volwassenheid, en ik moet, op het plaveisel waar zon en schaduw elkaar afwisselen, moeite doen niet een beetje medelijden met mezelf te hebben terwijl ik Cardozo in stilte uitzwaai en hem een goede reis wens.

Intussen verwacht hij nog altijd dat ik iets zeg. Dus ik spreek. Ik zeg: 'Hoe ik er nu tegenover sta? Ik denk dat ik er hoegenaamd geen spijt van heb. Nooit gehad ook.'

Cardozo, zie ik, denkt zeer ernstig over mijn woorden na. Ik maak van de gelegenheid gebruik om mijn glas leeg te drinken en ervandoor te gaan. We gaan elk ons weegs, Cardozo naar de metro naar Sloane Square en ik te voet naar de Waterloo Bridge, en vandaar naar de London Eye, waar ik die fraaie juli-avond heb afgesproken met mijn zoontje en mijn vrouw.

Op een zondagmorgen, nog in juni, roept Rachel uit de bergruimte naar beneden. Ze heeft grondig opgeruimd. Bij twijfel weg ermee, is haar devies in zulk soort aangelegenheden.

Ik ga naar boven. 'Ik heb dit gevonden,' zegt ze. In haar ene hand houdt ze mijn bat. 'Heb je die nog nodig? En dit ding hier?' In haar andere hand heeft ze mijn crickettas, die ze ook tevoorschijn heeft gehaald.

Ik neem de bat van haar over. Hij is nog vuil van de New Yorkse grond.

'Ga je dit jaar nog spelen?'

'Ik denk het niet,' zeg ik. Ik lik aan mijn vinger en wrijf over een vlek, maar die blijft gewoon zitten. Ik heb niet meer gespeeld sinds ik weer in Engeland ben. Het zou tegennatuurlijk aanvoelen, heb ik het idee, om me los te maken van mijn gezin teneinde een middag door te brengen met vage teamgenoten en kopjes thee en iets wat in wezen om nostalgie draait. Maar toch, deze merkwaardige peddel weggooien zou ook indruisen tegen alles wat natuurlijk is, al is het hout, met de lichte strepen van een tiental nerven, inmiddels gezwollen van ouderdom en is er van een effectief slagpunt geen sprake meer.

Als ik de bat eenmaal in mijn handen heb, heb ik er echter moeite mee hem weer neer te leggen. Ik heb hem nog steeds in mijn handen als ik naar mijn slaapkamer ga om even bij Jake te kijken. Hij ligt onder ons dekbed, op de plek waar ik 's morgens als ik wakker word, tegen me aan gedrukt, meestal het volgende pakketje aantref: jongetje, beer, deken. Hij kijkt voor de duizendste keer naar *Jurassic Park*.

Ik kijk een halve scène met hem mee. Dan, zonder speciale bedoeling, stel ik hem een vraag.

'Weet je wat dit is?'

Hij kijkt op. 'Een cricketbat.'

Ik aarzel. Ik herinner me nog hoe ik zelf aan cricket verslingerd ben geraakt: alleen, met mijn eigen ogen. Tot ik een jaar of negen was, voetbalde ik alleen maar, en was die zomersport een gerucht dat het natrekken niet waard was. Tot ik op een dag in het bos bij mijn club liep, en ik tussen de bomen door witte glimpen opving van jongens die op mysterieuze wijze in een groene ruimte gerangschikt waren.

Ik bedenk dat het voor Jake toch anders is. Hij heeft per slot van rekening nog een vader. Hij hoeft niet in zijn eentje door het bos te lopen.

'Zal ik je cricketen leren?' zeg ik.

Met slaperige ogen volgt hij een tierende tyrannosaurus. 'Oké.'

'Dit jaar, of volgend jaar?' Hij is pas zes. Als hij voetbalt, is hij nog extreem dromerig en trapt hij pas tegen de bal als hij door een schreeuw wordt gewekt. Het is net Ferdinand de Stier en de bloemen.

Er valt een stilte. Hij draait zijn hoofd naar me toe. 'Volgend jaar,' zegt hij.

Ik ben onverwacht blij. Er is geen haast bij. Het is tenslotte maar een spelletje. 'Doen we,' zeg ik.

Van beneden klinkt de stem van Rachel. 'Thee?'

Ik krimp daadwerkelijk ineen. De vraag bereikt me als de zuivere echo van een identiek aanbod van drie jaar geleden.

'Thee?' vroeg Rachel.

Dat was in Londen, in de keuken van haar ouders. Ik zat met mijn zoontje en zijn grootouders aan de eettafel. Ja, alsjeblieft, riep ik terug, aangenaam getroffen en een beetje verrast door haar vriendelijkheid.

Rachel had zich de hele eerste week van die zomervakantie – het was begin augustus 2003 – al diplomatiek opgesteld. Ze was zorgzaam en voorkomend en ingehouden en liet zich, net als haar ouders, in sterke mate door mijn voorkeuren leiden. Iedereen deed zijn best voor Hans – en dat was ongegrond en (achteraf bezien) verdacht, daar ik, zoals ik al eerder opmerkte, toch een groot deel van die zomer had geschitterd door afwezigheid.

De thee werd ingeschonken. Ik knoopte een gesprekje aan met Jake.

'Wie is je beste vriend op kamp?' vroeg ik. 'Cato?' Ik had alles over Cato gehoord. Ik stelde mij hem voor als ernstig en streng, zoals Cato de Jongere.

Jake schudde zijn hoofd. 'Martin is mijn vriend.'

'Aha,' zei ik. Dat was een nieuwe naam voor mij. 'Houdt Martin ook van Gordon de Sneltrein? En van Diesel?'

Mijn zoontje knikte met nadruk. 'Nou, dat komt dan goed uit,' zei ik. 'Hij klinkt als een heel aardige jongen.' Ik keek naar Rachel. 'Martin?'

Rachel sprong in tranen van haar stoel en vloog de trap op. Ik had geen idee wat er aan de hand was. 'Je kunt beter even naar boven gaan,' zei mevrouw Bolton tegen mij, terwijl ze felle blikken uitwisselde met haar man.

Mijn vrouw lag met haar gezicht in het kussen op bed.

'Het spijt me,' zei ze. 'Ik had het je moeten vertellen. Dat was vreselijk. Het spijt me zo.'

Ik liet me in een stoel vallen. 'Hoe lang al?' vroeg ik.

Ze snoof. 'Een maand of zes.'

'Dus het is serieus,' wist ik uit te brengen.

Ze haalde haar schouders op. 'Zou kunnen. Dat is ook de enige reden dat ik hem aan Jake heb voorgesteld,' vervolgde ze snel. 'Dat zou ik anders nooit gedaan hebben. Lieve schat, ik moet verder met mijn leven. Jij moet verder met je leven. We kunnen niet zo doorgaan, en maar wachten tot er iets gebeurt. Er gaat niets gebeuren. Dat weet jij ook.'

'Ik weet kennelijk geen ene flikker.' Ik had gedacht dat ik op deze eventualiteit was voorbereid, of om preciezer te zijn, ik had gedacht dat ik niet langer meer de emotie had die nodig was om me er werkelijk druk om te maken.

Rachel ging op het bed zitten, haar ogen neergeslagen naar de sprei. Sinds ze weer terug was in Londen, had ze haar haar gestaag laten groeien. Een glanzende paardenstaart viel neer over haar schouder.

Toen ze weer iets wilde zeggen, onderbrak ik haar. 'Laat me nadenken,' zei ik.

Ik deed mijn ogen dicht. Ik kon niks anders bedenken dan dat het haar goed recht was, dat een andere man haar liefde had, dat ze op ditzelfde moment ongetwijfeld het liefst zou hebben dat ik heel ver weg was, en dat mijn zoontje binnenkort een andere vader zou hebben.

'Wie is het?' vroeg ik.

Ze gaf me een naam. Ze vertelde, zonder dat ik ernaar vroeg, dat hij chef-kok was.

'Ik ga morgen weg,' zei ik, en Rachel gaf een afgrijselijk knikje.

Ik poetste Jakes tanden met zijn dino-tandenborstel. Ik las hem een verhaaltje voor – op zijn aandringen las ik *Where the Wild Things Are*, al vond hij het wel een beetje eng, dat verhaal over een jongetje in wiens slaapkamer een wild woud groeit – en bracht het licht met de dimmer precies op de door hem gewenste sterkte. 'Meer licht,' commandeerde een stem zachtjes van onder het dekbed, en ik gaf hem meer licht. Rachel stond in de deuropening, armen over elkaar. Later, toen ik in de aangrenzende kamer mijn spullen pakte, hoorde ik een kinderlijke gil van protest. 'Wat is er?' zei ik. 'Niks,' zei Rachel. 'Hij doet alleen een beetje moeilijk.' Ik zag dat ze het licht bijna had uitgedraaid. Razend draaide ik het weer aan. 'Ik laat mijn kind niet in het donker slapen,' schreeuwde ik bijna tegen Rachel. 'Jake,' zei ik, 'als jij dat wilt, slaap je van nu af aan met het licht aan. Dat heeft papa bepaald. Oké?' Hij sperde zijn ogen open bij wijze van instemming. 'Oké,' zei ik. Bevend gaf ik hem een kus. 'Welterusten, ventje van me,' zei ik.

Het grootste deel van de volgende morgen bracht ik met Jake in de tuin door. Een poosje speelden we verstoppertje, waarvan het ultieme doel natuurlijk is, niet om verstopt te blijven, maar om gevonden te worden: 'Ik ben hier, papa,' riep mijn zoontje van achter de boom waar hij zich altijd achter verstopte. Daarna, ter bevordering van zijn obsessie met de ruimte, zochten we samen de tuin af op zijn plastic planeten en zijn plastic gouden zonnen, ballonnen die ik eerder die week tot leven had geblazen. We vonden ze allemaal, behalve de ondermaatse wereld Pluto, die, eenmaal vermist, mijn zoontjes favoriet werd. Ik zat reikhalzend in een heg toen ik gezelschap kreeg van Charles Bolton. Hij hield me een paar minuten gezelschap en stopte zijn pijp terwijl ik, op handen en knieën, mijn hoofd in de bosjes hield. Toen ik overeind kwam en de aarde van mijn handen veegde, stond mijn schoonvader daar als de vleesgeworden scherpzinnigheid. Hij haalde de pijp uit zijn mond.

'Wou je eerst nog wat lunchen?' vroeg hij.

Rachel stond erop me naar Heathrow te brengen. We zaten zwijgend in de auto. Ik vond niet dat het aan mij was om te praten.

Ergens bij Hounslow begon ze dingen te zeggen. Ze verzekerde me van mijn plaats in het leven van mijn zoon en van mijn plaats in haar leven. Ze vertelde over de pijn die zij ook voelde. Ze zei iets belangrijks over de noodzaak ons leven opnieuw te verbeelden. (Wat ze daarmee bedoelde, ontging mij. Hoe moet je je leven opnieuw verbeelden?) Elk van haar sussende uitlatingen deed me meer pijn dan de vorige – alsof ik met een perverse ambulance reisde die de taak had een gezond iemand op te halen en hem geleidelijk aan steeds meer wonden toe te brengen op weg naar het ziekenhuis waar hem de doodsklap wachtte. Ik stapte uit bij Terminal 3 en stak mijn hoofd nog even door het raampje naar binnen. 'Nou, dag,' zei ik. Het kwam er dramatischer uit dan ik bedoelde. Maar het leek dan toch definitief te zijn afgelopen, ons paarsgewijze avontuur tot de dood, een waarheid die zowel werd ondermijnd als bekrachtigd door de verbijsterende alledaagsheid van wat mij restte: een treffen met de vrouw achter de incheckbalie, een flesje water in de lounge, een stoel in het vliegtuig.

Een uur voor aankomst kwam een stewardess langs met een mand vol Snickers. Ik nam er een. Hij was koud en hard, en toen ik mijn eerste hap nam knerpte er iets en voelde ik, geen pijn, maar iets vreemds in mijn mond. Ik spuugde het uit in mijn servetje. Uit de bruine smurrie in mijn hand stak een tand – een snijtand, of althans driekwart ervan, dof en vies.

Verbouwereerd riep ik er een stewardess bij.

'Er zat een tand in mijn reep,' zei ik.

Onverholen gefascineerd keek ze naar mijn servetje. 'Wauw...' Toen vroeg ze voorzichtig: 'Weet u zeker dat hij niet van u is?'

Mijn tong stak in een onbekende holte.

'Shit,' zei ik.

De tand lag al grijzig in mijn broekzak toen ik weer bij het Chelsea aankwam. Mijn eerste indruk, toen ik de hal betrad, was dat er een invasie had plaatsgevonden van theaterbezoekers en golfdames uit de Midwest. De sportief ogende mannen en vrouwen in korte broek en met honkbalpetjes op bleken echter van de FBI te zijn. Ze waren gekomen om de drugsdealer op de negende verdieping te arresteren. Dit alles werd mij uitgelegd door de engel. Ik had hem de hele zomer nauwelijks gezien, maar daar zat hij, in zijn favoriete stoel. Het was geen geruststellende aanblik. Zijn vleugels waren smoezelig en de nagels van zijn tenen waren lang en geel. Iets aan hem – zijn veren, of misschien zijn voeten – stonk. Naast hem zat een kleine, donkerharige vrouw van in de zestig. Met haar angstvallige coiffure en chique gouden armband en Gucci-handtas hield ik haar voor een van die ongelukkigen die hun intrek in het Chelsea Hotel nemen in de op een vergissing berustende overtuiging dat het een normaal etablissement is met normale voorzieningen. 'Dit is mijn moeder,' zei de engel met een knikje van zijn hand in haar richting. Ik gaf mevrouw Taspinar een hand. 'Hoe maakt u het,' zei ik met het maximum aan vormelijkheid dat ik wist op te brengen, alsof een demonstratief vertoon van *comme il faut* de aandacht zou kunnen afleiden van de afwijking van haar zoon en van de donkere, buitengewoon storende spleet in mijn glimlach en van de ineenstorting van orde en gezag waarvan de rechercheurs die ons omringden een voorbode waren, en ook, omdat het hellende vlak wel heel glibberig was, van het helse van het leven op aarde.

Ze keek glimlachend naar me op en zei iets in het Turks tegen haar zoon.

'Mijn moeder is naar New York gekomen om me weer mee naar huis te nemen,' zei de engel. Hij sloeg de FBI-agenten gade en frunnikte voortdurend aan de zoom van zijn trouwjurk. 'Ze vindt dat ik terug moet naar Istanbul om daar een vrouw te zoeken. En misschien dokter te worden. Of iets met computers.'

De moeder van de engel liet een gekweld lachje horen. 'Bent u in Istanbul geweest?' vroeg ze met een vrouwelijke, enigszins zangerige stem.

'Nee,' zei ik. 'Ik heb begrepen dat het een prachtige stad is.' Ik had vreselijk met haar te doen.

'Dat is het ook,' zei ze. 'Het is een heel mooie stad. Net San Francisco, met allemaal heuvels en bruggen.'

Een ogenblik volgde waarin de engel en zijn moeder en ik een met stomheid geslagen driehoek vormden.

'Nou, ik moet ervandoor,' zei ik, en ik pakte mijn reistas. 'Het was aangenaam kennis te maken.'

Op dat moment ontstond er commotie bij de balie. Een stel FBI-agenten kwam een lift uit drommen. In hun midden, met gebogen hoofd, de polsen vastgebonden met een plastic strip, liep de man met de rossige baard die zo gek was op paarden.

'Hou je haaks, Tommy,' riep iemand naar hem. Er volgde

even een Laurel-en-Hardy-moment toen ze zich allemaal om de beurt door de glazen deuren naar buiten wurmden, en toen was de man met de rossige baard verdwenen. Hij liet geen hond achter. Kennelijk was het niks geworden met die date.

De volgende dag, een donderdag, informeerde ik bij de mannen achter de receptiebalie naar de tandarts die in het Chelsea woonde. 'Die is goed,' werd mij gezegd.

Tegen lunchtijd verrees een nieuwe neptand, even verkleurd als zijn buren, op het stukje tand dat nog in mijn onderkaak stak. Bijna een uur lang fladderde de tandarts, met zijn mondkapje en handschoenen, het licht van zijn schijnwerper in en weer uit. Het was onverwacht geruststellend om het middelpunt te zijn van zoveel aandacht. Hij babbelde over zijn vakanties in Ierland, waar hij altijd op zalm viste, toevallig ook net de hobby van mijn voormalige tandarts in Nederland, wat bij mij de vraag opwierp of er een verband bestond tussen hengelen en prutsen aan gebitten. Hij leek in elk geval even blij en tevreden als een visser, deze New Yorkse ambachtsman, en waarom ook niet? Een van de meest vertroostende aspecten van werken moet wel zijn dat het de wereld kleiner maakt, waaruit volgt dat het wel heel troostrijk moet zijn je blikveld versmald te zien tot een mondholte. Hoe dan ook, ik benijdde hem ten zeerste.

En ik had geen zin om aan het werk te gaan. In plaats daarvan besloot ik toe te geven aan mijn fixatie op de afvoer van mijn badkuip, die al weken zo goed als verstopt zat. Ik ging naar een ijzerwinkel, kocht een hypermoderne ontstopper en ging de afvoer als een maniak te lijf: in plaats van in nauwelijks waarneembare stapjes weg te zakken, verdween het badwater nu in een heel klein zilveren draaikolkje. Dat stelde mij nog niet tevreden. Ik riep er een van de klusjesmannen van het hotel bij. Na een sombere taxatie van het probleem haalde hij een slang, dat wil zeggen, een lange kabel die hij stukje bij beetje in de diepten van de afvoer schoof om eruit te halen wat er eventueel in zat. Op dat moment viel het licht in de badkamer uit.

We gingen naar de gang, waar de stoppenkast was, en daar werd duidelijk dat alle lichten in het hotel waren uitgegaan. Het bleek dat de hele stad – ja, het grootste deel van het noordoosten van Amerika, tot Toronto en Buffalo en Cleveland en Detroit aan toe – zonder stroom zat. Maar dat vernamen we pas enige tijd later. Onze eerste ingeving was dat de stad nog veel rampzaliger geweld was aangedaan. Ik voegde me bij de mensen die zich verzameld hadden in de gangen, die alleen nog verlicht werden door het verre, bruine dakraam boven het trappenhuis, en iemand speculeerde op gezaghebbende toon dat de energiecentrale bij Indian Point was getroffen en buiten bedrijf gesteld. Ik overwoog meteen een tas te pakken en te proberen te voet van het eiland te ontkomen, of per boot, of naar de helihaven aan 30th Street te rennen en te betalen wat ervoor nodig was om in een helikopter te klauteren, à la Saigon. In plaats daarvan belandde ik achter een raam op de negende verdieping, waar ik het in paniek geraakte, lamgelegde verkeer op West 23rd Street in ogenschouw nam met de bewoonster van dat appartement, een mooie, conventioneel uitziende vrouw van in de dertig die Jennifer heette. Jennifer zei al snel: 'Er zit in een situatie als deze maar één ding op, en dat is onze zorgen wegdrinken.' Ze haalde een fles tamelijk koude witte wijn tevoorschijn en een uur lang keken we naar de chaos op straat. 'Ik ga weg uit deze stad,' verklaarde ze op een gegeven moment. 'Het is genoeg geweest. Dit is de laatste druppel.' Toen bereikte ons het goede nieuws dat zich geen ramp had voorgedaan, waarop Jennifer zei: 'Er zit in een situatie als deze maar één ding op, en dat is het vieren.' Ze haalde een nieuwe fles tevoorschijn.

Er daalde een stilte over New York neer. Seventh Avenue was vol mensen die geluidloos huiswaarts sjokten, en in de warmte trokken veel wandelaars hun jasje en zelfs hun overhemd uit, zodat zich een schouwspel van massale bijna-naaktheid aan ons voordeed. Jennifer spendeerde een hoop tijd aan pogingen telefonisch contact te krijgen met haar vriend. De lijnen waren overbelast, ze kwam er niet doorheen. Ze maakte zich zorgen om de man omdat hij, zoals ze liet doorschemeren, iets onnozels over zich had. Ze had hem ontmoet in het veilinghuis waar ze werkte – hij was daar op een dag binnen komen lopen, vertelde ze, en had haar opdracht gegeven een diamanten ring te verkopen die hij had teruggekregen van zijn voormalige verloofde. 'Ik wist er vijftienduizend dollar voor te krijgen,' verklaarde Jennifer schaamteloos. Intussen had ze haar hart verloren aan haar eenzame cliënt. Hij vertelde dat hij een betrekking aan Harvard had afgeslagen ten gunste van een aanbod van de businessschool van Case Western omdat zijn toenmalige verloofde – de vrouw voor wie hij die ring had gekocht – hem gezegd had dat zijzelf ook naar Case Western ging. Maar toen ging ze toch naar een andere school, en bleef hij jammerlijk in Ohio achter. 'Hij had de hint niet begrepen,' zei Jennifer. 'Maar ja, een hint is in zo'n geval niet genoeg, hè?' Pas toen hij op Case Western begonnen was, vertelde Jennifer, kwam hij erachter dat zijn verloofde iets met een andere man had. Dat was de reden dat ze zich zorgen om hem maakte, zei Jennifer, hij was echt zo iemand die de plank finaal mis kon slaan.

'Weet je over wat voor type ik het heb?' zei ze.

'Ik denk het wel, ja,' zei ik.

Er klopte iemand aan met de mededeling dat op het dak inmiddels feest werd gevierd. We gingen naar boven. Er waren heel wat mensen op afgekomen. Tafeltjes en stoelen werden neergezet en kaarsen aangestoken, iedereen bereidde zich voor om te genieten van het vallen van de avond. Een man die een joint rookte voorspelde dat in de stad de hel zou losbarsten. 'Volgens mij onderschat je de situatie gigantisch,' hield hij me voor, hoewel ik geen enkele inschatting van de situatie geventileerd had. 'Het komt erop neer dat we teruggaan naar de tijd van voor het kunstlicht. Elke gek daar beneden gaat onder dekking van het duister zijn slag slaan. Weet je wat dat inhoudt, onder dekking van het duister? Heb je ook maar enig idee?' Deze man, die lang grijs haar had maar verder, ik zweer het, als twee druppels water op de zestiger Frank Sinatra leek, had een boek gelezen over de geschiedenis van het kunstlicht en legde uit dat licht door de mensheid altijd geassocieerd was met optimisme en vooruitgang, en dat was niet voor niets. In de tijd voor de straatverlichting luidde het vallen van de nacht de opkomst in van een akelige, andere wereld, een wereld van verschrikkingen en verrukkingen waarvan het bestaan maar al te verontrustend het verband aantoonde tussen lichtsterkte en gedragscodes, een wereld waarvan de bewoners, ver van de kritische blik die mogelijk werd gemaakt door lampen en vuren, zich inlieten met bezigheden waarvan de morele dimensie net zomin waarneembaar was als zij dat zelf waren. Dat, zei hij, zou het effect zijn van de stroomuitval. 'Het wordt een puinhoop,' voorspelde hij. 'Draai de lichten uit, en de mensen worden beesten.'

Hij klonk niet ongeloofwaardig, voor iemand die je op een dakfeest aan de praat houdt. Maar zoals iedereen weet, leidde de black-out juist tot een uitbarsting van burgerzin. Van de Bronx tot Staten Island wierpen burgers zich op als verkeersagent, gaven ze vreemden een lift en voorzagen ze mensen die gestrand waren van eten en een dak boven hun hoofd. Ook kwam aan het licht dat de onreddering een gigantisch aantal amoureuze ontmoetingen teweegbracht, een collectieve golf van passie die we, zo las ik ergens, niet meer hadden meegemaakt sinds de 'we-gaan-er-allemaal-aan-seks' waar iedereen zich twee jaar eerder in de tweede helft van september klaarblijkelijk aan te buiten was gegaan – een analyse die ik niet geheel en al acceptabel vond, daar ik altijd begrepen had dat alle seks, ja, alle menselijke activiteit, in die categorie thuishoorde. Wat in elk geval wel waar was, was dat toen de zon eenmaal was ondergegaan, en de aardbeienwolken die boven de baai in lichtelaaie stonden waren verdwenen, een onwaarschijnlijke duisternis neerdaalde over de stad. De fysieke elementen van New York, onverlicht op enkele kantoorkolossen na, maakten de nacht nog intenser doordat ze een extreme, tastbare duisternis opwierpen, die slechts minimaal werd verstoord door rondrijdende, maar steeds minder talrijke auto's. In de lage heuvels van New Jersey waren niet meer dan wat glimlichtjes zichtbaar. De hemel zelf zag eruit als een onvolkomen geëlektrificeerde nederzetting.

Het feest op het dak werd steeds rauwer, het leek wel of de hele bevolking van het gebouw naar boven kwam om te lachen in de warmte van de nacht. De vriend van Jennifer van het veilinghuis kwam ook eindelijk opdagen, evenals, tegen middernacht, de engel, met zijn moeder op sleeptouw – letterlijk, want ze klampte zich vast aan een bandje dat deel uitmaakte van de outfit van haar zoon. Hij leek in opperbeste stemming en droeg, ter ere, zei hij, van deze bijzondere gelegenheid, zijn zwarte vleugels. We wisselden een paar woorden maar toen verloor ik hem uit het oog. Er werd gedronken en gepraat. Iemand zong met hese stem een lied. Iemand anders legde uit dat de grens tussen het heldere en het donkere gedeelte van de maan de terminator werd genoemd. Een hand greep mijn arm.

Het was de moeder van de engel, en ze was hysterisch. Naar adem happend trok ze me mee naar de zuidkant van het dak, waar de opstaande rand nog geen anderhalve meter hoog was. Ze krijste en snikte inmiddels. Een heel gezelschap stond bij het muurtje, waar een paar flakkerende kaarsen op stonden.

'De engel is gesprongen,' zei iemand. Met mijn armen om de moeder van de engel heen geslagen keek ik over de rand naar het gebied waar je, bij daglicht, de tuinen van de huizen aan 22nd Street zou hebben gezien. Nu zag je niets. De moeder van de engel had weer naar adem gehapt en zette het nu op een gillen. Ik riep: 'Heeft iemand hem gezien?' waarop een nutteloos geroezemoes opsteeg. Ik instrueerde de moeder van de engel om mij te volgen, maar ze kon niet lopen, dus tilde ik haar op en droeg haar op mijn rug naar binnen. Ze kermde en sloeg telkens zachtjes tegen mijn schouders terwijl ik gestaag de met kaarsen verlichte, marmeren trappen afdaalde. Onze ineengesmolten schaduwen gleden nu eens wanstaltig uitgerekt dan weer akelig gekrompen in een macabere dans langs de muren. In de hal vroeg ik: 'Heeft iemand de engel zien weggaan?' Guillermo, achter de balie, schudde zijn hoofd. Mevrouw Taspinar liet zich van mijn rug glijden en holde gillend naar buiten: Mehmet, Mehmet! Ik ging vlug achter haar aan en haalde haar in bij restaurant El Quijote. Ze bleef krijsen: Mehmet, Mehmet. Juist op dat moment hoorde ik hoefgetrappel. Ik draaide me om naar twee stampende paarden. Lichten kwamen dichterbij en uit hun bron doemde een tweetal agenten op die langzaam afstegen en vragen begonnen te stellen, en toen hoorden we een stem die schreeuwde, en mevrouw Taspinar hield op met gillen. De stem riep nog een keer, de moeder en de zaklantaarns gingen erop af, en daar, in het spel van de lichtbundels, stond de engel te zwaaien, van achter de kantelen op de synagoge naast het hotel. De agenten keken omhoog. Een van hen schreeuwde: 'Kom daar af, meneer! Kom daar onmiddellijk af!' De engel verdween uit het zicht, gehoorzaam, zo leek het, en zijn moeder zakte andermaal in elkaar terwijl achter mij, in bijna etherische staat, de paarden onrustige bewegingen maakten. Ik ging weer naar binnen en vroeg aan Guillermo hoe ik op het dak van de synagoge kon komen. Met zijn zaklantaarn rende ik verscheidene trappen op, waarna ik door de nooduitgang naar buiten ging. Onder mij zag ik de zwarte vogelgedaante, in de kloof tussen het hotel en het steil aflopende dak van de tempel.

'Je moeder is naar je op zoek,' zei ik.

Een gloeiende sigaret maakte zijn mond even zichtbaar. 'Je moet hier ook komen,' zei hij. Hij lag op zijn rug. 'Het is heel prettig hier.'

Ik liet een been zakken en verplaatste mijn gewicht heel langzaam naar het dak van de synagoge. Op veilige afstand van de engel ging ik op de warme, hellende dakpannen liggen, mijn armen en benen gespreid in een X.

'Eh, Hans,' zei de engel.

'Ja?' zei ik.

'Zou je dat licht uit kunnen doen?'

Ik drukte op de rubberen knop. Ik keek naar boven. Alles werd zwart, behalve de sterren en een herinnering aan sterren.

Ik was twaalf. Ik was op vakantie met mijn moeder en een paar oude vrienden van mijn moeder – Floris en Denise Wassenaar, een getrouwd stel. We waren op reis langs de zuidkust van Italië. We reden van de ene plaats naar de andere, logeerden in goedkope hotels en bekeken de bezienswaardigheden, een reisplan dat, vanuit mijn jeugdige perspectief, in elkaar was geflanst met verveling als bindmiddel. Toen, op een avond aan tafel, deelde Floris mee dat hij een harpoenexpeditie had georganiseerd. 'Alleen voor de mannen,' zei hij, met mij samenspannend. 'De vrouwen blijven aan wal, waar het veilig is.'

We gingen met een houten motorboot – Floris en ik en een Italiaan met dichte, witte lichaamsbeharing. De twee mannen waren bewapend met enorme harpoengeweren. Ik kreeg een kleiner harpoengeweer dat slechts een jongensachtige kracht vergde om de rubberen katapult naar achteren te trekken waarmee de harpoen werd afgevuurd. Uren snorde de boot evenwijdig aan de kust. We passeerden twee of drie landtongen en kwamen bij een gedeelte van de kust dat bergachtig was, een echte wildernis, met kilometers landinwaarts geen weg te bekennen. We gingen voor anker in het smaragd van een kleine baai. Er was een strand met witte kiezelstenen. Meteen achter het strand verrees een dennenbos. Dit was de plek waar we zouden vissen en overnachten.

Ik had nog nooit gesnorkeld. Het was een verbazingwekkende ontdekking, dat eenvoudige glazen masker waarmee een blauwgroene waterwereld en haar beangstigende bewoners werden ontsloten en uitvergroot: toen een rog mijn kant op gleed, maakte ik met zwemvliezen en al dat ik zo snel mogelijk weer op het strand kwam. Snorkelen was moeilijk. Gianni, de Italiaan, en de bleke, enorme Floris leken een eeuwigheid hun adem te kunnen inhouden – dat moest ook wel, als je het op de grote vissen voorzien had. Die hielden zich schuil in de schaduw onder allerlei rotsen, je moest er echt naar zoeken – en ik kon met mijn kleine longen maar even onder water blijven, en niet eens al te diep. Zodra ik dieper dook, kreeg ik pijn aan mijn oren. Maar naarmate de dag verstreek, nam een roofdierachtige stoutmoedigheid steeds meer bezit van mij. Als een kleine Neptunus speelde ik de baas over de grasgroene, glinsterende inham, en zond ik mijn stalen bliksemstraal dwars door opschrikkende scholen zilverkleurige en bruine visjes. Ik werd fel en begon doelbewust te jagen. Op één vis in het bijzonder loerend zwom ik langs de rotsen de kleine baai uit. De vis schoot een spleet in en ik dook erachteraan. Toen drong tot mij door dat het water koud en donker was geworden.

Ik zwom aan de voet van een berg. Van misschien wel duizend meter hoogte stortte de helling zich regelrecht in het water om in het eindeloze schemerdonker onder mij te verdwijnen.

Als het suffie in een griezelfilm draaide ik me langzaam om. De groene donkerte van de open zee strekte zich dreigend voor me uit.

In paniek vluchtte ik terug naar de kreek.

'Iets gevangen?' vroeg Floris. Ik schudde beschaamd het hoofd. 'Geen probleem, jongen,' zei Floris. 'Gianni en ik hebben geluk gehad.'

De vis die ze gevangen hadden werd geroosterd boven een kampvuurtje en op smaak gebracht met tijm die in het wild tussen de bomen groeide. Daarna was het tijd om te gaan slapen. De mannen gingen onder de bomen liggen. De meest comfortabele slaapplaats, in de boot, was voor mij gereserveerd.

Wat vervolgens gebeurde, in dat houten bootje, was wat me weer te binnen schoot op het dak van de synagoge – en wat ik ooit aan Rachel verteld had, met als gevolg dat ze verliefd op me werd.

Dat zei ze in de eerste week nadat Jake was geboren. We waren op, het was midden in de nacht. Jake had moeite om in slaap te komen. Ik hield hem in mijn armen.

'Wil je precies weten wanneer ik verliefd op je werd?' vroeg Rachel.

'Ja,' zei ik. Ik wilde graag meer horen over het moment dat mijn vrouw verliefd op me werd.

'In dat hotel in Cornwall. De Huppeldepup Inn.'

'The Shipwrecker's Arms,' zei ik. Ik kon die naam niet vergeten, noch wat die naam aan beelden bij me opriep: verraderlijke lichtjes aan land, de berging van goederen ten koste van verdronkenen.

Mijn vrouw, op het randje van de slaap, prevelde: 'Weet je nog dat je me vertelde over die nacht dat je in die boot sliep, toen je nog klein was? Toen ben ik verliefd op je geworden. Toen je me dat vertelde. Precies op dat moment.'

Een klein anker legde de boot vast aan de bedding van de baai. Ik lag op mijn zij en deed mijn ogen dicht. Het wiegen van de boot op de golven werkte kalmerend maar was mij niet vertrouwd. De mannen op de wal lagen te slapen. De jongen van twaalf echter niet. Hij draaide zich op zijn rug en besloot naar de hemel te gaan liggen kijken. Wat hij zag overrompelde hem. Hij was eigenlijk een stadsjongen. Hij had de nachtelijke hemel nog nooit goed bekeken. Toen hij omhoog staarde en miljoenen sterren zag, werd hij vervuld van een angst die hij nooit eerder gekend had.

Ik was maar een kleine jongen, zei ik tegen mijn vrouw in een hotelkamer in Cornwall. Ik was een kleine jongen in een boot in het heelal.

De engel was verdwenen. Afgezien van de maan, afgezien van de Melkweg, was ik alleen. Mijn handen tastten de dakpannen af. Rachel, zei ik bij mezelf. Ik riep zachtjes haar naam: Rachel!

Ik heb Mehmet Taspinar niet weer gezien. Hij vertrok de volgende ochtend met zijn moeder. Zijn vrijgekomen kamer werd schoongemaakt en nog diezelfde dag verhuurd aan twee rijke meisjes die zich net hadden ingeschreven aan de universiteit van New York.

Mijn laatste augustus in Amerika was het een komen en gaan van onweersbuien: ik zie het nog voor me, een plotseling groene, bijna onderzeese atmosfeer, hagelstenen die als dobbelstenen over het asfalt stuiterden, waterstromen kriskras door de straten en enorme fotografische flitsen die mijn appartement bezochten. Het is nauwelijks te geloven, vanuit mijn Engelse perspectief, maar in die subtropische weken kon de broeierige lucht van het alom weerkaatste licht zo nevelig zijn dat ik tijdelijk min of meer kleurenblind was. Iedereen repte zich door een schemerige fractie van de stad. Weinig dingen waren fijner dan in een koele taxi stappen.

Met al die regen en hitte werd Brooklyn bijna weer een wildernis. In kelders welde water op, onkruid overwoekerde alle aanplant. Muskieten, gretig en sissend en allemaal drager van het West-Nijl-virus, joegen mensen in de schemering uit tuinen en van veranda's hun huizen in. Vlak bij Chuck, op Marlborough Road, werd een oude vrouw geplet door een boom die door de bliksem was getroffen. Ze overleed ter plaatse.

Het gras op Chucks cricketveld bleef groeien. Een week nadat ik was teruggekomen uit Londen stelde hij me van dat feit op de hoogte. 'Maaitijd,' zei hij.

Ik was niet in de stemming. Wanhoop houdt een mens bezig, en mijn weekend was al gereserveerd voor iets anders: ik was van plan languit in mijn appartement op de grond te gaan liggen, in de luchtstroom van de airco, en twee dagen en nachten door te brengen in een draaimolen van spijt, zelfmedelijden en jaloezie. Het behoeft geen betoog dat ik geobsedeerd werd door de minnaar van Rachel – Martin Casey, de chefkok. Een bepaald lidwoord is hier op zijn plaats want Martin Casey was wel zo bekend dat toen ik Vinay belde in LA, in de hoop op inside-informatie, hij meteen zei: 'Zeker wel, Martin Casey.'

'Je hebt van hem gehoord?'

Ik had gegoogeld op zijn naam en was erachter gekomen dat hij eigenaar en chef-kok was van een gastronomische pub, de Hungry Dog in Clerkenwell. Rachel werkte daar om de hoek, en ik stelde me zo voor dat ze elkaar in die pub hadden ontmoet. Het was me echter niet gelukt een helder beeld te krijgen van zijn status.

'Hij is gespecialiseerd in aardappelen en rapen en rode bieten,' legde Vinay uit. 'Oude Engelse groente-ingrediënten. Heel interessant. Maar ik zou hem eerder kok noemen dan chef-kok,' voegde hij er gewichtig aan toe.

Hij was ongetwijfeld, bedacht ik, ook een expert in het in ere herstellen van Angelsaksische erotische tradities. Een sensualist, en belichaming van een klassieke maar eigentijdse benadering van zingenot.

Ik vertelde Vinay hoe de zaken ervoor stonden.

'O, nee, shit,' zei hij.

'Ja,' zei ik.

'Jezus. Martin Casey.'

'Yep,' zei ik, en ik voelde me dapper.

'Hij is wel superklein,' zei Vinay opgewonden. 'Het is een dwerg, Hans. Jij blaast hem zo omver.'

Het was aardig van Vinay om dat te zeggen, maar ondanks zijn één meter tachtig had hij een vreselijke staat van dienst waar het om vrouwen ging, en was hij, dat wist ik, een absoluut uilskuiken in alle niet-culinaire aangelegenheden. Bovendien was de Casey die ik op internet had opgespoord bepaald geen dwerg, maar een stevige, aantrekkelijke man van in de veertig met een warrige zwarte haardos en, op één foto, een personeelsbestand van zo te zien enorm talentvolle, enorm knappe sous-chefs, die op een rijtje achter hem stonden, als uitgelaten kapers achter hun kapitein.

Ik zei tegen Chuck dat ik niet kon. 'Ik moet nog van alles regelen,' zei ik.

'Oké,' zei hij verrassend makkelijk.

De volgende zondagmorgen, om elf uur, ging de huistelefoon. Het was je-weet-wel-wie, die belde vanuit de lounge.

'Ik zei toch dat het mij niet ging lukken?' zei ik. 'Ik moet een vliegtuig halen.'

'Hoe laat?'

'Vijf uur,' zei ik schoorvoetend.

'Geen probleem. Ik heb het maaien afgelast – te nat. Ik heb

een speciaal programma. Je bent om twee uur weer thuis, op zijn laatst.'

'Hoor eens, Chuck, ik wil niet,' zei ik.

'De auto staat voor,' zei hij. 'Kom naar beneden.'

Deze keer reed Chuck. Het was een mooie dag. Vanaf de Brooklyn Bridge gezien lag de East River erbij als een zuivere, blauwe streep.

Ik dacht aan mijn moeder, aan wie ik elke keer dacht als ik over die brug moest.

Twee weken na de geboorte van Jake was ze voor het eerst en meteen ook voor het laatst in Amerika geweest. Het had me een aantal licht suggestieve telefoontjes gekost om haar over te halen tot het maken van die reis, die voor haar, als voor zovelen van haar generatie, dreigend opdoemde als een onderneming van gigantische proporties. Vanaf het moment dat ze aankwam, had ze een sombere en afwezige indruk gemaakt, wat ik helemaal niets voor haar vond, al kon ik daar ook weer niet zeker van zijn, daar ik mijn moeder al drie jaar niet gezien had. Om haar af te leiden stelde ik een fietstocht voor. Eenmaal op haar huurfiets reed ze kordaat genoeg, zeker voor een vrouw van zesenzestig. We fietsten naar Brooklyn. We bewonderden de voorname huizen in Brooklyn Heights ('Als ik hier woonde, zou ik hier wonen,' zei mijn moeder), aten een bagel met gerookte zalm ('Dus dit is nou de beroemde bagel') en aanvaardden de terugreis. Het was een bewolkte morgen achter in september. Een licht windje woei ons in het gezicht toen we de helling naar de Brooklyn Bridge op kropen. Op een derde van de brug hielden we halt. Naast elkaar staand, met de fiets aan de hand, namen we ietwat formeel de bezienswaardigheden in ogenschouw. Het was gaan misten boven de New York Bay. Ik legde mijn moeder uit dat het eiland pal voor ons Governors Island was en dat daarachter, versluierd in een zilveren waas, Staten Island lag. Mijn moeder vroeg naar de havendokken die in de verte nog net te zien waren, en ik wees haar New Jersey aan.

Mijn moeder zei: 'En daar heb je het...' Geërgerd probeerde ze op de naam te komen. 'Het Vrijheidsbeeld,' zei ik. 'Daar kunnen we wel heen gaan, als je wilt.' Mijn moeder knikte. 'Ja,' zei ze. 'Dat moeten we doen.' Na enkele ogenblikken zei ze: 'Laten we verdergaan.' We klommen weer op de fiets en reden verder over de brug. We reden naast elkaar. Mijn moeder trapte gestaag op de pedalen. Ze was lang en stevig en grijs. Haar huid had een rauwe, licht vleesachtige gloed. Ze was gekleed in die combinatie van donkerblauwe regenjas, geruite sjaal en lage leren schoenen die, volgens mij, sinds onheuglijke tijden het uniform uitmaken van de burgerij in Den Haag. Toen we over het hoogste punt heen waren, begonnen we aan de afdaling naar Manhattan. Vanaf het wegdek beneden ons klonk het ritmische gegniffel van autobanden. Aan de voet van de brug, bij de City Hall, mengden we ons in het verkeer. Mijn moeder volgde me behoedzaam, en zo geconcentreerd dat het zweet op haar gezicht stond. Op Broadway bleef ze abrupt langs de kant staan en stapte ze af. Toen ik vroeg of alles goed was, knikte ze slechts en liep ze door met de fiets aan de hand. Dat was precies zoals ze me vergezeld had toen ik, op mijn veertiende, *NRC Handelsblad* bezorgde in de Boom- en Bloemenbuurt. Op mijn eerste dag als bezorger begeleidde ze me op het eerste deel van mijn ronde, op de Aronskelkweg, de Arabislaan en in de Margrietstraat, tot ze zich ervan overtuigd had dat ik wist wat ik deed. De kunst was om niet te verdwalen: ik had een stuk papier bij me waarop in volgorde van bezorging alle abonnees stonden. De route was er een die, als je hem op een plattegrond natekende, zo'n dichte doolhof zou opleveren die kleine kinderen met een potlood produceren. Mama ging voorop. 'Ik ga weer naar huis,' zei ze na een uur. 'Kun je het verder alleen?' Dat kon ik wel, al moet gezegd worden dat ik een weinig systematische krantenjongen was die veel klachten genereerde. Mijn opzichter, een semigepensioneerde man die er veel genoegen aan ontleende mij mijn wekelijkse envelop met contanten te overhandigen, zag zich genoodzaakt me apart te nemen en uit te leggen dat die klachten geen grapje waren en dat ik mijn werk serieus moest nemen. 'Heb je de krant ooit gelezen?' vroeg hij. Ik gaf geen antwoord. 'Dat zou je eens moeten doen. Je zou er veel van leren, en je zou begrijpen waarom mensen boos worden als ze hem niet in de bus krijgen.' Op de zaterdag, als sportieve verplichtingen mij van mijn krantenwijk afhielden, viel mijn moeder voor me in. Dan fietste ze naar het krantendepot, laadde de fietstassen vol kranten en ging aan de slag. Ik beschouwde dat natuurlijk min of meer als vanzelfsprekend. Ik ging ervan uit dat het de taak van ouders was zulke dingen te doen en dat mijn moeder heimelijk dolblij was dat ze voor mij mocht invallen, ook al kon het erop neerkomen dat ze meer dan twee uur door regen en kou moest sjokken, en moest ze hoe dan ook iets doen wat eigenlijk beneden haar stand was.

Het was in mijn krantenwijk dat ze haar beschaafde vriend Jeroen ontmoet had. 'Ik was heel benieuwd,' vertelde Jeroen op de receptie die hij na de crematie had georganiseerd. 'Wie was die vrouw die elke zaterdag de krant bezorgde? Het was zo mysterieus. Vergeet niet, ze was niet veel ouder dan jij nu bent. En heel mooi: lang, blond, atletisch. Altijd goed gekleed. Mijn type. Maar dat ze de krant bezorgde? Dat intrigeerde me.' We zaten in het appartement van Jeroen in Waldeck, op de vierde etage van het berucht lange appartementencomplex dat in de volksmond de Chinese Muur wordt genoemd. We waren met zijn tweeën, alle anderen waren al naar huis gegaan. Met onvaste hand schonk hij nog een glaasje jenever in. 'Na een paar weken naar haar gekeken te hebben, besloot ik tot actie over te gaan.' Jeroen stak een sigaret op. 'Je vindt het toch niet erg dat ik je dit vertel, hè?'

'Nee,' zei ik, al hoopte ik natuurlijk dat hij bepaalde details achterwege zou laten.

'Dit is wat ik deed,' zei Jeroen, een brede, geelbruine glimlach op zijn lijkkleurige gezicht. Binnen drie maanden zou hij ook dood zijn. 'Ik trok mijn beste kleren aan. Jasje-dasje. Ik poetste mijn beste schoenen. Ik stak goddomme zelfs nog een pochet in mijn borstzakje. En toen ging ik wachten. Om vier uur hoorde ik het tuinhekje opengaan. Dat was Miriam. Toen ze voor de deur stond, deed ik open. "Dank u wel," zei ik. Ze glimlachte alleen en liep weer terug naar haar fiets. Ik ging op een drafje achter haar aan en hield het hek voor haar open. Ik ging ook net van huis, begrijp je, dat was mijn verhaal. Ik wilde haar niet het idee geven dat ik op haar loerde. Ik stelde me voor. "En uw naam is...?" Miriam van den Broek, zei ze, en ze stapte op haar fiets. En weg was ze.' Jeroen lachte en schoof zijn bril op zijn neus. 'Perfect, dacht ik. Ze is gereserveerd maar vriendelijk. Net als jij,' zei hij, en hij wees met zijn sigaret naar mij. 'Weet je, met gereserveerde mensen is het heel simpel: je moet direct zijn. De volgende zaterdag wachtte ik haar dan ook weer op. Ik was naar de kapper geweest. Ik had mijn tanden gepoetst. Daar kwam ze aan, over het tuinpad. Ik deed de deur open en nam de krant van haar aan. "Zou u misschien uit eten willen?" vroeg ik. Ik verlummelde mijn tijd niet, begrijp je wel. Daar was ik te oud voor, en ik had het idee dat voor haar hetzelfde gold. Dat is wat ik geleerd heb met betrekking tot vrouwen: de dingen niet uitstellen. Hoe sneller je optreedt, des te groter de kans op succes. Ze glimlachte en liep terug naar haar fiets. Vervolgens bleef ze daar staan, zo, als een schoolmeisje.' Jeroen sprong op en ging staan met een onzichtbaar fietsstuur in zijn blauwe handen, die wel bevroren leken. '"Waarom niet?" zei ze. Waarom niet. Ik zal het nooit vergeten.' Een vlijmende hoestbui overviel hem en hij liet zich in een stoel zakken. 'De rest weet je,' zei hij, uitgeput. Wat feitelijk niet het geval was. Ik had maar heel weinig idee van wat er tussen hen was voorgevallen. Ik wist bijvoorbeeld niet waarom hij en mijn moeder er vijf jaar later weer een punt achter hadden gezet.

Ze had, eenmaal terug in Tribeca, weer voldoende energie opgedaan om meteen te vragen of ze even met de baby mocht wandelen.

'Weet u het zeker?' vroeg Rachel.

'Alleen een blokje om,' zei mijn moeder. 'Kom, Jake,' zei ze, en ze tilde de baby in de wandelwagen.

Na ongeveer een uur waren ze nog niet terug. Dat was zorgwekkend. Rachel stuurde me naar buiten om ze te gaan zoeken.

Ik vond mijn moeder een paar straten verderop, helemaal overstuur. 'Wat is er gebeurd?'

'Ik ben verdwaald,' zei ze. 'Ik weet niet hoe.'

'Al die gebouwen zien er hetzelfde uit,' zei ik. Ik gaf haar een arm en duwde de wandelwagen naar huis.

Nu reed Chuck mij door Brooklyn. Ik hoorde mezelf tegen hem zeggen: 'Mijn vrouw heeft iets met een andere man.'

Hij toonde geen verbazing, al was het de eerste keer dat ik zonder omhaal over mijn huwelijk was begonnen. Na een ogenblik zei hij: 'Wat wil je eraan doen?'

'Wat kan ik doen?' zei ik wanhopig.

Hij schudde met stelligheid het hoofd. 'Niet kán doen – eerst moet je voor jezelf uitmaken wat je wílt doen. Dat is Project Management 101: stel doelen vast, en stel vervolgens de middelen vast om die doelen te bereiken.' Hij keek mijn kant op. 'Wil je haar terug?'

Ik zei: 'Laten we zeggen van wel.'

'Oké,' zei hij. 'Dan moet je teruggaan naar Londen. Nu meteen. Makkelijk zat.'

Ik dacht: makkelijk zat? Wat ging er dan in Londen gebeuren? Moest ik haar terugwinnen met bloemen? Moest ik haar schaken? En dan?

'Anders,' zei Chuck, met steeds meer klem, 'loop je het gevaar spijt te krijgen. En dat is levensles nummer één: geen spijt.'

Dat was op Atlantic Avenue, bij Cobble Hill, in de verkeersdrukte.

'Het zou niet meer hetzelfde zijn,' zei ik.

'Het is nooit hetzelfde,' zei Chuck. 'Ook al gaat alles goed, dan nog is het nooit hetzelfde. Oké?' Hij gaf een klopje op mijn knie. 'Laat me je dit vertellen: zulk soort dingen kunnen op een rare manier toch een gunstig effect hebben. Weet je wat het beste is wat mij en Anne is overkomen? Eliza.'

Ik wilde het hebben over mijn situatie, niet die van Chuck. En ik wilde ook iets anders van hem horen dan de gebruikelijke verhalen.

Hij haalde een bus in en concentreerde zich even op de weg. Chuck was een snelle, geslepen chauffeur. 'Anne en ik,' vervolgde hij, 'wij kennen elkaar al van kleins af aan. Ze is altijd door dik en dun bij me gebleven. Toen we in Brownsville woonden, waar Mike Tyson op straat mensen in elkaar sloeg, heeft ze niet één keer geklaagd. Dus wij zijn samen voor het leven. Maar mijn theorie is: ik heb twee vrouwen nodig.' Hij keek doodernstig. 'Eén om voor huis en kinderen te zorgen, en één om me het gevoel te geven dat ik leef. Het is te veel om dat allebei van één vrouw te vragen.'

'Dat is heel ruimhartig van je,' zei ik.

Hij schoot in de lach. 'Hoor eens, wat zal ik zeggen? Als je een bepaald punt bereikt hebt, hebben ze opeens een andere agenda. Dan draait het opeens allemaal om kinderen en het huishouden en noem maar op. En met Anne is het die verdomde kerk. Wij zijn de romantische sekse, weet je,' zei hij, een boertje onderdrukkend. 'Mannen. Wij zijn geïnteresseerd in passie, in glorie. Vrouwen,' verklaarde Chuck met een vinger in de lucht, 'zijn verantwoordelijk voor het overleven van de wereld, mannen zijn verantwoordelijk voor haar glorie.' Hij sloeg af in zuidelijke richting en we reden verder over Fifth Avenue.

We reden door Park Slope. Een samenzweerderig grijnslachje gleed over zijn gezicht. We maakten een scherpe bocht, reden door een enorm poortgebouw en bleven staan bij een panorama van gras en grafstenen.

Hij had me meegenomen naar Green-Wood Cemetery.

'Moet je daar boven kijken,' zei Chuck, terwijl hij zijn portier opende.

Hij wees naar het poortgebouw, een verzameling luchtbogen en torenspitsen en vierpassen en spitsbogen die eruitzagen alsof ze in het holst van de nacht uit een duistere hoek van de dom in Keulen waren gestolen. In en rond de hoogste van het drietal torenspitsen zaten allemaal vogelnesten. Het waren rommelig ogende vlechtwerken van twijgjes en takjes. Eén nest zat boven het uurwerk, een ander nog hoger, boven de verkleurde groene klok die waarschijnlijk werd geluid bij begrafenissen. De takjes waren verspreid over een stenen façade vol beeldhouwwerken van engelen en gebeurtenissen uit het evangelie: Romeinse soldaten die de handen voor het gezicht sloegen bij het aanschouwen van een uit het graf verrezen Jezus Christus, terwijl een andere Jezus Lazarus opriep uit de dood op te staan.

'Parkietennesten,' zei Chuck.

Ik keek iets beter.

''s Avonds komen ze naar buiten,' verzekerde Chuck mij. 'Dan lopen ze hier overal naar eten te pikken.' Terwijl we wachtten tot een papegaai zijn gezicht liet zien, vertelde hij me over de andere vogels – Amerikaanse houtsnippen en Chinese ganzen en kalkoengieren en grijze katvogels en bootstaarttroepialen –

die hij en zijn kameraden in zijn vogelaarstijd tussen de graven van Green-Wood hadden gespot.

Ik luisterde hooguit met een half oor. Het was een bijna bizar transparante ochtend geworden, vrij van bewolking of wat voor natuurlijke disharmonie dan ook. Enorme bomen rezen vlakbij op en hun bladeren onderschepten het zonlicht heel precies, zodat de schaduwen van die bladeren, in hun beweeglijkheid, wel levende wezens leken – een afschaduwing van een bovennatuurlijke wereld, zichtbaar voor wie daar ontvankelijk voor was en ervoor openstond.

Er was nog altijd geen papegaai te bekennen. 'Dat is ook bijzaak,' zei Chuck. 'Er is iets anders wat ik je wil laten zien.'

We reden over een laantje dat zich langs heuvels en grasvelden slingerde: directheid is op een begraafplaats kennelijk ongewenst. 'Het is hier een soort Hall of Fame voor detailhandelaars,' zei Chuck. 'Er liggen hier Tiffany's. Je hebt de gebroeders Brooks. Steinway. Pfizer. F.A.O. Schwarz. Wesson, de wapenmaker, ligt hier ook.' De Cadillac leek alleen nog maar rondjes te rijden. Een doodgraver liep langs met een schop.

'Oké,' zei Chuck, terwijl hij afremde. Hij trok het dashboardkastje open en haalde er een camera uit. 'Hier is het. Volgens mij.'

Ik liep achter hem aan het pad af, over verdord gras. We kwamen langs een obelisk, een engel die met gespreide vleugels over een graf waakte, en andere graven van ex-individuen met namen als Felimi, Ritzheimer, Peterson, Pyatt, Beckmann, Kloodt, Hazzell. We bleven staan bij een vierkante zuil van ruim een meter hoog met een globe erop – een bovenmaatse honkbal, aan de slingerende naad te zien. In de zuil stond een inscriptie:

In Memoriam Henry Chadwick
Father of Baseball

'Zegt de naam Chadwick je iets?' vroeg Chuck. 'Hij heeft de eerste reglementen voor het honkbal geschreven.' Chadwick, zei Chuck met die welbespraaktheid die hem beving als hij iets uit te leggen had, was een Engelse immigrant en inwoner van Brooklyn die als cricketverslaggever voor de *Times* ook de eerste honkbalverslagen in die krant had gepubliceerd, en die het honkbal verder had gepopulariseerd en gemoderniseerd. 'Wat interessant is aan deze man,' zei Chuck, terwijl hij met een zakdoek over zijn mond veegde, 'is dat hij ook gek was op cricket. Hij vond niet speciaal dat het de bestemming van Amerika was, of dat het in het nationale karakter besloten lag, of weet ik veel wat, om honkbal te spelen. Hij speelde cricket én honkbal. Wat hem betrof gingen die twee uitstekend samen. Hij zag het niet als of-of, maar als en-en. Hij was net als Yogi Berra,' zei Chuck in alle ernst: 'Als hij bij een tweesprong kwam, dan nam hij die.'

Dat citaat van Yogi Berra had ik al duizend keer gehoord. Mijn aandacht ging uit naar de kleine, vierkante steen in het gras – een verdwaalde stoeptegel, zou je bijna denken – waar Chuck achteloos met één voet op stond. Het was een grafsteen. Er stond een naam op:

DAISY

Chuck gaf me zijn camera en ging met zijn handen op zijn rug naast het graf van Chadwick staan. Ik nam de foto – nam er verscheidene, op zijn aandringen – en gaf hem de camera weer terug. 'Heel goed,' zei Chuck, het beeldschermpje bestuderend. Hij zou de foto's op zijn toekomstige website plaatsen, newyorkcc.com, en hij wilde ze ook opnemen in de diavoorstelling die hij aan het samenstellen was voor zijn grote voordracht bij de National Park Service.

Hij wilde daar net iets meer over vertellen toen zijn tweede telefoon ging. Hij nam het telefoontje buiten gehoorsafstand aan, en liet daarbij een slipper aan zijn ene voet bungelen. Toen hij het telefoontje weer had dichtgeklapt zei hij: 'Dit is wat ik bedacht, Hans.' Hij had de handen in de zakken van zijn korte broek gestoken en keek naar het graf van Chadwick. 'Ik bedacht dat een cricketclub misschien niet groot genoeg is. Om op aandacht van de NPS te kunnen rekenen, bedoel ik. Het zou de indruk kunnen wekken van exclusiviteit, van onbeduidendheid. De mensen zouden kunnen denken dat het een ver-van-hun-bed-show is.' Snel, alsof ik hem anders misschien in de rede zou vallen, voegde hij eraan toe: 'En dan zouden ze het dus mis hebben. Dat is wat ik ze moet laten inzien. Het is niet zomaar een sportvereniging. Het is meer dan dat. Mijn eigen gevoel – en luister naar mij voor je iets zegt, Hans, dit is iets waar ik veel over heb nagedacht –, mijn eigen gevoel is dat de VS niet compleet is, dat de VS zijn bestemming niet vervuld heeft, niet helemaal beschaafd is, zolang het cricket met de nek blijft aankijken.' Hij draaide zich naar mij toe. 'Ken je het verhaal van de Trobrianders?'

'Natuurlijk,' zei ik. 'Je hoort niet anders meer.'

'Het eiland Trobriand maakt deel uit van Papoea-Nieuw-Guinea,' zei Chuck belerend. 'Toen de Britse missionarissen daar aan land gingen, waren de inheemse stammen elkaar voortdurend aan het bestrijden en uitmoorden – dat deden ze al duizenden jaren. Dus wat deden die missionarissen? Ze leerden hun cricket. Ze gaven die gasten uit het Stenen Tijdperk cricketbats en cricketballen en leerden hun een spel met regels en scheidsrechters. Mensen vragen om in te stemmen met ingewikkelde regels en voorschriften, dat komt neer op een soort stoomcursus democratie. Daar komt bij – en dat is de kern van de zaak – dat cricket hen dwong dagen achtereen op één veld door te brengen met hun vijanden, hen dwong hun vijanden gastvrijheid te verlenen, en een slaapplek. Hans, zoveel nabijheid maakt dat je anders over iemand gaat denken. Dat heb je met geen enkele andere sport.'

'Wat wou je daarmee zeggen?' vroeg ik. 'Dat Amerikanen wilden zijn?'

'Nee,' zei Chuck. 'Wat ik wil zeggen is dat mensen, alle mensen, Amerikanen of maakt niet uit wie, op hun beschaafdst zijn als ze cricket spelen. Wat gebeurt er het eerst als Pakistan en India vrede sluiten? Dan spelen ze een cricketwedstrijd. Cricket is leerzaam, Hans. Het is een sport met een morele invalshoek. Iedereen die cricket, profiteert daarvan. Dus ik zeg: waarom de Amerikanen niet?' Hij was in zijn overtuiging bijna onverbiddelijk. Op vertrouwelijke toon vervolgde hij: 'Amerikanen zien de wereld niet, niet echt. Ze denken van wel, maar het is niet zo. Dat hoef ik jou niet te vertellen. Kijk naar de problemen die we tegenwoordig hebben. Het is een puinhoop, en het wordt nog erger. Ik zeg: willen wij iets gemeen hebben met hindoes en moslims? Chuck Ramkissoon gaat daar zorg voor dragen. Met de New York Cricket Club zouden we een heel nieuw hoofdstuk in de Amerikaanse geschiedenis kunnen beginnen. Waarom niet? Waarom zou ik het niet zeggen als het waar is? Waarom zou ik het verzwijgen? Ik ga ons de ogen openen. En dat is wat ik de Park Service moet zeggen. Het moet wel. Als ik ze vertel dat ik een sportveld wil aanleggen voor minderheden, blazen ze me zo weg. Maar als ik ze ga vertellen dat we iets groots gaan beginnen, als ik ze vertel dat we een oude nationale sport gaan herinvoeren, met nieuwe competities, nieuwe concessies, nieuwe horizonnen...' Hij haperde. 'Nou ja, dat is waar ik mee bezig ben, Hans. Dat is de reden dat ik bereid ben te doen wat nodig is om het voor elkaar te krijgen.'

Ik haakte niet meteen in op zijn laatste woorden. Ik was overdonderd door de napoleontische overdaad van zijn redevoering, waarvan zowel dramatiek als inhoud mij verward had: de man had een soort grafrede georganiseerd, allejezus. Dit was gebeurd met voorbedachten rade, hij had het zo gepland en gerepeteerd, en hij had besloten het inderdaad zo te doen. Het was vleiend, in zekere zin, dat hij al die moeite gedaan had. Maar hij had me niet overtuigd, en ik vond dat ik moest zeggen wat ik op mijn lever had. Ik moest hem waarschuwen.

'Chuck,' zei ik, 'wees realistisch. Mensen functioneren niet op dat niveau. Ze zullen het vast heel moeilijk vinden op zulke ideeën te reageren.'

'We zullen zien,' zei hij. Hij lachte en keek op zijn horloge. 'Volgens mij loopt dat wel los.'

Laten we niet vergeten dat ik in een belabberde stemming was. Ik zei: 'Hoogdravende ideeën zijn nog geen verheven ideeën.'

Het leek wel alsof ik hem een klap in het gezicht had gegeven: het was de enige keer in al die tijd dat we met elkaar omgingen dat hij me aankeek met een mengeling van gekwetstheid en verbazing. Hij wilde iets zeggen maar bedacht zich.

Ik zag wel wat er aan de hand was. Ik had hem van zijn voetstuk geslagen. Ik had hem het ultieme privilege van de New Yorker betwist: het recht je te presenteren op een wijze die thuis als boerenbedrog zou worden ontmaskerd.

Ik zei: 'Dat kwam er verkeerd uit. Wat ik bedoelde…'

Hij wuifde mijn woorden welgemoed weg. 'Ik weet precies wat je bedoelt. Geen probleem.' Hij glimlachte, daar ben ik zeker van. 'We kunnen beter gaan. Het begint hier warm te worden.'

We verlieten de begraafplaats. Ik had sterk de neiging op de trein terug naar Manhattan te stappen, maar Chuck reed rechtstreeks de BQE op en zei iets in de trant van dat het laat werd en dat hij nog een of ander zaakje moest opknappen. Het is mij nu duidelijk dat hij toen al besloten had hoe hij zou terugslaan.

Na twintig minuten parkeerde hij ergens in Williamsburg.

'Dit hoeft niet lang te duren,' zei Chuck. Hij liep met verende tred het dichtstbijzijnde gebouw in.

Ik bleef in de auto zitten wachten. Na tien minuten was Chuck nog niet terug. Ik stapte uit, keek om me heen en werd meteen helemaal in beslag genomen door de omgeving, iets wat ik op bijna elke onbekende plek in New York heb, zelfs een plek als dit gedeelte van Metropolitan Avenue, waar vrachtwagens puffend en steunend langs onbeduidende bedrijfsgebouwen reden. Chuck was een van die gebouwen binnen gegaan, een bakstenen probeersel van twee verdiepingen met een bord dat op de aanwezigheid wees van de FOCUS LANGUAGE SCHOOL. De school, die gesloten leek, of op zijn minst buiten bedrijf, was gevestigd boven een garageachtig pakhuis, waarvan de deur omhooggeschoven was. In dat pakhuis zat een eenzame Chinees op een stapel pallets te roken en bedachtzaam naar een aantal dozen te kijken waar DEZE BANT BOVEN op stond. Ik bracht een kwartier op het lawaaierige trottoir door. Nog altijd geen Chuck. Een paar cola drinkende agenten kwamen voorbij. De Chinees liet de deur van het pakhuis, een orgie van graffiti, naar beneden zakken. Ik besloot in een winkeltje aan de overkant een flesje water te kopen.

Ik kwam net naar buiten toen Abelsky, in een joods wit overhemd en een zwarte broek, langs waggelde. Om precies te zijn: ik zag eerst een honkbalknuppel, in een hand. Pas toen kwam de herkenning van zijn persoon. Hij liep naar het gebouw van de talenschool en belde aan. De deur ging open en Abelsky ging naar binnen.

Ik dronk uit mijn flesje en wachtte. Eerlijk gezegd had ik een ongemakkelijk gevoel. Na nog eens tien minuten belde ik Chuck.

'Gaat het nog lang duren?'

'Nee,' zei hij, 'we zijn zo'n beetje klaar hier. Als je aanbelt, laat ik je even binnen. We zitten net aan de koffie.'

Ik liep een trap op waar nieuwe grijze vloerbedekking op lag. Boven was een overloop en een klein halletje vol mededelingenborden en posters. Ik herinner me een foto van een stel grijnzende studenten met de duim in de lucht, en een klassieke opname van de skyline van Manhattan met, voor eventuele passerende marsmannetjes, het onderschrift NEW YORK.

De stem van Abelsky klonk uit een kamer achter in het gebouw – DIRECTEUR, stond op een bordje op de deur. Abelsky stond bij de muur, hij schonk net koffie uit een grote mok in een kopje. Hij was nog meer gekrompen sinds ik hem in dat badhuis ontmoet had, met als gevolg dat hij nog wanstaltiger was geworden.

Chuck zat achter het bureau te schommelen in een leren stoel. Hij begroette me met een opgestoken hand.

Het kantoor, een raamloos kamertje, was zo ongeveer geruïneerd. Een archiefkast was omvergegooid, de inhoud lag over de hele vloer verspreid. Een ingelijste kaart van de Verenigde Staten lag op de grond, het glas in scherven. Iemand had een potplant tegen het kopieerapparaat aan gesmeten.

'Heb je zoetjes?' riep Abelsky tegen iemand die ik in elk geval niet zien kon. 'Ik moet zoetjes hebben.'

'Hans,' zei Chuck, 'je kent Mike nog wel.'

'Wat een puinhoop hier, hè?' zei Abelsky. 'Moet je kijken, niet te geloven toch?'

Een wc werd doorgetrokken en even later kwam de doortrekker binnen, een man van in de dertig. Hij had zijn gezicht onder de kraan gehouden, maar er zaten nog restjes aarde bij zijn oren en in zijn haar, dat van de bleke, bijna kleurloze, Russische variëteit was.

'Heb je zoetjes?' herhaalde Abelsky.

De man zweeg.

Abelsky nam een mondvol koffie en spuugde het terug in

het kopje. 'Zonder zoetjes smaakt het nergens naar,' zei hij. Hij zette de koffie op het leren bureaublad. 'Kan dat zo? Ik wil geen kringen maken.'

De man veegde zijn mond af met de rug van zijn hand.

'Jij bent hier de directeur,' zei Abelsky pietluttig. 'Je zou het goede voorbeeld moeten geven en je kantoor met respect moeten behandelen.'

De honkbalknuppel stond tegen een muur. Er zat allemaal aarde aan.

'Jezus christus,' zei ik. Ik ging weer naar buiten en liep een meter of vijftig de straat af, tot ik besefte dat ik niet de kracht had om verder te lopen.

Zodoende stak ik, op die fraaie dag in augustus, de straat over en ging op een bankje zitten, in het groene licht van een denkbeeldig parkje op de kruising van Metropolitan en Orient. De schaduwen in dit parkje waren net als de schaduwen die ik de hele dag al gezien had, bovennatuurlijk in hun scherpte. Een heel oud, heel klein mannetje, dat als een kabouter in het groene licht baadde, zat me vanaf een naburig bankje op te nemen. Een woedende vogel krijste in de bomen.

Ik gaf een tik op mijn enkel. Een rode vlek nam de plaats in van een mug.

De vogel krijste opnieuw. Het geluid kwam nu ergens anders vandaan. Misschien waren het wel twee vogels, dacht ik onnozel, twee vogels die door middel van dat gekrijs communiceerden.

De betekenis van wat ik gezien had – Chuck en Abelsky hadden een of andere ongelukkige geterroriseerd, zijn kantoor kort en klein geslagen, hem met het gezicht in de aarde van een bloempot geduwd en hem, wie weet, met erger bedreigd – drong tot me door en maakte me op slag misselijk. Ik begon ter plekke bijna te kotsen, voor de voeten van de kabouter. Ik liet mijn hoofd tussen mijn knieën hangen en zoog lucht in mijn longen. Het kostte nogal wat wilskracht om op te staan en naar een metrostation te lopen. Geweld veroorzaakt kennelijk dat soort reacties.

Terug in het hotel nam ik een douche en pakte ik mijn tas, waarna ik een taxi naar La Guardia nam. Ik werd wakker in een hotelkamer in Scottsdale, Arizona.

Mijn werk, die ochtend, verliep redelijk – er was een conferentie en ik zat in het panel bij een discussie met een thema waar je alle kanten mee uit kon: 'Olieconsumptie: het schuivende model' – en wat nog beter was: we waren eerder klaar dan gepland. Maar toen drie hedgefonds-jongens uit Milwaukee erachter kwamen dat ik nog een paar uur had voor ik weer naar huis ging, stonden ze er tot mijn stomme verbazing op dat we met zijn allen naar een casino in de buurt gingen voor een potje roulette en eventueel nog wat te zuipen.

'Goed idee,' zei ik, en ik kreeg een klap op mijn rug.

Zodoende reed ik een met cactussen begroeide woestijn in met drie kale maten die elk een gratis conferentiepetje droegen. We reden door het centrum van Phoenix. Zo op het oog was Phoenix een onbewoonde plaats, vol parkeergarages die, met hun gestapelde laterale leegtes bijna duplicaten waren van de kantoorgebouwen met hun stroken getint glas. De algehele leegte werd benadrukt door de trage en om een of andere reden bepaald sinistere beweging van auto's in de straten, alsof hun nauwgezette, ordelijke bewegingen in scène waren gezet om te verbloemen dat de stad verlaten was. De radio maakte intussen onophoudelijk melding van allerlei ongelukken en andere toestanden in de omliggende straten. Het was een van die gelegenheden waarbij de tweespalt tussen je innerlijke staat en je omgeving bijna absolute proporties aanneemt. Al glimlachend en knikkend en proostend met mijn blikje Bud Light was ik vervallen tot een afgrijselijke misère. Ik zocht mijn toevlucht in de slaap.

'Lunchtijd,' deelde een stem mee.

We stonden langs de kant van de weg. Vlakbij, onder een rafelige luifel voor een hut van B-2-blokken, waren twee witharige indiaanse vrouwen in de weer bij een barbecuekuil. ('Wat zijn dat? Apaches? Wedden dat het Apaches zijn?' zei de man naast mij.) Een van mijn gastheren, Schulz, gaf me een cola light en twee sneden brood vol brokken vettig vlees. 'Volgens hun is het schapenvlees,' zei Schulz.

Het eettentje lag tegen een bergkam aan. Aan de andere kant van de kam strekte zich een zee uit van stof en steen. In de lucht erboven trok één enkele wolk een aan flarden gescheurde blauwe sluier van regen achter zich aan. Heel in de verte verrezen nieuwe hooglanden. Dichterbij staken zwarte hopen vulkanische rots uit de rossige woestenij. Een grijsblauwe veeg gaf het hele schouwspel een wazige glans, alsof het panorama één gigantisch maar defect televisiescherm was. 'Het Wilde Westen,' zei Schulz bedachtzaam terwijl hij wegliep om het uitzicht in zich op te nemen vanaf een rotsblok verderop. Ik zag dat mijn andere *compañeros* ook elk een eenzame positie op de richel hadden ingenomen, zodat we gevieren op een rij, als existentialistische revolverhelden, de woestijn in stonden te turen. Het was zonder meer een moment des oordeels, een zeldzame en in alle opzichten gouden kans voor een gewetensvol iemand uit Milwaukee of Holland om allerlei ontzagwekkende historische en geologische en filosofische ontwikkelingen en bewegingen te overpeinzen, en ik weet zeker dat ik niet de enige was die zich kleiner voelde bij zoveel grootsheid en door de poverheid van de associaties die daar werden gewekt, waar in mijn geval herinneringen bij waren, voor het eerst in jaren, aan Lucky Luke, de stripfiguur die vaak door zulke landschappen reed en sneller kon schieten dan zijn schaduw. Even werd ik meegesleept door de herinnering aan het oorspronkelijke beeld, achter op elk Lucky Luke-boek, van de cowboy met zijn witte hoed en gele overhemd die zijn donkere evenbeeld op een blauwe boon trakteerde. Je eigen schaduw neerknallen... Het was een wapenfeit dat me, terwijl ik in de zon op mijn schapenvlees stond te kauwen, metafysisch waanzinnig interessant voorkwam. En het is dacht ik niet te veel gezegd als ik beweer dat die gedachten, hoewel ze natuurlijk geen afgerond geheel vormden en er al snel weinig meer van overbleef dan nostalgie naar de avonturenboeken van mijn jeugd, mij een toevlucht boden – want waar moest ik die anders zoeken dan in gewijde rêverieën?

We gingen terug naar de auto met zijn airco en even later doemde het casino voor ons op, badend in helder licht. Het nam, toen we dichterbij kwamen, de vorm aan van een gigantisch, puebloachtig gebouw dat vagelijk deed denken aan de grote bouwwerken van oude beschavingen. Het interieur van de pseudo-pueblo, dat alleen toegankelijk was via een reeks zacht hellende paden ten bate van gokkers in rolstoelen, was gewijd aan de kitscherige beeldcultuur van ijs, kroontjes en fruitmachinefiguren: de Frog Prince, Austin Powers, Wild Thing, Evel Knievel, Sphinx en anderen, entiteiten wier barokke, elektronische vitaliteit de krachteloosheid en de eenzaamheid van de figuren die zich uitdrukkingsloos met hen bezighielden slechts benadrukte. Terwijl mijn vrienden uitzwermden met elk honderden dollars aan fiches, nam ik een drankje aan van een serveerster en ging ik aan een tafeltje zitten in die uitgesproken bloedeloze herrie van kabelmuziek, muntstukken die rinkelend in bakken vallen, en bliepende en boerende gokapparaten. Louter voor de schijn verzamelde ik de moed om mijn gezicht te laten zien bij een roulettetafel.

Ik stond tussen de toekijkers en volgde het spel een paar rondes. Ik begon stiekem te duimen voor een vriendelijk uitziende, besnorde man in een hawaïhemd. Hij was aan het verliezen, en wie herkende ik in de gelaatsuitdrukking van die man? Jeroen. Die had precies hetzelfde hoopvolle, lichtelijk zwetende gezicht als hij zijn fiches op het groene laken van de roulettetafel liet glijden en het balletje naar een groef zag stuiteren in het wiel dat duizelingwekkende rondjes draaide tot dat ene getal langzaam maar onontkoombaar in beeld kwam. Zo ook hier, waar de croupier, een kleine vrouw met een vlinderdas, de verspreide hoopjes van de gokkers koeltjes op één vreselijke hoop harkte. In de tijd dat Jeroen nog in beeld was, kwam hij op sinterklaasavond altijd langs met een cadeau in contanten, vrolijk gekleurde bankbiljetten die tegenwoordig uit de roulatie zijn, en nodigde hij mij, een jonge tiener, na het eten altijd uit mee te gaan naar het casino in het Kurhaus in Scheveningen. Hij deed niet moeilijk over zijn behoefte, zoals hij dat noemde, om te spelen, noch verhulde hij zijn verslaving aan gezelschap, maakte niet uit wat voor gezelschap. Ik ging altijd met hem mee in zijn met sigaretten bezaaide Peugeot 504, waar hij mij onthaalde op anekdotes over zijn kinderjaren op Java. Jeroen leek altijd te verliezen. Pech, zei hij dan, als we honderden guldens armer de zilte buitenlucht van Scheveningen in stapten – botte pech. Dan stak hij een Marlboro op en liet zijn klankrijke, charmante kuchje horen. In die tijd zocht Jeroen mijn gezelschap. Nu zocht ik het zijne.

Ik geloof dat het, in het soort vertelling waar dit segment van mijn leven zich voor lijkt te lenen, gebruikelijk is nu iets te zeggen over absolute dieptepunten – over de onpeilbaarheid van het leed, over de diepte van de shit, een diepte vanwaar de ongelukkige nergens anders heen kan dan naar hogere, welriekender oorden. Als je het over rampen hebt, in objectieve zin, heeft 'De tegenspoed van Hans van den Broek', zoals een dergelijk verhaal zou kunnen heten, natuurlijk deksels weinig om het lijf. Maar het is ook waar dat de casinovloer voor mij op de een of andere manier aanvoelde als een oceaanbodem. In de inktzwarte duisternis die mij omringde kon ik niet weten dat ik slechts, maar precies, één vadem onder de zeespiegel lag

– één vadem, heb ik wel eens horen zeggen, dat is precies het bereik van een paar uitgestrekte armen.

Op dat moment, op die plek, tussen de blozende fruitmachines, onderging ik een verandering van koers – alsof ik op mysterieuze wijze deelgenoot was van de abrupte consensus die een zwerm trekvogels een andere kant op dirigeert. Ik besloot terug te verhuizen naar Londen.

De allereerste keer dat we bij haar waren, wendde Juliet Schwarz zich tot Rachel met de vraag of ze van me hield, en zo ja, wat het dan was in mij waar ze die liefde voor koesterde. Het liefst had ik luidkeels bezwaar aangetekend tegen dat soort stomme, riskante, bloedstollende vragen.

'Maar "liefde",' antwoordde Rachel vertwijfeld, 'is zo'n omnibusterm.'

Dat was het ironische van onze intercontinentale scheiding (aangegaan, vergeet dat niet, in de hoop dat zoiets enige opheldering zou verschaffen): die had alles alleen maar vertroebeld. In grote lijnen kwam het erop neer dat we alleen onze gevoelens met succes gescheiden hadden van elke betekenis die je er eventueel aan geven kon. Dat was mijn ervaring, als je het over ervaringen wilt hebben. Ik kon onmogelijk weten of wat ik voelde, tobbend in New York, de essentie van liefde was, of slechts een miserabel restje ervan. Het idee liefde was zelf gescheiden van zijn betekenis. Liefde? Rachel had gelijk. Liefde was een omnibus, stampvol gepeupel.

En toch klommen we weer aan boord, zij en ik.

Wat gebeurde – wat ons bij dr. Schwarz bracht en, met voornoemde omnibus, op de plek waar we nu zijn – was dat zij en Jake, na vier maanden bij Martin Casey in zijn loft in Farringdon te hebben gewoond, opeens bij hem weggingen.

Dat was in november 2004. Ik was precies een jaar weer terug in Engeland – ik had zelfs net een flat in de Angel gehuurd om op loopafstand van mijn zoontje te wonen.

'Je bent bij hem weg?' vroeg ik.

'Ik heb het er liever niet over,' zei Rachel.

Een paar dagen later belde ze weer. Ze zouden dat jaar met de kerst op vakantie naar India gaan, maar Martin ging niet mee. Er was dus een plaats vrijgekomen, en Rachel vroeg zich af of ik daar belangstelling voor had. De vakantie afgelasten was er niet bij. Jake had zijn spullen al gepakt en een kaartje naar de Noordpool gestuurd om de kerstman te vertellen waar in India hij precies te vinden zou zijn. 'Ik kan hem niet teleurstellen,' zei Rachel.

Binnen een uur had ik een ticket gekocht.

We vlogen naar Colombo en vandaar naar Trivandrum in Kerala, op de kaart in het uiterste puntje van India. Ik maakte me zorgen dat Jake wel een of andere rare Indiase ziekte kon oplopen, maar toen we eenmaal onze intrek hadden genomen in een eenvoudig familiehotel dat gekoloniseerd was door wegschietende, beige hagedissen en omringd met kokospalmen die, in mijn ogen nogal misplaatst, vol kraaien zaten, was ik heel tevreden. We zaten aan de kust. Er was veel om naar te kijken. In fleurige doeken gewikkelde vrouwen paradeerden over het strand, balanceerden met grote trossen rode bananen op het hoofd en verkochten kokosnoten, mango's en papaja's. Vissers trokken visnetten op het strand alsof ze aan het touwtrekken waren. Toeristen uit noordelijke regio's van India kuierden langs de waterkant. Buitenlanders hingen in ligstoelen, de zandkleurige honden die eronder lagen te dutten grootmoedig negerend. Strandwachten, kleine, ranke mannen in blauw shirt en blauwe korte broek, speurden voortdurend de Arabische Zee af en bliezen van tijd tot tijd op een fluitje om zwemmers met gebaren op gevaarlijke stromingen te attenderen. Eén keer raakte een Italiaanse yogaleraar, een man met lange ledematen, verstrikt in een web van stromingen, hij moest gered worden door een strandwacht die over het water scheerde als een insect dat uitvloog om een spin te redden.

En dan was Rachel er nog om naar te kijken – met name haar rug, waarvan ik vergeten was dat hij bedekt was met ongewoon grote, prachtige sproeten, alsof ze Dalmatisch bloed had. De meeste middagen lieten we ons per motorriksja naar het zwembad van een luxehotel vervoeren. Als we dan door de kokosplantages scheurden waar de hele kuststreek mee bedekt was en die je de valse indruk gaven dat je door een jungle reed, wierp ik geregeld een blik op mijn vrouw en overwoog haar te vragen wat er allemaal in haar omging, maar dan bedacht ik me weer. Heel vaak had ze in die riksja's haar ogen dicht. Ze sliep overal, maakte niet uit waar: op het strand, bij het zwembad, op haar kamer. Het leek wel of ze probeerde dwars door de vakantie heen te slapen – zelfs door kerstochtend, toen Jake de cadeautjes die de kerstman voor hem op het balkon had neergezet openscheurde. Op iemands aanraden ging ik met mijn zoontje naar een vissersdorpje in de buurt voor een kerstdienst van de Church of India. De kerk, verreweg het meest trotse gebouw in de hele nederzetting, stond boven op een heuvel. Hij had een hoge, roomwitte toren en een spelonkachtig interieur in roze en blauwe tinten. Behalve op de grond kon je nergens zitten. Af en toe fladderde er een kraai naar binnen om een stukje van de dienst bij te wonen vanaf een plafondbalk, om dan weer naar buiten te fladderen. De voertaal was Malayalam, een kwetterend taaltje vol gezoem en gedreun – tot het kinderkoor, aan het eind van de dienst, opeens een vertolking inzette van 'Jingle Bells' en de woorden 'snow' en 'sleigh' door de hitte vlogen.

Ik wilde Rachel er alles over vertellen, maar toen we terugkwamen, rond het middaguur, lag ze nog in bed.

Zo nu en dan was ze wat mededeelzamer. De armoede zat haar dwars, zei ze – evenals haar idee dat ik mij, anders dan zij, nergens druk om maakte. Als ik, pro forma, stond te pingelen met een lungi-verkoper, bemoeide zij zich ermee: 'O, mijn god, geef die man gewoon wat hij vraagt.' Ik was degene die inkopen moest doen bij de fruitventers, omdat Rachel de aanblik van hun mond niet kon verdragen, die vol rotte, zwarte tanden zat, noch die van hun ogen, die spraken van een wereld vol voor ons onvoorstelbare behoeftigheid. Op een avond bood ze half-en-half haar excuses aan. 'Het spijt me. Ik vind het gewoon zo deprimerend om in mijn eentje een heel economisch stelsel te vertegenwoordigen. De oppas' – we hadden een Engelssprekende Assamese vrouw ingehuurd om elke morgen een paar uur op Jake te passen – 'de riksjarijders, de obers, de verhuurders van die strandstoelen, al die mensen die spullen verkopen op het strand... ik bedoel, elke onnozele beslissing van ons over de een of andere uitgave, heeft voor hen een enorme impact.' We deelden voor de nacht nog een laatste fles Kingfisher op het balkon van haar kamer. Jake lag op mijn kamer te slapen. Voor ons, op ooghoogte, had je de bladeren van de palmbomen. Tussen de bladeren, op de hemelszwarte zee, hingen in lange rijen de lichtjes van vissersboten. Rachel dronk rechtstreeks uit de enorme fles. 'Jij lijkt je nergens om te bekommeren,' zei ze. 'Jij vermaakt je met een beetje in het water rondspetteren.'

Dat was waar. Ik was zeer ingenomen met de golven, die een zoete, ziekmakende smaak hadden en ideaal waren om op te bodysurfen, een bezigheid waarvan het bestaan mij tot dusver niet bekend was geweest. Bodysurfen hield in dat je, tot je middel in zee, op een grote, welwillende breker wachtte die je, surfend met je lijf, helemaal terugbracht naar de schuimende ondiepte vlak voor het strand. De eerlijkheid gebiedt me te zeggen dat het voor mij wel een beetje een obsessie was geworden. Als we zaten te lunchen, wat we altijd deden op de eerste verdieping van een restaurant met uitzicht op zee, onderbrak ik de lectuur van Rachel geregeld met de uitroep: 'Moet je kijken, dat is een mooie golf daar.'

Rachel zei, schertsend: 'Je begint een beetje een bodyzeurver te worden, weet je dat?'

Op een middag liep ik naar de zee en zag ik dat er zeewier aanspoelde, en dat het strand bezaaid lag met paarse driehoekjes van de een of andere substantie die ik even later als vis had geïdentificeerd. Allerlei dingen dreven in het water – doppen van kokosnoten, een kam, een rottende slipper. Het had gestormd op zee. Toen ik een witte plastic zak zag drijven, besloot ik hem uit zee op te vissen en hem op het strand te gooien. Het was geen plastic zak. Het was een hond – een flinke puppy, tot pulp vergaan, die in het water dreef met bungelende pootjes. Ik trok me terug op het land.

De volgende dag maakten vrouwen met mistroostige gemeentejasjes over hun sari's het strand schoon en ruimden de aangespoelde rotzooi op. De zee werd weer helder. Toen ik er 's middags weer in ging, ging Rachel, kleiner en bleker en magerder dan ik haar ooit gezien had, met me mee. 'Goed,' zei ze, tegelijkertijd fronsend en glimlachend, 'laat maar eens zien hoe het moet.'

'Het is heel makkelijk,' zei ik. Er kwam net een enigszins dreigende golf aan, perfect om op te surfen. 'Daar gaat-ie,' zei ik. 'Je zet je gewoon af…'

Ik hief mijn armen, stak het hoofd vooruit, pakte de golf en liet me twintig meter vrolijk meevoeren.

Rachel had zich niet verroerd. Toen ik me weer bij haar voegde zei ik: 'De volgende is voor jou.'

'Ik denk dat ik even ga zwemmen,' zei ze, en ze liet zich op haar rug bij me wegdrijven, met de ogen dicht. Ze sliep zelfs in het water.

Op de eerste dag van 2005 ging ik met Jake de bergen in. De chauffeur van onze nepjeep reed met ons door de rijstvelden en daarna, steeds hoger en hoger en hoger, door schaduwrijke bossen van rubberbomen, en theeplantages, en specerijentuinen. Jake zat tussen mij en de chauffeur in. Aanvankelijk was hij opgewonden en spraakzaam, maar uiteindelijk werd hij stil en wagenziek. De reis verliep traag en de wegen waren hobbelig. Het was avond tegen de tijd dat we onze intrek namen in een jachthuis uit de koloniale tijd.

Die nacht, terwijl mijn zoontje tussen zijn nieuwe speeltjes sliep – die speeltjes bevolkten zijn slaapdronken geprevel, net als dinosaurussen en apen –, zat ik op de veranda en dacht na over zijn moeder. 'Geen boodschappen,' had de hotelmanager die ochtend voor ons vertrek uit eigen beweging gemeld. 'Boodschappen?' zei ik, verbaasd. Waarop hij lachend had geantwoord: 'Uw vrouw vraagt altijd of ik een boodschap voor haar heb ontvangen.' 'En? Nog niet dus?' 'Nog niet,' zei de manager. 'Maar als er een komt, laat ik het onmiddellijk weten.'

Dat bevestigde mij in mijn vermoeden, en dat was dat Martin Rachel de bons had gegeven.

Ik had hem slechts één keer ontmoet, op een godsgruwelijk zonnige dag, een halfjaar eerder. De ontmoeting was een val, want – dat was het enige knelpunt in ons co-ouderschap – ik weigerde stelselmatig ieder contact met hem. Zonder voorafgaand beraad ('Je zou jezelf alleen maar vreselijk hebben opgefokt,' zei Rachel), woonde ik een barbecue bij in de achtertuin van opa en oma Bolton. Terwijl ik rondsloop en elke interactie wanhopig probeerde te verlengen met eten en drinken en Charles Bolton uithoorde over zijn kijk op het nieuwe rugbyseizoen, maakte mijn rivaal het zich gemakkelijk bij de barbecue, waarop hij slechts uiterst bescheiden, gezinsvriendelijke kost klaarmaakte. Jake had zichzelf tot zijn handlanger gebombardeerd en stond, met een schort voor die tot zijn voeten reikte, te wachten op het sein om een worst om te keren. Het cadeautje dat ik had meegenomen – een van de zeldzaamste en derhalve zeer gezochte vriendjes van Thomas de Stoomlocomotief – lag moederziel alleen op het terras. Voor het eerst voelde ik de hoorns die mij waren opgezet jeuken.

Wat Rachel betrof, die liep met een glimlach rond, diplomatiek maar mij voortdurend ontwijkend: ze had altijd wel een reden om even naar binnen te moeten. Ze droeg een lange witte rok vol vlammende rozen. Ik had sterk de neiging – al had ik een nóg sterkere neiging, namelijk de barbecue oppakken en door het keukenraam smijten – om haar in het nauw te drijven, erop te wijzen dat dit gelijkstond aan martelen, althans enige consideratie op te eisen en in het algemeen protest aan te tekenen. Maar ik had weinig fiducie in mijn status. Ik was een ex en als zodanig, al geloofde ik het nauwelijks, gebonden aan de regels die het gedrag van exen voorschrijven.

Mijn schoonvader vervolgde zijn onduidelijke betoog over rugby. 'Aha,' zei ik, alsof ik het snapte. Maar het enige wat ik snapte was waarom Martin zo aantrekkelijk was voor mijn vrouw. Hij was een man van de daad. Hij stond niet stil. Hij liet dingen gebeuren.

Heel omzichtig een kopje water met twee handen vasthoudend schuifelde mijn zoontje naar zijn held toe en goot het water over de kolen.

'Het smaakt uitstekend,' zei Charles opgewekt, terwijl hij zijn laatste sparerib op zijn bord legde. Hij drentelde weg.

Ik ging in het gras zitten met, ik had ze geteld, mijn vijfde glas Grüner Veltliner van de Hungry Dog. Net toen ik besloten had op mijn rug te gaan liggen en de vader te spelen die een verdiend tukje doet, kwam Martin bij me zitten.

Hij schonk me een schaapachtige mannen-onder-elkaar-glimlach en trok een plukje gras uit het gazon.

'Beetje gênant, dit,' zei hij.

Ik reageerde niet. We moeten daar zeker een minuut hebben gezeten zonder dat er een woord werd gewisseld. Jake kwam aanrennen, sprong bij Martin op de rug en bleef daar hangen.

'Niet kietelen, kleine dondersteen,' zei Martin, en hij trok hem van zijn rug en zette hem stevig op de grond.

'Kom spelen, kom spelen,' riep Jake.

'Zo direct, ik zit net met je vader te praten, oké? Zo direct, Jake.' Tegen mij zei hij: 'Ik heb er zelf ook een.'

Dat had ik al vernomen: een dochter van vijftien uit zijn eerste huwelijk. Als Rachel met hem ging trouwen, zou ze de derde mevrouw Casey worden. Dat was mijn sprankje hoop. Ik kon me Rachel niet als derde vrouw voorstellen.

'Het is een lief kind,' zei Martin. 'Ze werkt ook bij mij in de Dog. De zaken gaan goed,' voegde hij er onbeholpen aan toe.

O ja? wilde ik zeggen. Kom maar eens terug als je tienduizend dollar bruto per dag binnenhaalt, klootzak.

'We zitten erover te denken om bij jou in de buurt ook een restaurant te beginnen,' zei Martin. 'In New York, bedoel ik.'

'Dan zou je eens aan Flatbush moeten denken,' zei ik. 'In Brooklyn. Dat is tegenwoordig hot. East Flatbush,' voegde ik er venijnig aan toe.

'East Flatbush?'

'Heel grappig, Hans,' zei Rachel.

Het grote moment was daar. Mijn vrouw had zich bij ons gevoegd in haar bloemrijke jurk. Ze liet zich op een neutraal plekje zakken. Het was me het tuinfeest wel, zoals we daar met zijn drieën zaten.

'Probeer die worteltjes eens,' zei Rachel. Ik had het eten op mijn bord niet aangeraakt. 'Die zijn heel lekker.'

Ik had geen zin om problemen te maken, maar ik had ook geen zin om te eten. 'Ik probeer helemaal niks,' zei ik.

Een voorspelbare stilte volgde. Martin ging weer staan. 'Ik kan beter weer even gaan opruimen,' zei hij.

Rachel en ik keken hem na. 'Je wordt bedankt,' zei Rachel.

'Dit is mijn weekend met Jake,' zei ik. 'Dat breng ik door

zoals ik dat wil. Dit is de laatste keer dat je me dit flikt.'

Mijn vrouw kwam overeind en veegde wat grassprietjes van haar jurk. 'Inderdaad,' zei ze, en ze liep naar Martin en kuste hem op zijn wang.

Die kus was een wellicht altruïstische en zonder meer karakteristieke poging tot eerlijk zijn.

Ooit, in de openhartigheid van onze vroegste, vrijmoedigste momenten, had ze geprobeerd een ex-vriend als onbeduidend af te doen door hem af te schilderen als een 'expert'.

'Hoe bedoel je, "expert"?'

'Nou ja, je weet wel, zo'n man die er prat op gaat dat hij elke vrouw kan laten klaarkomen als een pornoster.'

'En was dat zo?' Ik was gechoqueerd.

Ze gaf geen antwoord. Ik hoorde mezelf aandringen.

'Nou ja, dat wel,' zei Rachel, 'maar...'

'Dus ik ben geen expert?'

We lagen in bed, wat in die tijd zo ongeveer verplicht was. Ze leunde met haar hoofd op een hand en dacht na over mijn vraag.

'Nee,' zei ze, me recht aankijkend. 'Maar jij bent beter. Hartstochtelijker.'

Ze had besloten dat ik de waarheid wel aankon, of dat ik er in elk geval mee in het reine moest zien te komen. En dat deed ik ook, althans bij benadering. En hoewel ik niet kan zeggen dat het me sterker maakte, is het wel een troost om te weten, met het voordeel van met moeite veroverde wijsheid achteraf, dat iets goed gaat als ik mij een beetje zorgen maak over wat ze nu zal gaan zeggen.

Maar op mijn Indiase bergtop, waar ik in mijn gin-tonic zat te roeren en als Menelaüs en koning Arthur en Karenin zat te peinzen over mijn ontrouwe, diepbedroefde vrouw, kwam een onnozeler en veel minder edelmoedige gedachte bij me op: eigen schuld, dikke bult.

Een aap dook op. Het was een grijsgroen, pluizig beestje met een witte buik, een scheiding in het midden en een ronduit geërgerde gelaatsuitdrukking. Hij ging op zijn hurken op de balustrade van de veranda zitten, staarde me een paar seconden aan met zijn woedende, rode gezicht en liet zich toen als een oude tennisbal achterover het verduisterde terrein op rollen.

De waarheid, nu we het er toch over hadden, mijn denkbeeldige gesprekspartner Rachel en ik, was dat de Hans van den Broek die gin zat te drinken in de Western Ghats niet dezelfde was als de New Yorkse Hans van den Broek. Op een herfstochtend een paar maanden eerder was ik wakker geworden met een deuntje op mijn lippen en het gevoel dat ik... dat ik me prima voelde. De gemeenplaats uit de Lieve Lita-rubrieken van de vrouwenbladen had zich bewezen: de tijd had mijn wonden geheeld. Verklarende aantekening: tijd in Londen doorgebracht, nuchtere stad. Een bijzonder gevolg was dat ik ook weer afspraakjes maakte met andere vrouwen. (Zonder al te veel gedoe had ik twee dates gehad: een actrice en een personeelschef, alle twee in een wijnbar ontmoet, en alle twee, ongelooflijk maar waar, maakster van de opmerking: 'Nou, dat was geinig.') Een andere consequentie, nu we ons toch op het terrein van de gemeenplaats bevonden, was dat ik mezelf niet langer zag als een man die aan de grond zat tussen Scylla en Charibdis, maar als een man met een veel prettiger uitgangspositie, en een veel prettiger keuze: ik kon ervoor gaan, dat wil zeggen, voor mijn huwelijk, maar ik kon ook zeggen: laat maar, het hoeft al niet meer.

De rest van de vakantie wisselden Rachel en ik nauwelijks een woord.

Na de vakantie, op een zondagmiddag in februari, zette ik Jake af bij het huis van zijn grootouders. Ik wilde net weer wegrijden toen zijn moeder naar buiten kwam hollen en vroeg of ze mee kon rijden: haar auto was bij de garage en ze moest even langs haar kantoor.

Het was heel lang geleden dat wij voor het laatst echt alleen met elkaar waren geweest: een maand eerder, in India, was Jake erbij geweest, of, bij wijze van schaduw, de man die haar de bons had gegeven. Rachel had een spijkerbroek aan, een blauw jasje en een blauwe sjaal, een nieuwe combinatie. De situatie was zo overladen met nieuwigheid dat het natuurlijk aanvoelde om regelrecht naar Martin te informeren.

'Hij doet het met iemand anders,' zei Rachel.

'Mooi,' zei ik. 'Dat betekent dat ik het met jou kan doen.'

Ze leek iets te zoeken in haar jaszak. 'Oké,' zei ze.

We gingen naar mijn appartement. Dat herhaalde zich twee maanden lang zo eens in de week. We neukten met een minimum aan variatie en verleden: onze oude trukendoos was van die andere geliefden, die andere lichamen. Ik kuste Rachel niet op de mond en zij kuste mij niet op mijn mond. Maar ze rook wel aan me, rook aan mijn armen en haar en oksels. 'Ik heb je altijd lekker vinden ruiken,' stelde ze in alle neutraliteit vast. We spraken nauwelijks, wat in mijn voordeel werkte. Over Martin merkte ze op: 'Hij zei vaak dingen die eigenlijk heel onnozel waren. Ik werd er bijna onpasselijk van.' Het bleef even stil, maar toen barstten we voor het eerst in jaren samen in lachen uit.

Het was niet lang daarna dat we elkaar zoenden. Rachel prevelde al zoenend: 'We moeten eens naar een huwelijkstherapeut.'

Een halfjaar later kochten we een huis in Highbury. Ter compensatie van de prijs – die was 'astronomisch', zoals de makelaar toegaf – nam ik het op me om de kamer van Jake en twee logeerkamers te behangen. Ik werd een kundig behanger en dientengevolge ook een beetje een denker: weinig bezigheden, ontdekte ik, zijn een betere begeleiding van overpeinzingen dan het afrollen en opmeten van een strook behang, die strook op maat knippen en met lijm insmeren en het behang vervolgens zodanig aan de muur plakken dat er een patroon ontstaat. Uiteraard was ik tegelijkertijd bezig met het ontdekken van herkenbare patronen in de gebeurtenissen die tot het raadselachtige en verbazingwekkende feit hadden geleid dat ik hier aan het behangen was terwijl de stem van Rachel in een huis klonk dat van ons samen was.

Het was niet zo dat ik haar op heldhaftige wijze had heroverd (wat ik hoopte) of dat zij het tragische besluit had genomen genoegen te nemen met een betrouwbare man (wat ik vreesde). Ze was met me getrouwd gebleven, verklaarde ze in het bijzijn van Juliet Schwarz, omdat ze de verantwoordelijkheid voelde mij door het leven te helpen, en dat was een verantwoordelijkheid waar ze zich happy bij voelde.

Juliet draaide zich naar mij toe. 'Hans?'

Ik was sprakeloos. De woorden van mijn vrouw hadden me overdonderd.

Ze had precies onder woorden gebracht – ja, zelfs in praktijk gebracht – wat ik voelde.

'Ja,' zei ik. 'Dat heb ik ook.'

Zij het niet helemaal op dezelfde manier, bedacht ik, toen ik van mijn trap af kwam en mijn werk kritisch bekeek. Rachel zag onze hereniging als een voortzetting. Ik zag het zo: dat zij en ik elk onze eigen weg waren gegaan en dat we vervolgens voor een derde waren gevallen met wie we, door een gelukkig toeval, al getrouwd waren.

Jake en ik brachten de tweede dag van onze Indiase expeditie door in een natuurreservaat. We gingen op bootsafari op een meer, en vanaf de boot zagen we olifanten en herten en wilde zwijnen. Het mooiste was dat er overal apen waren. Jake was een apenfanaat en was ervan overtuigd dat hij de taal der apen sprak. Bovendien was er de verrukkelijke wetenschap dat in de heuvels om ons heen tijgers rondliepen. De volgende morgen vertrokken we ruim voor zonsopgang. Er was niet veel te beleven, op dat donkere uur, afgezien van honden die over de weg renden. In het dorp gloeiden straatlantaarns. Het hoofd van mijn zoontje op mijn schoot was een beurtelings wassende en afnemende maan. Weldra kwam aan alle verlichting langs de weg een eind. De auto en zijn stralende voorloper vervolgden hun weg door het bergwoud. Opeens zag ik, aan de rand van de stralenbundels, iets bewegen.

Er liepen mannen in de berm. Ze waren op weg naar hun werk. Ze liepen niet in groepjes maar alleen, in een lange, telkens onderbroken rij. Ze waren bijna onzichtbaar, en als ze te zien waren, was dat maar heel vluchtig. Sommige mannen hadden een shirt aan, andere niet. De meeste droegen hun lungi als een soort rok. Ze waren klein en mager en arm en donker van huid, met magere armen en magere benen. Het waren mannen die in het bos en in de duisternis liepen.

Om de een of andere reden blijf ik die mannen voor me zien. Ik zie Chuck niet als een van hen, al had hij, met zijn ontzettend donkere huid, een van hen kunnen zijn. Ik zie Chuck voor me zoals ik hem altijd gezien heb. Maar altijd als ik die mannen voor me zie, doemt uiteindelijk Chuck voor mijn geestesoog op.

M arinello is de naam van de ijssalon in Den Haag waar mijn moeder me, na een eeuwigheid winkelen in Maison de Bonneterie, altijd paaide met twee scheppen chocoladeijs. Marinello is ook de naam van de New Yorkse rechercheur die me belt over Chuck Ramkissoon. Ik heb al een maand geprobeerd hem aan de lijn te krijgen. Het is eind april. Het was eind maart toen ik dat telefoontje van die journaliste van de *Times* kreeg.

Mijn eerste impuls, die vorige keer, is naar New York te vliegen voor de begrafenis. Maar de telefoonboeken bevatten geen nummer van Anne Ramkissoon. Alleen Abelsky kan ik vinden.

'Toen hij verdween,' zegt Abelsky meteen, 'zei iemand: misschien heeft hij wel zelfmoord gepleegd. Ik zeg: idioot! Chuck is geen man voor zelfmoord! Hij heeft leven in zich voor tien! Vervolgens vinden ze hem in de rivier met vastgebonden polsen. Ik zeg tegen die zakkenwasser, ik zeg: zie je nou wel? Ik had gelijk.' Abelsky haalt piepend adem. 'Ze hebben niet gezegd waar hij aan overleden is.'

'Sorry?'

'Wat was de doodsoorzaak?' vraagt Abelsky wetenschappelijk. 'Verdrinking? Of was hij al vermoord?'

Daar heb ik geen antwoord op. Abelsky vervolgt: 'Toen ik het hoorde, was ik net een standbeeld. Hij was een geweldige medewerker. Vol ideeën. Hoewel ik hem er al honderd keer uit had moeten schoppen. Ik betaal zijn salaris en wat doet hij? Hij opent een kantoor in Manhattan! Dat had ik bij niemand anders toegestaan! Bij niemand! Alleen bij Chuck!' Op heel redelijke toon zegt hij: 'Maar we hadden ons al aangepast. Je moet je aanpassen, om aan de bak te blijven. Je moet met je tijd meegaan.'

Abelsky, die zegt niets van een begrafenis te weten, geeft me het nummer van Anne Ramkissoon.

'Wat gaat er met haar aandeel in de zaak gebeuren?' vraag ik.

Het is even stil. 'Dat zijn de advocaten aan het uitzoeken. Uiteraard krijgt ze waar ze recht op heeft.'

'Uiteraard,' zeg ik.

'En anders?' reageert Abelsky onmiddellijk. 'En anders? Met welk recht begin jij daarover?'

Ik moet om hem lachen, de gekrompen zakenman.

Hij vervolgt op gekwetste toon: 'Jij denkt dat ik hem vermoord heb? Jij denkt dat ik Chuck vermoord heb? Wel allemachtig!' roept hij. 'Omdat ik een Rus ben, heb ik hem vermoord? Omdat ik tegen hem schreeuwde? Wij hadden altijd ruzie! Van begin af aan, toen hij mij vertelde hoe je koosjere vis aan de joden moest verkopen. Wat een gotspe!' Hij kucht en piept weer. Abelsky klinkt niet al te best. 'Niemand die Chuck toen kende,' zegt hij, nu een en al tederheid. 'Hij stelde niks voor. Geen ene reet. Maar ik zag iets in die man. Hij was geweldig, een ontzettend goeie kerel. Als ik erachter kom welke klootzak hem dit gelapt heeft, wurg ik hem eigenhandig. Dat beloof ik zijn vrouw.' Dat kalmeert hem kennelijk, want hij zegt: 'Ik weet niet wat jij over Chuck weet. Maar als jij weet wat ik weet, zou je niet zo tegen mij praten. Maar dat geeft niet,' ontslaat hij me van elke aansprakelijkheid. 'Jij weet niet meer dan je weet.'

Ik weet dat ik Chuck voor het laatst heb gezien op Thanksgiving Day 2003. Ik had hem een paar dagen eerder, meer uit fatsoenlijkheid dan op grond van enige andere overweging, gebeld met de mededeling dat ik binnenkort voorgoed terug zou gaan naar Engeland.

'Laten we iets afspreken met Thanksgiving,' zei Chuck. 'Kunnen we dan afscheid nemen.'

Dat was afgesproken. Ik stelde mij een lunch voor in Flatbush, met Anne die de kalkoen opdiende terwijl mijn gastheer een preek afstak over het belang van een dag van nationale dankbaarheid. Maar wat er gebeurde was dat ik een telefoontje kreeg van Eliza. Ze zei dat ik naar Chucks kantoor aan 27th Street moest komen. Zij en Chuck zouden daar op me wachten en dan zouden we samen de paar straten naar Herald Square lopen, konden we daar het staartje van de Thanksgiving-optocht van Macy's meepikken. De rest van het programma, door Chuck in elkaar gedraaid, bleef geheim. Toen ik op die laatste mededeling reageerde met een stilzwijgen, zei Eliza: 'Zo denk ik er ook over.'

Thanksgiving Day in New York was dat jaar helder en winderig. Met de oplettendheid van iemand die binnenkort gaat emigreren liep ik door de straten van Chelsea. Voor het laatst nam ik het vriendelijke monumentalisme van Seventh Avenue in mij op, en voor het eerst viel mijn oog op een rij kleine gouden bomen op de hoek van Seventh en 25th Street.

Op Fifth Avenue stond Eliza me buiten op te wachten. 'Hij zei: we zien elkaar op Herald Square,' zei ze. 'Dat is toch idioot?'

Daar zat iets in. Herald Square – of liever gezegd 32nd Street, waar hekken en politieauto's de doorgang versperren – was het toneel van een bijna chaotische toestand. Toeschouwers stonden massaal op en rond de richels en ramen van de wolkenkrabbers, en op straat stond een enorme menigte, in bedwang gehouden door agenten en hekken, te dringen en te duwen om te zien wat er op het plein gebeurde. Wat dat aanging, had ik geen probleem. Ik had het voordeel van mijn lengte. De optocht leek tot stilstand te zijn gekomen. Ronald McDonald, tien meter hoog, met gele handschoenen, rode schoenen, rode mond, rood haar, zweefde boven Herald Square, zijn rechterarm verstard in een afzichtelijke zwaai. Aan zijn voeten wemelde het van de menselijke Ronald McDonalds, die de touwen van de ballon vasthielden en naar de mensenmassa's gebaarden en glimlachten. Vlak achter Old McDonald, zoals Jake hem altijd noemde, reed een roze praalwagen waarop prinsessen wild naar ons stonden te gesticuleren, en verderop, op Broadway, vielen nog andere zwevende monsters te ontwaren – arme Charlie Brown, op het punt om een trap tegen een bal te geven, Chicken Little, en een enorme, foetusachtige figuur, voorovergebogen en met een rode schedel, die mij niets zei. Van achter een gebouw drong het fragmentarische geschetter en getetter van een drumband tot ons door.

'We vinden hem nooit,' jammerde Eliza. 'Waar is hij?'

Plotseling kwam de optocht weer in beweging. Ronald McDonald zeilde de hoek om en zweefde de kloof van 34th Street in.

Ik gaf Eliza een klopje op haar arm. 'Recht voor ons,' zei ik.

Chuck stond aan de overkant van 33rd Street, aan de oostkant van het plein, waar een handjevol toeschouwers was toegelaten. Hij stond naar de optocht te kijken. We drongen door de menigte die kant op. 'Hé!' riep Eliza. 'Wij zijn hier!' Chuck keek en begon te grijnzen. 'Hé!' riep hij nog net hoorbaar terug. 'Ik kom eraan.'

We zagen hem op een politieman aflopen en naar ons wijzen. De agent schudde zijn hoofd. Chuck drong aan en wij staken onze duimen op om zijn woorden te bevestigen. De politieman volhardde in zijn weigering hem te laten oversteken. 'Doorlopen,' zei een agent aan onze kant van de straat. 'Jullie moeten doorlopen. U ook, mevrouw.'

'Wij proberen bij die man daar te komen, of hij hier,' legde ik uit.

'Welke man?' vroeg de agent.

'Die man, daar. Ziet u hem? Met dat koffertje.' Ik wees.

'Ik zie niemand met een koffertje,' zei de agent, zonder te kijken. 'Als jullie naar het noorden willen, moet je over Ninth Avenue gaan. Aan de oostkant zit het helemaal dicht.'

Ik belde Chuck. 'Deze agent hier zegt dat we over Ninth moeten. Maar jij komt nooit Broadway over.'

'Maak je daar maar geen zorgen over,' zei Chuck, terwijl hij naar me salueerde. 'Ik verzin wel iets. Ik zie jullie op Ninth en 34th. Geef me twintig minuten.'

We liepen door in westelijke richting. Op Seventh Avenue, voor Penn Station, bleven we opnieuw steken in een mensenmassa. Dit was kennelijk waar de optocht zou eindigen. Muzikanten met enorme trommels liepen rond, evenals een stel elfjes. Ik verontschuldigde mij bij een zeemeermin op wier staart ik was gaan staan. Ronald McDonald was ook weer terug, zijn gigantische romp hing schuin: ze trokken hem naar beneden om hem leeg te laten lopen. Het was een hele vertoning, Eliza en ik drongen instinctief naderbij. Er stak een abrupte bries op, de kleine Ronald McDonalds die de touwen vasthielden hadden er moeite mee de ballon onder controle te houden. We stonden op het punt weer door te lopen toen er een schok door de menigte ging. Ik draaide me om en zag Ronald McDonald nog net afzwaaien en tegen de hekken aan ploffen. Er werd gegild. Een man in een donutkostuum werd omvergegooid en minstens twee vrouwen gingen tegen de grond toen ze probeerden zich uit de voeten te maken. Ronald McDonald trok zich terug. Toen kwam hij opnieuw met geweld naar voren, halsoverkop, en hij maakte tegelijkertijd een draai in de wind zodat zijn stijve, zwaaiende arm langzaam in het rond maaide. Toeschouwers die als verlamd hadden staan kijken vlogen alle kanten op en uiteindelijk raakte de arm een man die het debacle probeerde te filmen met zijn mobieltje. Die man viel op de grond, evenals de politieman naast hem die de reusachtige, eigele handschoen met zijn blote handen probeerde te pakken, waarop een wegduikende jonge agent het nodig vond zijn pistool te trekken en op de amok makende Ronald McDonald te richten, een gebaar dat op zijn beurt tot een nieuwe uitbarsting van gegil en gevlieg leidde. Mensen doken massaal op de grond en Eliza greep mijn arm.

De windvlaag nam weer af. De kleine Ronald McDonalds hadden hun grote evenknie weer in bedwang.

'Droom ik of is dat echt gebeurd?' vroeg Eliza.

Het grootste deel van de weg naar Ninth Avenue bleven we lachen.

Chuck stond niet op de afgesproken kruising. Eliza vroeg: 'En, vond je mijn albums mooi?' Ik zei van wel. Ze had het goed gedaan. Het verhaal van mijn zoon, zoals zij het noemde, was bijeengebracht in één leren band met zijn initialen erop.

Eliza trok triomfantelijk haar biceps aan. 'Wat heb ik je gezegd?'

'Je hebt talent,' beaamde ik. Ik vertelde haar niet dat haar werk me weliswaar vreugde had verschaft – wie kan foto's van zijn lachende kind weerstaan? – maar dat het album ook de nooit eindigende, nooit goed verteerbare zelfuitwissing van mijn zoontje documenteerde. Binnen een bestek van enkele bladzijden werd zijn winterzelf uitgewist door zijn zomerzelf dat op zijn beurt weer werd uitgewist door zijn volgende zelf. Zo verteld is het verhaal van mijn zoontje er een dat voortdurend begint, tot het ophoudt. Is dat echt de enige mogelijke paginering van een leven?

Chuck was eerst laat, en toen heel laat. We belden hem herhaaldelijk, maar er werd niet opgenomen.

'Oké, nu maak ik me ongerust,' zei Eliza. We hadden bijna een uur gewacht.

'Hij zit gewoon ergens bij te komen van al die drukte,' zei ik, terwijl ik afscheid nam met een kus. 'De accu van zijn telefoon zal wel leeg zijn.'

Dat was donderdag. Die zaterdag belde ik Chuck nog een keer. Ik had nog steeds niks van hem gehoord. 'Hé, met mij,' sprak ik in. 'Ik zit al in het vliegtuig, we gaan zo vertrekken. Waar zit je? Wat was dat donderdag? Hoe dan ook, pas goed op jezelf. Het beste.'

Het vliegtuig ging in zijn achteruit, taxiede weg en verliet onschuldig brommend het heldere luchtruim boven New York.

Het is niet helemaal waar dat het Chuck uit het oog Chuck uit het hart was. Ik dacht wel degelijk aan hem. Ik concludeerde dat zijn uitblijven op Thanksgiving Day slechts een zoveelste blijk was geweest van zijn grilligheid en rekende het hem niet aan, net zomin als ik het hem, of mijzelf, aanrekende dat ik uiteindelijk niet meer uit hem kreeg dan een mailtje:

> Succes met alles! Sorry van Thanksgiving. Ik werd opgehouden. Spreek je gauw.
>
> Chuck

We hebben elkaar nooit meer gesproken. Zo af en toe, gedreven door een welwillende nieuwsgierigheid, zocht ik het internet af op informatie over Chuck Ramkissoon. Ik vond niks – waaruit ik opmaakte dat zijn cricketproject zeker ook niks was geworden. Jammer, maar helaas. Er waren andere dingen die mij opeisten.

Dan krijg ik te horen dat zijn lichaam in het Gowanus Canal is gevonden en dat het daar al heel snel na mijn vertrek uit New York in terecht is gekomen.

Onmiddellijk na mijn telefoontje met Abelsky draai ik het nummer van Anne Ramkissoon. Een andere vrouw neemt op en het duurt een tijdje voor Anne aan de lijn komt. Ik kijk naar de St Paul's. Het is een druilerige middag, met witte wolken, bespikkeld met kleinere, grijze wolkjes.

Anne neemt mijn condoleance in ontvangst. 'Heb je misschien ergens hulp bij nodig?' zeg ik. 'Zeg het maar, maakt niet uit wat.'

'Voor alles gezorgd,' zegt ze. 'Ik klaar voor dit. De bisschop regelt alles.'

'En de begrafenis? Ik zou er graag bij zijn.'

'Het lichaam van mijn man terug naar Trinidad,' zegt ze onomwonden. 'Rusten bij zijn familie.'

Ik voel me verplicht daar iets van te zeggen. 'Maar Anne,' zeg ik, 'je hebt hem toch gehoord? Hij wilde gecremeerd worden, in Brooklyn. Ik was erbij toen hij dat zei, weet je nog? Ik was zijn getuige.'

'Jij zijn getuige?' zegt Anne. 'Iedereen zijn getuige. Iedereen getuige van Chuck. Ik zijn vrouw. Ik twee jaar op hem gewacht. Niemand anders wachtte, jij niet, de politie niet. Ik wachtte.'

Het was tot dan toe nog niet bij me opgekomen er eens goed over na te denken wat het misschien betekende om de weduwe Ramkissoon te zijn.

'Ze halen mijn man uit het Gowanus Canal,' vervolgt ze. 'Wie gooit hem daar? Ik niet. Zijn getuige gooit hem daar. Nu ben ik hem kwijt,' zegt ze. 'Ik moet ermee leven. Jij gaat weer verder met je leven. Wat doe ik? Waar ga ik heen?'

'Het spijt me, Anne,' zeg ik.

Moet ik tegenover haar, tegenover ieder die het misschien aangaat, verklaren dat ik van slag ben? Dat ik hem dan misschien wel twee jaar niet gemist heb, maar dat ik Chuck nu wel degelijk vreselijk mis? Moet ik verklaren dat ik van hem hield? Is dat wat hier nodig is?

Misschien zou ik, concreter, moeten verklaren dat ik, nadat ik met Anne heb gesproken, vroeg mijn kantoor verlaat, om halfvier, en helemaal naar huis loop, heuvelopwaarts in een druilerige regen, en dat ik in Highbury Fields twintig minuten in mijn regenjas blijf staan nadenken over de vraag of ik het vliegtuig naar Trinidad moet nemen om de begrafenis bij te wonen. Dat ik, als ik thuiskom, mijn hand even op Jakes hoofd leg en tegen Paola, onze oppas, zeg dat ik naar mijn slaapkamer ga en met rust wil worden gelaten. Misschien zou ik moeten verklaren dat ik de politie in New York bel en word doorverbonden met een rechercheur Marinello die belooft mij terug te bellen maar het niet doet. Dat als Rachel thuiskomt van haar werk, ze meteen voelt dat er iets is, en dat we om negen uur gaan zitten met een glas wijn. Misschien zou ik moeten verklaren dat we beginnen te praten over Chuck Ramkissoon en dat in de maanden daarna op elk willekeurig tijdstip gedachten aan hem bij me opkomen. Wat is de verklaring die hier verwacht mag worden?

Er is weinig tijd voor nodig om Rachel over de leuke kanten te vertellen: de opmerkelijke omstandigheden waaronder Chuck en ik elkaar ontmoet hebben, dat we contact hielden, hoe onze samenwerking ontstond in hitte en gras en visioenen. Dat alles hoort ze zwijgend aan. Pas als ik haar vertel over de dag van de papegaaien, zoals ik de ergste dag bij mezelf ben gaan noemen, onderbreekt ze me.

'Vertel dat nog eens,' zegt ze, terwijl ze de schaduw in de wijnfles inspecteert en gelijkelijk over onze glazen verdeelt. 'Wat je daar precies zag.'

Mijn vrouw is advocate, vergeet dat niet. 'Ik weet niet wat ik precies zag,' zei ik. 'Ik zag alleen dat die man was afgetuigd. En dat zijn kantoor overhoop lag.'

'Waarom was dat?'

Ik kijk haar vluchtig aan. 'Dat weet ik niet. Ze hadden samen een zaakje. Ze deden in onroerend goed, dus misschien...' zeg ik. 'Chuck hield van afwisseling, hij wedde niet graag op één paard. Hij was liefst met allerlei verschillende dingen bezig. Dingen die niet noodzakelijkerwijs...' Zo kort en goed mogelijk vertel ik haar over de weh-weh en, zoals ik het zie, mijn onbewuste rol daarin.

Rachel kan haar oren niet geloven. Ze tuit haar lippen en leunt op een elleboog. 'Dat ziet er niet zo best uit, of wel?' besluit ze te zeggen. 'Jij reed hem rond terwijl hij zijn gokzaakjes regelde. Wat dacht je?' Ze zegt: 'Schat, die man was een gangster. Geen wonder dat hij zo aan zijn eind is gekomen.'

Nu ben ik, bij alle andere emoties, ook nog eens doodongerust. Ik strijk door mijn haar, maar mijn vrouw buigt zich voorover, neemt mijn hand van mijn hoofd en houdt hem tussen haar handen. 'O, Hans toch, domme gans,' zegt ze. 'Het komt heus wel goed.' Maar ze zegt ook dat ze morgen meteen een advocaat in New York gaat bellen. (Wat ze inderdaad doet. De advocaat geeft als zijn mening te kennen dat ik in de praktijk niks te vrezen heb en brengt ons tweeduizend dollar in rekening.)

Als ik mijn relaas vervolg, onderbreekt Rachel me nog een keer. Ze lijkt ontsteld. 'Je bleef met hem omgaan? Na wat er gebeurd was?'

Ik herken de beschuldiging op het puntje van haar tong: dat ik vanuit mijn temperament de neiging heb van alles en nog wat te vergeven en te verontschuldigen, wat de zaken er voor mij eenvoudiger op maakt, maar wat tegelijkertijd, zonder meer, een symptoom is van morele luiheid of een andere zwaarwegende tekortkoming in mijn karakter. Daar zou ze nog gelijk in hebben ook, in grote lijnen, want ik ben iemand voor wie bijna elke verontschuldiging toereikend is.

'Laat me even uitpraten,' zeg ik.

In oktober – twee maanden na wat ik dacht dat mijn laatste contact met Chuck was geweest – gaf mijn elektronische agenda aan dat het nog een week was voor de dag die ik die zomer gereserveerd had voor een rijexamen in Peekskill, een stadje ten noorden van New York (hoe verder van Red Hook, hoe beter, leek mij). Ik checkte de datum. Waarom in Amerika rijexamen doen als je vlak daarna het land gaat verlaten? Dat vraagt Rachel ook, en ik heb daar geen antwoord op.

Ik reed in een gehuurde auto over de Saw Mill en Taconic Parkway naar het noorden. Kaartstudie vooraf had plaatsnamen aan het licht gebracht als Yonkers, Cortlandt, Verplanck, en natuurlijk Peekskill. Met die Nederlandse namen contrasteerden, in mijn ogen, plaatsnamen als Mohegan, Chappaqua, Ossining, Mohansic, want terwijl ik door dicht beboste heuvels naar Peekskill reed, vulde ik het landschap in mijn fantasie aan met regressieve beelden van zowel Nederlanders als indianen, beelden die niet ontsproten waren aan volwassen historische reflectie, maar aan de onverantwoordelijk filmische kijk die een kind op de wereld heeft, wat leidde tot een beeld van een meisje in een lange jurk met zo'n ouderwets kapje op, dat in een blokhut op Sinterklaas zat te wachten, van roodhuiden die door de varens slopen, van kerkhofjes vol Nederlandse namen, van wolven en herten en beren in het bos, van schaatsers op een bevroren meertje, van slaven die in het Nederlands zongen. Toen klonk vanuit het niets het harde getoeter van een claxon – ik reed half op de andere rijbaan – en mijn dromen kwamen tot een abrupt einde. Ik gaf een draai aan het stuur en schonk mijn aandacht weer aan het asfalt en de andere auto's en de rit die ik in het hier en nu maakte.

Zoals gepland kwam ik een uur voor de afgesproken tijd in Peekskill aan. Ik reed een beetje rond om de straten te verkennen en oefende op het inparkeren. De stad was gebouwd op steile heuvels aan de Hudson en het was me snel duidelijk dat het voornaamste risico voor automobilisten erin bestond dat ze zo naar de rivier konden afglijden – sterker nog, ik had de indruk dat de fundamentele uitdaging waar de hele gemeenschap zich hier voor gesteld zag gelegen was in het bieden van voldoende weerstand aan de immense krachten die al haar ingezetenen, organisch en anorganisch, naar de waterige afgrond trokken die je vanuit elke straat kon zien. Die strijd leek zijn tol te hebben geëist van de inwoners, die rondhingen bij verbazingwekkend vervallen gebouwen en ronddwaalden door barre winkelcentra met het lethargische van een bevolking in shock. Er leek mij sprake te zijn van een abnormale concentratie van verpauperde zwarten, en een bizarre afwezigheid van de voldane blanke middenklasse die ik associeerde met voorposten van de City, zoals New York wordt genoemd door mensen die in zulke plaatsen wonen, en al bij al moest ik onwillekeurig denken aan een stad in East Anglia die ik ooit met mijn vrouw had bezocht: daar waren we 's nachts aangekomen, en in het licht van de volgende morgen werd ik verrast door een schouwspel met louter blanke mensen, uit wier gezichten alle kleur en vorm leek te zijn weggelekt, en die af en aan schuifelden met een onzalige, krankzinnige traagheid, zodat het in mijn ogen net was of zich een soort zombies in die plaats hadden gevestigd. Mijn nauwelijks verdedigbare afgrijzen ontging Rachel niet, en toen ik er een opmerking over had gemaakt, zei ze: 'Er is niks mis met die mensen, hoor.'

Mijn examinator bij deze gelegenheid was een beleefde oude blanke man die me op een bizar verslagen toon vroeg of ik buitenlandse rijervaring had, een vraag die ik bevestigend beantwoordde. Hij gebaarde dat ik moest starten, liet me een bocht nemen en vroeg me om in te parkeren. Dat deed ik nogal stuntelig, want ik wilde vooral niet geconfronteerd worden met de belachelijke regel dat je bij het geringste contact tussen band en stoeprand automatisch gezakt was.

'Niet geweldig,' opperde ik.

'Ach ja, nou ja,' zei de oude man. 'Ik zei vroeger ook altijd tegen mijn leerlingen: met fileparkeren moet je maar even met wat minder tevreden zijn. Blijf te allen tijde bij die trottoirband vandaan.' Hij liet me terugrijden naar waar we begonnen waren, en pas toen we weer stilstonden besefte ik dat hij vast van plan was me mijn voorlopig rijbewijs te geven.

'Dank u wel,' zei ik, lichtelijk overdonderd.

'Rij voorzichtig,' zei hij, en hij stapte uit.

Ik zat nog mijn tijdelijke New Yorkse rijbewijs te bestuderen toen er op het raampje werd geklopt. Het was Chuck Ramkissoon.

Ik keek verbaasd op toen hij het portier opentrok en naast me kwam zitten. Hij zette zijn Indiase cricketpet af – hemelsblauw met een saffraangele, witte en groene tricolore – en zweeg even theatraal. 'Wat?' zei hij toen. 'Dacht je dat ik dit heugelijke moment zou willen mislopen?'

Chuck, die in augustus had gezegd dat ik wel in zijn auto kon afrijden, was er de man niet naar om een datum te vergeten. Een telefoontje naar mijn kantoor had voor hem genoeg informatie opgeleverd.

'Ik heb de trein genomen,' zei hij. 'Jij zult me weer terug moeten brengen.'

Wat had ik moeten doen? Hem eruit gooien?

'Ja,' zegt Rachel. 'Dat is precies wat jij had moeten doen.'

Het eerste stuk legden we zwijgend af. Toen, vlak bij de rivier, aan de rand van het stadje, doemden twee immense koepeldaken op, in het gezelschap van een dunne, opvallend hoge schoorsteen: vanuit ons gezichtspunt twee moskeeën en een minaret.

'Indian Point,' zei Chuck.

Het voelde goed om de stad achter ons te laten. Chuck deed zijn telefoon uit. Hij zei: 'Weet je, ik heb je het verhaal van mijn broer nog nooit helemaal verteld.' Hij keek in de holte van zijn pet. 'Mijn moeder was kapot van de dood van mijn broer,' zei Chuck. 'Ze was maandenlang ontroostbaar. Letterlijk. Niets wat mijn vader kon zeggen maakte het er beter op. Op een dag hadden ze vreselijke ruzie. Mijn vader, die wat rum had gedronken, werd zo kwaad dat hij het erf op rende en terugkwam met een kip in zijn ene hand en een machete in de andere. Pal voor onze ogen hakte hij die kip de kop af. Toen smeet hij mijn moeder die kippenkop naar het hoofd. "Wegwezen," zei hij. "En neem dat maar mee."'

Hoorde ik het goed? Was hij me echt een van zijn verhalen aan het vertellen?

Chuck trok een zakdoek uit zijn achterzak en veegde zijn mond af. 'Ze hadden ruzie,' zei hij, 'omdat mijn moeder mee wilde doen aan een baptistenceremonie voor mijn broer. Ken je de baptisten? Ken je Shango?' Zoals gewoonlijk beantwoordde hij zijn eigen vraag: 'De baptistenkerk is in Trinidad een kruising van christelijke en Afrikaanse tradities – je ziet ze op zondag in Brooklyn ook wel hun liefde voor de geest uitbazuinen, in het wit, met van die klokjes. Ze geloven dat geesten bezit van je nemen. Soms raakt een van hen op straat in trance, dan begint hij helemaal te sidderen en te shaken en op de grond te kronkelen en in tongen te spreken. Het is een heel spektakel,' zegt Chuck, zijn armen spreidend en met zijn handen wapperend. 'Het andere wat met baptisten wordt geassocieerd is het offeren van kippen. Dan begrijp je meteen waarom mijn vader deed wat hij deed. Hij was kwaad dat mijn moeder zich liet meeslepen door dat voodoogedoe van de zwarten.'

'Je bent me een excuus verschuldigd,' zei ik. 'Een excuus en een verklaring. Ik heb geen zin hiernaar te luisteren.'

Chuck stak instemmend zijn handen op en zei: 'Er is een plek waar de Shango-baptisten graag komen, en dat is de Maracaswaterval.' Over Trinidad, legde hij uit, van oost naar west, lopen de bergen van de Northern Range. In die bergen heb je woeste en afgelegen valleien, en in een daarvan, de Maracasvallei, heb je de beroemde Maracaswaterval. Chuck zei: 'Die is heel bijzonder: het water stroomt tot aan de rand van een berghelling en stort dan honderd meter naar beneden. Als je erheen gaat zul je de vlaggen en kippenkoppen die de Shango-baptisten hebben achtergelaten vanzelf zien. Het is behoorlijk griezelig als je niet weet wat het allemaal te betekenen heeft.'

Achterovergeleund vertelde hij dat je alleen bij die waterval kon komen over een voetpad van een paar kilometer lang door een van de laatste oerbossen in Trinidad. Het is in dat bos, in de bergen, dat je een van de wonderbaarlijkste zangvogels van Trinidad kunt horen, en als je geluk hebt zelfs zien: de violette organist, bij iedereen op het eiland bekend als de geeldas. De mannelijke geeldas is een goudgele vogel van misschien tien centimeter, en volgens Chuck vangen de kinderen in Trinidad die al sinds mensenheugenis. Ze houden ze in kooien omdat ze zo prachtig zingen, een praktijk die ertoe geleid heeft dat de soort inmiddels met uitsterven bedreigd wordt. Chuck zei dat hij zich schaamde te moeten toegeven dat een groot deel van zijn eigen jongensjaren gespendeerd was aan pogingen zangvogels te vangen, meestal de zaadeters en vinken die toen veel voorkwamen op de grasvlaktes rond Las Lomas. 'Er zijn allerlei manieren om vogels te vangen,' zei Chuck. 'Mijn eigen methode, met de geeldas, was een andere geeldas in een kooi als lokvogel gebruiken. Dan maakte ik een stok aan die kooi vast en smeerde daar gomhars op, laglee noemen we dat.' De geeldas werd aangetrokken door de zang van zijn soortgenoot, streek neer op die stok en bleef dan een paar seconden in de gom kleven. 'Dat was mijn kans: dan sprong ik tevoorschijn en greep hem voor hij weg kon vliegen.'

Chuck tuurde in het zonlicht en zette zijn pet weer op. Het was een heldere dag. Herfstkleuren vlamden in de bossen.

Op een dag, vertelde hij, was hij naar de Maracasvallei gegaan om een geeldas te vangen. Dertien of veertien was hij toen. Hij was enigszins bekend daar, want hij was er al eens met zijn vader op jacht geweest. Het was een doordeweekse dag. De jonge Chuck – of Raj, zoals hij heette – liep in zijn eentje over het pad naar de waterval. Aan weerskanten van het pad groeiden immense bomen. Na zo'n anderhalve kilometer tussen de bomen kwam hij bij een plek die geschikt was voor zijn doel. Hij zette de kooi met de geeldas aan de rand van het pad en hurkte neer achter een boom. Van beneden, in de vallei, klonk het geluid van stromend water dat op de rotsen kletterde.

Na een poosje begon de geeldas te zingen. Chuck bleef stil zitten wachten.

Pas toen viel hem iets ongewoons op: een smal paadje dat in het bos verdween, onhandig met takken toegedekt. Chuck volgde het pad. Het leidde naar een boom. Bij de boom waren

allerlei gereedschappen en benodigdheden zo'n beetje verstopt
– harken, schoffels, mest, een machete. Chuck zag ook nog iets
anders: zaailingen in een beker. Hij wist meteen wat dat betekende. Een vriend had het hem pas geleden nog laten zien: je
deed de marihuanazaadjes in een beker en dan ontkiemden
ze.

Op datzelfde moment hoorde Chuck stemmen dichterbij
komen, mannenstemmen. Hij begreep onmiddellijk dat dat de
marihuanakwekers moesten zijn. De stemmen werden luider
en toen zag hij ze, tussen de bomen door, ze kwamen aanlopen
over het hoofdpad – twee zwarten, een met lange dreadlocks,
de andere een Oost-Indiër met een zonnebril op. 'De angst
die ik op dat moment voelde,' zei Chuck, 'is iets wat ik nooit
zal vergeten. Nooit. Het was alsof ik een trap tegen mijn borst
kreeg. Die zonnebril was angstaanjagend. Hij was pikzwart,
pikzwart – zo'n zonnebril die Aristoteles Onassis ook altijd
droeg.' Hij schudde zijn hoofd. 'Ik wist dat ik in gevaar was,'
zei hij. 'Die gasten zijn meedogenloos. Ze zouden niet aarzelen me in mootjes te hakken. Sommige mensen doden met het
grootste gemak. Ik wist dat de geeldas hen zou alarmeren. Een
geeldas in een kooi, die daar zo in het bos staat – iedereen weet
wat dat betekent. Dus ik zette het op een lopen – de berg af,
naar waar ik het water hoorde. Dat was de enige kant die ik op
kon. Achter me hoorde ik geschreeuw, en gekraak van takken.
Ze kwamen achter me aan.'

Zodra je je in dat bos waagde, bevond je je volgens Chuck
onder een dicht, bijna ononderbroken bladerdak. Waar een
boom was omgevallen, kwam het zonlicht erdoorheen, verder
was het overal donker. 'Dat betekent dat je van die stralende
pilaren van zonlicht tussen de bomen hebt. Daar vind je kreupelhout. Verder is de grond bijna kaal. Mensen denken vaak
dat oerbossen een soort jungles zijn, maar dat zijn het helemaal niet, die bergwouden niet althans. Ik kon voluit sprin-

ten. Ik moest me af en toe aan jonge boompjes vastgrijpen om vaart te minderen en te voorkomen dat ik van de helling naar beneden rolde.'

Chuck verschoof onrustig op zijn stoel. 'God, dat was ik bijna vergeten. De slangen. Dat bos is het domein van de kattenoogslangen – groefkopadders. Je hebt twee soorten, de z'ananna en de balsain. Er bestaat een tegengif tegen balsaingif, maar de z'ananna, de bushmaster, vijf meter lang en met een ruitjespatroon op zijn rug – boy, als je daardoor gebeten wordt, overleef je het niet. Het zijn nachtdieren, maar ze zijn heel makkelijk te storen. Dus ik was al doodsbang voor die mannen die achter me aan zaten – en die ik trouwens niet kon horen, maar ik voelde gewoon dat ze ergens achter me waren – en nu was ik ook nog eens doodsbang voor die slangen. Mijn god, als ik er weer aan denk...' Opnieuw schudde Chuck zijn hoofd. 'Ik herinner me nog dat het geluid van de rivier steeds luider werd. Ik kom bij een droog ravijn uit, een diepe geul. Ik spring eroverheen en klauter aan de andere kant omhoog door me aan allerlei wortels op te trekken. Dan ren ik verder naar beneden, recht naar de rivier. Het water in die rivier is heel helder, en hij ligt bezaaid met rotsen. Ik hoef me geen zorgen meer te maken over slangen. Ik aarzel niet, ik ga meteen stroomafwaarts. Ik heb geen keus – stroomopwaarts heb je van die enorme rotsen, en aan de overkant heb je een steile helling met meer slangen. Maar het vreselijke was, ik kon niet zien waar ik heen ging. Varens, dikke heliconia's, hingen helemaal over de rivier heen, ik moest me er gewoon doorheen worstelen. Ik had het afgrijselijke gevoel dat die mannen een kortere weg wisten – weet je wel, dat ik een varentak opzij zou duwen en dat ze dan op me zouden staan te wachten. Hoe dan ook, ik bleef gewoon door die bedding lopen, door dat snelstromende water, en probeerde niet uit te glijden op de rotsen. Toen – het begon nu echt op een film te lijken –, toen stortte het water een meter of zes, zeven naar beneden in een meertje. Ik probeerde langzaam langs de waterval naar beneden te klimmen, maar dat ging niet. Er was geen weg naar beneden. Toen hoorde ik stemmen, niet ver weg, heel dichtbij zelfs. "Dread! Dread! Hij is hier!"'

Chuck zweeg. 'Laat me je dit vragen: heb jij ooit voor je leven gerend? Ik bedoel niet wat er bij die cricketwedstrijd gebeurde, hoewel dat best gevaarlijk was. Ik bedoel echt een situatie dat je moest rennen of anders was het met je gedaan.'

Ik was hem niet ter wille met een antwoord. Maar dat soort situaties had je niet veel in het Den Haag van mijn jeugd.

Met een stem waar verwondering uit sprak, zei hij: 'Wat ik nu bedenk, als ik erop terugkijk, Hans, is dat je, als je rent voor je leven, echt rent voor je leven, dat je dan een sterk besef van geluk hebt. Niet dat je je gelukkig voelt, of het gevoel hebt dat je geluk hebt, dat is niet wat ik bedoel. Wat ik bedoel is: je beseft heel sterk dat geluk is wat je nodig hebt, en je voelt het overal om je heen in de lucht. Maar het is ongrijpbaar. Totaal ongrijpbaar. Begrijp je wat ik bedoel? Neem maar van mij aan dat dat een afgrijselijk gevoel is.'

Hij zweeg, met gefronst voorhoofd. 'Hoe dan ook, ik besloot te springen. We hebben het over een meter of zes, zeven, in water dat misschien wel, maar misschien ook wel helemaal niet diep was. Het was vreselijk, want ik kon niet zwemmen – dat kan ik nog steeds niet. En laat ik je dit vertellen, ik kan nauwelijks een trap op lopen zonder duizelig te worden. Maar op de een of andere manier dwong ik mezelf te springen. God, die angst die ik voelde toen ik naar beneden viel...' Chuck sidderde even. 'Ik had geluk. Het water was diep genoeg om mijn val te breken, maar ook weer niet zo diep dat ik niet naar de kant kon waden. Ik stootte mijn knie, maar ik kon nog lopen. Ik klauterde de rotsen op en vluchtte verder. Ik was uitgeput, kapot. Maar ik pushte mezelf om door te lopen, om te proberen rustig adem te halen, en de pijn in mijn knie te vergeten. Wat ik niet begrijp, achteraf,' zei Chuck, 'zijn mijn achtervolgers. Ik rende voor mijn leven – maar die mannen? Zo vastberaden, alleen om een jonge jongen te pakken te krijgen? Waarom, Hans? Ik vormde geen enkele bedreiging voor hen. Ik was maar een klein ventje met een geeldas... Het enige wat ik kan bedenken is dat het iets met jagen te maken heeft. De jacht prikkelt een of ander instinct dat ergens diep in ons binnenste zit. Die mannen waren jagers, zeker weten.

Dus ik rende door,' vervolgde Chuck. 'Half lopend, half struikelend. Een minuut of twintig later zag ik kokospalmen. Ik overwoog op het droge verder te lopen, maar mijn angst voor slangen stak weer de kop op, want in kokosplantages heb je vaak bushmasters. Ik rende zo'n beetje langs de rivier, soms in het water, soms op het droge. Toen kwam ik op een plek waar enorme boomstammen dwars over de rivierbedding heen waren gevallen. Ik klauterde over één boomstam heen en ging eindelijk zitten om even op adem te komen. Ik was kapot, echt. Van die mannen was geen spoor meer te bekennen. Maar ik kon niet met zekerheid zeggen of ik ze had afgeschud, want de varens belemmerden het zicht. Toen, ik zal het nooit vergeten, kwam een blauwe morpho, een blauwe keizervlinder, door het zonlicht aanfladderen.' Hij draaide zijn gezicht naar me toe. 'Ben jij – hoe heet het – een lepidopterist?'

Ik glimlachte bijna.

'Prachtig woord is dat. Lepidopterist. Zo heet dat toch, een vlinderkundige? Maar goed, ik liep weer verder. Ik kom bij een oud, bijna verdwenen pad. Kenden die mannen dat pad? Stonden ze me ergens langs dat pad op te wachten? Het maakte niet meer uit. Ik was te moe om me druk te maken. Ik volgde het pad, over een steile wal, zó steil' – hij vormde een hoek met zijn onderarm – 'en kwam uit op een verlaten tonkabonenplantage. Ken je die, tonkabonen? Het zaad wordt gebruikt voor parfum, snuif. Tegenwoordig hebben ze daar synthetische producten voor, dus die oude plantages worden weer aan het bos teruggegeven. Net als met kokos. Die handel is opgehouden vanwege de slangen. De mensen hadden er geen zin meer in om hun leven op het spel te zetten. Hoe dan ook, ik kwam boven op de tonkabonenheuvel aan. Beneden lagen de huisjes van Naranjos, een bergdorp. De mensen daar zijn boeren en planters, een mengeling van zwart en Spaans, bijna rood van huid. Sommigen hebben nog eigendomsakten uit de Spaanse tijd. Ze hebben ook Spaanse namen – Fernandez, Acevedo. Het dorp zelf, Naranjos, is genoemd naar de sinaasappelbomen die ze tussen de kokospalmen hebben geplant. Ik noem het wel een dorp, maar we hebben het eigenlijk over bouwland met hier en daar een huis, begrijp je wel?' Chuck haalde diep adem. 'Het was nog altijd een vol uur lopen naar het eigenlijke centrum van het dorp. Dus ik strompel nog een uur door tot ik eindelijk, eindelijk, bij een rumshop aankom. Laat ik je dit zeggen, ik ben nog nooit zo blij geweest een rumshop te zien. Daar bleef ik mooi zitten, dicht bij een stel mannen die wat zaten te ouwehoeren en witte rum te drinken. Van die mannen die je een veilig gevoel geven. En weet je wat,' zei Chuck, en hij boog zich voorover en gaf een klap op het dashboard, 'ik herinner me nu nog waar ze het over hadden. Eens kijken, ze hadden het over een man die op zijn fiets van Sangre Grande naar San Juan was gereden met zijn lievelingsslang om zijn nek – een boa constrictor. Niet heel slim. Die slang begon hem te wurgen en op een gegeven moment viel hij van zijn fiets, helemaal blauw aangelopen. Hij had nog geluk dat er net iemand langskwam die die slang weer van zijn nek trok.' Chuck lachte heel eventjes. 'Daarna ben ik achter in een pick-up met een lading koffie mee teruggereden naar de kust. En dat was het. Einde verhaal.' Hij lachte. 'Of begin.'

De auto bracht ons steeds dichter bij New York.

'Ik heb het nog nooit eerder aan iemand verteld,' zei Chuck welwillend.

Ik had niet het gevoel dat hij me maar wat op de mouw speldde. 'Waarom niet?' zei ik.

Hij wreef over zijn kaak. 'Wie zal het zeggen,' zei Chuck. Hij zag er opeens vermoeid uit.

De rest van de terugweg naar New York werd er weinig meer gezegd. Chuck heeft nooit zijn excuus aangeboden of een verklaring afgelegd. Vermoedelijk had hij het idee dat zijn aanwezigheid in die auto op een verontschuldiging neerkwam, en zijn verhaal op een verklaring – of dat hij mij, op zijn minst, een kijkje had gegund in zijn ziel en me zo de kans had gegeven eens wat dieper na te denken over inhoud en samenstelling ervan. Ik ben daar niet op ingegaan. Ik had er geen zin in een regelrechte lijn te trekken van zijn kinderjaren naar het gevoel dat hij, als Amerikaan, gerechtvaardigd was te doen wat ik hem had zien doen. Hij verwachtte van mij dat ik mij in morele zin aanpaste – en dat was een aanpassing die ik niet kon opbrengen. Ik zette hem af bij een metrostation in Manhattan. We hadden geen contact meer tot de dag dat ik hem opbelde met de mededeling dat ik New York ging verlaten. Het was alleen om het mezelf niet al te moeilijk te maken dat ik toen instemde met die afspraak met hem op Thanksgiving Day.

'Ik vind het ongelooflijk,' merkt Rachel op, 'dat hij daar helemaal met de trein naartoe is gegaan om jou te ontmoeten.'

'Zo was hij,' zeg ik.

'Hij moet je wel gewaardeerd hebben,' zegt ze.

We hebben samen een fles wijn gedronken, en wat Rachel net gezegd heeft geeft me een warm gevoel vanbinnen. Tot ze eraan toevoegt: 'Ik bedoel, jij was van wáárde voor hem. Hij was niet geïnteresseerd in jou.' Ze zegt: 'Niet echt. Niet in jóú.'

Bij wijze van reactie sta ik op en ruim de tafel af. Ik ben te moe om uit te leggen dat ik het er niet mee eens ben – om te zeggen dat er, hoezeer Chuck me uiteindelijk ook heeft teleurgesteld, veel momenten waren geweest dat dat niet het geval was, en dat ik niet zie waarom zijn beste zelfmanifestaties niet de basis zouden mogen vormen voor een eindoordeel. We stellen allemaal teleur, uiteindelijk.

De volgende dagen en weken probeer ik herhaaldelijk rechercheur Marinello aan de lijn te krijgen, omdat ik relevante informatie meen te hebben over Chuck Ramkissoon. Het is ongelooflijk, maar het kost hem een hele maand om mij terug te bellen. Marinello schrijft mijn persoonlijke gegevens op – adres, telefoonnummers, werkgever. Eindelijk, het is om gek van te worden, vraagt hij: 'Dus, u hebt informatie die betrekking heeft op de heer Ramkissoon?'

Met allerlei vragen leidt hij me door mijn verklaring heen. Ik vertel hem alles wat ik weet, zelfs feiten die potentieel belastend voor me zijn, en een heel uur lang tekent Marinello zorgvuldig al mijn woorden op. Dat maakt het des te verrassender dat hij vervolgens meteen afscheid neemt, zonder verdere vragen: 'Heel goed, dank u wel.'

'Dat was het?'

Marinello zucht. Dan, misschien omdat ik in Engeland zit, buiten zijn jurisdictie, of misschien omdat hij me een maand heeft laten wachten, of misschien doen politiemensen dat zo af en toe gewoon om de goeien tegemoet te komen, maar in elk geval doet hij een 'vertrouwelijke' mededeling: ze weten wie het gedaan heeft. 'We hebben alleen geen bewijzen die voor de rechtbank overeind blijven,' zegt Marinello.

'Bewijzen?' zeg ik wezenloos.

'Getuigen,' zegt Marinello. 'We hebben geen getuigen.'

Voor de tweede keer vraag ik: 'Dat was het?'

'Dat was het,' zegt Marinello. Hij klinkt tevreden. Hij heeft het gevoel dat hij iemand een lesje realiteitszin heeft geleerd.

Of dat nou zo is of niet, ik heb het idee dat ik niet op moet geven. In het weekend bel ik Anne Ramkissoon weer – om tot de ontdekking te komen dat het nummer van de Ramkissoons niet meer in gebruik is. Ik zoek een oude agenda op met het nummer van Eliza erin. Een man met een Spaans accent neemt op. Eliza is er niet, zegt hij. 'Ik ben haar man. Kan ik iets voor u doen?'

Om hem niet op verkeerde ideeën te brengen vertel ik hem precies wie ik ben. Of hij is op zijn hoede of hij is niet bijster geïnteresseerd, maar hij reageert nauwelijks. 'Ik bel nog wel een andere keer,' zeg ik.

Maar dat doe ik niet. Ik laat het er verder bij zitten. Zeker, ik heb zo mijn theorieën – het is niet waarschijnlijk dat Abelsky het gedaan heeft, concludeer ik aarzelend –, maar Marinello's onverschilligheid jegens mij suggereert dat er geen enkel verband bestaat tussen mijn persoon en de relevante feiten. Chuck Ramkissoon liet zich in met zaken waar ik absoluut geen weet van had.

Een maand gaat voorbij, en dan nog een. Dan, in juli, doet zich een onverwachte ontwikkeling voor. Ik lees ergens dat Faruk Patel, de goeroe-miljonair die zich volgens Chuck bereid had verklaard zijn plannen te financieren, in het kader van een lezingentournee in de stad is. Ik besluit Faruks pr-manager te bellen en om een onderhoud te vragen. 'Zeg hem maar dat het over Chuck Ramkissoon gaat,' zeg ik.

Verrassend genoeg belt ze binnen een uur terug om een afspraak te maken.

Faruk is ingekwartierd in een suite in het Ritz. Een assistent brengt me naar hem toe. Hij draagt, zoals zijn eigen merk voorschrijft, een wit trainingspak, een wit T-shirt en witte gymschoenen. Hij komt heel democratisch naast me op een grote witte bank zitten en zegt dat ik geluk heb dat ik hem te spreken krijg, daar hij zelden in Londen is, en als hij er is heeft hij het altijd heel druk.

'Vertel eens,' vervolgt hij, en hij leunt achterover en wiebelt met een voet, 'wat was precies de aard van uw relatie met Ramkissoon?'

'Hij was een persoonlijke vriend,' zeg ik. Ik geef een korte beschrijving van mijn rol als terreinknecht. 'Ik had niks met zijn zaken te maken.'

Faruk lijkt het wel vermakelijk te vinden. 'Hij zei dat u een van zijn directeuren was. Vervolgens zei hij dat u wel directeur was, maar dat u geen uitvoerende taken had. En toen zei hij dat u erbij betrokken was, maar slechts op informele basis, en dat u uw gezicht zou laten zien als we eenmaal een bouwvergunning hadden.'

Ik lach. 'Nou ja, misschien is dat ook nog wel zo,' zeg ik. 'Wie zal het zeggen?'

Faruk moet ook lachen. 'Hij was een intrigerende figuur. Daarom ben ik er sowieso ook bij betrokken geraakt. Mijn adviseurs zeiden dat ik me er verre van moest houden. Maar ik wilde weten wat die vreemde vent van plan was. Je kon niet weten. Ik ben nog captain geweest van mijn universiteitsteam,' schept hij opeens op. 'Ik denk wel eens dat ik professioneel cricketer had moeten worden.'

Iemand schenkt thee voor ons in. 'Denkt u dat het iets geworden zou zijn?' vraag ik.

'De New York Cricket Club,' zegt Faruk, en hij trekt zijn wenkbrauwen op, 'was een voortreffelijk idee – een sportterrein in New York. Dat was een opportunity. Maar zou het ook iets geworden zijn met het grote project? Nee. Er zijn grenzen aan wat Amerikanen kunnen bevatten. En cricket is zo ongeveer de limit.'

Als ik, uit loyaliteit jegens Chuck, niks zeg, vervolgt Faruk met nadruk: 'Hoor eens, hij wilde het cricket naar de Amerikanen brengen. Hij wilde expansie bewerkstelligen, hij wilde dat ze ernaar keken, het zelf gingen spelen. Hij wilde een complete cricketrevolutie ontketenen.'

'Ja, ik weet het.'

'Ik had een ander idee,' zegt Faruk. 'Mijn idee was: je hebt Amerika niet nodig. Waarom zou je? Je hebt de televisie, internetmarkten in India, Engeland. Dat is meer dan genoeg tegenwoordig. Amerika? Niet relevant. Je zet het stadion daar neer, maar dan ben je ook klaar. Finito la musica.' Hij drinkt zijn kopje leeg.

We gaan staan. 'Het is tragisch,' zegt Faruk Patel plechtig, en hij legt een hand op mijn schouder: we zijn broeders in het verdriet. 'Ramkissoon was een zeldzame vogel.'

Die nacht kan ik de slaap niet vatten. Ik ga uit bed, de trap af, naar de keuken, en schenk een glas mineraalwater in. De familielaptop staat op de keukentafel. Ik zet hem aan.

Ik ga naar Google Maps. Dat staat afgesteld op een satellietfoto van Europa. Ik vlieg naar het westen, over de donkerblauwe oceaan naar Amerika. Daar heb je Long Island. Ik zoom te snel in en beland voor het eerst in jaren in Manhattan. Het is, noodzakelijkerwijs, een stralend heldere dag. Er zitten bladeren aan de bomen. In alle straten staan auto's, bewegingloos. Alles lijkt stil te staan.

Ik zwenk af naar Brooklyn, over huizen, parken, begraafplaatsen, en houd stil bij olijfgroen kustwater. Ik volg de kustlijn. Gravesend en Gerritsen schuiven voorbij, en dan komt de geometrische massa landingsbanen van Floyd Bennett Field. Ik zoom weer in, zo ver mogelijk. Daar heb je het veld van Chuck. Het is bruin – het gras is verbrand – maar het is er nog. Er is niets van een batting square te bekennen. De opslagloods is weg. Ik zie alleen een veld. Ik blijf er een poosje naar zitten staren. Ik heb te kampen met een verscheidenheid aan reacties en vlieg weer omhoog, de atmosfeer in, waar ik de hele planeet in beeld heb, met onderzeese plooien en al – waar ik de optie heb, als ik daar behoefte aan zou hebben, om te gaan waar ik wil. Maar vanaf die hoogte zijn de bewegingen van een mens nauwelijks te bevatten. Waar zou hij heen gaan, en waarvoor? Er is niets te bespeuren van naties, geen spoor te zien van mensenwerk. De Verenigde Staten als zodanig zijn nergens te bekennen.

Ik schakel de computer uit. Ik drink nog een glas water en verdiep me in een stapel papieren die ik voor mijn werk heb uitgeprint. Ik ben klaarwakker.

Terwijl Cardozo ondergronds voortsnelt richting Sloane Square en zijn aanstaande, slenter ik over Waterloo Bridge met mijn jasje aan een vinger over mijn schouder. Ik vind het lekker om te lopen. Hoewel het al begin van de avond is, is het nog heel warm: het is, per slot van rekening, de zomer van de grote hittegolf. De Engelse zomer is eigenlijk een matroesjka-pop van zomers – de grootste is de zomer van ondubbelzinnige rampzaligheid in Irak, die meteen daarna de zomer van de vernietiging van Libanon bevat, die zelf weer een hele serie nog kleinere zomers bevat die uiteindelijk leiden tot de zomer van Monty Panesar en, misschien wel de kleinste, de zomer van de voet van Wayne Rooney. Maar op deze avond achter in juli voelt het aan als domweg zomer, en het is zonder echt aan iets te denken dat ik me losmaak uit de massa wier lot Waterloo Station heet en de trap afdaal naar de oever van de Theems. Er heerst een vrolijke sfeer op de boulevard, waar de wandelaars die speciale blijheid ten deel is gevallen die een zomerse rivier te bieden heeft, een geschenk van ruimte, van licht en op de een of andere manier van tijd: de zeven klokslagen van de Big Ben klinken treurig. Ik loop onder de Hungerford Bridge en zijn zonnige nieuwe wandelpaden door en word op overweldigende wijze geconfronteerd met het London Eye, en profil. Hier, bij het lelijke gazon van Jubilee Gardens, heb ik afgesproken met mijn vrouw en kind. In plaats van met het hoofd in de nek naar de Eye te gaan staan kijken, breng ik tien minuten door met kijken naar het stromende rivierwater. Het is nauwelijks te geloven dat precies hier, in dit gedeelte, in januari nog een walvis heeft gezwommen, terwijl televisiehelikopters er brommend boven hingen zodat miljoenen zijn tocht door de Theems konden volgen. Chuck de vogelaar heeft me nog eens uitgelegd dat zoiets niet onder de normale trek viel, maar dat zo'n dier dan gewoon verdwaald was.

De stem van mijn zoontje roept. Papa! Ik draai me om en zie mijn vrouw en kind en hun superlange schaduwen. We stralen allemaal. Dat is het effect van ontmoetingen met geliefden op een vreemde plaats, en misschien werkt het immense reuzenrad zelf ook wel aanstekelijk: die ontzagwekkende cirkel, rondom met eieren behangen, trekt een wervelende stralenkrans. Als het onze tijd is, zwaait een beveiligingsbeambte met zijn toverstok over onze bezittingen, een stel Duitsers komt uit een ei en wij nemen met een heel stel hun plaats in. Volgens de kenners vliegen we met minder dan drie kilometer per uur tegen de klok in. Jake, helemaal door het dolle heen, is algauw vriendjes met een jongen van zes die geen woord Engels spreekt. Terwijl we opstijgen boven de rivier en het oostelijke panorama zich langzaam ontvouwt, maken de volwassenen ook kennis met elkaar: we ontmoeten een stel uit Leeds, een gezin uit Vilnius (het vriendje van Jake is een van hen) en drie jonge Italiaanse vrouwen, van wie één last heeft van duizelingen en moet blijven zitten.

Als Londenaar word ik geraadpleegd over wat we allemaal te zien krijgen. In het begin is dat makkelijk – daar heb je de NatWest Tower, die nu een andere naam heeft; daar heb je de Tower Bridge. Maar hoe hoger we komen, des te onherkenbaarder wordt de stad. Trafalgar Square ligt niet waar je het verwacht. Charing Cross, vlak onder ons, moet met zorg uit de zee van daken worden losgemaakt. Ik betrap mezelf erop dat ik ook in een gids moet kijken. De moeilijkheid zit hem in de opeenhoping van ruimtelijke dimensies, ja, maar het heeft ook te maken met een kwantitatieve overrompeling: de Engelse hoofdstad is gigantisch, gigantisch. Naar alle kanten, tot op de heuvels in de verte – Primrose en Denmark en Lavender, volgens onze kaart –, zijn bouwwerken zonder respijt opeengestapeld. Afgezien van het verkeer op de oevers is er bijna geen teken van leven te bespeuren. Districten zijn ingedikt, vooral ten zuiden van de Theems: waar in vredesnaam liggen Brixton en Kennington en Peckham? Je vraagt je af hoe mensen in staat zijn hun weg te vinden in dit labyrint, want dat is waar die opeengehoopte, samengeperste, zich naar alle kanten uitdijende stad aan doet denken. 'Buckingham Palace?' vraagt een van de Litouwse dames aan mij, en ik zou het niet weten. Het valt me intussen op dat Jake aan het rondrennen is geslagen en tot de orde moet worden geroepen, en dat Rachel alleen in een hoek staat. Ik laat Jake rennen en voeg me bij mijn vrouw. Net als ik bij haar kom staan, bereiken we het zenit van onze hemelronde, zodat ik niets anders hoef te doen dan een arm om haar schouders slaan. Onze trage klim naar dit hoogtepunt brengt als vanzelfsprekend een soort pasklare symboliek met zich mee, en we zijn niet zo dwaas ironisch, of zelfverzekerd, om de kans te laten lopen elkaar veelbetekenend in de ogen te kijken en de gedachte met elkaar te delen die bij iedereen op deze top opkomt, en dat is natuurlijk dat ze het tot zover gehaald hebben, tot een punt waar ze horizonnen kunnen zien die voorheen onzichtbaar bleven, en de oude aarde zich als nieuw openbaart. Alles wordt nog eens geïntensiveerd – we moeten het op obscure wijze hebben gepland – door tekenen van zonsondergang: in de paar wolken boven Ealing geeft Phoebus zijn oudste en fraaiste trucs ten beste. Er glijdt opeens een praktische uitdrukking over het gezicht van Rachel en ze wil iets zeggen, maar ik maan haar tot stilte. Ik ken mijn vrouw: ze voelt aandrang nu naar beneden te gaan, naar de straten, naar de feiten. Maar ik laat haar geen keus terwijl we, of we willen of niet, naar het westen zakken: ze kan niet anders dan haar plaats hoog boven dat alles aanvaarden. Afdwalen, verzaken aan het moment, is er niet bij.

Wat evenwel gebeurt is dat ik degene ben die afdwaalt – naar een andere zonsondergang, naar New York, naar mijn moeder. We stonden op de Staten Island Ferry, een dag in september liep ten einde. Het was druk op het voordek. Er werd veel geglimlacht, gewezen, omhelst, gekust. Iedereen keek naar het Vrijheidsbeeld en naar Ellis Island en naar de Brooklyn Bridge, maar uiteindelijk, onontkoombaar, keek iedereen naar Manhattan. Het cluster gebouwen dat op de zuidpunt samenschoolde bood een warme, vertrouwde aanblik, en toen hun vlakken nog feller oplichtten in de zon was het even mogelijk je in te beelden dat opeenstapelingen van menselijkheid bijeen waren gekomen om ons te begroeten. Rondom, langs de randen, werd de dag steeds donkerder, maar wat maakte het uit? Een wereld lichtte voor ons op, en al die loodrechte lijnen deden me, nu ik toch aan het afdwalen ben, denken aan nieuwe kleurpotloden in het gelid in een doos van Caran d'Ache, ergens diep in mijn kindertijd, met name aan het purperachtige peloton stokjes dat tint voor tint uit de roden opdoemde, van lieverlede blauwer en blauwer en blauwer werd, om dan te verdwijnen, een wereld die, het hoeft bijna niet eens gezegd te worden, zich het bekoorlijkst van al betoonde in het lila van twee verbazingwekkend hoge torens die boven alle andere uitrezen, en waarvan een, naarmate de boot ons dichterbij bracht, door de zon met steeds meer fonkelend geel werd overgoten. Over de betekenis van een dergelijk moment speculeren zou een besmette, suspecte bezigheid zijn, maar het is denk ik ook niet nodig. Er kunnen gewoon feitelijke mededelingen worden gedaan. Ik kan stellen dat ik niet de enige aan boord van die boot was die in zijn tijd wel eens een roze en waterige zonsondergang had gezien, en ik kan stellen dat ik niet de enige op dat dek was die een buitengewone belofte ontwaarde en onderkende in wat we voor ons zagen – de hoge, naderende kaap, een volk verrezen in licht. Je hoefde maar naar onze gezichten te kijken.

Wat me doet denken aan mijn moeder. Ik weet nog dat ik me naar haar toedraaide en haar – hoe kan ik het al die tijd vergeten zijn? – zag kijken, niet naar New York, maar naar mij, met een glimlach op haar gezicht.

Wat er de oorzaak van is dat ik mijn vrouw en kind met eenzelfde glimlach tegemoet treed.

'Kijk!' zegt Jake, uitgelaten wijzend. 'Zie je dat, papa?'

Ik zie het, zeg ik, terwijl ik van hem naar Rachel kijk, en van Rachel weer naar hem. Dan kijk ik uit het raam, om te zoeken naar wat we verondersteld worden te zien.

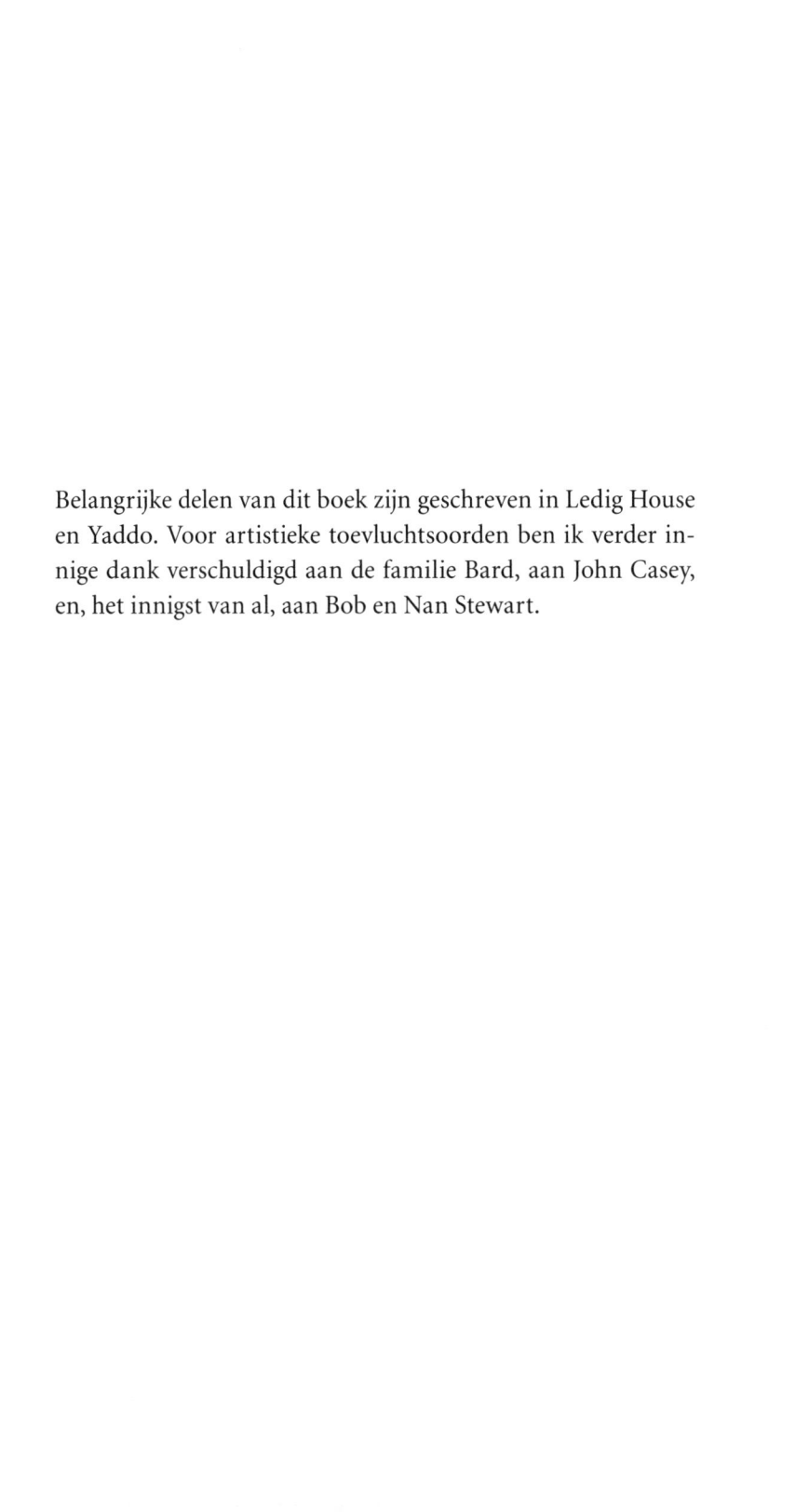

Belangrijke delen van dit boek zijn geschreven in Ledig House en Yaddo. Voor artistieke toevluchtsoorden ben ik verder innige dank verschuldigd aan de familie Bard, aan John Casey, en, het innigst van al, aan Bob en Nan Stewart.